SORTE SUA

CARL HIAASEN

SORTE SUA

Tradução:
CELSO NOGUEIRA

COMPANHIA DAS LETRAS

Título original:
Lucky you

Capa:
Silvia Ribeiro

Foto de capa:
Roberto Stelzer

Preparação:
Maria Cecília Caropreso

Revisão:
Beatriz de Freitas Moreira
Ana Maria Barbosa

Dados Internacionais de Catalogação na Publicação (CIP)
(Câmara Brasileira do Livro, SP, Brasil)

Hiaasen, Carl
Sorte sua / Carl Hiassen ; tradução Celso Nogueira. — São Paulo : Companhia das Letras, 2001.

Título original: Lucky you.
ISBN 85-359-0083-7

1. Romance norte-americano I. Título.

00-5221 CDD-813.5

Índices para catálogo sistemático:
1. Romances : Século 20 : Literatura norte-americana 813.5
2. Século 20 : Romances : Literatura norte-americana 813.5

2001

EDITORA SCHWARCZ LTDA.
Rua Bandeira Paulista, 702, cj. 32
04532-002 — São Paulo — SP
Telefone: (11) 3846-0801
Fax: (11) 3846-0814
www.companhiadasletras.com.br

Para Laureen, uma em um milhão

Esta é uma obra de ficção. Todos os nomes e personagens foram inventados ou tratados ficcionalmente. Pearl Key é um lugar imaginário, embora os hábitos alimentares indiscriminados do caranguejo-azul e do urubu-preto estejam corretamente descritos. Contudo, o uso de WD-40, produto de marca registrada, não foi aprovado como dentifrício.

SORTE SUA

1

Na tarde do dia 25 de novembro, uma mulher chamada JoLayne Lucks foi de carro até o minimercado Grab N'Go em Grange, na Flórida, onde comprou pastilhas Certs de hortelã, fio dental natural e um bilhete da loteria estadual, conhecida como Lotto.

JoLayne Lucks escolheu os mesmos números em que costumava jogar todos os sábados havia cinco anos: 17-19-22-24-27-30.

O significado dos números da Lotto era o seguinte: cada um representava a idade na qual descartara um homem insuportável. Aos dezessete, o Rick, mecânico de Pontiacs. Aos dezenove, Robert, irmão do Rick. Aos vinte e dois, o corretor da Bolsa chamado Colavito, que tinha o dobro da idade de JoLayne e não cumprira nenhuma de suas promessas. Aos vinte e quatro foi a vez de um policial, também chamado Robert, que acabou encrencado por anular multas de trânsito em troca de sexo. Aos vinte e sete, Neal, o quiroprático bem-intencionado mas insuportavelmente carente.

Aos trinta, JoLayne dispensou Lawrence, advogado, seu único marido. Lawrence recebera a notícia da cassação de seu registro profissional exatamente uma semana depois que ele e JoLayne se casaram, mas ela ainda o agüentou por quase um ano. JoLayne gostava de Lawrence e queria acreditar em seus sinceros protestos de inocência nos múltiplos processos de fraude que precipitaram seus problemas com a Justiça da Flórida e encerraram sua carreira. Enquanto apelava da sentença, Lawrence conseguiu um emprego como caixa no pedágio da Beeline

Expressway, uma corajosa mudança de carreira que ia conquistando o coração de JoLayne. Certa noite, porém, ele foi flagrado tentando sair com quinze quilos de dinheiro num saco, em sua maioria moedas de dez e vinte e cinco centavos. Antes que ele pudesse pagar a fiança, JoLayne arrumou a maioria das coisas dele, inclusive as caríssimas gravatas Hermès, e deu tudo para o Exército da Salvação. Em seguida, pediu o divórcio.

Cinco anos depois ela continuava solteira e descompromissada, quando, para seu grande espanto, ganhou a Lotto da Flórida. Sentada diante da televisão e de um prato de sobras de peru às onze da noite, assistiu ao anúncio dos números premiados.

JoLayne Lucks não desmaiou, não gritou nem dançou feito louca pela casa. Apenas sorriu, pensando nos seis homens que haviam passado por sua vida. Apesar de tudo, eles finalmente acabaram servindo para alguma coisa.

Mais exatamente, para fazê-la ganhar vinte e oito milhões de dólares.

Uma hora depois, a quase quinhentos quilômetros dali, uma picape Dodge Ram vermelha estacionou numa loja de conveniência em Florida City. Dois homens desceram: Bodean Gazzer, conhecido na região como Bode, e seu companheiro Chub, que alegava não ter sobrenome. Embora parassem na vaga para deficientes, nenhum dos dois sujeitos exibia qualquer sinal de deficiência física.

Bode Gazzer media um metro e sessenta e sete. Jamais perdoou os pais por isso. Usava bota de couro de cobra com salto sete e meio. Seu modo de andar mais lembrava o penar de um doente de hemorróidas do que a ginga de um valentão. Chub tinha barriga de cerveja, um metro e oitenta e cinco, olhos marejados, rabo-de-cavalo e barba por fazer. Portava sempre um revólver carregado e era o melhor e único amigo de Bode Gazzer.

Conheciam-se havia dois meses. Bode Gazzer procurara Chub em busca de um adesivo falsificado para deficientes físicos, que lhe garantiria a melhor vaga no estacionamento da Condicional ou de qualquer outra repartição pública em que sua presença era ocasionalmente exigida.

Assim como seu repulsivo ocupante, o trailer em que Chub morava exalava um cheiro de coisa podre. Chub recém-terminara um novo lote de emblemas falsos, que ele abanava feito uma mão de cartas de pôquer no balcão da cozinha. O trabalho — em flagrante contraste com o ambiente — era impecável. O símbolo universal da cadeira de rodas destacava-se no fundo azul-marinho. Jamais um guarda de trânsito questionaria sua autenticidade.

Chub perguntara a Bode Gazzer que tipo ele preferia — um adesivo de pára-choques, um aviso para pendurar no espelho ou placa para o painel. Bode disse que um adesivo para pôr no vidro estava bom.

"Duzentos paus", disse Chub, coçando a cabeça com um garfo.

"Ando meio duro. Você gosta de lagosta?"

"Quem não gosta?"

Fizeram um trato: o adesivo falso que permitia estacionar nas vagas para deficientes em troca de cinco quilos de lagosta da Flórida, que Bode Gazzer furtara das armadilhas espalhadas em Key Largo. Era inevitável que o falsificador e o ladrão se entendessem bem. Compartilhavam profundo desprezo por governo, impostos, homossexuais, imigrantes, minorias, leis contra porte de armas, mulheres independentes e trabalho honesto.

Chub nunca se considerara um interessado em política até conhecer Bode Gazzer, que contribuiu para reunir os múltiplos ressentimentos de Chub numa única e raivosa filosofia. Chub acreditava que Bode Gazzer era a pessoa mais inteligente que já havia conhecido e sentiu orgulho quando o novo amigo sugeriu a formação de uma milícia.

"Quer dizer, uma milícia como a que detonou aquele prédio em Nebraska?"

"Oklahoma", corrigiu Bode Gazzer com rispidez. "E quem fez aquilo foi o governo, só para botar a culpa em dois brancos. Nada disso, estou falando de uma *milícia*. Armada, disciplinada e bem organizada. Como diz na Segunda Emenda."

Chub coçou uma picada de inseto no pescoço. "Organizada por quem, se me dá licença?"

"Por você, por mim, por Smith e Wesson."

"E isso é permitido?"

"Está na Constituição, cacete."

"Então tudo bem", disse Chub.

Bode Gazzer passou a explicar que os Estados Unidos da América estavam a ponto de ser dominados por um Tribunal do Novo Mundo, cujo braço armado eram as tropas estrangeiras da Otan acantonadas no outro lado da fronteira mexicana e também em bases secretas nas Bahamas.

Chub olhou para o horizonte, preocupado. "Nas Bahamas?" Ele e Bode estavam no barco de dezenove pés do primo de Bode, roubando lagostas das armadilhas ao largo de Rodriguez Key.

Bode Gazzer disse: "Há setecentas ilhas nas Bahamas, meu caro, e a maioria é desabitada".

Chub compreendeu a situação. "Meu Deus do céu!", disse, passando a puxar as armadilhas com redobrado vigor.

Formar uma milícia decente saía caro; nem Chub nem Bode Gazzer tinham dinheiro. As economias de Bode haviam sido gastas na nova picape Dodge, as de Chub na gráfica clandestina e em seu arsenal. Por isso eles começaram a jogar na loteria estadual, segundo Bode a única coisa decente e generosa que o governo da Flórida já havia feito pelo povo.

Todos os sábados à noite, onde quer que estivessem, os dois sujeitos paravam na primeira loja de conveniência, estacionavam descaradamente na vaga azul para deficientes, marchavam para dentro e adquiriam cinco bilhetes da Lotto. Não escolhiam nenhum número em especial. Estavam sempre bebendo e era mais fácil usar o Quick Pick, deixando para o computador a tarefa de pensar nos números.

Na noite de 25 de novembro, Bode Gazzer e Chub compraram os cinco bilhetes da loteria e uma dúzia e meia de cervejas no 7-Eleven de Florida City. Quando os números vencedores foram anunciados, uma hora e meia depois, eles não estavam assistindo televisão nem de longe.

Na verdade, estavam parados numa estrada de terra, numa área reservada para reflorestamento, a poucos quilômetros do reator nuclear de Turkey Point. Sentado no capô da picape Dodge, Bode Gazzer fazia mira com um dos rifles Ruger de combate de Chub numa caixa de correio do governo dos Estados Unidos que haviam roubado numa esquina de Homestead. Um ato revolucionário de protesto, Bode declarou, como o Motim do Chá em Boston.

A caixa de correio foi colocada na frente dos faróis da caminhonete. Bode e Chub se revezaram no Ruger até ficarem sem munição e Budweisers. Depois vasculharam a correspondência, esperando encontrar dinheiro vivo ou pelo menos alguns cheques, mas só acharam folhetos de propaganda. Logo depois, apagaram na traseira da picape. Pouco antes do amanhecer, foram acordados por dois hispânicos enormes, sem dúvida vigias da área de reflorestamento, que lhes tomaram o Ruger e os enxotaram da propriedade.

Só um bom tempo depois de voltarem ao trailer de Chub eles descobriram que haviam tirado a sorte grande. Bode Gazzer estava no banheiro e Chub esparramado no sofá-cama na frente da tevê. Uma apresentadora loira e gostosa repetiu o resultado da Lotto da noite anterior. Chub anotou os números no verso da ordem de despejo mais recente.

Em seguida, quando ouviu os gritos, Bode saiu tropeçando do banheiro, com a calça jeans e a cueca samba-canção enroladas na altura dos joelhos. Chub agitava o bilhete no ar, pulando e gritando como se estivesse pegando fogo.

Bodean Gazzer disse: "Você tá de sacanagem".

"Que nada. A gente ganhou, cara! A gente ganhou!"

Bode quis pegar o bilhete, mas Chub esticou o braço, mantendo-o fora de alcance.

"Me dá aqui!", exigiu Bode, saltando no ar com os órgãos genitais balançando de modo ridículo.

Chub riu. "Levante a calça, pelo amor de Deus." Ele entregou o bilhete a Bode, que recitou os números em voz alta.

"Tem certeza?", perguntou ele de novo.

"Anotei tudo direitinho, Bode. Tenho certeza."

"Meu Deus. *Meu Deus.* Vinte e oito milhões de dólares!"

"Só tem uma coisa: pelo que disseram no noticiário, há dois bilhetes premiados."

Os olhos semicerrados de Bode Gazzer mostravam sua contrariedade. "Dois bilhetes uma ova!"

"Mas é isso aí. Mesmo assim, são catorze milhões para nós dois. Dá para acreditar?"

A língua de Bode, inchada e calosa como um sapo, lambeu os cantos da boca. Parecia que ia escarrar. "Quem pegou o outro? O outro bilhete?"

"Eles não disseram."

"Como vamos descobrir?"

Chub disse: "Pô, que se dane. A gente faturou catorze milhões. Por mim, até o Jesse Jackson pode ficar com o outro bilhete".

As maçãs do rosto mal barbeado de Bode Gazzer começaram a coçar. Ele mostrou o bilhete da Lotto e disse: "Deve ter um jeito da gente descobrir, não acha? Saber quem foi o sacana que comprou o outro bilhete. Deve ter um jeito".

"Por quê?", perguntou Chub, mas teve de esperar um bocado até obter a resposta.

Manhã de domingo: Tom Krome recusou-se a ir à igreja. A mulher que dormira com ele na noite anterior — seu nome era Katie, loira arruivada, sardas nos ombros — insistiu que fossem em busca do perdão para o que haviam feito.

"Qual parte?", perguntou Tom Krome.

"Ora, você sabe muito bem."

Krome cobriu o rosto com o travesseiro. Katie continuou falando enquanto vestia a meia-calça.

"Lamento, Tommy, mas é assim que eu sou. Você já devia saber", ela disse.

"Acha errado?"

"O quê?"

Ele espichou o pescoço para fora da coberta.

"Acha que fizemos alguma coisa errada?"

"Não. Mas talvez Deus não concorde comigo."

"Então a ida à igreja é mais por precaução."

Katie olhava-se no espelho, ajeitando o cabelo em forma de coque. "Você vem ou não? Estou bonita?"

"Divina", disse Tom Krome.

O telefone tocou.

"Divina? Não, querido, isso foi na noite passada. Atenda o telefone, por favor."

Katie calçou o sapato de salto alto, equilibrando-se feito uma garça em sua perna longa e fina. "Não quer mesmo ir à igreja? Tom, eu não acredito."

"Pois é, sou um herege descarado." Krome apanhou o telefone.

Ela esperou de braços cruzados na porta do quarto.

Krome cobriu o bocal e assoprou: "Sinclair".

"Num domingo de manhã?"

"Infelizmente." Krome tentou parecer desapontado, mas pensava: Deus existe *mesmo*.

O cargo de Sinclair no jornal *The Register* era editor-executivo assistente de variedades. Consolava-se com o fato de que, fora do meio jornalístico, ninguém compreendia a insignificância de sua posição. Nos jornais menores, era uma das funções menos estressantes e mais obscuras. Sinclair não poderia sentir-se mais feliz. A maioria dos repórteres e editores sob seu comando eram jovens entusiasticamente dedicados a conservar o emprego. Faziam qualquer coisa que Sinclair ordenasse.

Seu maior problema chamava-se Tom Krome, por acaso também o melhor redator da editoria. Krome vinha da reportagem geral, o que o tornava insuportavelmente cínico e desconfiado de qualquer autoridade. Sinclair morria de medo de Krome; conhecia bem suas histórias. Além disso, com trinta e cinco anos, Krome era dois anos mais velho. Levava vantagem na idade e também na experiência. Sinclair já sabia que não havia nenhuma possibilidade, mas nenhuma mesmo, de Krome vir a respeitá-lo um dia.

Seu medo — na verdade, a maior de todas as preocupações de Sinclair como editor-executivo assistente de variedades — era algum dia sofrer uma humilhação de Krome na frente da equipe. Em linguagem figurada, dar-lhe uma rasteira na frente de Marie, Jacqueline ou mesmo de um dos funcionários administrativos. A mente frágil de Sinclair não suportaria um episódio do gênero, por isso ele decidira manter Krome o mais longe possível da redação. Para tanto, Sinclair destinava noventa e cinco por cento de sua irrisória verba para viagens a matérias que mantinham Krome distante da cidade. Funcionava muito bem: Tom parecia gostar de viajar e Sinclair conseguia relaxar um pouco no trabalho.

Entre as responsabilidades de Sinclair, seu maior desafio era passar a pauta das reportagens insípidas. Telefonar para a casa de Tom Krome era particularmente penoso. Em geral, o rock no último volume e as vozes femininas ao fundo obrigavam Sinclair a gritar para que o outro o escutasse. Dava para imaginar que tipo de vida Krome levava.

Até então Sinclair jamais ligara no domingo. Desculpou-se inúmeras vezes.

Tom Krome disse: "Não tem problema".

Sinclair sentiu-se encorajado.

"É uma matéria urgente."

Krome ocultou a excitação sem dificuldade. Sinclair jamais telefonava com uma pauta que valesse a pena. Frivolidades urgentes, talvez; mas notícia mesmo, nada. Mandou um beijo para Katie e acenou enquanto ela saía para a igreja.

"Uma fonte me deu uma dica", disse Sinclair.

"Uma fonte deu uma dica para *você*."

"Meu cunhado me ligou hoje de manhã. Ele mora em Grange."

Krome pensou: Essa não. Exposição de artesanato. Mato o filho da mãe se ele me fizer cobrir outra exposição de artesanato.

Mas Sinclair disse: "Você gosta de loteria, Tom?".

"Só quando dá quarenta milhões de dólares ou mais. Caso contrário, não vale a pena jogar por causa de uns trocados."

Nenhuma reação de Sinclair, que estava animadíssimo: "Duas pessoas acertaram na Lotto ontem à noite. Uma da comarca de Dade, a outra, de Grange. Meu cunhado conhece a mulher. Seu nome é... está pronto para a notícia? Lucks".

Tom Krome gemeu baixinho. Era o tipo de coincidência que Sinclair adorava em títulos: LUCKS É O LINDO NOME DA SORTE!

Pronto, eis aí o duplo sentido. A aliteração.

Sinclair preferia pautas fúteis para suas matérias totalmente descartáveis. Acreditava na Boa Notícia. Considerava missão de seu departamento fazer com que os leitores se esquecessem das

(*) *Luck*, em inglês, significa *sorte*. (N. T.)

coisas horríveis que liam nas outras seções do jornal. Queria ver todos de bem com a vida, com a religião, com a família, com os vizinhos, com o mundo.

Chegou a fixar no quadro um memorando detalhando a atitude correta para as matérias de variedades. Alguém — Sinclair suspeitava de Tom Krome — pregara um rato morto em cima.

"Quanto ela ganhou?", indagou Krome.

"O prêmio era de vinte e oito milhões, ela ganhou a metade. O que acha, Tom?"

"Depende."

"Trabalha numa clínica veterinária. Adora animais, segundo Roddy."

"Muito louvável."

"Para completar, é negra."

"Ah." Krome sabia que os editores brancos que comandavam o jornal gostavam de matérias positivas sobre minorias. Sinclair obviamente farejara a chance de um bônus no fim do ano.

"Roddy disse que ela é um arraso."

Krome disse: "Roddy é seu cunhado, aposto". A fonte.

"Isso mesmo. Disse que a tal JoLayne Lucks é uma peça rara." A manchete estampada na mente de Sinclair, na verdade, dizia: O NOME DA LINDA MULHER É SORTE!

Tom Krome disse: "Esse tal de Roddy é casado com a sua irmã?".

"Com Joan. Sim, isso mesmo", respondeu Sinclair, ressabiado.

"E que diabos sua irmã está fazendo em Grange?"

Grange era uma cidadezinha de beira de estrada, parada de caminhões, conhecida apenas por seus milagres, estigmas sagrados, aparições e madonas lacrimejantes. Obrigatória apenas nos roteiros turísticos dos romeiros cristãos.

Sinclair disse: "Joan é professora. Roddy, funcionário público estadual". Sinclair queria deixar claro que seus parentes não eram malucos, e sim cidadãos responsáveis. Notou que as palmas das mãos estavam úmidas, o que ocorria quando passava muito tempo falando com Tom Krome.

"Essa linda Lucks", disse Krome, num tom de voz destinado a lançar sua maldição sobre a já inevitável manchete, "por acaso é uma fanática religiosa? Não sinto a menor vontade de encontrar Jesus na marra."

"Tom, eu realmente não faço idéia."

"Se ela disser que Jesus assoprou os números certos, fim de história, entendeu bem? Volto para casa."

Sinclair disse: "Rodney não mencionou nada do tipo".

Solenemente, Krome lançou seu trunfo. "Pense só nas cartas que vamos receber."

"Aonde você quer chegar?" Sinclair odiava cartas, quase tanto quanto telefonemas. As melhores matérias eram aquelas que não produziam reação nenhuma nos leitores, nem positiva nem negativa. "Que tipo de cartas?", perguntou.

"Toneladas", retrucou Krome, "se fizermos uma matéria dizendo que Jesus anda metido em jogatina. Já imaginou? Puxa vida, acho que vamos receber carta até de Ralph Reed em pessoa. Logo estarão boicotando nossos anunciantes."

Sinclair disse com firmeza: "Bem, então vamos manter distância dessa possibilidade. Custe o que custar". E depois de uma pausa: "Talvez a pauta não seja lá essas coisas".

Do outro lado, Tom Krome sorriu. "Irei a Grange esta tarde. Investigarei tudo e entrarei em contato."

"OK", disse Sinclair. "Vá até lá, cheque a história. Quer o número do telefone da minha irmã?"

"Não será necessário", respondeu Krome.

Sinclair sentiu uma súbita onda de alívio.

Demencio reabastecia a Madona de fibra de vidro quando Trish, sua mulher, saiu correndo de casa para contar que um morador da cidade acertara na loteria.

"Aposto que não fui eu", disse Demencio.

"Comentam que foi JoLayne Lucks."

"Legal."

Demencio removeu o cocuruto da Madona e enfiou a mão dentro da estátua para pegar o recipiente plástico que um dia guardara o líquido que limpava o pára-brisa de um Civic Hatch 1989. Atualmente o frasco continha água de torneira suavemente perfumada.

Trish disse: "O Charlie está quase acabando".

Demencio concordou com a cabeça, irritado. Seria um problema. Era importante usar uma fragrância que os romeiros não conhecessem; caso contrário, levantariam suspeitas. Certa vez experimentara Lady Stetson, quase provocando um quebra-quebra. A terceira romeira da fila, uma caixa de banco medonha de Huntsville, reconheceu o cheiro na hora: "Ei, Nossa Senhora está chorando lágrimas da Coty!".

A mulher foi discretamente expulsa do santuário antes de criar encrenca. Demencio jurara tomar cuidado. Perfumar as lágrimas da Madona era um toque de mestre, pensava. Aquelas almas devotas que esperavam tanto tempo sob o sol abrasador da Flórida mereciam mais que uma gota de água salgada na ponta dos dedos — afinal, tratava-se da mãe de Jesus, puxa vida. As lágrimas *tinham* de ser especiais.

Trish segurou o frasco plástico enquanto Demencio despejava o resto de perfume Charlie. Mais uma vez ela se espantou com as mãos escuras e miúdas do marido; pareciam de criança. Quanta firmeza. Teria dado um grande cirurgião, se tivesse tido oportunidade. Se, por exemplo, tivesse nascido em Boston, Massachusetts, em vez de nascer em Hialeah, na Flórida.

Demencio recolocou o frasco plástico dentro da Madona. Tubos finos e transparentes iam da tampa do recipiente até a parte interna dos olhos da santa, onde o astuto Demencio fizera furos da grossura de uma agulha de costura. Um tubo preto mais grosso descia por dentro da estátua até sair discretamente por um buraco no calcanhar. Ligado a uma bombinha de borracha, o tubo preto de ar podia ser operado pela mão ou pelo pé. Bastava apertar a bombinha e as lágrimas fajutas saíam do frasco, corriam através dos tubos duplos e escorriam pelos olhos de Nossa Senhora.

Aquilo tudo exigia prática e criatividade. Demencio considerava-se o melhor do ramo. As lágrimas eram poucas, sutis e esparsas. Quanto mais a multidão esperava, mais refrigerantes, bolos, camisetas, bíblias sagradas, velas votivas e protetores solares eram vendidos.

Por Demencio, claro.

Quase todo mundo em Grange conhecia a pilantragem, mas ninguém falava nada. As pessoas andavam muito ocupadas com seus próprios golpes. Além do mais, turista era tudo parecido.

Do ponto de vista moral, não fazia muita diferença explorá-los com Mickey Mouse ou com uma Madona de fibra de vidro.

Trish costumava dizer: "O que vendemos é apenas esperança".

Demencio completava: "Sou muito mais explorar a religião do que ganhar dinheiro com um rato nojento".

Ganhava um bom dinheiro, embora não fosse rico. Provavelmente jamais faria fortuna. Nada no estilo JoLayne Lucks, cuja sorte surpreendente e imerecida ele agora contemplava.

"Quanto ela ganhou?", perguntou à mulher.

"Se for mesmo verdade, catorze milhões."

"Ela ainda não tem certeza?"

"Ela não quer dizer nada."

Demencio torceu o nariz. Qualquer outra pessoa sairia pulando e gritando pela cidade. *Catorze milhões de dólares!*

Trish disse: "Eles anunciaram dois ganhadores. Um bilhete saiu para a região de Homestead e o outro aqui para Grange".

"No Grab N'Go?"

"Isso. Foi assim que descobriram. A loja vendeu só vinte e dois bilhetes na semana passada. Eles já sabem quem foram os compradores de vinte e um. Só falta o de JoLayne."

Demencio montou a Madona novamente. "E agora, o que ela vai fazer?"

Trish contou que, de acordo com os vizinhos, JoLayne Lucks não saiu de casa a manhã inteira, nem atendeu o telefone.

"Talvez ela nem esteja em casa", ponderou Demencio enquanto levava a Madona para dentro de casa. Trish o seguiu. Ele colocou a estátua no canto, perto do saco de golfe.

"Vamos visitá-la", ele disse.

"Por quê?" Trish tentou imaginar o que Demencio pretendia. Eles mal cumprimentavam aquela mulher.

"Vamos levar um pedaço de pão-de-ló para ela", sugeriu Demencio. "Será uma demonstração de boa vontade entre vizinhos, adequada a uma manhã de domingo. Puxa, e por que não?"

2

JoLayne Lucks não esperava ver Trish e Demencio no alpendre de sua casa e Demencio não esperava ver as pernas de JoLayne de fora. Ela os recebeu de *top* pêssego e calcinha azul-celeste.

"Não esperava visitas", disse com voz sonolenta.

Trish: "Voltaremos outro dia".

"O que tem aí?"

Demencio disse: "Bolo".

Não conseguia tirar os olhos das pernas bem torneadas de JoLayne. Como alguém arranjava músculos tão perfeitos? Jamais a vira correr.

"Vamos entrando", ela disse, e Demencio — libertando-se do aperto da mão da esposa — foi entrando.

Pararam, um de cada lado do prato de bolo, enquanto JoLayne Lucks sumia lá dentro para vestir uma calça jeans. A casa, minúscula e arrumada, não exibia sinais de comemoração do prêmio da loteria. Trish notou o belo piano na sala; Demencio concentrou-se no aquário cheio de filhotes de tartaruga — calculou que haveria uns cinqüenta, nadando a toda com os olhos arregalados contra o vidro.

Para Trish, disse: "Gostaria muito de saber qual é a dela".

"Fique quieto. Ela gosta de aquários, só isso."

JoLayne retornou com o cabelo coberto por um boné de beisebol, o que Demencio considerou sexy e curioso — tanto a atitude como o estilo. JoLayne disse a Trish que o bolo parecia delicioso.

"Pão-de-ló", disse a mulher de Demencio. "Receita da minha avó. Avó materna."

"Por favor, vamos sentar." JoLayne colocou o prato sobre o balcão da cozinha. Trish e Demencio sentaram-se rigidamente num sofazinho antigo, de dois lugares, feito de cerejeira.

Ele disse: "São suas, as tartarugas?".

JoLayne Lucks abriu um sorriso. "Quer uma?"

Demencio negou com a cabeça. Trish tentou explicar: "Temos um gato velho e malandro".

JoLayne removeu o filme plástico que cobria o bolo e arrancou um pedaço com a mão mesmo. Serenamente, levou-o até a boca.

"A que devo a honra da visita?"

Trish olhou de soslaio para Demencio, que se ajeitou no sofá. "Bem", disse, "sabe como é... ouvimos falar de sua sorte. Sabe..."

JoLayne não o ajudou em nada. Saboreava o pão-de-ló.

Demencio continuou: "Sabe, a Lotto".

Uma sobrancelha fina e marrom formou um ligeiro arco. Ela continuou a mastigar. Demencio buscava as palavras. Aquela mulher parecia meio excêntrica.

Trish saiu em seu socorro. "Passamos aqui para lhe dar os parabéns. Coisas desse tipo nunca acontecem em Grange."

"Não?" Com um movimento ágil da língua, como se fosse uma lagartixa, JoLayne Lucks removeu uma migalha da unha brilhante, pintada de azul-cobalto metálico. "Pensei que milagres acontecessem todos os dias por aqui. Principalmente aos domingos..."

Demencio corou, percebendo uma irônica alusão ao negócio da Madona. Trish rebateu, corajosa: "Quer dizer, não conhecemos ninguém aqui que tenha ganhado uma fortuna na loteria, JoLayne. Não que eu me lembre".

"É, você deve estar certa."

"Pena que tenha de repartir o prêmio com outra pessoa", disse Trish com genuína solidariedade. "Não que catorze milhões de dólares sejam de se jogar fora, mas seria bárbaro se você ganhasse sozinha. E bom para Grange também."

Demencio lançou um olhar de censura à esposa. "Mesmo assim, é ótimo para Grange", disse. "Vai botar a cidade no mapa, com certeza."

JoLayne Lucks perguntou: "Aceitam um café?".

"Então, menina, e agora? O que você vai fazer?", perguntou Trish.

"Acho que vou dar comida para as tartarugas."

Trish riu, nervosa. "Você sabe muito bem do que estou falando. Vai comprar um carro novo? Uma casa na praia?"

JoLayne Lucks balançou a cabeça. "Assim vocês me deixam confusa."

Demencio não agüentava mais. Levantou-se, ajeitando a calça. "Vou ser sincero. Viemos aqui pedir um favor."

JoLayne abriu um sorriso. "Ah, agora entendi." Ela notou o modo como Trish esfregava as mãos, de tanta tensão.

Demencio forçou uma tossida para limpar a garganta. "Logo você vai ficar famosa, aparecer no jornal e na televisão. Minha idéia era que você desse uma forcinha para a gente, quando perguntassem de onde veio sua sorte na Lotto."

"Para vocês?"

"Para a Madona."

"Mas eu nunca fui ao santuário."

"Eu sei, eu sei." Demencio ergueu as mãos. "Foi só uma idéia. Não posso lhe prometer nada em troca. Mesmo porque agora você é uma milionária."

Embora ele torcesse ardorosamente para que JoLayne não pedisse comissão pela ajuda, preparara-se para chegar a dez por cento.

Trish, com voz meiga: "Seria apenas um favor, como ele disse. Apenas isso, nada mais. Uma força para seus vizinhos".

"O Natal está chegando", acrescentou Demencio. "Qualquer coisa ajudaria. Qualquer coisinha."

JoLayne Lucks acompanhou-os até a porta, segurando o braço dos dois. E disse: "Bem, vou pensar a respeito, sem dúvida. Trish, o bolo estava simplesmente divino".

"Muito obrigada. Você é muito gentil."

"Tem certeza de que não quer levar uma tartaruga?"

Em fila indiana, Demencio e a mulher desceram os degraus da varanda. "De todo modo, muito obrigado", disseram e caminharam em silêncio até chegar em casa. Trish aventou a possibilidade de ter obtido uma informação errada, já que JoLayne Lucks não se comportava como uma mulher que tivesse ganhado nem uma torradeira, quanto mais como alguém premiada na Lotto. Demencio, por sua vez, concluíra que ou JoLayne Lucks beirava a psicose, ou era a rainha da arte de fingir. Melhor aprofundar as investigações.

Bodean James Gazzer passara trinta e um anos aperfeiçoando a arte de botar a culpa em alguém. Seu lema era *Tudo o que acontece de ruim é culpa dos outros.* Com um pouco de imaginação, isso podia abranger qualquer circunstância. E Bode tinha muita imaginação.

Os problemas intestinais que o afligiam periodicamente sem dúvida resultavam do consumo de leite tirado de vacas contaminadas por radiação. As baratas de seu apartamento haviam sido jogadas lá pelos nojentos dos seus vizinhos imigrantes. Seus apertos financeiros eram conseqüência dos computadores safados dos bancos mancomunados com sionistas de Wall Street; seu azar no mercado de trabalho da Flórida, fruto do preconceito contra candidatos que falavam inglês. Até mesmo o tempo ruim tinha um culpado: a poluição ambiental vinda do Canadá, que detonava a camada de ozônio e bagunçava a direção dos ventos.

Desde a mais tenra idade Bode Gazzer burilou seu dom acusatório. Caçula de três filhos, revelou-se a ovelha negra da família. Logo demonstrou uma precoce afinidade com a vagabundagem, o vandalismo e o furto. Os pais, ambos professores, tentaram de tudo para recuperar o rapaz, mas acabaram acusados pelos problemas do filho. Bode alegava ser perseguido por causa da altura, atribuindo sua baixa estatura a descuidos da mãe com a dieta durante a gravidez, somados à cumplicidade do pai glutão. Que tanto Jean quanto Randall Gazzer fossem geneticamente baixos era irrelevante para Bode — ouvira na televisão que a espécie humana estava ficando mais alta por causa da evolução, e portando ele deveria crescer mais do que os pais, mesmo que apenas alguns centímetros. Bode, contudo, parou de crescer na oitava série, fato lugubremente registrado nas cerimônias familiares bimestrais de medição, realizadas no batente da porta da cozinha. A seqüência multicolorida de marcas de lápis confirmou os piores temores de Bode: os dois irmãos mais velhos continuavam a crescer, enquanto ele estava liquidado, encerrando a carreira com a precoce idade de catorze anos.

A sofrida constatação ampliou a revolta de Bode Gazzer contra a geração específica de seus pais, envenenada pelo glutamato de sódio, e contra a sociedade em geral. Ele se tornou o "mau elemento" do bairro, o atrevido líder da turma dos bagunceiros e delinqüentes. Dedicou-se diligentemente à vida de pivete, fumando cigarros sem filtro, cuspindo na calçada, falando palavrões à toa. Costumava provocar os irmãos até que o espancassem, para poder dizer aos amigos que se ferira nos ferozes confrontos entre gangues.

Os pais de Bode, sendo professores, não acreditavam em surras e, exceto em uma ocasião, jamais puseram a mão nele. Jean e Randall Gazzer preferiam dialogar para resolver os problemas com os filhos, e por isso passavam horas em volta da mesa de jantar em conversas francas com o filho insolente. Mas ele não tinha jeito. Além de aperfeiçoar os dons retóricos dos pais, lançava mão de sua inesgotável criatividade. Qualquer que fosse a ocorrência, Bode sempre inventava uma desculpa elaborada, sem nunca dar o braço a torcer, por mais avassaladoras que fossem as provas contra ele.

Quando completou dezoito anos, já possuía uma ficha policial de três páginas. Desesperados, os pais o puseram nas mãos de um conselheiro zen. Bode aprendera a apreciar seu papel de delinqüente da família, de ovelha desgarrada, de incompreendido. Conseguia explicar tudo com facilidade, sem corar. Aos vinte e dois, vivia à custa de cerveja, bravatas e de uma variada coleção de convenientes ressentimentos. "Estou na lista negra de Deus", anunciava nos botecos. "Tomem cuidado."

Uma série de más companhias acabou empurrando Bode Gazzer para as fileiras dos radicais de direita. Até então, ao buscar os culpados por suas desgraças, Bode se limitava a representantes difusos da autoridade — pais, irmãos, policiais, juízes —, sem levar em consideração fatores como raça, religião ou etnia. Distribuía culpas genéricas, sem muito impacto. A xenofobia e o racismo, porém, deram à sua revolta um renovado poder de fogo. Agora não fora apenas um policial militar que apanhara Bode com um videocassete roubado, e sim o policial *cubano* que obviamente tinha tesão em caçar brancos de verdade; a condenação de Bode não se devia mais apenas à incompetência do traidor advogado de defesa mancomunado com o sistema, e sim ao advogado de defesa *judeu* empenhado numa cruzada contra os cristãos; não era mais o oficial de fiança viciado em pó que se recusava a adiantar a fiança de Bode, mas o oficial de fiança *preto* e viciado em pó que torcia para vê-lo na prisão onde seria enrabado até morrer.

O despertar político de Bode Gazzer coincidiu com uma apropriada revisão de seus hábitos ilícitos. Ele decidiu deixar de lado arrombamentos, furtos de veículos e outros delitos patrimoniais para se concentrar em falsificar documentos, passar cheques sem fundos e em outros tipos de estelionato pelos quais os juízes dificilmente mandavam um sujeito para a penitenciária.

Para completar, o movimento fascista apoiado por Bode incentivava a fraude como manifestação de desobediência civil. Os panfletos das milícias proclamavam que golpes contra bancos, financeiras e administradoras de cartões de crédito eram uma maneira justa de repudiar o governo dos Estados Unidos e todos os liberais, judeus, veados, lésbicas, pretos, ambientalistas e comunistas que o infestavam. Bode Gazzer deslumbrava-se com a coerência. Apesar de tudo, ele se mostrou tão incompetente na arte de passar cheques frios quanto em fazer ligação direta em Oldsmobiles.

Entre uma breve temporada na cadeia e outra, ele matava o tempo decorando as paredes do apartamento com cartazes antigovernamentais adquiridos nas feiras de armas que freqüentava, nos quais David Koresh, Randy Weaver e Gordon Kahl eram apresentados como heróis.

Sempre que visitava o local, Chub erguia a Budweiser *long neck* em saudação aos mártires homenageados nas paredes de Bode. Pela televisão soubera vagamente dos feitos de Koresh e Weaver, mas pouco conhecia de Kahl, a não ser que era um fazendeiro de Dakota partidário do não-pagamento de tributos e impiedosamente fuzilado pelos federais por não pagar seus impostos.

"Maldita tropa de choque", resmungou Chub, arremedando o termo ouvido na reunião de uma milícia pequena porém animada em Big Pine Key. Levou a cerveja até o sofá-cama, onde desabou de pernas abertas, e relaxou. Em pouco tempo os pensamentos puseram de lado os patriotas injustiçados e se voltaram para a maravilhosa sorte que lhe sorria.

Encurvado sobre a mesa da copa, Bode Gazzer abriu o jornal. Andava de péssimo humor desde que lera no folheto com o regulamento da loteria estadual que ele e Chub não receberiam os catorze milhões de uma só vez — o pagamento seria feito em parcelas iguais, durante os próximos vinte anos.

Pior: sobre as parcelas haveria impostos!

Chub, que não era ruim com os números, tentou animar Bode Gazzer com o fato de que setecentos mil dólares por ano, mesmo com impostos, ainda era uma bela bolada.

"Mas não basta para equipar uma força patriótica", retrucou Bode.

Chub disse: "Regras são regras, o que a gente pode fazer?". Ele se levantou e ligou a tevê. Não aconteceu nada. "Vai me dizer que quebrou?"

Bode alisou os vincos do jornal e disse: "Meu Deus, será que você não entende? Temos na mão a grande chance da nossa vida, tudo que sonhávamos, as coisas mais sagradas, vida, liberdade, felicidade, tudo de uma vez".

Chub golpeou a televisão com a palma da mão. Não se sentia disposto a ouvir mais um discurso de Bode, mas isso lhe pareceu inevitável.

Bode Gazzer prosseguiu: "Finalmente acertamos na mosca, e o que acontece? Os filhos da puta do governo da Flórida querem pagar a gente em suaves prestações. E ainda por cima o pouco que temos para receber vai ser tungado pelo Imposto de Renda!".

Ao ouvir o amigo, o bem-estar de Chub a respeito da sorte grande começou a se desfazer. Sempre achara a loteria um caminho para ganhar milhões sem ter de suar a camisa. Mas, pelo modo como Bode via tudo, a Lotto não passava de mais um sinistro exemplo de intrusão do governo, de impostos extorsivos e de uma vigarice ilimitada.

"Acha que vamos rachar o dinheiro com outra pessoa por coincidência?"

Com a boca cheia de cerveja, Chub massageava a nuca peluda. Aguardava curioso a conclusão do amigo.

Bode esmurrou a mesa da copa. "Escute bem o meu palpite: o bostinha que tá com o outro bilhete ou é macaco, ou é judeu, ou é cubano."

"Continue!"

"É assim que eles fazem tudo, Chub. Para foder com a vida de americanos decentes como eu e você. Acha que eles deixariam dois caras brancos ganharem o prêmio sozinhos? Hoje em dia, de jeito nenhum!" O nariz de Bode baixou em direção ao jornal. "Onde fica Grange? É perto de Tampa?"

Chub estava confuso com a teoria do amigo. Não entendia como seria possível manipular o resultado da loteria. Se faziam isso, como ele e Bode tinham conseguido ganhar, mesmo que só a metade?

Durante o período de sua ainda curta amizade, Bodean Gazzer invocara conspirações variadas para explicar inúmeras ocorrências intrigantes — por exemplo, por que sempre acontecia um desastre de avião terrível na época do Natal.

Bode sabia a resposta, e ela naturalmente envolvia o governo dos Estados Unidos. A Administração Federal da Aviação vivia sob a constante ameaça de corte de verbas, e a votação decisiva costumava ocorrer em dezembro, antes do recesso do Congresso. Conseqüentemente — Bode revelou a Chub —, pouco antes do Natal a entidade sempre sabotava um avião lotado de passageiros, sabendo que os políticos jamais teriam coragem de reduzir as verbas que garantiam a segurança da aviação enquanto o mundo via corpos despedaçados sendo removidos dos escombros fumegantes da fuselagem.

"Pense nisso", havia dito Bode Gazzer — e Chub pensara. Um complô do governo parecia mais plausível do que a mera coincidência, para explicar tantos desastres aéreos.

No entanto, corrupção na loteria estadual eram outros quinhentos. Chub duvidava que alguém fosse capaz daquilo. Não, nem mesmo os liberais.

"Não faz sentido", ele disse, emburrado. Muitos brancos normais haviam acertado na Lotto; vira os rostos na tevê. Por falar nisso, se aquela droga não tivesse quebrado ele estaria agora assistindo o futebol, sem ter de pensar no que Bode Gazzer falava.

"Você vai ver", disse Bode. "Você vai ver que eu tenho razão. Bom, em que parte da Flórida fica Grange?"

Chub resmungou: "Lá no norte".

"Grande coisa. Tudo aqui fica no norte."

Chub sacou um Colt Python 357 do cinto coberto de tachas e fez vários buracos no rosto de David Koresh.

Bode Gazzer endireitou as costas na mesa da copa. "Porra, qual é a sua?"

"Não gosto do modo como estou me sentindo." Chub guardou o revólver na cinta, o cano quente encostando na coxa. Sem piscar, disse: "A gente devia se sentir bem quando ganha catorze milhões. E eu não tô legal".

"Isso mesmo!", disse Bode Gazzer atravessando a sala para lhe dar um abraço desajeitado. "Agora você entendeu" — a voz de Bode transformou-se num sussurro — "a que ponto nosso país chegou. Percebe contra o que estamos lutando?"

Chub fez solenemente que sim, ocultando sua preocupação de que a tal luta parecia que ia dar um trabalhão daqueles, e pegar no pesado era a última coisa que um milionário novinho em folha deveria fazer na vida.

A histeria de enxugamento que assolou os jornais no início dos anos 90 visava sustentar as gordas margens de lucro que o setor desfrutou durante a maior parte do século. Uma nova geração de executivos implacáveis, sem paixão pelo jornalismo sério, encontrou um modo fácil de reduzir o custo de publicação de um jornal diário. A primeira baixa foi na profundidade.

Diminuir o espaço destinado ao noticiário serviu como justificativa imediata para os cortes de pessoal. Em muitos jornais, o *downsizing* não passou de uma desculpa esfarrapada para eliminar luxos como as editorias de polícia, cidades, exterior, medicina, ecologia e, obviamente, as reportagens investigativas (que, via de regra, hostilizavam políticos influentes e anunciantes preciosos). Conforme os jornais tornavam-se mais magros e superficiais, os responsáveis por sua publicação esforçavam-se cada vez mais para abonar uma Wall Street que os leitores nem percebiam e com a qual nem se importavam.

Tom Krome deu um azar danado, pois mantinha uma boa posição num jornal respeitável porém condenado à modernização. Foi demitido quando o mercado andava cheio de repórteres experientes e desesperados por um emprego. Para completar sua desgraça, fizera carreira como repórter investigativo numa época em que a maioria dos jornais evitava gastar dinheiro com esse tipo de gente.

O *Register*, por exemplo, procurava alguém para a coluna de divórcios. Sinclair deixou tudo bem claro ao entrevistar Krome para a função.

"Estamos precisando de textos bem-humorados", explicou Sinclair. "Para cima."

"Para cima?"

"Os leitores querem isso", prosseguiu Sinclair. "Você já se divorciou alguma vez?"

"Não", mentiu Krome.

"Perfeito. Poucos preconceitos, pouca pressão."

Foi a primeira vez que Kromer viu-se diante do fetiche de Sinclair por aliterações.

"Mas o anúncio no *E&P* pedia um repórter, não um colunista."

"Vai ser no formato reportagem, Tom. Quinhentas palavras. Duas vezes por semana."

Krome pensara: Já sei o que vou fazer. Mudar para o Alasca, limpar salmão na fábrica de conservas. No inverno, escrever um romance.

"Sinto muito, para mim não vai dar." Levantou-se, apertou a mão de Sinclair (que era flácida, morta, lisa como um salmão) e voltou para sua casa em Nova York.

Uma semana mais tarde o editor ligou e ofereceu a Krome uma vaga de repórter de variedades por trinta e oito mil dólares por ano. Sem coluna de divórcios, graças a Deus. O editor-chefe do *Register*, soube-se depois, não tinha considerado o tema para cima. "A maior roubada", explicou Sinclair com voz sumida.

Tom Krome aceitou o cargo de repórter de variedades porque precisava de dinheiro. Queria economizar o suficiente para comprar um chalé na ilha Kodiak, ou então nas proximidades de Fairbanks, onde poderia viver isolado. Pretendia adquirir um carro de neve e fotografar lobos selvagens, caribus e, com sorte, um urso-pardo. Sonhava escrever um romance sobre uma atriz fictícia chamada Mary Andrea Finley, baseado numa personagem de carne e osso chamada Mary Andrea Finley, que na vida real passara os últimos quatro anos lutando para que Tom Krome não se divorciasse dela.

Fazia as malas para a cobertura da Lotto quando Katie voltou da igreja.

"Para onde você vai?" A bolsa bateu na mesa da cozinha como se fosse um bloco de concreto.

"A um lugarejo chamado Grange", disse Tom Krome.

"Conheço. Já estive lá", disse Katie ferina. *Um lugarejo chamado Grange.* Como se eu não soubesse que era uma cidade. "É lá que acontecem os milagres."

"Isso mesmo." Krome temeu que Katie tivesse sido romeira. Afinal, tudo era possível; conheciam-se havia só duas semanas.

Ela disse: "Tem uma Virgem Maria que chora". Foi até a geladeira e pegou um copo de suco de *grapefruit*. Krome esperava o resto da ficha de Grange. "Na estrada", disse entre um gole e outro, "no meio da pista, tem um rosto de Jesus Cristo."

Tom Krome disse: "Já ouvi falar nisso".

"Uma mancha", insistiu Katie. "Violeta-escura. Como sangue."

Ou como fluido de transmissão, pensou Krome.

"Só estive lá uma vez", disse Katie. "Paramos para pôr gasolina durante uma viagem a Clearwater."

Krome ficou aliviado ao saber que ela não freqüentava Grange. Jogou uma pilha de cuecas limpas na mala. "E qual sua impressão do lugar?"

"Horripilante." Katie terminou de tomar o suco e lavou o copo. Tirou o sapato e puxou uma cadeira da mesa, sentando-se num ponto que lhe dava uma boa visão de Tom, que fazia a mala. "Não vi a Madona que chora, só o Jesus na Pista. Mas a cidade me assustou, é meio esquisita."

Krome reprimiu o sorriso. A esquisitice dava boas matérias. Contava com ela.

Katie perguntou: "Quando vai voltar?".

"Daqui a uns dois dias."

"Vai ligar para mim?"

Krome ergueu os olhos. "Claro, Katie."

"Quando chegar a Grange, quero dizer."

"Ah... claro."

"Pensou que eu tinha dito para você ligar quando voltasse, não foi?"

Krome espantou-se com sua facilidade em se meter numa briga tão baixo-astral em pleno domingo, antes mesmo da hora do almoço. Puxa vida, ele só queria fazer a mala, mas obviamente ferira os sentimentos de Katie.

Tinha uma teoria: a pausa entre o "ah" e o "claro" disparara o alarme na mulher.

Rendição, a única escolha. Sim, isso mesmo, Katie, meu amor. Por favor, me perdoe. Tem razão, sou um merda total, insensível e egoísta. Como pude agir desse modo! *Claro* que eu vou ligar assim que chegar a Grange.

"Katie", ele disse, "telefonarei assim que chegar a Grange."

"Tudo bem, não precisa. Sei que vai estar muito ocupado."

Krome fechou a mala e passou a fivela. "Eu quero ligar, tá bom?"

"Está certo. Mas não pode ser muito tarde."

"Sim, eu sei."

"Art chega em casa..."

"Às seis e meia. Não esqueci."

Art era o marido de Katie. O itinerante juiz Arthur Battenkill Jr.

Krome sentia remorsos por trair Art, embora nem conhecesse o sujeito e embora Art traísse Katie com as duas secretárias. Disso todo mundo sabia, Katie lhe garantira, tirando a calça dele na segunda vez em que "saíram". Olho por olho, ela havia dito; está na Bíblia.

Mesmo assim, Tom Krome sentia culpa. Nenhuma novidade; talvez fosse até necessário. Desde a adolescência a culpa desempenhara um papel fundamental em todos os seus romances. No momento, era uma companheira firme e opressiva em seu divórcio.

Katie Battenkill o seduzira com carnes fartas e firmes, além dos modos desinibidos. Ela o caçara, literalmente, quando ele corria perto do centro, para se exercitar. De forma involuntária, ele se misturara a uma passeata de caridade — não se lembrava se em prol de uma doença ou de um distúrbio — e pusera desajeitado uma nota na mão dela. Em segundos ouviu passos atrás de si. Ela o alcançou. Almoçaram numa pizzaria expressa, e a primeira coisa que saiu da boca de Katie foi: "Sou casada, nunca fiz isso antes. Minha nossa, estou morrendo de fome". Tom Krome gostou muito dela, mas se deu conta de que Art era fundamental na história. Katie resolvera se vingar, a seu modo, e Krome compreendeu seu papel. Por enquanto, estava achando ótimo.

Calçada apenas com uma meia de náilon, Katie o seguiu até o carro. Ele entrou e, apressado demais, enfiou a chave no contato. Ela se debruçou e se despediu com um beijo. Um longo beijo. Em seguida, ficou parada na porta do carro. Ele notou que ela tinha uma máquina fotográfica descartável.

"Para a sua viagem", ela disse, entregando-a. "Ainda restam cinco poses. Seis, talvez."

Krome agradeceu, dizendo que não era preciso. Sinclair mandaria um fotógrafo do jornal, se a matéria da loteria valesse a pena.

"Não é para o jornal", disse Katie. "É para mim. Poderia tirar uma foto da Madona que chora?"

Por um momento, Krome pensou que ela estivesse brincando. Errou.

"Tom, por favor!"

Ele guardou a câmera no bolso do paletó. "E se ela não estiver chorando? A Virgem Maria. Vai querer a foto assim mesmo?"

Katie não percebeu o sarcasmo na voz dele. "Claro que sim", ela disse, ardorosamente. "Quero sim, mesmo sem as lágrimas."

3

O prefeito de Grange, Jerry Wicks, cumprimentou JoLayne Lucks pelas tartarugas.

"Minhas meninas", ela disse com carinho. As unhas azuis reluziam enquanto ela picava um pé de alface americana e jogava os pedacinhos no aquário. As tartaruguinhas iniciaram uma silenciosa disputa pelo jantar.

Jerry Wicks perguntou: "Quantas você tem aí dentro?".

"Quarenta e seis, acho."

"Puxa vida."

"Tenho barrigas-vermelhas, tartarugas do Suwannee e dois filhotes de peninsulares, que vão ficar lindos quando crescerem, pelo que me disseram. E veja como elas se dão bem!"

"Sim, senhora." Jerry Wicks não distinguia umas das outras. Impressionara-se, porém, com o barulho feito pelos pequenos répteis ao se alimentarem. Sem dúvida, ficaria maluco com o ruído da mastigação se permanecesse por ali muito tempo.

"JoLayne, o motivo que me trouxe aqui... Falaram que você ganhou na Lotto!"

JoLayne Lucks enxugou as mãos numa toalha. Ofereceu um copo de limonada ao prefeito, que recusou.

"Sei que é um assunto seu, particular", prosseguiu ele. "Não há necessidade de dizer sim ou não. Contudo, se for verdade, ninguém mais do que você mereceria..."

"E por que eu mereceria?"

Jerry Wicks tropeçou na resposta. Não costumava ficar nervoso na presença de mulheres bonitas, mas naquela tarde JoLayne Lucks exibia uma aura incrivelmente poderosa; uma fragrância estonteante, um rebolado arrasador capaz de fazê-lo bancar o tolo e o descuidado. Queria fugir correndo dali, para não acabar de quatro no chão, uivando como um cachorro tarado.

"O motivo que me traz aqui, JoLayne, é que estou pensando na cidade. Seria ótimo para Grange, se fosse verdade. Sobre o prêmio."

"Em termos de publicidade", zombou ela.

"Exatamente", exclamou ele, aliviado. "Seria uma boa mudança, um desvio das..."

"Picaretagens religiosas?"

O prefeito franziu o cenho. "Bem, eu não diria exatamente..."

"Como a mancha na estrada ou a Nossa Senhora que chora", disse JoLayne. "Ou os falsos estigmas do senhor Amador."

Dominick Amador era um empreiteiro local que havia perdido a licença para construir depois que as paredes da escola de catecismo Saint Arthur desabaram, sem motivo aparente, durante uma chuva de verão. Os amigos de Dominick Amador o aconselharam a se mudar para a comarca de Dade, local seguro para empreiteiros incompetentes, mas Dominick queria continuar em Grange com a mulher e as amantes. Por isso, certa noite ele se entupiu de Black Jack e de Xanax antes de fazer dois furos perfeitos em cada palma da mão com uma broca de madeira de três oitavos de polegada. Agora Amador era uma das estrelas da peregrinação cristã de Grange, anunciando-se como carpinteiro ("como Jesus") e tratando constantemente de seus ferimentos circulares para mantê-los autênticos, ou seja, impedindo a cicatrização para que continuassem a sangrar. Corria o boato de que ele pretendia usar a furadeira também nos pés.

O prefeito disse a JoLayne Lucks: "Quem sou eu para julgar os outros?".

"Mas você é um sujeito religioso", ela disse. "Acredita nessas coisas?"

Jerry Wicks não entendia como a conversa se desviara tanto do assunto. Ele disse: "Minhas crenças pessoais não vêm ao caso. As pessoas acreditam... vejo isso na fisionomia delas".

JoLayne levou uma Certs à boca. Lamentava pôr o prefeito no fogo. Jerry não era um mau sujeito, apenas frouxo. Cabelo louro branqueando nas têmporas. Faces rosadas flácidas, dentes perfeitamente alinhados, sobrancelhas ralas e inocentes. Jerry dirigia uma corretora de seguros herdada da mãe — automóveis e residências, principalmente. Sujeito boa-praça e inofensivo. JoLayne fazia seguro com ele, como a maioria das pessoas na cidade.

Jerry disse: "Bem, o que devemos lembrar é que seria bom para Grange ter um pouco de publicidade de outro tipo".

"Vamos anunciar ao mundo", disse JoLayne, "que também há gente normal morando aqui."

"Isso mesmo", concordou o prefeito.

"E não apenas pirados e vigaristas."

Palavras assim diretas provocavam em Jerry Wicks uma dor similar à de uma cãibra abdominal. "JoLayne, *por favor.*"

"Lamento ser uma moça tão cínica. Nem queira saber como acabei assim."

Àquela altura o prefeito já sabia que JoLayne Lucks não pretendia confirmar se acertara ou não na Lotto. O ritmo da mastigação das famintas tartaruguinhas tornara-se quase insuportável.

"Quer uma?", perguntou ela. "Para seu filho Jerry?"

Jerry Wicks disse não, obrigado. Olhou o aquário lotado e pensou: Olha só quem chama os outros de pirados.

JoLayne estendeu a mão por cima da mesa da cozinha e fez cócegas na barriga do prefeito. "Ei, ânimo."

O prefeito quase derreteu com o toque. Sorriu sem graça e desviou a vista. Por um instante, deleitou-se com uma fantasia impura: as unhas azuis de JoLayne arranhando lentamente seus ombros cheios de marcas de espinhas.

Em tom provocante, ela disse: "Você veio aqui para me contar alguma coisa, Jerry. Vamos ver logo o que é, antes que a gente morra de velhice aqui".

"Sim, é isso mesmo. Um repórter do *Register* está a caminho da cidade. Fez reserva na pensão — a senhora Hendricks me contou."

"Para esta noite?"

"Foi o que ela disse. Vem em busca do ganhador da loteria. Para fazer uma reportagem sobre a vida do felizardo, suponho."

"Sei", disse JoLayne Lucks.

"Não precisa se preocupar." Como prefeito, Jerry Wicks tinha experiência em lidar com a imprensa. Ele disse: "Eles adoram escrever sobre pessoas comuns que ficam ricas de repente".

"Sei." JoLayne mordeu o lábio.

"Chamam a isso interesse humano." O prefeito queria tranqüilizá-la, deixar claro que não precisava temer entrevistas. Esperava que ela se mostrasse amigável e cooperasse, pois a imagem de Grange estava em jogo.

JoLayne disse: "Preciso falar com ele?".

"Não." Jerry Wicks sentiu um aperto no peito.

"Prezo muito minha privacidade."

"O sujeito não precisa vir até sua casa. Na verdade, acho melhor que nem venha." O prefeito preocupava-se com o *hobby* de JoLayne de criar tartarugas. Um repórter da cidade grande, cruel, poderia fazer a festa com isso. "Talvez seja melhor encontrar com ele no restaurante do Holiday Inn."

"Sei", disse JoLayne.

O telefone tocou na parede da cozinha. Ela se levantou. "Preciso cuidar de algumas coisas. Obrigada pela visita."

Jerry Wicks disse: "Só achei bom que você soubesse antes. Ganhar na Lotto é uma notícia e tanto".

"Deve ser", disse JoLayne Lucks.

O prefeito se despediu e foi embora. Conforme atravessava a casa, passava pela varanda e seguia pela calçada, pôde ouvir o telefone de JoLayne tocando, tocando, tocando...

Chub sugeriu que seguissem direto para Tallahassee e pegassem a metade dos vinte e oito milhões do prêmio assim que fosse possível. Bodean Gazzer disse que não, ainda não dava.

"Temos cento e oitenta dias para receber o prêmio. Isso dá seis meses." Ele carregou a picape com uma dúzia de latas de cerveja bem gelada. "Primeiro precisamos achar o outro bilhete, antes que o desgraçado possa receber a parte dele."

"Talvez já tenha feito isso. Acho que é tarde demais."

"Não seja tão negativo."

"A *vida* é negativa, porra", retrucou Chub.

Bode estendeu uma toalha de praia na metade do banco ocupada pelo passageiro, para proteger o estofamento novo do óleo lubrificante para armas e do suor que formavam a marinada costumeira de Chub. Chub ficou meio ofendido com a precaução, mas não reclamou.

Minutos depois, acelerando na via expressa, Bode Gazzer resumiu o plano: "Arrombamos, roubamos o bilhete e damos no pé".

"E se a gente não achar?", perguntou Chub. "Vamos supor que ele esteja bem escondido..."

"Lá vem você de novo."

"Não tenho a menor intenção de ir para a cadeia."

"Relaxa, cacete."

"Sabe, agora a gente virou milionário", insistiu Chub. "Milionários não arrombam casas."

"Não, mas roubam do mesmo jeito. Nós usamos pé-de-cabra, eles usam judeus e pastas de couro."

Como de costume, Bode tinha razão. Chub se encolheu, meditando em companhia da sua Budweiser.

Bode disse: "Ei, eu também não quero ir para a cadeia. Se a gente for em cana, quem vai comandar os Rebeldes Brancos?".

Bode escolhera para a nova milícia o nome Irmandade dos Rebeldes Brancos. Chub não opinou sobre o nome. Afinal, não iam colocá-lo em cartões de visita.

Bode disse: "Ei, já acabou aquele livro que dei para você ler? Sobre como sobreviver na selva?".

"Não, ainda não." Chub chegou até a parte que ensinava a comer besouros e parou. "Como distinguir insetos venenosos de insetos comestíveis." Meu Deus.

"Não vi nada sobre picanha", resmungou.

Para aliviar a tensão, Bode perguntou a Chub se ele queria apostar em quem tinha o bilhete com os outros números premiados da Lotto. "Aposto dez paus como é um macaco. Quer ficar com os judeus ou com os cubanos?"

Chub nunca vira um racista dizer "macaco" em vez de "crioulo". "Por acaso há alguma diferença entre eles?", indagou, sarcástico.

"Não senhor", respondeu Bode.

"Então por que não fala crioulo que nem todo mundo?"

Bode segurou o volante com mais força. "Poderia chamá-los de cocos que não faria diferença. Uma palavra não é melhor que a outra."

"Cocos", riu Chub.

"Que tal dar uma força, para variar? Procure uma rádio que toque música branca, se possível."

"Qual o problema? Você não gosta desses *rappers* macacos?"

"Vai se foder", disse Bode Gazzer.

Admitir a verdade o matava de vergonha. Não conseguia dizer a palavra *crioulo*. Fizera isso uma única vez na vida, aos doze anos, e o pai prontamente o levara para fora de casa e fustigara seu traseiro liso com uma tira de couro para afiar navalhas. Depois disso a mãe o arrastara para a cozinha e lavara sua boca com detergente Comet e vinagre. Fora a pior (e a única) punição física da infância de Bode Gazzer. Nunca perdoara os pais. Tampouco se esquecera do sabor cáustico do Comet, cujo ardor voltava à sua garganta assim que pensava na palavra *crioulo*. Dizê-la em voz alta estava fora de cogitação.

Era um problema sério para um auto-intitulado racista e membro de milícia da supremacia branca. Bode Gazzer contornava a situação como podia.

Mudando de assunto, ele disse a Chub: "Você precisa de umas roupas de camuflagem, cara".

"Acho que não."

"Qual seu tamanho de calça?"

Chub afundou no banco e fingiu que tentava dormir. Não queria viajar até Grange. Não queria arrombar a casa de um desconhecido e roubar um bilhete da Lotto.

E ele não queria usar roupa com camuflagem. Disso tinha uma puta certeza. O guarda-roupa inteiro de Bode seguia o estilo militar. Encomendara tudo pelo catálogo Cabela no outono, usando um número de cartão MasterCard roubado. Bode acreditava que a camuflagem seria fundamental para sua sobrevivência quando as tropas da Otan chegassem das Bahamas para a invasão e a Irmandade dos Rebeldes Brancos iniciasse a guerrilha na selva. Até ver o armário de Bode, Chub não fazia idéia da existência de tantos tipos de folhas, galhos e outros desenhos apropriados. Bode tinha o casca de árvore básico (uma parca), o árvore verdadeira (capa de chuva), carvalho com musgo, madeira velha e floresta negra (uma coleção de moletons, camisas e calças), coníferas (calça de couro à prova de cobra) e folha morta (botas de escalar, ideais para qualquer estação do ano).

Chub não questionou a afirmação de Bode de que tamanha variedade de camuflagens, quando usadas na combinação adequada, tornavam um sujeito invisível nos bosques de carvalhos e pinheiros. Tendo crescido nas montanhas do norte da Geórgia, Chub não queria ficar invisível no mato. Queria ser visto e ouvido. Acima de tudo, não queria ser confundido com uma árvore por um urso furioso ou por um puma tarado.

Ele disse a Bode Gazzer: "Você se veste do seu jeito que eu me visto do meu".

Irritado, Bode pegou outra cerveja no assoalho da picape e puxou a argola. "Lembra o que diz a Constituição? Uma milícia bem *organizada*. Organização quer dizer disciplina, certo? E a disciplina começa pelo uniforme."

Bode tomou um gole e apoiou a lata de cerveja entre as pernas cobertas pela calça tipo carvalho com musgo, para ficar com as mãos livres ao dirigir. Chub recostou a cabeça na porta, e o rabo-de-cavalo deixou uma mancha de gordura no vidro lateral. Ele disse: "Não vou usar roupa com camuflagem".

"Por que não, cacete?"

"Porque a gente fica parecendo um monte de lixo orgânico, porra."

Bode Gazzer jogou a picape no acostamento da estrada, com um tranco brusco no volante. Furioso, meteu o pé no breque.

"Escute aqui...", começou.

"Escute você!", disse Chub, pulando em cima dele.

Bode sentiu o cano do Colt tocar a parte mais mole da garganta, bem onde a língua começava. Sentiu o bafo quente de cerveja de Chub na testa.

"Não precisamos brigar por isso", disse Bode, diplomático.

"Não vai ser briga. Vai ser assassinato."

"Ei, cara, somos irmãos."

Chub disse: "Então, cadê o *nosso* bilhete, irmão?".

"O bilhete da loteria?"

"Não, o bilhete da minha avó..." Chub engatilhou a pistola. "Cadê ele?"

"Não faça isso."

"Vou contar até cinco."

"Na minha carteira. Dentro da camisinha."

Chub riu, perverso. "Quero ver."

"É Trojan. Sem lubrificação, tipo comum." Bode tirou a camisinha da carteira e mostrou a Chub o que havia feito na noite anterior — abrira o selo plástico com uma lâmina de barbear e guardara o bilhete premiado dentro da camisinha enrolada.

Chub recolocou a arma na cinta e retornou ao lugar do passageiro. "Essa foi bem pensada, admito. Ninguém vai roubar a camisinha de um cara. Pode levar tudo, mas deixa isso."

"Exatamente", disse Bode. Assim que seu coração voltou a bater num ritmo normal, ele engatou a marcha na picape e voltou para a estrada.

Chub o observava com um ar neutro, mas não inteiramente inofensivo. Disse: "Entendeu o que podia acontecer? A gente não ia mais ser irmão coisa nenhuma se eu desse um tiro na sua cara e espalhasse os miolos pela picape inteira e pegasse o bilhete da Lotto só para mim".

Bode fez que sim, tenso. Até então não lhe ocorrera que Chub pudesse passar a perna nele. Obviamente, precisava levar essa possibilidade em conta. Disse: "Vai dar tudo certo. Você vai ver".

"Tudo bem", disse Chub. Abriu uma cerveja: quente, espuma demais. Fechou os olhos e tomou metade da lata. Queria confiar em Bode Gazzer, mas isso nem sempre era fácil. *Macaco.* Pelo amor de Deus, por que falava daquele jeito? Aquilo incomodava Chub e o levava a pensar que Bode não era tudo que dizia ser.

Aí outra idéia passou pela sua cabeça. "Tem puteiro em Grange?"

"Sei lá", disse Bode. "Não importa."

"Bem, não esqueça onde você guardou o bilhete."

"Dá um tempo, Chub."

"Seria o fim da picada perder catorze milhões no lençol de um puteiro qualquer."

Bode Gazzer olhou fixo para a estrada à sua frente. Ele disse: "Cara, você tem uma puta imaginação".

Um cérebro de merda, mas uma puta imaginação.

Tom Krome resolveu nem desfazer a mala; atirou a sacola de viagem em cima da cama e saiu logo. A dona da pensão adorou dar o endereço de JoLayne Lucks, na esquina da rua Cocoa com a Hubbard, atravessando o parque. O plano de Krome era aparecer de repente, pedir sinceras desculpas pela caradura, convidar a senhorita Lucks para um belo jantar e gradualmente fazer a entrevista.

Sua experiência como jornalista visitante de pequenas cidades indicava que algumas pessoas contariam a sua vida inteira no ato, enquanto outras não diriam nem um "olha!" se o seu cabelo estivesse pegando fogo. De pé na varanda da casa da tal moça, Krome não sabia o que esperar. Batera à porta, sem obter resposta. Tentou de novo. A luz estava acesa na sala e Krome ouvia música de rádio.

Deu a volta até o quintal, nos fundos, e na ponta dos pés espiou pela janela da cozinha. Viu restos de uma refeição na mesa posta para uma pessoa: xícara de café, prato de salada, pratinho com biscoito mordiscado.

Quando Krome voltou à varanda, encontrou a porta aberta. O rádio emudecera, o movimento na casa cessara.

"Oi", chamou.

Deu meio passo para dentro. A primeira coisa que notou foi o aquário. A segunda, água no assoalho de madeira de lei. Uma trilha de pingos.

Do fundo do corredor veio uma voz feminina: "Feche a porta, por favor. Você é o tal repórter?".

"Sim, isso mesmo." Tom Krome não imaginava como ela havia descoberto. "E você é JoLayne?"

"O que você quer, afinal? Não estou a fim de nada."

Krome perguntou: "Está tudo bem?".

"Venha ver por si mesmo."

Encontrou-a recostada na banheira, coberta de bolhas de sabão até os seios. Tinha uma toalha na cabeça e uma espingarda na mão. Krome ergueu os braços e disse: "Não pretendo machucá-la".

"Não mesmo", retrucou JoLayne Lucks. "Tenho uma calibre doze e você só tem um gravador."

Krome balançou a cabeça afirmativamente. O Pearlcorder que usava nas entrevistas estava oculto na mão direita.

"Bem pequeno", comentou JoLayne. "Sente-se." Ela apontou para uma cômoda com a arma. "Qual é o seu nome?"

"Tom Krome. Sou do *Register.*" Sentou-se onde ela havia indicado.

Ela disse: "Recebi hoje mais visitas do que poderia agüentar. Então, isso é que é ser rico?".

Krome sorriu por dentro. Aquilo ia dar uma matéria das boas.

"Tire a fita do gravador", ordenou JoLayne Lucks, "e jogue-a dentro da banheira."

Krome obedeceu. "Mais alguma coisa?"

"Sim. Desarregale os olhos."

"Desculpe."

"Não me diga que nunca viu uma mulher tomar banho. Está esperando que as bolhas acabem? Elas não duram muito, é verdade."

Krome manteve os olhos no teto. "Posso voltar amanhã."

JoLayne disse: "Quer fazer o favor de se levantar? Ótimo. Agora vire de costas. Pegue o robe no gancho e passe-o para mim — sem espiar, por favor".

Ele ouviu o ruído da água se agitando, quando ela saiu da banheira. Aí a luz do banheiro apagou.

"Fui eu", ela disse. "Não tente nada."

Estava tão escuro que Krome não enxergava nem o próprio nariz. Sentiu uma pontada nas costas.

"É a arma", explicou JoLayne.

"Entendi."

"Quero que você tire a roupa."

"Por favor, pare com isso."

"E entre na banheira."

"Não!", protestou ele.

"Quer a entrevista ou não, senhor Krome?"

Até aquele momento, tudo que acontecera na casa de JoLayne Lucks era um esplêndido material para o perfil da sortuda. Mas a parte do repórter forçado a se despir sob a mira de uma espingarda não tinha nada a ver. Sinclair não seria informado disso.

Quando Krome já estava dentro d'água, JoLayne Lucks acendeu a luz. Apoiou a escopeta no vaso sanitário e se ajoelhou ao lado da banheira. "Como se sente?", perguntou.

"Ridículo."

"Bem, não deveria. Você é um sujeito de boa aparência." Ela tirou a toalha da cabeça e sacudiu o cabelo.

Tom Krome agitou a água para formar mais bolhas, num esforço inútil para esconder seu pinto encolhido. JoLayne achou aquilo absolutamente adorável. Krome estava nervoso, envergonhado. Pensou nas situações difíceis e esporadicamente perigosas que enfrentara como repórter — confusões nas ruas, batidas em pontos de droga, furacões, tiroteios com a polícia, até mesmo um golpe militar em país estrangeiro. Mas nunca se sentira tão desamparado e humilhado como agora. Aquela mulher havia pensado em tudo direitinho.

"Por que está fazendo isso?", perguntou.

"Porque senti medo de você."

"Não há nada a temer."

"Agora estou vendo isso."

Ele riu. Não pôde evitar. JoLayne Lucks riu também. "Você tem de admitir que ajudou a quebrar o gelo."

Krome disse: "Você deixou a porta da frente aberta".

"Claro que sim."

"Age assim quando fica com medo? Deixa a porta aberta e espera pelada na banheira?"

"Com uma Remington", acrescentou JoLayne. "Carregada com cartucho de matar peru. Ganhei de papai." Abriu a torneira de água quente. "Está ficando com frio?"

Krome mantinha as mãos cruzadas sobre a virilha. Não havia sentido em bancar o descontraído, mas ele bem que tentou. JoLayne apoiou o queixo na beirada da banheira. "O que gostaria de saber, senhor Krome?"

"Você ganhou na loteria?"

"Sim, eu ganhei na loteria."

"Por que não está contente com isso?"

"E quem falou que eu não estou?"

"Vai continuar trabalhando para o doutor Crawford?" A dona da pensão dissera que JoLayne Lucks era ajudante da clínica veterinária.

Ela comentou: "Seus dedos estão ficando enrugados".

Krome decidira fazer um esforço de reportagem e ignorar sua nudez. "Você poderia me fazer um favor? Tem um bloco e uma esferográfica no bolso da minha calça."

"Não senhor, nada disso."

"Mas você prometeu."

"Como é?" Ela apanhou a espingarda de novo, batendo o cano com força na torneira da banheira, que saía da parede entre os pés de Krome.

OK, pensou. Vai ser do jeito dela.

"JoLayne, você já ganhou algum prêmio antes?"

"Concurso de biquíni em Daytona. Caramba, eu tinha só dezoito anos, mas sei o que está pensando." Ela revirou os olhos.

Krome perguntou: "Qual era o prêmio?".

"Duzentos dólares." Ela hesitou. Corou. Apoiou a espingarda na pia. "Bem, eu não sei mentir. Era um concurso de camiseta molhada. Digo às pessoas que era de biquíni porque soa menos vulgar."

"Tudo bem, você ainda era menina."

"É, mas você vai pôr isso no jornal, de qualquer jeito. É muita sacanagem para deixar de lado."

Ela tinha razão, tratava-se de um caso irresistível. No entanto, seria possível contá-lo com elegância, charme até, como JoLayne Lucks verificaria ao finalmente ler seu perfil assinado por Tom Krome. Nesse meio tempo, ele nada podia fazer senão olhar para as bolhas de sabão grudadas nos pêlos molhados de seu peito. Sentia-se desarmado, ridículo.

"Do que tem medo?", perguntou a JoLayne.

"Tenho um pressentimento ruim."

"Como uma visão?" Krome arriscou, para ver se ela fazia parte dos paranormais da região. Esperava que não, embora isso desse um sabor especial à história.

"Nada a ver com visão, é só um pressentimento", ela disse. "Sabe, como a gente tem ao sentir que vai cair uma tempestade, embora não haja uma única nuvem no céu."

Era uma agonia ouvir uma frase se perder atrás da outra, sem poder anotar nada. Implorou novamente pelo bloco.

JoLayne balançou a cabeça. "Isso não é a entrevista, senhor Krome. Trata-se apenas da pré-entrevista."

"Mas, senhorita Lucks..."

"Catorze milhões de dólares é um monte de dinheiro. Acho que é capaz de atrair algum mau elemento." Ela se aproximou mais da banheira, enfiou a mão ágil por baixo da bunda de Tom Krome e puxou a tampa do ralo.

"Enxugue-se e vista-se", ordenou. "Aceita um cafezinho?"

4

Demencio estava ponto o lixo para fora quando a picape que se aproximava parou sob a luminária da rua. Dois homens desceram e se espreguiçaram. O baixinho usava bota de caubói de bico fino e camuflagem verde-oliva, como um caçador de veados. O mais alto tinha rabo-de-cavalo e olhos fundos de drogado.

Demencio avisou: "O horário de visitação já se encerrou".

"Que visitação?", perguntou o caçador.

"Da Madona."

"Ela morreu?" O rabo-de-cavalo voltou-se para o companheiro. "Porra, você ouviu isso?"

Demencio deixou o saco de lixo na calçada. "Estou falando da Madona, a Virgem Maria. A mãe de Jesus."

"Não é da cantora?"

"Não, não é da cantora."

O caçador perguntou: "E que visitação é essa?".

"As pessoas vêm de longe para orar junto à imagem da Madona. Ela chora lágrimas de verdade às vezes."

"Fala sério?"

"Claro que sim", disse Demencio. "Voltem amanhã e vejam por si mesmos."

O rabo-de-cavalo falou: "Quanto você cobra?".

"O que estiver ao seu alcance, senhor. Aceitamos doações." Demencio tentava ser educado, mas os dois sujeitos o assustavam. Entendia de caipiras, mas arruaceiros racistas o apavoravam.

Os forasteiros cochicharam um pouco, depois o camuflado falou: "Ei, Julio, estamos em Grange?".

Demencio, sentindo um nó na garganta: "Sim, isso mesmo".

"Tem um 7-Eleven aqui por perto?"

"Só temos um Grab N'Go." Demencio apontou para um dos lados da rua. "A uns oitocentos metros."

"Muito agradecido pela gentileza", disse o caçador.

"O mesmo digo eu", falou o rabo-de-cavalo.

Enquanto a picape se afastava, Demencio notou um adesivo azul e branco no pára-choque traseiro: MARK FUHRMAN PARA PRESIDENTE.

Definitivamente, não são romeiros, Demencio pensou.

As palavras do cubano intrigaram Chub. Uma estátua que chora? Por causa de quê?

"Você também iria chorar", disse Bodean Gazzer, "se vivesse numa cidadezinha de merda como essa."

"Quer dizer que não acredita nele?"

"Claro que não."

Chub disse: "Vi uma vez na tevê uma Virgem Maria que chorava".

"E eu vi o Pernalonga na tevê também. Isso quer dizer que ele é real, cacete? Então você acha que existe um coelho de verdade que canta e dança usando um smoking..."

"Não é a mesma coisa." O sarcasmo ferino de Bode magoava Chub. Seu amigo parecia se esquecer às vezes de quem tinha a arma.

"Chegamos!", declarou Bode, apontando o letreiro luminoso em cima do Grab N'Go. Estacionou na vaga para deficientes perto da entrada e acendeu a luz interna da perua. Do bolso, tirou o recorte arrancado do *Miami Herald*. A reportagem dizia que o segundo bilhete havia sido adquirido "na comunidade rural de Grange". O ganhador, de acordo com a nota, ainda não aparecera para reclamar o prêmio.

Bode leu o texto em voz alta para Chub, que disse: "Não deve ter muitos lugares que vendem Lotto numa cidade pequena como essa".

"Vamos descobrir", disse Bode.

Entraram no Grab N'Go e pegaram uma dúzia de cervejas em lata, uma embalagem de carne-seca aperitivo, um pacote de

Camel e um bolo de café com nozes. Enquanto o caixa registrava a compra, Bode perguntou se havia bilhetes da Lotto.

"Quantos você quer? Aqui é o único lugar da cidade que vende", disse o caixa.

"É mesmo." Bode Gazzer piscou para Chub, animado.

O rapaz tinha dezoito anos, dezenove no máximo. Era corpulento e bronzeado. Tinha no nariz um arranhão e uma imensa espinha. O crachá de plástico o identificava como SHINER.

Ele disse: "Será que vocês sabem que esta loja vendeu o bilhete premiado de ontem?".

"Tá brincando!"

"Juro por Deus. Eu mesmo vendi o bilhete para a moça."

Bode Gazzer acendeu o cigarro. "Aqui mesmo? Sério?"

Chub disse: "Aposto que é pura cascata".

"Não, eu juro." Com um gesto, o rapaz desenhou uma cruz na altura do coração. "O nome da moça é JoLayne Lucks."

"É mesmo? E quanto ela ganhou?", perguntou Chub.

"Bem, primeiro foram vinte e oito milhões. Depois, falaram que ela ia ter de dividir no meio. Alguém jogou os mesmos números, foi o que deu na tevê. Algum cara lá de Miami."

"Puxa, quem diria." Bode pagou a cerveja e o resto. Depois jogou uma nota de cinco dólares em cima do balcão. "Então, tudo bem, senhor Shiner. Me dê cinco Quick Picks. Vamos ver se o pé-quente ainda funciona."

O rapaz sorriu. "Veio ao lugar certo. A cidade é famosa pelos seus milagres." Tirou os bilhetes da máquina da Lotto e os entregou a Bodean Gazzer.

Chub perguntou: "Ela é daqui mesmo, a tal de Joleen?".

"Mora do outro lado do parque. O nome dela é *JoLayne.*"

Chub coçou a nuca. "Será que ela está procurando marido?"

O caixa sorriu, maroto, e baixou a voz: "Não me leve a mal, senhor, mas acho que ela é meio queimada demais para o seu gosto".

Todos riram alto. Bode e Chub se despediram e seguiram para a picape. Os dois passaram um tempo sentados na cabine, tomando cerveja, mastigando a carne-seca aperitivo, sem dizer palavra.

Finalmente, Chub falou: "Então, é como você disse".

"É isso aí. É como eu disse."

"Caramba. Uma *macaca*." Chub rasgou a embalagem do bolo de café com as duas mãos.

"Coma logo", disse Bode a ele. "Temos muito o que fazer."

Tom Krome passou três horas com JoLayne Lucks. Seria exagero classificar esse período como entrevista. Ele nunca havia conhecido alguém, incluindo aí políticos e criminosos condenados, capaz de conduzir a conversa para o lado errado com tanta sagacidade. JoLayne Lucks tinha ainda vantagens adicionais, como olhos doces e um charme ao qual Krome sucumbiu com facilidade. No final da conversa ela sabia os fatos mais importantes a seu respeito, enquanto ele continuava sem saber praticamente nada sobre ela. Até as tartarugas permaneciam um enigma indecifrado.

"Onde as obteve?", perguntou ele.

"Nos riachos. Ei, seu relógio é bárbaro."

"Obrigado. Foi um presente."

"De uma namorada, aposto!"

"De minha mulher, faz muito tempo."

"É casado?"

"Estamos nos divorciando..." E assim por diante.

O pai de JoLayne ligou de Atlanta às dez e meia. Ela já havia dito antes que não podia conversar com ele, tinha visitas.

Quando Tom Krome levantou-se para ir embora, JoLayne pediu ao pai que aguardasse na linha. Acompanhou Krome até a porta e disse que havia sido um prazer conhecê-lo.

"Posso voltar amanhã", indagou ele, "e fazer algumas anotações?"

"Não."

Ela o empurrou delicadamente. A porta de tela se fechou, separando os dois.

"Decidi não sair no seu jornal", ela disse.

"Por favor."

"Lamento."

Tom Krome disse: "Você não entende...".

"Nem todos querem ser famosos."

Ele sentiu que estava perdendo sua chance. "Por favor. Uma hora, com o gravador. Vai ser bom, garanto."

Era mentira, claro. Krome poderia escrever qualquer coisa a respeito da ganhadora da loteria JoLayne Lucks, que nada seria bom. Revelar ao mundo que uma pessoa era milionária jamais produziria bons resultados, e JoLayne era suficientemente esperta para saber disso.

Ela disse: "Lamento que tenha perdido tempo, mas prefiro preservar minha privacidade".

"Sabe, você na verdade não tem escolha." Essa era a parte que ela não entendia.

JoLayne deu um passo em direção à tela. "O que quer dizer com isso?"

Krome deu de ombros, como a se desculpar. "A história vai sair nos jornais de um jeito ou de outro. Você virou notícia. É assim que funciona."

Ela deu meia-volta e sumiu dentro de casa.

Krome parou na varanda, ouvindo o zumbido e o borbulhar do aquário. Sentia-se um monte de bosta, mas isso não chegava a ser novidade. Tirou outro cartão de visita e escreveu no verso: "Telefone, caso mude de idéia".

Enfiou o cartão no vão da porta e voltou para a pensão. Em cima da cômoda do quarto encontrou um bilhete: "Katie ligou. Dick Turnquist também".

Krome sentou-se pesadamente na beirada da cama, ponderando o quanto seria remota a chance de que seu advogado encarregado do divórcio o procurasse em Grange, na Flórida, num domingo à noite, para lhe dar boas notícias. Esperou vinte minutos antes de telefonar para Nova York.

JoLayne Lucks trabalhava como assistente do dr. Cecil Crawford, o veterinário da cidade. Enfermeira formada, JoLayne poderia ganhar o dobro no hospital municipal caso preferisse cuidar de seres humanos em vez de animais. Era excelente no serviço. Em Grange, quem tinha um bicho de estimação conhecia JoLayne Lucks. O dr. Crawford sabia ser chato e implicante, mas JoLayne era toda ternura e cuidado. Corriam boatos de que sua vida particular era excêntrica, boatos saborosos porém irrelevantes: ela tinha um jeito especial de lidar com animais. Praticamente todo mundo na cidade gostava dela, o que incluía até um grupo de racistas de carteirinha. Eles diziam ser ela a única pessoa negra na qual confiavam. JoLayne achava curioso que um número expressivo de racistas locais tivessem cachorros pequenos, neuróticos, rabugentos. As mulheres preferiam poodles, os homens, chihuahuas obesos. Na comarca de Dade, onde JoLayne crescera, eles gostavam de pastores alemães e de pit bulls.

O emprego na clínica do dr. Crawford era o segundo desde que se formara em enfermagem. Seu primeiro trabalho foi no infame pronto-socorro do Jackson Memorial Hospital, no centro de Miami. Lá JoLayne conheceu três dos seis homens de sua vida:

Dan Colavito, corretor da Bolsa, que diariamente prometia largar o cigarro, a cocaína e aquelas pilulazinhas milágrosas. Dera entrada no Jackson sábado à noite com quatro dedos dos pés fraturados, conseqüência de ter saído correndo no meio da Ocean Drive para chutar, sem razão aparente, a limusine de Julio Iglesias.

Robert Nossario, policial, que passava o plantão noturno parando motoristas jovens e atraentes do sexo feminino, embora elas raramente tivessem cometido uma infração no trânsito. O policial Nossario chegara ao pronto-socorro alegando ter levado um golpe violento nos testículos, supostamente resultado de uma queda sobre o cassetete durante uma perseguição a um suspeito de arrombamento.

Dr. Neal Grossberger, jovem quiroprático, que telefonava para JoLayne a cada meia hora, quando ela estava em casa, que chorava feito criança quando ela se recusava a usar o pager que ele lhe dera (azul-celeste, para combinar com o uniforme do hospital) e incapaz de se vestir pela manhã sem primeiro telefonar perguntando que cor de meia deveria usar. Neal chegara com falta de ar ao hospital, depois de ingerir um molusco suspeito. Esperara na sala de emergência pelo virulento ataque de salmonela durante sete horas, mas ele não se manifestou.

JoLayne Lucks saiu do hospital quando conheceu e se casou com Lawrence Dwyer, o advogado. Como os outros amores de JoLayne, Lawrence tinha qualidades que saltavam aos olhos e defeitos que demoravam um pouco a aparecer. Por sugestão de Lawrence, mudaram-se para Grange, no norte do estado, onde ele poderia se concentrar em reverter a cassação de seu diploma, sem a presença incômoda de ex-clientes furiosos e vingativos. Tanta era a afeição de JoLayne por Lawrence (e sua determinação de fazer o casamento dar certo) que ela nem leu os quatro volumes dos autos do processo que o condenou por fraude em Miami. Preferiu acreditar nos protestos de completa inocência do marido, vítima, segundo ele, de uma complicada soma de erros judiciários, conspiração de colegas invejosos e de uma incompetente atuação do contador, "cujos zeros pareciam seis perfeitos!".

Em Grange, JoLayne escolheu a casa antiga da esquina da Cocoa com a Hubbard e deu a entrada para a aquisição do imóvel. Ela ficou emocionada e secretamente orgulhosa quando Lawrence conseguiu emprego como caixa no pedágio da via expressa Beeline — até ele ser preso por roubar um saco enorme de troco. Naquela noite, depois de empacotar todos os pertences do marido e doá-los ao Exército da Salvação, JoLayne fez uma fogueira no quintal com os livros de direito, os arquivos, os depoimentos e a correspondência mantida com a Ordem dos Advogados da Flórida. Depois do divórcio, ela pediu ao dr. Crawford para trabalhar apenas três dias por semana na clínica. Disse que precisava de um tempo para si.

Foi então que ela começou a explorar o bosque Simmons, uma extensão exuberante de carvalhos, pinheiros e palmeiras na periferia da cidade. Umas duas vezes por semana, JoLayne estacionava na beira da rodovia, passava por baixo da cerca de arame farpado e sumia no mato. Cada moita era uma aventura, cada clareira, um santuário. Ela anotava num caderno espiral o nome dos animais silvestres avistados: cobras, gambás, racuns, raposas, um gato-do-mato, meia dúzia de espécies de pássaros canoros. As tartaruguinhas vieram de um riacho — JoLayne ignorava seu nome. A água era cor de chá de damasco e o arroio corria pelo meio de um pequeno bosque de carvalho, espraiando depois de um barranco arenoso côncavo. Ali JoLayne costumava parar para descansar e comer alguma coisa. Certa tarde, contou onze tartaruguinhas em cima das pedras e dos troncos caídos. Adorava o modo como elas esticavam o pescocinho pintado e estendiam as perninhas escamosas para tomar sol. Quando um jacaré passava nadando, JoLayne atirava-lhe um pedaço de sanduíche de presunto, para distraí-lo das tartarugas.

Ela nunca pensou em tirar as pobrezinhas do riacho até o dia em que, ao estacionar no começo do bosque Simmons, deu com um aviso recém-pintado de VENDE-SE, de frente para a rodovia. Duzentos mil metros quadrados, zona comercial. A princípio JoLayne pensou tratar-se de um engano. Duzentos mil metros quadrados era muito pouco. A mata parecia não ter fim, quando JoLayne caminhava por lá. Ela voltou direto para o centro e parou no fórum de Grange para examinar o mapa da cidade. No papel, o bosque Simmons tinha forma de feijão, o que surpreendeu JoLayne. Em suas caminhadas, tentava não pensar em demarcações, mas elas existiam. A placa de VENDE-SE estava correta quanto à área também. JoLayne correu para casa e telefonou para a imobiliária citada na placa. A corretora, amiga de JoLayne, disse que a propriedade estava sendo oferecida para a incorporação de um shopping center. Na manhã seguinte, JoLayne começou a levar as tartaruguinhas do riacho. Não suportava a idéia de que seriam enterradas vivas pelas motoniveladoras. Tentaria salvar outros animais também, se não fossem bravos ou ariscos demais. Concentrou-se nas tartarugas, encomendando o maior aquário que podia pagar ao catálogo de produtos para animais existente no consultório do dr. Crawford.

Quando JoLayne Lucks descobriu que acertara na loteria da Flórida, soube imediatamente o que fazer com o dinheiro: comprar o bosque Simmons e salvá-lo.

Ela estava sentada na mesa da cozinha, fazendo contas numa calculadora, quando ouviu uma batida forte na porta da frente. Calculou que fosse Tom, o repórter, para insistir na entrevista. Quem mais, além dele, teria o descaramento de procurá-la em casa à meia-noite?

A porta de tela se abriu antes que JoLayne chegasse lá. Um desconhecido entrou na sala. Usava roupa de caçador.

Krome perguntou: "Você a encontrou?".

"Sim", respondeu Dick Turnquist.

"Onde?"

"Tenho medo de contar."

"Então não conte", falou Krome. Estava deitado na cama, os dedos cruzados atrás da cabeça. Para segurar o fone na orelha, ele o prendera com o ombro. Anos de conversa com editores em quartos de hotel o tinham levado a aperfeiçoar uma técnica perfeita, que o deixava com as mãos livres durante conversas telefônicas.

Turnquist disse: "Ela se internou numa clínica de desintoxicação, Tom. Alegou ser dependente de antidepressivos".

"Isso é ridículo."

"Ela disse que toma Prozac como se fosse água."

"Quero que seja examinada."

"Já tentei", disse Turnquist. "O juiz prefere deixá-la em paz. Vai marcar uma audiência para determinar se ela está com a capacidade mental prejudicada."

Krome riu, amargurado. Turnquist morria de dó dele.

Mary Andrea Finley Krome resistia ao divórcio há quase quatro anos. Impossível suborná-la com uma oferta de pensão magnífica ou com uma soma substancial à vista. *Não quero dinheiro, quero Tom.* Ninguém ficou mais surpreso com isso do que o próprio Tom, plenamente consciente de suas deficiências como companheiro doméstico. A disputa se alongara brutalmente porque o caso foi parar no fórum do Brooklyn, o pior lugar do mundo para conseguir um divórcio, com exceção talvez do Vaticano. Para complicar ainda mais a tramitação, a sra. Krome era uma atriz talentosa, capaz de convencer até o mais empedernido juiz de sua frágil condição mental. Além disso, tinha o hábito de desaparecer por vários meses, em turnês pelo interior, como integrante do elenco de peças obscuras. A mais recente, um musical baseado em *O silêncio dos inocentes*, ajudou-a a escapar de receber a intimação para a audiência.

Tom Krome disse: "Dick, não agüento mais essa história".

"A audiência para determinar a condição mental dela está marcada para daqui a duas semanas, a contar de amanhã."

"Por quanto tempo mais ela conseguirá nos enrolar?"

"Quer saber qual é o recorde mundial?"

Krome sentou-se na cama. Pegou o telefone antes que caísse no colo. Levou o fone aos lábios e disse, bem alto: "*Ela pelo menos já arranjou um advogado?*".

"Duvido muito", respondeu Dick Turnquist. "Durma com os anjos, Tom."

"Onde ela está?"

"Mary Andrea?"

"Onde é a tal clínica de desintoxicação?"

"Você não vai gostar de saber."

"Ah, já posso adivinhar. Na Suíça?"

"Maui."

"Droga!"

Dick Turnquist observou que podia ser pior. Tom Krome disse que duvidava muito. Deu ao advogado permissão para convocar médicos especialistas em Prozac a fim de preparar um parecer para a tal audiência.

"Não vai ser difícil", acrescentou Krome. "Quem não quer uma viagem grátis ao Havaí?"

Duas horas depois, ele foi acordado pelo arranhar suave de unhas em seu rosto.

Katie. Krome se deu conta de que dormira sem trancar a porta. Cretino! Sentou-se assustado.

O quarto estava escuro. Sentiu perfume de sabonete.

"Katherine?" Minha nossa, ela deve ter fugido e largado o marido!

"Não, sou eu. Por favor, não acenda a luz."

Ele sentiu o movimento do colchão quando JoLayne Lucks sentou ao seu lado. No escuro, ela segurou a mão dele e a levou até seu rosto.

"Ah, não", disse Krome.

"Foram dois." Sua voz estava trêmula.

"Deixe-me ver."

"Por favor, Tom. Deixe a luz apagada."

Ele a tocou na testa, depois na face. Um dos olhos se fechara, de tão inchado — uma bola de carne viva, quente. O lábio superior estava partido. Sangrara, formando uma crosta.

"Minha nossa", suspirou Krome. Obrigou-a a se deitar. "Vou chamar um médico."

"Não", disse JoLayne.

"E a polícia."

"Nem pensar!"

Krome sentiu que seu peito ia explodir. Carinhosamente, JoLayne fez com que se deitasse a seu lado e se acalmasse.

"Eles pegaram o bilhete", ela sussurrou.

Tom precisou de algum tempo para entender. O bilhete da loteria, claro.

"Eles me obrigaram a entregá-lo."

"Quem?"

"Nunca tinha visto os sujeitos antes. Eram dois."

Krome percebeu que ela lutava para não chorar. Sua cabeça latejava. Precisava fazer alguma coisa. Levá-la ao hospital. Notificar a polícia. Entrevistar os vizinhos, caso alguém tivesse visto ou ouvido algo...

Mas Tom Krome não conseguia se mover. JoLayne Lucks agarrou-se ao braço dele como se estivesse para se afogar. Ele virou de lado e a abraçou com ternura.

Ela tremeu e disse: "Eles me *obrigaram* a entregar o bilhete".

"Tudo bem."

"Não..."

"Você vai ficar boa. Isso é o que importa."

"Não é nada disso!", ela gritou. "Você não entende."

Minutos depois, quando a respiração dela se normalizou, Krome estendeu o braço e acendeu a luz do abajur. JoLayne fechou os olhos enquanto ele examinava os cortes e as inchações.

"O que mais eles fizeram?", perguntou.

"Deram socos na barriga. E em outros lugares."

JoLayne viu os olhos dele se acenderem e o maxilar se fechar com força. Tom disse: "Está na hora de levantar. Precisamos tomar algumas providências".

"Certo", ela disse. "Por isso vim procurar você."

5

Eles se revezaram no espelho retrovisor para examinar os machucados. Chub praguejou exageradamente: "Preta filha da puta desgraçada, a gente devia ter acabado com ela".

"Isso mesmo", disse Bodean Gazzer.

Os dois sofriam como o diabo e estavam com péssima aparência. Chub tinha arranhões fundos nas duas faces e a pálpebra esquerda fora cortada ao meio no sentido do comprimento. Metade piscava e metade não. Estava ensopado de sangue, principalmente do sangue dele mesmo.

Ele disse: "Nunca vi unhas tão afiadas, cacete. E você?".

Bode concordou com um resmungo. Seu rosto e pescoço exibiam diversas marcas roxas de mordidas. Aquela vaca maluca também arrancara um bom pedaço de sobrancelha a dentadas, e Bode tentava estancar o sangue da ferida.

Com voz sofrida, falou: "O importante é que conseguimos o bilhete".

"Que vai ficar comigo", disse Chub, "só por via das dúvidas." E para deixar tudo empatado, pensou. Não permitiria que Bode Gazzer guardasse os dois bilhetes da Lotto de jeito nenhum.

"Por mim, tudo bem", disse Bode, embora não achasse nada disso. Mas estava sofrendo demais para discutir. Nunca vira uma mulher lutar com tanta ferocidade. Cacete, os dois ficaram parecendo vômito de crocodilo!

Chub disse: "Eles são uns animais. Uns puta animais".

Bode concordou. "Uma garota branca nunca faria um escândalo daqueles. Nem mesmo por catorze milhões de dólares."

"Sério mesmo, a gente devia ter matado aquela vaca."

"Certo. E era você que não queria ir para a cadeia, hein?"

"Vá se foder, Bode."

Chub colocou uma bandana molhada em cima da pálpebra rasgada. Lembrou-se do alívio que sentira quando soube que a acertadora da loteria era negra. Que peso tirara dos ombros! Se fosse uma moça branca — especialmente se fosse uma senhora cristã idosa, como sua avó, Chub sabia que não teria coragem de levar adiante o plano. E muito menos de acertá-la na cara e nas partes íntimas, como fora necessário com aquela cadela JoLayne.

Se fosse uma garota branca, era só encostar o revólver na boca e ela faria qualquer coisa que a gente mandasse. Mas uma negra, que nada.

Cadê o bilhete?

Nem uma única palavra.

Cadê o bilhete, porra!

E Bode Gazzer disse: "Ei, gênio, ela não pode falar com o cano dentro da boca".

Chub tirou o cano, mas a mulher cuspiu na arma e depois nele também.

Isso fez Chub e Bode chegarem à conclusão de que nada seria capaz de levar aquela ordinária a entregar o bilhete, nem tortura nem estupro.

Aí Bode teve a idéia de atirar em uma das tartarugas.

Chub foi obrigado a admitir que ele merecia o crédito por ter percebido o ponto fraco da mulher.

Pegou uma tartaruga no aquário, pôs o bicho aos pés de JoLayne e riu, antecipando o momento. O bicho começou a andar na direção dos dedos descobertos da moça.

Chub disparou e acertou no meio da carapaça, fazendo a tartaruga deslizar pelo chão da sala como se fosse um disco de hóquei verde, rebatendo nas paredes e nos cantos.

Foi aí que a moça desistiu e contou onde escondera o bilhete. Dentro do piano, imagine só! Deu uma mão-de-obra daquelas tirar o bilhete lá de dentro.

Mas eles conseguiram. Agora estavam ali, parados sob o brilho âmbar de uma luminária de rua, revezando-se no retrovisor, checando os estragos que a preta tinha feito neles.

As lacerações múltiplas de Chub conferiam um efeito zebrado a seu rosto longo e flácido. A mais suave das brisas queimava como ácido quente. Ele disse: "Acho que vou precisar de uns pontos".

Bode Gazzer balançou a cabeça. "Nada de médico até chegar em casa." Depois, deu uma boa olhada nos ferimentos de Chub. Percebendo a ameaça ao sensacional estofamento de sua nova picape, sugeriu: "Band-Aids. Vamos comprar uma caixa".

Fez o retorno na rodovia e voltou para a cidade em alta velocidade. Seu destino era o Grab N'Go, onde pretendia adquirir um kit de primeiros socorros e também resolver um negócio da milícia.

Os anos de adolescência de Shiner foram toleráveis até sua mãe embarcar na religião. Antes, ela o deixava jogar futebol americano sem capacete, atirar com a .22 dentro dos limites da cidade, pescar bagres com bomba, fumar cigarros, caçar garotas e faltar na escola pelo menos duas vezes por semana.

Certa noite Shiner voltou para casa bem tarde, depois de um show do Whitesnake em Tampa, e encontrou a mãe acordada, na cozinha, esperando por ele. Usava sandália havaiana, camisola curta e o blazer mostarda do ex-marido, saldo de sua passagem pelo Century 21. Para Shiner, uma aparição aterrorizante. Sem dizer palavra, a mãe o pegou pela mão e o levou para fora. Caminharam ao luar, percorrendo os oitocentos metros da Sebring Street, até o cruzamento com a rodovia. Chegando lá, a mãe de Shiner caiu de joelhos e começou a rezar. Porém, não se contentou em murmurar as orações; gemeu e uivou, rompendo a quietude noturna.

Shiner ficou mais abismado ainda ao ver a mãe se deitar no meio da pista e esfregar a cara no asfalto imundo.

Envergonhado, disse: "Mãe, corta essa".

"Ele está aqui. Não O vê?"

"Vejo quem? Você vai ser atropelada."

"Shiner, não vê o Salvador?" Ela se levantou num pulo. "Filho, é Jesus. Olhe ali! Nosso Senhor! Não vê o rosto Dele no asfalto?"

Shiner andou até a mancha e a estudou atentamente. "É só uma mancha de óleo, mãe. Ou de fluido de freio."

"Não! É o rosto de Jesus Cristo."

"Então, tá. Mas vamos embora."

"Shiner!"

Ele imaginou que ao ficar sóbria ela esqueceria a viagem com Jesus Cristo, mas que nada. A mãe passou o dia seguinte inteiro, e o outro também, rezando na beira da pista. Crentes em férias deram-lhe um guarda-sol azul-celeste e um isopor cheio de refrigerantes em lata. No sábado seguinte, um repórter de uma emissora de tevê de Orlando chegou à cidade com uma equipe de filmagem. Em pouco tempo o Rosto de Jesus na Pista ficou famoso na região, junto com a mãe de Shiner. Daí em diante, tudo começou a dar errado para ele.

Um belo dia, chegou em casa e encontrou sua coleção de CDs de *heavy metal* queimada. A mãe resolvera acabar com o que chamava de "bolachas do demo". Shiner foi proibido de tomar cerveja e fumar. A mãe ameaçou cortar a mesada de cinco dólares por semana se ele não ficasse em casa na sexta-feira à noite para rezar e cantar hinos. Para sair de casa (e ficar longe dos romeiros que faziam fila para tirar fotos da mãe), Shiner entrou no Exército. Em menos de um mês foi expulso do treinamento básico, voltando para casa dez quilos mais magro e infinitamente mais taciturno do que ao deixar Grange. Como Shiner não tinha o que oferecer a um saturado mercado de trabalho, nem formação adequada nem habilidade num ofício qualquer, acabou no turno da noite do Grab N'Go, e cumprindo jornada dupla aos sábados. Lá não acontecia nada, exceto alguns assaltos a cada duas ou três semanas. Em noites calmas apenas meia dúzia de fregueses passava pelo caixa, deixando a Shiner muito tempo livre para folhear as últimas edições da *Hustler* e da *Swank*. Sempre tomava cuidado, levando as revistas de mulher pelada para o corredor de comida congelada, o único que não era vigiado pela lente olho-de-peixe da câmera de segurança. Shiner dissecava as revistas e espalhava as poses favoritas em cima da tampa de plexiglas do congelador de sorvete — ali fazia um frio do cão, mas ele não queria correr o risco de ser flagrado na parte da frente da loja. A mãe morreria de vergonha se o filho fosse despedido por bater punheta em horário de serviço, e ainda por cima com tudo registrado em fita de vídeo. Shiner não queria ferir os sentimentos da mãe, embora estivesse puto da vida com ela.

Na madrugada de 27 de novembro, às duas horas, ele estava debruçado em agitação febril sobre um exemplar da *Best of Jugs*, quando ouviu o tilintar da campainha presa à porta da frente da loja. Precisou de um tempo até reconhecer que os dois fregueses eram os mesmos homens que haviam passado por ali para comprar carne-seca aperitivo e bilhetes da loteria. Sem sombra de dúvida, andaram metidos numa briga de bar da pesada.

"O que aconteceu com vocês, caras?", perguntou Shiner.

O nanico que usava camuflagem pediu Band-Aids. O sujeito de rabo-de-cavalo, uma garrafa de destilado. Shiner os atendeu — finalmente, um pouco de animação! Ajudou os sujeitos a limpar as múltiplas feridas e a fazer os curativos. O camuflado apresentou-se como Bodean Gazzer, ou Bode para encurtar. Disse que o nome do amigo era Chub.

"Prazer em conhecer", disse Shiner.

"Garoto, precisamos de sua ajuda."

"Pode falar."

Bode disse: "Você acredita em Deus e na família?".

Shiner hesitou. E essa agora... mais fanáticos.

Aí Chub disse: "Você acredita em armas?".

"No direito de portar armas", esclareceu Bode. "Está na Constituição."

"Claro", disse Shiner.

"Você possui uma arma?"

"Claro", respondeu Shiner.

"Excelente. E na superioridade dos brancos. Acredita nisso?"

"Com toda a certeza!"

"Ótimo", disse Bode Gazzer.

Mandou Shiner se olhar no espelho para valer. Ver aonde tinha ido parar, atrás do balcão de uma loja de conveniência de merda, atendendo cubanos, macacos, judeus e, se bobeasse, até índios.

Chub perguntou: "Quantos anos você tem, rapaz?".

"Dezenove."

"E o seu projeto de vida é isto aqui?" Chub fez uma careta e, num gesto largo, mostrou a loja. "Seria, por assim dizer, a parte que lhe cabe neste latifúndio?"

"Não mesmo." Shiner sentia dificuldade em olhar para Chub, a pálpebra partida em duas era fascinante e repulsiva. A parte fechada, pálida, que não piscava, parecia uma cortina rasgada por trás da qual o congestionado olho amarelo sumia e voltava.

"Aposto que não sabe", disse Bode Gazzer, "que o dinheiro suado com o qual você paga seus impostos está sendo usado para treinar o exército da Otan que invadirá os Estados Unidos."

Shiner não fazia a menor idéia do que o camuflado estava dizendo, mas não deixou transparecer. Ignorava a existência da Otan e durante a vida inteira não pagara impostos suficientes para financiar nem uma caixa de balas, quanto mais uma invasão completa.

Faróis no estacionamento atraíram sua atenção: uma Dodge Caravan cheia de turistas parando na bomba de gasolina.

Chub fez cara feia. "Diga a eles que já fechou."

"Como é?"

"Rápido!", rosnou Bode.

O rapaz fez o que lhe mandaram. Quando voltou para a loja, encontrou os dois sujeitos cochichando.

O tal que se chamava Chub disse: "Estávamos comentando que você daria um ótimo recruta".

"Para quê?", perguntou Shiner.

Bode baixou a voz. "Está interessado em salvar os Estados Unidos da perdição total?"

"Acho que sim. Claro." Depois, pensando melhor no caso. "Vou ter de largar o serviço?"

Bode Gazzer balançou a cabeça, imponente. "Em breve", declarou.

Shiner ouviu com atenção. Os dois explicaram o que havia de errado com o país. Washington caíra nas mãos de um bando de comunistas, lésbicas, veados e partidários da integração racial. Shiner soube, revoltado, que ele seria provavelmente o *dono* do Grab N'Go a esta altura, se não fosse um negócio chamado "ação afirmativa", uma lei obviamente inventada pelos comunistas para ajudar os negros a tomar conta da nação.

De repente o universo de Shiner passou a fazer mais sentido. Gostou de saber que não levava aquela vida de bosta por sua culpa. Não, era tudo conseqüência de um engenhoso e diabólico complô, de uma imensa conspiração contra o homem branco comum e trabalhador. Desde o nascimento uma bota pesada comprimia o pescoço de Shiner e o subjugava, sem que ao menos ele soubesse disso! Por pura ignorância, sempre presumira que era tudo culpa sua — afinal, abandonara o colegial e fora expulso do Exército. Nunca percebera as forças ocultas que o "oprimiam" e o "esmagavam". Que o *escravizavam*, acrescentou Chub.

Pensar nisso deixou Shiner com raiva, e também curiosamente animado. Bode Gazzer e Chub fizeram milagre em seu amor-próprio. Eles lhe deram um senso de valor. Eles lhe devolveram o orgulho. Acima de tudo, eles lhe forneceram uma desculpa para seus fracassos, alguém em quem botar a culpa! Shiner sentiu alívio, o que o revigorou.

"Como vocês descobriram tantas coisas?"

"Aprendemos tudo da maneira mais difícil", disse Bode.

Chub interrompeu. "Você disse que tinha uma arma?"

"Isso", falou Shiner. "Uma Marlin calibre vinte e dois."

Chub torceu o nariz. "Pô, menino, estou falando de uma *arma*."

Em detalhes, Bode Gazzer explicou a iminente invasão de tropas da Otan vindas das Bahamas e sua missão de impor aos Estados Unidos um regime totalitário mundial. Shiner arregalou os olhos ao ouvir a menção à Irmandade dos Rebeldes Brancos.

"Já ouvi falar neles!", o rapaz exclamou.

"Já?" Chub olhou desconfiado para Bode, que deu de ombros.

Shiner disse: "Claro. É um conjunto, não é?".

"Não, seu pateta, não é um conjunto. É uma milícia", disse Chub.

"Uma milícia bem organizada", acrescentou Bode. "Como eles dizem na Segunda Emenda."

"Sei", disse Shiner. Mas nem havia lido a primeira ainda.

Em tom de confidência, baixando a voz, Bode Gazzer contou que a Irmandade dos Rebeldes Brancos estava se preparando para uma prolongada resistência armada — pesadamente armada — contra quaisquer forças estrangeiras ou não que representassem uma ameaça a algo chamado "soberania" dos cidadãos americanos.

Bode pôs a mão na nuca de Shiner e a apertou suavemente. "Então, o que acha?"

"Pelo jeito, é um plano."

"Quer entrar para a IRB?"

"Está brincando?"

Chub disse: "Responda sim ou não".

"Claro", disse Shiner, animado. "O que eu preciso fazer?"

"Um favor", disse Chub. "Um negócio fácil."

"Considere isso uma missão", complementou Bode Gazzer. "Uma espécie de teste."

Uma sombra passou pelo rosto de Shiner. Odiava testes, principalmente de múltipla escolha. Por causa deles havia sido recusado no Exército.

Chub notou a consternação do rapaz. "Esqueça a parte do teste", disse. "É um favor, só isso. Um favor a seus novos irmãos brancos."

Shiner sorriu instantaneamente.

Ao ver a sala de JoLayne, Tom Krome sugeriu (pela quarta vez) que chamassem a polícia. A casa se transformara num depósito de provas: impressões digitais, pegadas, sangue para todos os lados. JoLayne Lucks disse que de jeito nenhum, nem pensar, e começou a faxina. Relutante, Tom a ajudou. Pouco poderiam fazer a respeito do estripado piano ou do furo de bala no piso de tábuas. O sangue saiu com água e amoníaco.

Depois de tudo, JoLayne foi tomar banho e Krome enterrou a tartaruga morta debaixo do limoeiro, no quintal. Ao voltar para dentro, encontrou-a de pé no meio da sala, enrolada no robe.

Pingando água. Picando alface no aquário.

"Bem, as outras parecem estar ótimas", ela disse, com voz sumida.

Krome afastou-se das tartarugas. "Por que não quer chamar a polícia?"

JoLayne afastou-se, pegando um escovão. "Eles não acreditariam em mim."

"Como assim? Olhe-se no espelho."

"Não estou falando da surra. Estou falando do bilhete da Lotto."

"O que tem ele?", perguntou Krome.

"Não tenho provas de que o bilhete estava comigo. O que torna muito difícil provar que foi roubado."

Tinha razão. O computador da loteria da Flórida registrava quantos bilhetes premiados saíam e onde haviam sido adquiridos, mas não era possível identificar os compradores. Os números da Lotto eram vendidos no balcão, junto com a cerveja e o cigarro. Registrar centenas de milhares de números seria impossível. Conseqüentemente, a direção da Lotto mantinha um critério incontestável para a entrega do prêmio: posse do bilhete premiado. Sem apresentar o bilhete a pessoa não levava o dinheiro. Ao longo dos anos, a sorte grande de muita gente foi destruída por cachorrinhos travessos, crianças vorazes, máquinas de lavar roupa, privadas e incêndios domésticos.

E agora, ladrões.

Tom Krome sentia-se dividido entre a solidariedade a JoLayne Lucks e a percepção de que tropeçara numa história das boas. Mal conseguia disfarçar a ansiedade, pois JoLayne disse: "Suplico-lhe que não escreva nada a respeito".

"Mas isso faria os ladrões saírem da toca."

"E eu nunca mais veria a cor do meu dinheiro. Não entende? Eles queimariam o bilhete antes que a polícia os pegasse. Ou o enterrariam."

Krome ergueu os pés para dar passagem aos golpes ferozes e metódicos das vassouradas de JoLayne.

"Se os dois se assustarem", prosseguiu ela, "o bilhete de catorze milhões de dólares vira lixo. Se virem uma manchete no jornal a respeito do roubo... acaba tudo. O mesmo aconteceria se eu avisasse a polícia."

Krome achou que ela estava certa. Contudo, os ladrões não presumiriam que JoLayne denunciaria o roubo? A maioria das pessoas faria isso.

O farfalhar obstinado do escovão cessou. Ela foi até a cozinha e, apoiando-se no cabo, abriu a porta da geladeira para que o ar frio aliviasse a dor dos cortes e as equimoses do rosto.

Tom Krome disse: "Vou preparar um saco com gelo".

JoLayne balançou a cabeça. A casa estava em silêncio, exceto pelo zumbido da bomba do aquário e pelo mastigar das tartarugas que comiam alface.

Depois de um momento, ela disse: "Tudo bem, o negócio é o seguinte: eles disseram que voltariam aqui para me matar se eu contasse a alguém a respeito do bilhete da loteria. Disseram que voltariam para matar minhas tartaruguinhas, uma por uma. Depois chegaria a minha vez".

Krome sentiu um arrepio na nuca.

JoLayne Lucks prosseguiu: "Eles me mandaram dizer que eu havia apanhado do meu namorado. Era para contar isso ao médico! 'Que namorado?', perguntei. 'Não tenho namorado.' E o nanico falou: 'Agora você tem', e me deu um soco no seio".

Krome sentiu uma súbita dificuldade em respirar. Saiu pela porta dos fundos, meio tonto. JoLayne o encontrou de quatro, no canteiro de tomates. Passou a mão no cabelo dele e falou que estava tudo bem. A pressão no ouvido passou depois de algum tempo. Ela lhe ofereceu um copo de suco gelado. Sentaram-se lado a lado num banco de ferro, olhando o bebedouro dos pássaros.

Krome perguntou, com voz trêmula: "Você consegue identificar os dois sujeitos?".

"Claro."

"O lugar deles é a cadeia."

"Tom..."

"Vou dizer o que deve fazer: procure a polícia e a direção da Lotto. Conte toda a história a eles. Fale do roubo e das ameaças de morte. Faça um boletim de ocorrência, dê seu depoimento. Deixe que as autoridades cuidem desses filhos da mãe..."

"Não."

"Preste atenção. Esses caras vão aparecer logo. Eles têm apenas seis meses para reclamar o prêmio."

"Tom, é isso que estou tentando lhe dizer. Eu não posso esperar seis meses. Preciso do dinheiro agora."

Krome a encarou. "Mas por que tanta pressa?"

"Problema meu. Eu preciso."

"Deixe o dinheiro pra lá..."

"Não posso."

"Esses caras são uns monstros. Vão machucar outras pessoas, como fizeram com você. Talvez pior."

"Necessariamente, não", disse JoLayne. "Podemos pegá-los primeiro."

O mais incrível era que ela falava sério. Krome teria rido, se não temesse ferir seus sentimentos.

JoLayne beliscou o joelho dele. "Podemos fazer isso. Nós dois, juntos. Vamos encontrá-los."

"Como dizia minha avó, nem que a vaca tussa."

"Eles andam numa picape vermelho-berrante."

"Por mim, podem viajar até na nave estelar *Enterprise*."

"Tom, por favor."

Ele pegou na mão de JoLayne. "Na minha profissão, o medo é uma emoção saudável e muito protetora. Acontece que a morte e os desastres não são produto da imaginação. Fazem parte da realidade, mais do que qualquer outra coisa."

"Vamos supor que eu lhe diga por que preciso do dinheiro. Faria diferença?"

"JoLayne, creio que não." Partia seu coração olhar para ela, para o estrago que os sujeitos tinham feito.

Ela se afastou e foi para perto do aquário. Krome a ouvia conversar — consigo mesma, com as tartarugas, quem sabe com os homens que a machucaram daquele jeito.

"Lamento", ele disse.

Ao se virar, JoLayne não parecia aborrecida. "Pense bem", disse, maliciosa. "E se eu conseguir de volta o bilhete da loteria? Imagine que matéria fantástica você não estaria perdendo."

Tom Krome riu. "Você é implacável, sabia?"

"Mas estou certa. Por favor, ajude-me a encontrá-los."

Ele disse: "Tenho uma idéia melhor. Posso usar seu telefone?".

Shiner viu a mãe em pé, olhando para ele, ao acordar. Usava o vestido de noiva branco que sempre punha às segundas-feiras, em homenagem ao rosto de Jesus na pista. O traje fazia sucesso com os turistas — não era raro a mãe de Shiner voltar para casa com duzentos dólares em dinheiro, resultado das doações. Segunda-feira continuava sendo o melhor dia da semana em matéria de faturamento.

Ela mandou Shiner deixar de ser preguiçoso e descer logo de uma vez. As visitas o esperavam na sala.

"Já estou uma hora atrasada", disse, sacudindo o filho com tamanha força que ele se refugiou debaixo das cobertas.

Ele ouviu o farfalhar do vestido de noiva quando ela desceu as escadas, apressada. Em seguida, bateu a porta da rua com força.

Shiner vestiu a calça jeans e desceu para ver quem o procurava. Reconheceu a mulher, apreensivo: JoLayne Lucks. Nunca vira o sujeito.

JoLayne disse: "Lamento acordá-lo, mas é uma emergência".

Ela apresentou o amigo, Tom, que apertou a mão de Shiner e disse: "Seu colega de serviço, que trabalha de dia, nos deu o seu endereço. Disse que você não se importaria".

Shiner balançou a cabeça, distraído. Era um jovem com alguma dificuldade em descobrir que dois e dois são quatro, mas rapidamente relacionou o rosto inchado de JoLayne com os estragos na cara de seus novos companheiros da Irmandade dos Rebeldes Brancos, Chub e Bodean. Pelo menos por cortesia, Shiner deveria perguntar a JoLayne quem lhe arrebentara a boca, mas preferiu evitar questões delicadas. Não confiava na sua capacidade de dissimulação.

O sujeito chamado Tom sentou-se ao lado de Shiner no sofá. Não levava jeito de polícia, mas Shiner decidiu ser cuidadoso, por via das dúvidas.

JoLayne disse: "Temos um sério problema. Lembra-se do bilhete da Lotto que comprei na loja no sábado à tarde? Bem, eu o perdi. Nem queira saber como, é uma longa história. Você é o único além de mim que sabe que eu o comprei. Minha única testemunha".

Shiner enrolava as palavras quando ficava nervoso. "Sábado?"

Ele não olhou para JoLayne Lucks. Mantinha os olhos grudados nas pregas da barriga, que ainda exibiam as marcas das dobras das cobertas.

Finalmente, disse: "Não me lembro de ter visto você no sábado".

JoLayne não conseguiu distinguir as palavras, Shiner praticamente murmurava. "Como é?", ela disse.

"Não me lembro de ter visto você na loja no sábado. Será que não foi na semana passada?" Shiner mexia nos pêlos pretos e compridos em volta do umbigo.

JoLayne aproximou-se e levantou o queixo dele. "Olhe para mim."

Ele se encolheu todo com o toque das unhas azuis em sua garganta.

Ela disse: "Todos os sábados jogo os mesmos números. Todos os sábados vou até o Grab N'Go e compro um bilhete. Você sabe o que aconteceu desta vez, não é? Você sabe que eu ganhei".

Shiner afastou a mão dela. "Talvez você tenha ido lá no sábado, talvez não. De qualquer modo, eu não olho os números."

JoLayne Lucks recuou, sem esconder a cólera. O sujeito chamado Tom falou: "Você já deve saber que um dos bilhetes premiados foi vendido na sua loja".

"Sim, já sei. O pessoal de Tallahassee telefonou para avisar."

"Bem, se JoLayne não comprou o bilhete, então quem foi?"

Shiner lambeu os lábios e pensou: Droga. Mentir daquele jeito era mais difícil do que ele imaginava. Mas já tinha jurado e não podia recuar.

Ele disse: "Um sujeito passou lá, meio tarde, vindo da rodovia. Comprou um Quick Pick e meia dúzia de Bud Lights".

"Espere aí", protestou JoLayne, erguendo a voz, "está querendo dizer que um... *desconhecido* comprou o bilhete premiado?"

"Olha, sinceramente, eu não sei de nada. Só opero a máquina, não presto atenção nos números, pô."

"Shiner, você sabe que era o meu bilhete. Por que está mentindo, hein?"

"Não estou." Foi o máximo que ele conseguiu balbuciar.

O sujeito chamado Tom perguntou: "O homem misterioso que chegou à noite e comprou o Quick Pick — quem era ele?".

Shiner escorregou as mãos para baixo da bunda, para esconder o tremor, e disse: "Nunca tinha visto ele antes. Era um sujeito magro, de rabo-de-cavalo".

"Ah, não." JoLayne virou-se para o amigo. "O que vai dizer agora, dono da verdade?" E saiu correndo da casa.

O sujeito chamado Tom não saiu imediatamente, o que deixou Shiner mais nervoso. Pouco depois, olhando pela janela, viu o homem pôr o braço em volta de JoLayne Lucks enquanto desciam pela Sebring Street, afastando-se dali.

Shiner sugou o cigarro e lembrou-se do que Bòde e Chub haviam dito: *É a sua palavra contra a dela, cara.*

Pronto, estava feito. Sem nenhuma mancada!

Agora entrei para a Irmandade, Shiner pensou.

Mesmo assim, durante o resto da manhã, ele não conseguiu parar de pensar no que o amigo de JoLayne dissera antes de ir embora.

Nós dois ainda vamos conversar outra vez.

Só porque ele quer, pensou Shiner. Vai ter de me encontrar primeiro.

6

Mary Andrea Finley Krome não era viciada em Prozac nem em outra droga. Tampouco sofria de depressão crônica ou tinha surtos psicóticos ou esquizóides e tendência suicida.

No entanto, era teimosa. E desejava ardentemente não se tornar uma mulher divorciada.

Seu casamento com Tom Krome não era ideal; na verdade, tornara-se com o tempo uma relação-fantasma. Mas Mary Andrea seguira a tradição das mulheres da família Finley de agarrar um sujeito bonitão e egoísta que logo perdia o interesse por elas.

Conheceram-se em Manhattan, num café perto da Radio City. Mary Andrea abordara o sujeito bem-apessoado que lia atentamente uma biografia de Ibsen na ponta oposta do balcão. Mary Andrea, todavia, não sabia que o livro fora empurrado a Tom Krome por uma moça com quem ele andava saindo, estudante de teatro da Universidade de Nova York. Por ele, estaria se divertindo com a biografia de Moose Skowron. Mesmo assim, Krome ficou encantado com a desconhecida que pulou três banquetas para sentar a seu lado e contar que fizera uma ponta em *Casa de bonecas*.

A atração foi instantânea e mais física do que ambos eram capazes de admitir. Na época, Tom Krome trabalhava para um jornal na investigação de fraudes contra o sistema de saúde. Seguia a pista de um radiologista pilantra que passava as manhãs de terça-feira jogando *squash* no Downtown Athletic Club, em vez de decifrar mielogramas como alegava ao cobrar milhares de dólares do governo. Mary Andrea Finley fazia testes para o papel da mulher descontente de um fazendeiro numa peça de Sam Shepard.

Ela e Tom saíram juntos durante cinco semanas e se casaram numa igreja católica em Park Slope. Depois disso não se viram mais com freqüência, retardando longamente a descoberta de que não tinham muita coisa em comum. A atividade de repórter mantinha Tom ocupado o dia inteiro, enquanto Mary Andrea passava noites e fins de semana ensaiando. Quando conseguiam conciliar as agendas e passar algum tempo juntos, faziam sexo o máximo possível. Era a única atividade na qual existia perfeita sincronia, em todos os aspectos. Exagerar no sexo poupava ambos da ladainha sobre a vida profissional do outro, pela qual, sinceramente, não tinham o menor interesse.

Mary Andrea mal notou que as coisas não andavam muito bem. Segundo o seu relato, um belo dia Tom simplesmente entrou em casa com a cara amarrada e pediu o divórcio.

A resposta: "Não seja ridículo. Em quinhentos anos, jamais ocorreu um divórcio na família Finley".

"Isso explica tantos pirados", retrucou Tom.

Mary Andrea reproduziu o diálogo ao terapeuta do Mona Pacifica Mineral Spa and Residential Treatment Center de Maui, instituição altamente recomendada por diversos atores amigos que freqüentavam a ilha. Quando o terapeuta perguntou a Mary Andrea se ela e o marido haviam sido loucamente felizes em algum momento, ela disse que sim: durante uns seis meses.

"Sete, talvez", acrescentou. "Aí, caímos na mesmice. Mas isso é normal com casais jovens, não é? O problema é que Tom não agüenta a rotina. Sua personalidade exige que se mantenha em movimento, subindo ou descendo."

O terapeuta disse: "Entendi".

"Agora ele fica mandando advogados e oficiais de justiça me perseguir. É muito inconveniente." Mary Andrea era uma pessoa orgulhosa.

"Tem alguma razão para acreditar que ele mudaria de postura no que diz respeito do casamento?"

"Não estou querendo que ele mude de postura. Só quero que esqueça essa história absurda de divórcio."

O terapeuta parecia desconcertado. Mary Andrea prosseguiu, explicando que na sua opinião o divórcio era uma instituição obsoleta. "Supérflua e desnecessária", acrescentou.

"Está ficando tarde", disse o terapeuta. "Quer alguma coisa para ajudá-la a dormir melhor?"

"Veja a Shirley MacLaine. Ela não mora com o marido faz mais de trinta anos, certo? A maioria das pessoas nem sabe que ela é casada. Esse é o melhor jeito de lidar com a situação."

Pela teoria de Mary Andrea, o divórcio deixava a pessoa exposta e vulnerável, enquanto permanecer casada — mesmo sem morar com o marido — criava uma área de proteção.

"Ninguém mais pode meter o gancho de carne na gente", complementou. "Legalmente falando."

O terapeuta disse: "Jamais pensei na questão por esse ângulo".

"Certo, não passa de um pedaço de papel. Mas não pense nele como uma armadilha; tente vê-lo como um escudo à prova de balas", disse Mary Andrea Finley Krome. "Shirley pegou o espírito da coisa. Pode pedir que tragam uma xícara de Earl Grey?"

"Sente-se melhor?"

"Muito. Largarei do seu pé em dois dias, no máximo."

"Não tenha pressa. Está aqui para descansar."

"Com uma rodela de limão", disse Mary Andrea. "Por favor."

Sinclair queimou a língua com o café — tomar um gole fora sua reação automática ao ver Tom Krome atravessando a redação. Levando um lenço amarrotado à boca, Sinclair levantou-se para receber a estrela de sua equipe de reportagem com um entusiasmo hipócrita que não enganou nenhum dos presentes.

"Há quanto tempo!", trovejou Sinclair. "Você está ótimo, cara."

Krome apontou para a sala do editor. "Precisamos conversar", disse.

"Sim, eu já soube."

Quando estavam a sós, protegidos pelo vidro, Sinclair disse: "Joan e Rodney telefonaram hoje pela manhã. Aposto que a notícia já se espalhou pela cidade inteira".

Krome já previra isso. Disse: "Preciso de mais uma semana".

Sinclair franziu a testa. "Para quê, Tom?"

"Para fazer a reportagem." Krome o encarou friamente. Antecipara a reação do chefe, conhecendo bem o lema secreto de Sinclair: *Grandes reportagens, grandes problemas.*

O editor refugiou-se numa pose de fingida reflexão. "Creio que a esta altura não estamos mais falando do perfil do ganhador, não é mesmo?"

Krome riu do "estamos". O jornal mandara os editores de nível intermediário para um curso de gerenciamento empresarial que ensinara, entre outros truques estúpidos, a usar a primeira pessoal do plural quando houvesse discordância com os repórteres. Na teoria, a forma plural introduzia, subliminarmente, o peso da corporação na discussão.

Sinclair prosseguiu: "Creio que estamos falando de vinte centímetros de coluna por dia, no máximo, para a editoria de cidades. LADRÕES LEVAM BILHETE DA LOTTO, DONA LAMENTA FATALIDADE".

Krome debruçou-se para a frente. "Se o *Register* publicar esse título, vou pessoalmente até sua casa e arranco seu pulmão com uma faca de campanha."

Sinclair ponderou que talvez fosse prudente deixar a porta aberta, caso precisasse correr para fora dali.

"Nada de reportagens diárias", disse Krome. "A moça não pretende dar entrevistas. Nem foi fazer o boletim de ocorrência."

"Você conversou com ela, afinal?"

"Só em *off*."

Sinclair fortaleceu-se com outro gole de café. "Então, não vejo nenhuma matéria aí. Sem declarações da moça ou da polícia, acabou."

"Deixe por minha conta. Me dê algum tempo."

"Sabe o que Roddy e Joan disseram? Que ouviram comentários a respeito da tal Lucks. Ela perdeu o bilhete e depois inventou a história do roubo. Sabe, para deixar os outros com pena dela."

Krome disse: "Com todo o respeito, Roddy e Joan são uns bundas-moles."

Sinclair sentiu um impulso irresponsável de defender a irmã e o cunhado, mas ele logo passou. "Tom, você está a par dos nossos problemas de falta de pessoal. Uma semana mais parece uma investigação que um simples perfil."

"É uma matéria, e ponto final. Uma ótima matéria, se *nós* tivermos um pouco de paciência."

A atitude de Sinclair em relação ao sarcasmo era ignorá-lo. Disse: "Até a moça dar queixa na polícia, não poderemos fazer muita coisa. Talvez o bilhete tenha sido roubado, talvez não. Talvez ela nem tenha ganho o prêmio. Essas boladas costumam atrair muitos malucos".

"Conte mais."

"Temos outras reportagens para você, Tom."

Krome esfregou os olhos. Pensou no Alasca, em ursos pescando nos rios gelados.

Ouviu Sinclair dizer: "Temos um curso para solteirões na escola comunitária. 'Solteiros nos anos 90.' Daria uma boa pauta."

Krome, enfastiado de desprezo: "Ainda não sou solteiro. E não serei por um bom tempo, de acordo com meu advogado".

"Detalhe irrelevante. Escreva a respeito, Tom. Você vive como solteiro, isso é o que importa."

"Sim. Vida de solteiro."

"Por que não freqüenta o curso? Vão ensinar a costurar esta semana. Seria muito interessante, Tom. Relato em primeiro pessoa, claro."

"Costura para cavalheiros?"

"Claro", disse Sinclair.

Krome suspirou. Muito interessante. Sinclair conhecia bem o interesse de Krome por corte e costura. Preferiria escrever obituários. Fazer a porra da previsão do tempo. Preferiria ter cravos pregados nas narinas.

Sinclair, cheio de infundadas esperanças, aguardava a resposta de Krome.

"Ligo para você da estrada."

Sinclair gaguejou. "Sinto muito, Tom, não vai dar."

"Está dizendo que não posso fazer a reportagem?"

"Estou dizendo que, até agora, não temos matéria. Até conseguir o boletim de ocorrência ou uma entrevista com a moça, não temos nada para publicar, só fofoca."

Falando feito um verdadeiro jornalista tarimbado, pensou Krome. Um típico Ben Bradlee.

Insistiu: "Preciso de uma semana".

"Não posso." Sinclair mexia os dedos, nervoso, ajeitando uma pilha de recados em papel cor-de-rosa que estava em cima da mesa. "Gostaria de poder ajudá-lo, mas não vai dar."

Tom Krome bocejou. "Então vou ter de me demitir."

Sinclair ficou tenso. "Isso não é brincadeira."

"Finalmente, concordamos em alguma coisa", disse Krome, erguendo o braço numa saudação informal antes de sair pela porta.

Ao chegar em casa, notou que alguém arrebentara todas as janelas com uma arma de grosso calibre. Havia um recado de Katie na porta:

"Lamento muito, Tom. Foi tudo minha culpa."

Quando ela chegou, uma hora depois, ele já havia varrido a maior parte do vidro quebrado. Ela subiu a escada e lhe entregou um cheque de quinhentos dólares, dizendo: "Sinceramente, estou morta de vergonha".

"Tudo isso só porque não telefonei?"

"Mais ou menos."

Krome esperava ficar furioso com as janelas quebradas, mas ao refletir melhor considerou aquilo um marco em sua vida pessoal. Pela primeira vez um relacionamento sexual resultou num dano grande o bastante para acionar seu seguro. Krome considerou que finalmente havia entrado para o mundo macabro dos romances clandestinos tórridos.

Para Katie, disse: "Vamos entrar".

"Não, Tommy. Não podemos ficar aqui. Não é seguro."

"Mas a brisa está uma delícia, não acha?"

"Siga meu carro." Ela deu meia-volta e trotou até o automóvel — velocidade impressionante para alguém que usava sandálias de salto. Na rodovia interestadual ele quase a perdeu de vista duas vezes no trânsito intenso. Pararam num restaurante mexicano, perto da pista de corrida de cachorros. Katie escolheu uma mesa no fundo, discreta. Krome pediu cerveja e *fajitas* para os dois.

Ela disse: "Devo-lhe uma explicação".

"Já adivinhei: você contou tudo a Art."

"Sim, Tom."

"Posso saber por quê?"

"Estava triste, pois você não ligou como havia prometido. Aí, a tristeza se transformou em culpa — lá estava eu, deitada na cama ao lado de um homem, meu marido, guardando um terrível segredo."

"Mas Art come as secretárias dele há anos."

Katie disse: "Não é a mesma coisa".

"Pelo jeito, não."

"Além disso, um erro não justifica outro."

Krome desistiu. Em matéria de culpa, ele era especialista. Perguntou a Katie: "Qual o tipo de arma usado por Art?".

"Ah, ele não faz isso pessoalmente. Ele tem um oficial de justiça que se encarrega dessas coisas."

"De atirar nas janelas da minha casa?"

"Lamento muito", repetiu Katie.

A cerveja chegou. Krome bebeu enquanto Katie explicava que o marido, o juiz, revelou-se um maníaco ciumento.

"Para minha imensa surpresa", ela acrescentou.

"Não acredito que ele tenha contratado um oficial de justiça para dar uma passada na minha casa."

"Ah, ele não contratou. Isso seria crime — Art é muito, muito cuidadoso mesmo quando se trata da lei. O rapaz fez apenas um favor, por assim dizer. Para marcar um ponto com o chefe, na minha opinião."

"Quer saber a minha?"

"Tom, não consegui dormir no domingo. Precisava esclarecer tudo com Art."

"E aposto que ficou tudo muito bem claro."

"Ele vai me perdoar", disse Katie. "Mas, enquanto isso não acontece, é melhor você não se expor. Acho que ele pretende mandar matá-lo."

Tom Krome comeu as *fajitas* que chegaram. Katie comentou que ele estava lidando muito bem com as novidades. Krome concordou; sentia-se excepcionalmente calmo. A decisão de largar o jornal fez com que uma serenidade estranha e inquieta o preenchesse. Krome disse: "O que você contou a Art exatamente? Estou curioso".

"Tudo", retrucou Katie. "Todos os detalhes. Caso contrário, não seria uma confissão genuína."

"Sei."

"Sabe o que eu fiz? Acordei às três da manhã e preparei uma lista completa, desde a primeira vez, no seu carro."

Krome pegou um Doritos. "Quer dizer..."

"O boquete, isso mesmo. E tudo que houve depois. Até aquela vez que eu não gozei."

"Colocou isso na lista também? Todos os detalhes?" Ele pegou outro Doritos e o mergulhou no molho.

Katie disse: "Entreguei a lista a ele logo pela manhã, ontem. Antes que saísse para o trabalho. Sabe, Tom, eu me senti melhor na hora".

"Fico contente em saber." Krome tentou se lembrar do número de vezes que Katie e ele tinham feito amor nas duas semanas de caso, e imaginou que impressão a lista causaria no papel. Ele a fantasiou num quadro em letras miúdas, como nos placares esportivos.

Ela disse: "Quase me esqueci... Tirou a foto para mim? A da Virgem Maria que chora?".

"Ainda não, mas vou tirar."

"Não há pressa", disse Katie.

"Tudo bem. Preciso voltar lá esta noite."

"Deve ser uma boa matéria."

"Tudo é relativo, Katie. Sem querer mudar de assunto, você mencionou algo a respeito de Art me matar."

"Não, de *mandar* alguém matar você."

"Tudo bem. Claro. Tem certeza de que ele não estava falando por falar?"

"É possível. Mas ele ficou possesso."

"Ele bateu em você?", perguntou Krome. "Teria coragem para fazer isso?"

"Nunca." A pergunta provocou um sorriso no rosto de Katie. "Se quer mesmo saber a verdade, acho que a história até o excitou."

"A confissão."

"Sim. Como se ele tivesse percebido, de repente, o que estava perdendo."

Krome falou: "Quem diria".

Pagou a conta. Lá fora, no estacionamento, Katie tocou o braço dele e pediu, por favor, que ele avisasse se os quinhentos dólares não fossem suficientes para substituir as janelas quebradas. Krome disse que ela não precisava se preocupar com isso.

Então, ela falou: "Tommy, a gente não pode mais se encontrar".

"Concordo. É errado."

A idéia aparentemente a animou. "Fico feliz em ouvir você dizer isso."

A julgar pelo tom de triunfo em sua voz, Katie acreditava que, ao dormir com Tom Krome e depois confessar tudo ao marido safado, ela ajudava os três a se tornarem seres humanos melhores. A consciência de cada um fora desafiada e se elevara. Todos haviam aprendido a lição. Evoluíram espiritualmente.

Krome preferiu ser gentil e não contestar tamanho absurdo. Deu um beijo no rosto de Katie e lhe desejou felicidades.

Demencio ocupou a banqueta ao lado de Dominick Amador no balcão do Hardee's. Dominick dedicava-se ao ritual matinal de despejar Crisco num par de meias esportivas acinzentadas. As meias cobririam as mãos de Dominick, escondendo os estigmas feitos em casa. O Crisco mantinha a ferida úmida e impedia a cicatrização. Dominick dependia daqueles buracos frescos, em carne viva, como se as mãos tivessem sido pregadas recentemente na cruz. Se as feridas fechassem, estaria arruinado.

Ele disse a Demencio: "Preciso de um favor".

"Grande novidade."

Dominick disse: "Puxa, levantou com o pé esquerdo hoje?".

"Aquela mulher maluca perdeu o bilhete da Lotto. Aposto que você nem ficou sabendo."

Demencio segurou as meias abertas para que Dominick enfiasse as mãos dentro. Uma das meias tinha um furo na altura do dedão, pelo qual vazava um pouco da margarina esbranquiçada.

Dominick flexionou os dedos e disse: "Assim é bem melhor. Obrigado".

"Catorze milhões de dólares jogados na privada", resmungou Demencio.

"Ouvi dizer que foi roubo."

"Pura cascata."

"Mas todos na cidade sabiam que ela tinha o bilhete premiado."

Demencio disse: "E quem teria coragem de fazer uma coisa dessas? De verdade, Dom".

"Quanto a isso, tem razão." Os únicos roubos de Grange eram os assaltos cometidos por ladrões de passagem, que iam para Miami ou voltavam de lá.

Demencio disse: "Quer saber? Ela perdeu o bilhete num vacilo qualquer e depois inventou essa história de roubo para ninguém gozar da cara dela".

"Dizem que ela é muito esquisita."

"Desmiolada é a palavra certa."

"Isso mesmo, desmiolada", concordou Dominick. Enquanto comia uma rosca, o açúcar de confeiteiro grudava nas meias.

Demencio contou a respeito das tartarugas de JoLayne. "Deve haver uma centena delas na casa. Me diga, isso é normal?"

Dominick cerrou o cenho, tentando se concentrar. "O Velho Testamento menciona tartarugas?"

"Como é que eu posso saber?" Possuir uma Virgem lacrimejante não queria dizer que Demencio decorara a Bíblia inteira ou que a tivesse lido toda. Aquele negócio de Coríntios, por exemplo, era um osso duro de roer.

Dominick disse: "Me ocorreu que talvez ela esteja montando uma atração. Sabe, para os turistas. Só que não me lembro de tartarugas na Bíblia. Sei que há cordeiros e peixes — e uma serpente enorme, claro".

A panqueca de Demencio chegou. Despejando calda sobre o prato, ele disse: "Pode esquecer".

"Mas Noé tinha tartarugas, não tinha? Um casal de cada bicho."

"Certo. Então JoLayne vai construir uma arca do cacete. Isso explica tudo." Demencio atacou o café da manhã, irritado. O único motivo de ele ter mencionado as tartarugas foi mostrar que JoLayne não batia bem. Era o tipo de doida bem capaz de perder um bilhete de loteria de catorze milhões.

E tanta gente precisando ganhar! Demencio não se conformava. Levaria mil anos até que alguém em Grange acertasse novamente na loteria.

Dominick Amador disse: "Não sei por que está tão incomodado. O dinheiro nem era seu". Dominick não conhecia JoLayne direito, mas ela sempre tratara Rex, seu gato, com muito carinho. O gato sofria de um problema desagradável na gengiva que exigia visitas quinzenais ao veterinário. JoLayne era a única pessoa, além da filha de Dominick, capaz de pegar Rex sem a camisa-de-força feita sob medida para o bichano.

"Parece que você não entende", disse Demencio. "Todos nós íamos nos dar bem — você, eu, a cidade inteira. Imagine a história que a gente ia contar: JoLayne ganhou na Lotto por viver num lugar sagrado. Deve ter rezado para a minha Virgem Maria ou recebido o toque abençoado de suas mãos crucificadas. Quando a novidade se espalhasse, todos os apostadores correriam para Grange em busca de uma bênção."

Dominick não pensara numa possível expansão dos negócios sagrados.

"A melhor parte", prosseguiu Demencio, "é que não teríamos só cristãos. Viria qualquer um que gostasse de jogar na Lotto: judeus, budistas, havaianos... tanto faz. Jogador é tudo igual — eles só pensam na sorte."

"Uma mina de ouro", concordou Dominick. Com a manga, limpou um pedacinho de geléia do queixo.

"E agora tudo foi para o espaço", disse Demencio. Desconsolado, jogou o garfo em cima do prato. Como alguém conseguia perder um bilhete de loteria de catorze milhões? Nem Lucy Ricardo seria capaz disso, caramba.

Dominick disse: "Aposto que há muita coisa nessa história que a gente ainda nem ficou sabendo".

"Claro. Vai ver foram os marcianos. Um disco voador desceu no meio da noite..."

"Isso não. Mas eu soube que ela levou uma tremenda surra."

"Não me surpreende", disse Demencio. "Quer saber minha teoria? Ela ficou tão furiosa ao perder o bilhete que pegou o taco de beisebol e bateu com ele na cabeça. Era o que eu faria, se desse uma mancada como essa."

Dominick Amador disse: "Pode ser", e voltou à tarefa de eviscerar a rosca. Depois de alguns minutos, quando lhe pareceu que Demencio se acalmara, pediu-lhe, afinal, o favor.

"Tem a ver com os meus pés", disse.

"A resposta é não."

"Preciso de alguém para furá-los."

"Peça à sua mulher."

"Por favor", disse Dominick. "Já ajeitei tudo na minha oficina."

Demencio deixou seis dólares no balcão e desceu da banqueta. "Pegue a furadeira e faça você mesmo o serviço", disse a Dominick. "Eu não tenho estômago."

JoLayne Lucks sabia o que o dr. Crawford estava pensando: Finalmente a moça arranjou um namorado. Pena que bate nela sem o menor dó.

"Por favor, não fique olhando. Sei que estou horrível", disse JoLayne.

"Quer me contar o que houve?"

"Para ser sincera, não." Não contar nada combinaria com a história imaginada pelo dr. Crawford. Por isso, acrescentou: "Não é nada do que está pensando".

O dr. Crawford falou: "Fique quieto, seu merdinha".

Falava com Mickey, o Welsh corgi sobre a mesa de exame. JoLayne fazia o possível para controlar o cão, mas ele pulava feito uma minhoca desenterrada. Os menores eram os mais difíceis de lidar — cockers, poodles, lulus-da-pomerânia — e os mais malvados também. Mordiam doído, todos eles. Prefiro encarar um dobermann de sessenta quilos, pensou JoLayne.

A Mickey, o corgi, ela murmurou: "Seja bonzinho, querido". Imediatamente, Mickey enterrou as presas em seu polegar e não largou mais. Mesmo sentindo muita dor, JoLayne Lucks percebeu que a mordida lhe permitia controlar a cabeça do cachorro, dando ao dr. Crawford a chance de aplicar a vacina no lugar adequado. Mickey largou o dedo de JoLayne no instante em que sentiu a picada. Ela recebeu um elogio do dr. Crawford por não perder a calma.

JoLayne disse: "Não levo para o lado pessoal. O senhor também morderia, se tivesse cérebro de cachorro. Já vi homens fazerem coisas piores sem ter essa justificativa".

O dr. Crawford besuntou o polegar da moça com uma pomada desinfetante. JoLayne notou que parecia molho *barbecue.*

"Quer passar um pouco nos lábios?", perguntou o veterinário.

Ela balançou a cabeça negativamente, preparando-se para a pergunta seguinte. *Como foi que aconteceu?* Mas ele apenas disse: "Aliás, dar uns pontos não seria má idéia".

"Ora, não é necessário."

"Você não confia em mim."

"Nem morta." Com a mão livre, acariciou a cabeça calva do dr. Crawford. "Vou ficar boa", disse a ele.

No restante de seu dia de trabalho, JoLayne ainda teve pela frente: uma gata (Daisy), três gatinhos (sem nome), um pastor alemão (Kaiser), um papagaio (Polly), um gato (Spike), um beagle (Bilko), uma cadela labrador (Contessa), quatro filhotes de labrador (ainda sem nome) e uma iguana. JoLayne não sofreu mais nenhuma mordida ou unhada, embora a iguana tenha urinado copiosamente no seu jaleco de laboratório.

Ao chegar em casa ela reconheceu o Honda azul de Tom Krome estacionado na frente. Ele se acomodara no banco suspenso da varanda. JoLayne sentou-se a seu lado e impulsionou o banco. Com um guincho, ele começou a balançar.

JoLayne disse: "Então, negócio fechado".

"É isso aí."

"O que o seu chefe falou?"

"Ele disse: 'Grande matéria, Tom! Vá em frente!'."

"Sério?"

"Palavra por palavra. Ei, o que aconteceu no seu casaco?"

"Xixi de iguana. Agora pergunte a respeito do dedo."

"Deixe-me ver."

JoLayne estendeu a mão. Krome estudou a marca de mordida, fingindo preocupação.

"Terrível!", disse.

Ela riu. Caramba, como fazia bem aquele toque de mão. Forte mas suave, tudo a que a gente tem direito. Era assim que começava, com uma coceira morna, anestesiante.

JoLayne levantou-se do banco e disse: "Ainda temos uma hora antes do anoitecer. Quero lhe mostrar uma coisa".

* * *

Quando chegaram ao bosque Simmons ela apontou para a placa de VENDE-SE. "Por isso não posso esperar seis meses pela captura dos filhos da mãe. Qualquer dia desses alguém vai chegar e comprar essas terras."

Tom Krome a seguiu, cruzando a cerca e através de pinheiros e palmeiras. Ela parou para mostrar fezes de gato-do-mato, pegadas de cervo e uma águia no alto de uma árvore.

"Duzentos mil metros quadrados", disse JoLayne.

Ela sussurrava, e por isso Krome sussurrou de volta: "Quanto estão pedindo?".

"Três milhões e pouco", ela disse.

Krome perguntou a respeito do zoneamento.

"Comercial", respondeu JoLayne com um sorriso irônico.

Eles pararam no barranco arenoso que dava para o riacho. JoLayne sentou-se e cruzou as pernas. "Um shopping center com estacionamento", disse, "como na canção de Joni Mitchell."

Tom Krome queria anotar tudo que ela dizia. O bloco o tentava no bolso traseiro da calça jeans. Como se ainda trabalhasse para o jornal.

JoLayne apontou para a água cor de chá. "As tartaruguinhas vieram dali. Estão sob os troncos agora. Você devia vir quando o sol está a pino."

Ela continuava falando baixo, como se estivesse na igreja. E de certo modo estava.

"O que acha do meu plano?"

Krome disse: "Acho fantástico".

"Está me gozando."

"De jeito nenhum..."

"Está, sim. Acha que sou maluca." Ela escondeu o rosto com as mãos. "E você, que é tão esperto, o que faria com o dinheiro?"

Krome começou a responder, mas JoLayne fez sinal para que se calasse. Um cervo aproximou-se do regato. Era uma fêmea e bebia água. Eles a observaram até escurecer de vez e depois retornaram em silêncio para a rodovia. Krome seguiu a brancura do jaleco de JoLayne por entre moitas e árvores.

De volta à casa, ela sumiu no quarto para trocar de roupa e pegar os recados na secretária eletrônica. Voltou e o viu parado na frente do aquário, observando os filhotes de tartaruga.

"Imagine você", ela disse, "que o banco Chase ligou. Os safados já compraram um montão de coisas com o meu cartão Visa."

Krome deu meia-volta. "Você não me disse que eles tinham levado seu cartão de crédito."

JoLayne foi até o telefone da cozinha. "Preciso cancelar o cartão."

Krome a segurou pelo braço. "Nada disso. É uma notícia maravilhosa. Eles pegaram seu cartão e mostraram que são dois panacas."

"É, eu não poderia estar mais feliz..."

"Quer localizá-los, certo? Bem, agora temos uma pista."

JoLayne ficou intrigada. Sentou-se na mesa da cozinha e abriu um pacote de biscoitos Goldfish. O sal doía nos lábios feridos, fazendo os olhos lacrimejar.

Krome disse: "Vamos fazer o seguinte. Ligue para o banco e descubra exatamente onde o cartão foi usado. Diga que o emprestou a seu irmão, a um tio, invente algo. Mas não cancele o cartão, JoLayne, até que a gente descubra para onde os dois estão indo".

Ela obedeceu. O pessoal do banco Chase ajudou no que pôde. Ela anotou as informações e as passou para Krome, que disse: "Uau".

"Uau mesmo..."

"Eles gastaram dois mil e trezentos dólares numa feira de armas?"

"E duzentos e sessenta no Hooters", disse JoLayne. "Não sei qual me dá mais medo."

A exposição de armas era no War Memorial Auditorium de Fort Lauderdale. O Hooters, em Coconut Grove. Os ladrões viajavam para o sul, pelo jeito.

"Faça as malas", disse Krome.

"Meu Deus, esqueci das tartarugas. Sabe o quanto elas comem."

"Elas não podem ir com a gente."

"Claro que não", disse JoLayne.

Eles pararam num caixa automático para pegar dinheiro. De volta ao carro, ela comeu mais alguns biscoitos Goldfish e disse: "Corra como o vento, parceiro. Meu cartão Visa vai estourar quando chegar aos três mil dólares".

"Então vamos pagar a fatura. Mande um cheque pelo correio amanhã bem cedo. Quero ver os caras perderem a cabeça."

Em tom de brincadeira, JoLayne disse, segurando a camisa de Krome: "Tom, tenho exatamente quatrocentos e trinta e dois dólares na minha conta bancária".

"Relaxe", ele disse. Depois, olhando-a de lado: "Está na hora de você começar a pensar como uma milionária".

7

O verdadeiro nome de Chub era Onus Dean Gillespie. Caçula de sete irmãos, nasceu de Moira Gillespie, que aos quarenta e sete anos já se desiludira com o padecer no paraíso da maternidade. O pai de Onus, Greve, era um sujeito rude que regularmente lembrava ao menino que a trajetória de sua vida começara por causa de um diafragma defeituoso e que seu aparecimento no útero da senhora Gillespie fora tão bem recebido quanto "uma barata num bolo de casamento".

Apesar de tudo, Onus não sofreu espancamentos ou torturas na infância. Greve Gillespie ganhava bem como lenhador no norte da Geórgia e era generoso com a família. Eles moravam numa casa grande, com uma cesta de basquete no quintal, um barco de segunda mão num reboque na garagem, para quando quisessem esquiar, e uma enciclopédia *World Book* no porão. Todos os irmãos de Onus conseguiram entrar na Georgia State University, e o próprio Onus poderia ter estudado lá também, caso não tivesse escolhido, desde os quinze anos, uma vida de vagabundagem, bebedeira e ignorância.

Ele saiu da casa dos pais e se meteu com uma turma da pesada. Arranjou emprego no departamento de fotografia de uma loja de conveniência e ganhava uns trocados por fora vasculhando os negativos dos fregueses em busca de poses sensuais para fazer cópias clandestinas, que vendia aos meninos safados do colégio local. (Mesmo depois de adulto, Onus Gillespie se espantava com mulheres que permitiam que o namorado ou o marido tirasse fotos delas sem blusa. Sonhava em conhecer uma mulher assim, mas até então isso ainda não havia acontecido.)

Aos vinte e quatro anos, acidentalmente Onus arrumou um emprego bem pago no depósito de uma loja de móveis. Graças a um sindicato combativo, ele conseguiu permanecer seis anos no emprego, apesar das faltas constantes, da incompetência exaustivamente documentada e de uma perigosa afinidade com cola de carpete. Um dia, chapado de dar dó, Onus bateu com a empilhadeira numa máquina Snapple e transformou o choque em baixa velocidade num exorbitante pedido de indenização por acidente de trabalho.

Sua longa "convalescência" incluiu inúmeras excursões de caça e pesca, sempre embriagado. Certa manhã, Onus foi visto saindo do mato de braço dado com uma prostituta e levando no ombro um filhote de urso morto. O homem que o observava era investigador da companhia de seguros e se convenceu de que o senhor Onus Gillespie não estava incapacitado para o serviço. Só então ele foi demitido do depósito, e preferiu não processar a firma.

Moira e Greve deram um último cheque ao rebento errante e depois o deserdaram. Onus não precisou de outro estímulo para abandonar o estado. Além dos indiciamentos iminentes por fraude contra a seguradora e por caça ilegal, Onus recebera uma carta antipática do Imposto de Renda, indagando o motivo de ele jamais ter feito uma declaração em sua vida adulta. Para enfatizar seu propósito, o Imposto de Renda mandou um reboque e dois sujeitos desagradáveis para confiscar a perua Ford Econoline toda adaptada de Onus. Foi fácil encontrar o veículo. Uma requintada pintura na lateral mostrava Kim Basinger como uma sereia nua montada num narval. Onus se apaixonara pela bela atriz da Geórgia ao ver o filme *9 ½ semanas de amor* e bolou o mural como uma espécie de tributo.

O confisco de sua amada Econoline transformou Onus Gillespie num inimigo ressentido do governo americano (ele nutria sentimentos similares em relação aos pais, que não apenas se recusaram a pagar seus impostos atrasados como revelaram aos agentes federais o paradeiro da perua). Antes de fugir, Onus queimou sua carteira de motorista e renunciou ao nome de família. Deu-se o nome de Chub, apelido inventado pelos irmãos quando ele era menor e tinha problema de peso. Como não conseguiu escolher um novo sobrenome, resolveu esperar até que uma idéia boa lhe viesse à mente. Foi para Miami de carona, levando só a roupa do corpo, dezessete dólares na carteira e, num bolso fechado com zíper, seu único patrimônio: o selo de estacionamento para deficientes físicos que havia obtido com o médico da empresa como parte da compensação pelo acidente com a empilhadeira.

A pura sorte e uma rodada grátis de cerveja sedimentaram sua amizade com um falsário amador, que emprestou para Chub seu equipamento de impressão ao tirar férias na penitenciária estadual. Em pouco tempo Chub estava produzindo adesivos falsos para deficientes, vendidos aos motoristas da cidade. Seu ponto favorito era o fórum federal de Miami, célebre pela dificuldade de estacionamento. Entre os satisfeitos clientes de Chub estavam estenógrafas, fiadores, advogados de traficantes e até alguns juízes. Em pouco tempo sua reputação se espalhou e ele se tornou conhecido na região como um confiável fornecedor de adesivos falsos.

Foi assim que conheceu Bodean Gazzer, que enfrentava problemas terríveis para estacionar no centro. Tendo adquirido o Dodge Ram recentemente, Bode considerava insano ser obrigado a deixar a picape a três ou quatro quarteirões de distância para enfrentar a burocracia da justiça criminal. Além disso, a região não era das mais indicadas para um passeio a pé: havia haitianos e cubanos por tudo quanto é lado! Em seus pesadelos com a adorada picape, só sobrava o chassi.

Chub sentiu uma afinidade imediata com Bode, cujas teorias globais e explicações abrangentes considerou reconfortantes. Por exemplo, Chub se magoara quando os pais o chamaram de sonegador de impostos, mas Bode Gazzer fez com que se sentisse melhor ao enumerar todas as boas razões pelas quais nenhum macho branco americano deveria dar um tostão sequer ao Imposto de Renda. Chub adorou saber que seu ato, inicialmente classificado como calote, não passava, na verdade, de um legítimo protesto civil.

"Como o Motim do Chá em Boston", explicara Bode, invocando seu episódio histórico favorito. "Aqueles caras eram contra impostos sem representação, e nós estamos lutando pela mesma coisa. O homem branco perdeu a vez no atual governo. Por que devemos pagar a conta?"

Para Chub, soava bem. Muito bem mesmo. E Bode Gazzer tinha uma penca de idéias legais.

Alguns amigos de Chub, especialmente os veteranos de guerra, desaprovavam a jogada dos adesivos para deficientes. Bode não. "Pense bem", ele disse a Chub, "quantas pessoas você vê em cadeiras de rodas na rua? E quantos milhares de vagas ficam reservadas para elas? A conta não bate, a não ser que..."

"A não ser?"

"A não ser que as vagas não sejam realmente para os deficientes", concluiu Bode, sombrio. "Qual é a cor dos adesivos que autorizam o estacionamento?"

"Azul."

"Sei, sei. E qual é a cor dos capacetes usados pelas tropas das Nações Unidas?"

"Sei lá, porra. Azul também?"

"Simmmmm senhor!" Bode Gazzer segurou o braço de Chub e o sacudiu. "Não entende, cara? Quando ocorrer a invasão, quem você acha que vai estacionar nas vagas para deficientes? Soldados. As tropas da ONU, cara!"

"Meu Deus do céu."

"Portanto, pelo meu modo de ver você está prestando um tremendo serviço ao país com as suas imitações de adesivo. Cada selo que você vende significa uma vaga a menos para os inimigos. É assim que eu vejo a coisa."

E era assim que Chub pretendia ver a coisa também. Ele não era um vigarista, e sim um patriota! A vida melhorava cada vez mais.

Era só ver aonde ele chegara com seu melhor amigo.

Os dois estavam prestes a virar multimilionários.

Passariam a tarde na moleza no Hooters, comendo asas de frango na brasa e enchendo a cara de Corona.

E flertando com as garçonetes de short alaranjado brilhante, minha nossa, os pares de pernas mais lindos que Chub já tinha visto na vida. Bundas no formato de suculentas maçãs Golden Delicious.

Do lado de fora, uma picape cheia de armas.

"Um brinde", disse Bode Gazzer, erguendo o caneco. "À América."

"Amém!", apoiou Chub.

"É assim que as coisas devem ser."

"Isso mesmo."

Bode disse: "Não existe esse negócio de bocetas demais ou armas demais. Isso é um fato".

Eles levaram um puta susto quando a conta chegou. Com um sorriso maroto, Bode atirou o cartão de crédito roubado em cima da mesa. Chub lembrou vagamente que eles deviam ter jogado fora o cartão Visa daquela negra depois da feira de armas, onde o usaram para adquirir uma TEC-9, um Cobra M-11, um AR-15 usado, uma lata de pimenta em spray e várias caixas de munição.

Chub preferia exposições de armas a lojas de armas, pois as feiras eram isentas de praticamente todas as normas federais e estaduais de controle, graças à Associação Nacional do Rifle. Chub dera a idéia de passar na feira de Fort Lauderdale. Contudo, não tinha gostado muito da idéia de pagar armamentos tão chamativos com um cartão de crédito roubado, em sua opinião um lance tão arriscado que beirava a estupidez.

Mais uma vez, Bode Gazzer fez com que o amigo se acalmasse. Explicou a Chub que muitos vendedores de feiras de armas eram na verdade agentes disfarçados do controle de armamentos e que o cartão de crédito serviria para lançar os policiais truculentos numa busca frenética por "J. L. Lucks" e seu recém-adquirido arsenal.

"Portanto, vão correr à toa por aí", disse Bode, "em vez de incomodarem americanos de boa índole o dia inteiro."

O segundo motivo para usar o cartão Visa roubado era mais pragmático que político: eles não tinham dinheiro. Entretanto, Bode combinara com Chub que jogariam o cartão fora depois da feira de armas, para evitar que o banco Chase começasse a checar as despesas.

Chub estava a ponto de chamar a atenção do colega para o combinado quando uma garçonete de pernas excepcionalmente longas surgiu e pegou o cartão Visa em cima da mesa.

Bode esfregou as mãos em reverência. "É por essas coisas que estamos lutando, meu chapa. Quando você começar a duvidar da nossa causa, pense nessa coisinha gostosa e no país que ela merece."

"É isso aí, cacete", disse Chub, fungando alto.

A garçonete tinha muitos traços que o fizeram se lembrar da adorada Kim Basinger: pele clara, lábios pecaminosos, cabelo loiro. Chub ficou elétrico. Logo se perguntou se a moça teria namorado e se fazia topless para ele tirar fotos. Chub pensou em convidá-la para sentar e tomar uma cerveja, mas Bode Gazzer voltou a entrar em foco e mostrou a Chub como os dois pareciam: Bode, de roupa camuflada e bota de caubói, tinha o rosto inchado e arranhado pelas unhas da vaca; Chub, todo roxo e esburacado, escondera a pálpebra esquerda rasgada com um curativo improvisado.

A moça só se interessaria por eles se fosse doida ou cega. Numa atitude ousada, Chub perguntou seu nome quando ela voltou à mesa. Ela disse que era Amber.

"OK. Bom, Amber, se me dá licença de perguntar — já ouviu falar na Irmandade dos Rebeldes Brancos?"

"Claro", disse a garçonete. "Eles abriram o show dos Geto Boys no verão passado."

Bode, que assinava o recibo do cartão, ergueu os olhos e disse: "Você está muito enganada, meu bem".

"Acho que não, moço. Comprei a camiseta deles no dia do show."

Bode fechou a cara. Chub ficou mexendo no rabo-de-cavalo e suspirou. "Essa foi de doer!"

Amber pegou uma via do recibo, que incluía uma gorjeta de cem dólares, e os recompensou com um rubor e seu sorriso mais doce. Neste momento, Chub caiu de joelhos e implorou permissão para comprar o short cor de laranja como lembrança daquela tarde. Dois leões-de-chácara hispânicos imediatamente surgiram para escoltar os membros da milícia e levá-los para fora do restaurante.

Mais tarde, sentado na picape rodeado das armas recém-adquiridas, Chub ria sozinho. "Essa história de Irmandade dos Rebeldes Brancos foi de matar!"

"Cale a boca", disse Bode Gazzer, "senão eu vomito no seu pé."

"Vai fundo, cara. Estou apaixonado."

"Uma ova."
"Estou amando e tenho uma missão pela frente."
"Não comece!"
"Não comece você!", disse Chub. "Nem tente me impedir."

Para confirmar se a garçonete tinha ou não razão a respeito do nome da milícia, eles pararam numa loja de discos do shopping center de Kendall. O lento exame de Bode nas vitrines foi interrompido quando ele deparou com uma prova: um CD chamado *Nocturnal omission*, gravado em Muscle Shoals, Alabama, pela Irmandade dos Rebeldes Brancos. Bode espumou de cólera quando viu que três dos cinco membros do conjunto eram macacos. Até Chub comentou: "Não tem a menor graça".

Bode afanou meia dúzia de CDs da banda, que destruiu com a TEC-9 assim que voltaram ao trailer de Chub. Fizeram como se estivessem num estande de tiro: Chub jogava os discos para cima, bem alto, e Bode atirava. Pararam quando a pistola travou. Chub abriu um par de cadeiras de praia capengas e acendeu o fogo num latão de óleo enferrujado. Bode reclamou que o barato da cerveja estava acabando e Chub abriu uma garrafa de vodca vagabunda. Os dois se revezaram na garrafa até as estrelas encherem o céu.

Chub, finalmente, se animou a falar. "Acho que a milícia precisa de outro nome."

"Eu sempre penso em tudo." Bode levou a garrafa à boca. "E primeiro que você. Os Clarins Arianos Brancos. Acabei de inventar."

"Pô, gostei", disse Chub, embora não soubesse bem o que significava "clarim". Recordava-se de ter ouvido o termo numa canção de Natal, algo a ver com anjos, quem sabe.

"Podemos adotar a sigla CA..." e parou, esquecendo-se do resto do nome.

Bode Gazzer disse: "CAB. Não tenho nada contra".

"Dizer o nome todo ia dar muito trabalho."

"O mesmo trabalho que dava o primeiro nome."

"É, mas esse ficou mais legal", disse Chub.

Clarins Arianos Brancos. Tomara que nenhum conjunto de rock metido a besta, ou rappers, ou tribos patrióticas tivessem pensado nesse nome.

Em seu uniforme de camuflagem, Bode levantou-se da cadeira de praia e jogou para o alto a garrafa de vodca vazia. "Eis aqui o CAB, cacete. Pronto, organizado e armado."

"É isso aí", disse Chub. "O CAB."

Naquele momento, o jovem Shiner, entupido de Valium, admirava as letras IRB sendo tatuadas transversalmente em tipos góticos no seu bíceps esquerdo. Abaixo das iniciais, uma águia guinchava com um rifle preso nas garras.

O tatuador trabalhava numa oficina de Harleys em Vero Beach, parada inicial de Shiner em sua jornada para o sul até Florida City, onde pretendia juntar-se aos novos irmãos brancos. Abandonara o emprego no Grab N'Go e achava que tinha saído por cima — o sr. Singh, proprietário da loja, quis saber por que o Impala de Shiner estava estacionado na única vaga destinada a deficientes. E Shiner, orgulhosamente ereto atrás do balcão, retrucou: "Tenho permissão".

"Certo. Mesmo assim, não entendo."

"Está ali, no vidro traseiro, não viu, não?"

"Sim, já vi. Mas você não é aleijado. A polícia vai estranhar."

Shiner tossiu teatralmente. "Tenho problemas no pulmão."

"Você não é aleijado."

"Sou deficiente, e pronto. Acabaram com o meu pulmão no Exército."

O sr. Singh, desconfiado e agitando os braços escuros e magros, saiu rapidamente para inspecionar de perto o tal adesivo da cadeira de rodas: "Onde você arranjou isso? Gostaria muito de saber, imediatamente".

Radiante, Shiner considerou a reação do sujeito uma comprovação da habilidade de Chub como falsário.

Ele disse ao sr. Singh: "É de verdade, chefe".

"Sim, eu sei, mas como? Você não é aleijado nem deficiente, nem nada disso, e não me venha com conversa mole. Pode tirar o carro daí."

Shiner respondeu: "É assim que você trata um deficiente? Então peço demissão, babaca".

Pegou trezentos dólares no caixa e abriu caminho a cotoveladas para passar pelo sr. Shiner, que protestava: "Ei, espere aí, devolva esse dinheiro! Devolva o dinheiro!".

O dono do Grab N'Go também ficou resmungando por causa da fita que, por ordem de Bodean Gazzer, Shiner retirara do gravador de vídeo de baixa velocidade do sistema de vigilância da loja. Para o caso — explicou Bode — de a fita ainda não ter sido regravada e com isso não ter apagado o vídeo do dia 25 de novembro, data em que JoLayne Lucks comprou o bilhete de loteria premiado.

Bode Gazzer enfatizou a Shiner a importância da fita, caso eles fossem interrogados pelas autoridades a respeito de como obtiveram o bilhete de Grange. A câmera poderia revelar que eles estiveram na loja só no dia seguinte ao sorteio da Lotto.

Portanto, logo após a partida de Chub e Bode, Shiner obedientemente removera a fita incriminadora do gravador de vídeo do sr. Singh e pusera uma fita virgem no lugar. Agora, guiando o Impala a toda para além dos limites de Grange, Shiner pensava em como o sr. Singh havia percebido a troca. Normalmente o nanico não checava o gravador, exceto em caso de assalto.

Shiner teria ficado mais assustado ainda, e com razão, se soubesse que o sr. Singh recebera a visita do mesmo sujeito abelhudo que acompanhara JoLayne Lucks até sua casa. O cara chamado Tom. Ele persuadira o sr. Singh a examinar a câmera de segurança do Grab N'Go e assim tinham descoberto que a fita de vigilância do fim de semana havia sido trocada por uma outra, nova.

As preocupações de Shiner com o furto da fita logo desapareceram, pois ele se concentrou na execução da tatuagem. A obra estava sendo realizada por um motoqueiro barbudo sem camisa, com *piercings* prateados de caveira nos mamilos. Quando a última volta azulada do B foi completada, o motoqueiro pôs de lado a agulha e puxou o fio da tomada na parede. Shiner não conseguiu parar de sorrir nem quando o motoqueiro esfregou álcool em seu braço com violência, o que ardeu pra danar.

Que águia incrível! Shiner delirava. Mal podia esperar para mostrar a Bode e Chub.

Apontando para as letras góticas, Shiner perguntou ao tatuador: "Sabe o que isso quer dizer?".

"Claro, porra. Tenho todos os discos deles."

"Não tem nada a ver com o conjunto", disse Shiner.

"Então o que é?"

"Você vai descobrir em breve."

O motoqueiro odiava engraçadinhos. "Estou morrendo de curiosidade."

Shiner disse: "Eis uma dica: está na Segunda Emenda".

O motoqueiro se levantou e sossegadamente chutou o banco de tatuar para um canto. "E eu também tenho uma dica para você, seu punheta: paga logo e cai fora daqui, senão vai levar um pé nessa bunda branca."

Demencio cuidava da manutenção da Madona quando a campainha tocou. Abriu a porta e viu JoLayne Lucks com um sujeito alto, branco, bem-apessoado. JoLayne segurava numa ponta do aquário e o sujeito na outra.

"Boa noite", disse Demencio, e foi obrigado a convidá-los a entrar.

"Trish foi até o armazém", disse à toa.

Eles colocaram o aquário no chão, ao lado dos tacos de golfe de Demencio. A subida da escada fizera com que as tartarugas se amontoassem todas num só lado do aquário.

JoLayne Lucks disse: "Este é meu amigo, Tom Krome. Tom, este é Demencio".

Os dois trocaram um aperto de mãos. Krome examinava a Madona descabeçada, Demencio mantinha os olhos fixos nas tartarugas agitadas.

"O que aconteceu?", perguntou JoLayne.

"Nada de mais. Um dos olhos entupiu." Demencio sabia que mentir seria desperdício de energia. Estava tudo ali, espalhado no tapete da sala, para qualquer idiota ver — a estátua desmontada, os tubos, a bomba de borracha.

JoLayne disse: "Então é assim que você a faz chorar".

"É assim que a gente faz."

O sujeito chamado Tom estava curioso pelo vidro de perfume.

"Coreano legítimo", disse Demencio. "De boa qualidade. Sabe, achamos que as lágrimas precisam cheirar bem. Os romeiros adoram esses detalhes."

"É uma ótima idéia", comentou JoLayne, embora seu amigo Tom parecesse ter dúvidas. Ela disse a Demencio que tinha uma proposta a fazer.

"Preciso que Trish e você tomem conta das tartarugas até eu voltar. Há um saco com alface fresca no carro, e vou deixar dinheiro para comprar mais."

Demencio disse: "Para onde você vai, JoLayne?".

"Preciso resolver um negócio em Miami."

"Negócio de loteria, aposto."

Tom Krome resolveu falar: "O que lhe contaram?".

"Que ela perdeu o bilhete. Foi o que ouvi dizer", falou Demencio.

JoLayne Lucks prometeu contar a história toda quando voltasse a Grange. "Sinceramente, peço desculpas por bancar a misteriosa. Mas você vai entender tudo quando chegar a hora."

"Quanto tempo você vai ficar fora?"

"Para ser sincera, não sei", disse JoLayne. "Mas a minha proposta é a seguinte: mil dólares para tomar conta das minhas bichinhas. Por um dia ou um mês, tanto faz."

Tom Krome se assombrou. Demencio assobiou ao ouvir o número.

JoLayne disse: "Estou falando sério."

Ela é maluca, Demencio pensou. Mil dólares para tomar conta de um bando de tartarugas?

"Acho um valor justo", ele disse, tentando evitar o olhar de Krome.

"Também acho", disse JoLayne. "Bem... Trish comentou que vocês têm um gato..."

"O gato que se foda", disse Demencio. "Desculpe-me pela linguagem."

"Ele já foi vacinado? Não me lembro de ter visto vocês no doutor Crawford."

"É só um gato de rua. Trish deixa restos para ele na varanda."

"Tudo bem", disse JoLayne. "Mas você não recebe nada se ele matar uma tartaruga que seja."

"Pode ficar sossegada."

"São quarenta e cinco. Eu contei."

"Quarenta e cinco", repetiu Demencio. "Vou anotar."

JoLayne deu-lhe cem dólares de adiantamento, mais vinte para comprar alface. Disse que acertariam as contas quando voltasse da viagem.

"E quanto a Trish?", ela perguntou. "Como receberá os animais?"

"Ah, ela é louca por bichos. Tartarugas, então, nem se fala." Demencio mal conseguia evitar o riso.

Krome pegou uma máquina fotográfica, do tipo descartável. Demencio perguntou para que era.

"A Virgem Maria... posso tirar uma foto? É para um amigo."

Demencio disse: "Tudo bem. Só preciso de um minuto para montar a estátua".

"Vai ser bárbaro. Monte a santa e faça com que chore."

"Puxa vida, você quer até as lágrimas?"

"Por favor", pediu Tom Krome, "se não for muito incômodo."

8

Passava de meia-noite quando Tom Krome e JoLayne Lucks pararam no Comfort Inn em South Miami, perto da universidade. Temendo que os cortes fundos e as feridas chamassem a atenção, JoLayne permaneceu no carro enquanto Krome os registrava no motel. Ficaram em quartos separados mas contíguos.

Krome pegou no sono facilmente — algo espantoso, levando em conta que estava desempregado, tinha só mil e trezentos dólares no banco e uma esposa hostil que se recusava a lhe conceder o divórcio. Se só isso já não fosse suficiente para provocar insônia e dor de cabeça, ainda poderia acrescentar um juiz ciumento que o jurara de morte só porque comera a mulher dele por menos de um mês. E Krome deixara de lado todos esses graves problemas para arriscar a vida na perseguição a dois psicopatas armados que espancaram e roubaram uma mulher que Krome mal conhecia.

Mesmo assim, dormiu feito um bebê, segundo JoLayne Lucks, que estava sentada no quarto quando ele acordou com o dia já claro.

"Não esquentar a cabeça com nada...", ele a ouviu dizer. "Uma das melhores coisas do meu trabalho é olhar filhotes de cachorro ou gato dormindo."

Krome ergueu o corpo, apoiando-se nos dois cotovelos. JoLayne usava top e shortinho. Os braços e as pernas eram longos e esguios, porém bastante musculosos. Intrigou-o não ter percebido isso antes.

"Bebês dormem do mesmo jeito", ela disse, "mas olhar bebês me dá tristeza. Não sei direito por quê."

"Porque você sabe o que os aguarda." Krome já ia saindo da cama quando se lembrou que estava só de cueca.

JoLayne jogou uma toalha. "Você é muito envergonhado. Quer que eu vire de costas?"

"Não precisa." Depois do episódio da banheira, não havia mais nada a esconder.

"Tome um banho", ela disse. "Prometo não espiar."

Krome saiu do banho e a encontrou dormindo na cama dele. Por algum tempo, ficou parado no meio do quarto, acompanhando o som ritmado da sua respiração. Era preocupante a tranqüilidade que sentia, levando-se em conta os riscos absurdos que estava correndo. Um inédito senso de dever o enchia de incrível energia, mas ele resolveu não analisar demais a questão. Uma mulher fora ferida, os sujeitos responsáveis pagariam caro por isso — Krome não tinha nada melhor a fazer do que ajudar. E, de todo modo, perseguir maníacos armados pelo sul da Flórida era bem melhor que escrever matérias tolas sobre os solteiros nos anos 90.

Discretamente, passou para o quarto de JoLayne, onde poderia conversar ao telefone sem acordá-la. Duas horas depois ela apareceu de olhos inchados, contando: "Tive um sonho maluco".

"Bom ou ruim?"

"Sonhei com você."

"Não precisa contar."

"Num balão."

"Quem diria."

"Amarelo-canário com listas cor de laranja."

Krome disse: "Preferia estar montado num garanhão majestoso".

"Preto ou branco?"

"Tanto faz."

"Claro, aposto que sim." JoLayne ergueu os olhos para o teto.

"Desde que corra muito", disse Krome.

"Quem sabe na próxima." Ela bocejou e sentou-se no chão, sobre as pernas esguias. "Você já agitou um bocado, não é?"

Ele revelou que levantara algum dinheiro para financiar a caçada. Obviamente ela quis saber como, mas Krome desconversou. A cooperativa de crédito do jornal, ignorando sua demissão na véspera, fez o empréstimo de bom grado. JoLayne Lucks faria um escândalo tremendo se ele contasse a verdade.

"Já mandei três mil para o seu cartão Visa", disse. "Para que os bandidos possam continuar gastando."

"Do seu dinheiro!"

"Meu não, do jornal", ele disse.

"Duvido muito!"

"Já ouviu falar em verbas para viagem? Também recebo reembolso das despesas com hotel e gasolina."

Krome falava como se fosse um executivo. Não sabia ao certo se JoLayne engolira a mentira. Ela mexia os dedos dos pés, o que podia significar qualquer coisa.

Ela disse: "Eles devem estar loucos por essa reportagem".

"Coisa de jornal, sabe como é."

"Tudo pela notícia, hein? Conte mais."

"Os sujeitos que a espancaram", disse Krome, "ainda não apresentaram o bilhete premiado. Conferi com o pessoal de Tallahassee. Nem se identificaram."

"Estão esperando para ter certeza de que eu não vou procurar a polícia. Como você previu."

"Eles vão esperar uma semana, dez dias no máximo, até que o bilhete comece a queimar no bolso deles como um vulcão."

"Não é muito tempo."

"Eu sei. Precisamos encontrar um jeito de localizá-los."

"E então...?"

Ela fizera a mesma pergunta antes, mas Krome não tinha a resposta. Tudo dependia de quem eram os bandidos, de onde viviam e do que haviam comprado na feira de armas. A idéia de surrupiar a fita de vigilância do Grab N'Go mostrava que não eram tão estúpidos quanto Krome julgara a princípio.

JoLayne mencionou sua Remington guardada no porta-malas. "A melhor coisa das escopetas", ela disse, "é que a gente não erra."

"Ah, quer dizer que já atirou em pessoas antes."

"Não, Tom, mas conheço a arma. Meu pai me ensinou direitinho."

Krome passou o telefone para ela. "Ligue para o atendimento do cartão Visa. Vamos ver o que nossos amigos andaram aprontando."

Sinclair não revelou a ninguém do *Register* que Tom Krome pedira demissão, na esperança de que tudo não passasse de um blefe infantil. Os bons repórteres eram temperamentais e impulsivos — ensinaram a Sinclair na faculdade de administração de empresas noticiosas.

Mas a moça que cobria polícia entrou na sala de Sinclair com um texto xerocado que o perturbou imensamente. As jane las da casa de Krome haviam sido destruídas a tiros por elementos desconhecidos. Não havia sinal do morador. Na falta de sangue fresco ou de cadáveres, a polícia tratou o incidente como um ato fortuito de vandalismo. Sinclair achou que o caso era bem mais sério.

Ponderava cada uma de suas opções quando sua irmã Joan ligou de Grange. Excitada, contou a Sinclair os mexericos mais recentes: a mulher da Lotto, JoLayne Lucks, saíra da cidade na noite anterior, acompanhada de um homem de cor branca, supostamente o tal repórter do jornal.

"É o sujeito que você mandou?", perguntou Joan.

Sinclair sentiu que sufocava, ao procurar nervosamente papel e caneta. Jamais trabalhara como repórter e não tinha experiência alguma em tomar notas.

"Comece de novo", implorou à irmã. "E fale devagar."

Mas Joan já passara para a fofoca seguinte: o caixa do Grab N'Go também sumira — aquele que primeiro disse que o bilhete de loteria premiado havia sido vendido a JoLayne Lucks e depois mudou de idéia.

"Uau", disse Sinclair, anotando tudo freneticamente. "Repita a última parte."

O caixa hesitante dava um novo rumo à história. Joan contou ao irmão o que se sabia a respeito de Shiner na cidade. Sinclair a interrompeu quando ela chegou à parte referente à mãe do rapaz e ao rosto de Jesus na pista.

"Pode parar", disse a Joan. "Eles estão viajando juntos — o tal caixa, o repórter e a mulher da Lotto? Alguém disse isso?"

A irmã falou: "A gente ouve um monte de histórias malucas. Pessoalmente, minha favorita é a da fuga para as Bermudas".

Sinclair sublinhou solenemente a palavra *Bermudas* em seu bloco. Acrescentou um ponto de interrogação para destacar a sua dúvida. Agradeceu a informação e Joan prometeu ligar se soubesse de mais alguma novidade. Assim que desligou, Sinclair baixou as persianas da sala, um sinal (embora ele não soubesse) à equipe toda de que uma emergência acabara de surgir.

Recolhido, Sinclair estudou as opções. Importava-se muito com o destino de Tom Krome, pelo menos do ponto de vista funcional. Em primeiro lugar, esperava-se que um editor controlasse os repórteres ou que pelo menos tivesse uma vaga idéia de seu paradeiro. A situação com Krome complicava-se ainda mais pelo fato de o editor-chefe do *Register* o considerar um talento valioso — especialmente porque do alto de seu posto era poupado da tensão diária de conviver com o sujeito. Pela cínica teoria de Sinclair, Krome conquistara a admiração do editor-chefe com uma única matéria — o perfil de uma polêmica artista performática que introduzia em si mesma, e esporadicamente nos espectadores, abobrinhas, mandiocas e frangos de leite congelados. Com muito empenho, Krome conseguiu extrair um sentido alegórico dos esforços ridículos da moça e escrever uma matéria tão simpática que levou a Fundação Nacional de Artes a renovar a bolsa anual de catorze mil dólares da artista. Ela ficou tão agradecida que foi ao jornal manifestar sua gratidão ao repórter (que, como sempre, estava fora da cidade). Acabou sendo recebida pessoalmente pelo editor-chefe, o qual, claro, a convidou para sair. Uma semana depois, ao receber o pagamento Tom Krome surpreendeu-se com um bônus de setenta e cinco dólares.

A vida era justa? Sinclair sabia que isso não importava. Deduziu que sua carreira estaria prejudicada se Krome se envolvesse num escândalo ou aparecesse de repente no hospital ou no necrotério. Contudo, Sinclair se via impossibilitado de influenciar os eventos por causa de dois erros cruciais. O primeiro foi permitir a saída de Krome e o segundo não informar ninguém no jornal sobre isso. Até onde os chefes de Sinclair sabiam, Krome ainda trabalhava na empresa.

Isso significava que Sinclair levaria a culpa se Krome morresse ou se metesse em alguma encrenca. Como Sinclair não tinha nem criatividade nem gente para procurar pelo repórter, dedicou-se energicamente a livrar a cara da responsabilidade. Passou duas horas redigindo um memorando que relatava sua última conversa com Tom Krome e descrevia em detalhes a tensão que obviamente havia em seu repórter. O relatório de Sinclair culminava com a cena em que Krome pedia demissão aos gritos, virava a mesa de Sinclair e saía batendo a porta. Naturalmente, Sinclair recusara-se a aceitar a demissão do amigo angustiado e discretamente providenciara uma licença médica com vencimentos. Por consideração à privacidade de Krome, Sinclair preferira não contar nada a ninguém, nem mesmo ao editor-chefe.

Sinclair releu o memorando umas seis vezes. Era uma obra-prima da sofisticação gerencial — ao mesmo tempo que lançava dúvidas sobre a estabilidade mental do funcionário, valorizava a si mesmo como um chefe leal e profundamente preocupado.

Sinclair pensou que talvez nem fosse necessário inventar aquela fábula para livrar a cara. Tom Krome era bem capaz de esquecer aquela mulher maluca da Lotto e retornar ao trabalho no *Register* como se nada tivesse acontecido.

No entanto, duvidava disso. O pouco que conseguia ler de seus garranchos no bloco de anotações dava-lhe um aperto no estômago.

Bermudas?

Chub não conseguia decidir onde esconder o bilhete de loteria — poucos locais eram tão engenhosos quanto a camisinha de Bode Gazzer. Primeiro, Chub pôs o bilhete dentro do sapato, e ao anoitecer ele já estava úmido de suor. Bode avisou que a administração da loteria não pagaria o prêmio em caso de "expunção", termo legal no qual Bode incluiu molhar e cheirar mal. Obediente, Chub guardou o bilhete de novo na caixa de munição que sempre levava consigo. Mais uma vez, Bode Gazzer objetou, argumentando que a munição poderia explodir no bolso de Chub caso ele ficasse preso num incêndio, o que destruiria o bilhete da Lotto.

A única outra idéia que ocorreu a Chub foi um truque que ele viu num filme estrangeiro sobre prisão, no qual o herói detento escondia um diário secreto no rabo. O cara escrevia tudo em letra de formiga num papel de chiclete e o dobrava em quadradinhos para enfiar na bunda e despistar os guardas da prisão. Em razão do baixo conceito que Bode tinha da higiene corporal de Chub, seria difícil a este convencer o parceiro a aprovar o esconderijo. E foi.

"E se eu embrulhasse o bilhete primeiro em papel-alumínio?", sugeriu Chub.

"Não adianta. Nem que embrulhasse tudo com criptonita eu deixaria você enfiar o bilhete na bunda."

No fim eles acabaram prendendo um Band-Aid enorme na parte externa da coxa direita de Chub — uma região sem pêlos que (Bode admitiu) parecia relativamente protegida do suor potente de Chub. Bode aconselhou Chub a remover o Band-Aid se e quando resolvesse tomar banho.

Chub não gostou do insulto e manifestou sua contrariedade. "Se você não tomar cuidado com o que fala", ele ameaçou Bode Gazzer, "vou aprontar uma para sua querida picape que você vai precisar de um traje espacial para chegar perto dela."

"Calma, meu, não precisa ficar bravo."

Mais tarde eles foram ao 7-Eleven para o costumeiro café da manhã composto de Crush laranja e de Dolly Madisons. Bode afanou um jornal para procurar alguma referência ao roubo do bilhete da Lotto em Grange. Não encontrou nada e ficou aliviado. Chub anunciou que estava com vontade de dar uns tiros, e eles passaram no apartamento de Bode para pegar o AR-15 e uma caixa de cerveja antes de rumar para o sul pela Eighteen-Mile Stretch. Entraram numa estrada de terra que dava num laguinho cercado de pedras, não muito longe da penitenciária na qual Bode certa vez passou quatro meses. Perto do lago viram um grupo de homens bem barbeados usando coldres e protetores de ouvido. Pelos veículos último tipo estacionados no local — Cherokees, Explorers, Land Cruisers — e pela maneira organizada como estavam enfileirados, Bode concluiu que os praticantes de tiro eram maridos suburbanos aprimorando suas técnicas domésticas de defesa. Os caras ficavam lado a lado, atirando com pistolas e semi-automáticas em silhuetas humanas de papel iguais às da polícia. Bode percebeu, incomodado, que havia no grupo um macaco e dois suspeitos de serem cubanos, além de um careca com uma inconfundível cara de judeu.

"Vamos cair for daqui. Esse lugar não é seguro", falou Bode, exercendo seu papel de líder da milícia.

Chub disse: "Dá só uma olhada". Tirou o curativo do olho e aproximou-se dos atiradores perfilados. Ergueu calmamente o AR-15 e depois de alguns segundos ensurdecedores reduziu os alvos de papel a confete. Para completar, fuzilou um urubu que voava sossegado a uns trezentos metros de altura. Sem dizer uma palavra, os maridos guardaram as armas e foram embora. Alguns saíram dirigindo sem tirar os protetores de ouvido, numa cena que fez Bodean Gazzer cair na gargalhada.

Chub gastou meia dúzia de pentes antes de ficar entediado e passar o rifle a Bode, que não quis atirar. As rajadas seguidas tinham ressuscitado a enxaqueca poderosa da ressaca matinal e no momento tudo o que desejava era um pouco de silêncio. Ele e Chub sentaram na beira do lago para tomar cerveja.

Depois de um tempo, Chub perguntou: "Então, quando é que vamos pegar o dinheiro dos bilhetes?".

"Em pouco tempo. Mas precisamos tomar cuidado."

"Aquela negra ainda não abriu o bico."

"Provavelmente não", disse Bode, lembrando-se da surra. A tal da Lucks nem por um minuto pareceu amedrontada como deveria. Louca de danar, sem dúvida, pois chorou feito um bebê quando Chub atirou na tartaruga — mas, apesar de toda a dor, não havia um pânico animalesco naquela mulher. Eles fizeram de tudo para que ela acreditasse que voltariam para matá-la caso não ficasse quieta. Bode torcia para que ela tivesse acreditado. Para que temesse a volta deles.

Chub disse: "Vamos nós dois amanhã para Tallahassee pegar nossa grana".

Bode riu, irônico. "Já se olhou no espelho recentemente?"

"A gente diz que foi um acidente de automóvel."

"E batemos em quê — num tigre?"

"Não interessa, eles têm de pagar a gente qualquer que seja a nossa aparência. Se a gente tiver lepra, os caras têm de pagar assim mesmo."

Pacientemente, Bode Gazzer explicou que pareceria suspeito que dois melhores amigos estivessem com os dois bilhetes da Lotto premiada, comprados em locais distantes quase quinhentos quilômetros um do outro.

"Seria melhor", disse Bode, "se a gente fingisse que não se conhece. Nunca nos vimos, no que diz respeito ao pessoal da Lotto."

"Tudo bem."

"Se alguém perguntar, eu comprei o bilhete de catorze milhões de dólares em Florida City e você comprou o seu em Grange. E um nunca viu o outro mais gordo."

"Sem problema", disse Chub.

"Preste atenção, não podemos aparecer juntos em Tallahassee. Um de nós vai na terça, o outro uma semana depois, mais ou menos. Para garantir."

"Depois disso", Chub disse, "juntamos todo o dinheiro."

"Isso mesmo."

Chub fez a conta em voz alta. "Se os primeiros cheques são de setecentos mil, isso vezes dois dá um milhão e quatrocentos mil dólares."

Bodean Gazzer lembrou: "Antes de descontarem os impostos, não se esqueça". Parecia que seu crânio ia se partir ao meio, e a agonia piorava com a presença ensebada do comparsa.

"Só queria saber", disse Chub, "quem é que vai primeiro. Pegar a grana, quero dizer."

"Que diferença faz?"

"Acho que nenhuma."

Eles entraram na picape e seguiram pela estradinha de cascalho, na direção da Stretch. Chub olhava pela janela enquanto Bode dizia: "Não gosto de esperar tanto quanto você. Quanto mais cedo a gente puser a mão na grana, mais cedo vamos organizar os Clarins Arianos Brancos. Iniciar o recrutamento para valer. Construir um abrigo contra bombas e outras coisas".

Chub acendeu um cigarro. "Enquanto isso, como a gente se vira com o dinheiro?"

"Boa pergunta", disse Bode Gazzer. "Será que a macaca já cancelou o cartão de crédito?"

"Leva jeito."

"Só tem uma maneira de descobrir."

Chub soltou um anel de fumaça. "Acho que sim."

"Estamos com menos de um quarto de tanque", disse Bode. "Escute só: no posto Shell da rodovia tem uma bomba de autoserviço. Se recusar o cartão Visa, a gente vai embora correndo."

"Sério?"

"Não tem perigo."

Chub disse: "E se ela aceitar o cartão?".

"Então ficamos numa boa por mais um dia."

"Para mim parece uma idéia legal", concordou Chub, satisfeito. Já estava sonhando com a asa de frango na brasa e com uma certa garçonete loira, linda, de shortinho de cetim laranja.

O computador do banco mostrou que o cartão Visa de JoLayne não havia sido utilizado desde a tarde do dia anterior no Hooters.

"E agora?", perguntou ela, gesticulando com o fone na mão.

"Peça uma pizza", disse Tom Krome, "e vamos esperar até eles fazerem outra bobagem."

"E se não fizerem?"

"Fique tranqüila, eles farão. Não conseguirão resistir."

A pizza era vegetariana e chegou fria. Eles a comeram mesmo assim. Depois, JoLayne deitou-se de costas, cruzou as mãos atrás da cabeça e dobrou os joelhos.

"Abdominais?", perguntou Tom Krome.

"Abdominais com torção de tronco", ela disse. "Quer me ajudar?"

Ele se ajoelhou no chão e segurou o tornozelo de JoLayne, que o olhou intrigada e disse: "Você já fez isso antes".

Tom contava mentalmente. Depois dos cem primeiros, que não apresentaram dificuldade alguma, ela fechou os olhos com força e fez mais cem. Ele esperou que ela descansasse um pouco e depois disse: "Isso foi dureza".

JoLayne fez uma careta e sentou-se. Apalpou a barriga com os dedos e disse: "Filhos da mãe, eles me acertaram para valer. Normalmente consigo fazer trezentos e cinqüenta ou quatrocentos".

"Acho melhor ir com calma."

"Sua vez", ela disse.

"JoLayne, por favor."

De repente, Krome estava de costas, mas ela não segurava seu tornozelo, como uma pessoa que ajuda a outra nos abdominais. Em vez disso, montou no peito dele e segurou seus braços no chão.

"Sabe o que andei pensando?", ela disse. "A respeito do que você falou antes, sobre preto ou branco não fazer diferença."

"Quando conversávamos sobre sonhos e cavalos?"

"Só se *você* falava deles."

Deliberadamente, Tom relaxou. Seu objetivo era minimizar o contato frontal, indescritivelmente agradável. Tentava também pensar em outra coisa, algo capaz de fazer seu sangue esfriar. O rosto de Sinclair era a escolha óbvia, mas Krome não conseguiu invocá-lo.

JoLayne dizia: "É importante que tenhamos essa discussão...".

"Depois."

"Então para você *faz* diferença. Preto ou branco."

"JoLayne?"

Ela estava agora bem perto do nariz dele, pressionando o corpo contra o de Tom com força. "Diga a verdade."

Ele virou a cabeça de lado. Relaxar tornara-se impossível.

"Tom?"

"Hein?"

"Está confundindo este momento com uma tentativa desajeitada de sedução?"

"Diga que estou louco."

JoLayne levantou-se. Quando ele sentou, ela já estava na cama, olhando para ele. "Já para o chuveiro!"

"Pensei que tivéssemos um relacionamento profissional", ele disse. "Sou o repórter, você a notícia."

"Então você é o único que faz as perguntas? É justo..."

"Pergunte o que quiser, mas chega de luta livre." Krome pensava: Como ela é gostosa.

JoLayne o interrogou. "Muito bem, quantos amigos negros você tem? Estou falando de *amigos*."

"Não tenho muitos amigos, de qualquer cor. Não sou do tipo gregário."

"Ah."

"Tem um cara negro no jornal — Daniel, dos editoriais. Jogamos tênis de vez em quando. Além de Jim e Jeannie, os advogados. Saímos às vezes para jantar."

"Essa é a sua resposta?"

Krome recuou. "Está certo, a resposta é zero. Nenhum amigo negro."

"Foi o que pensei."

"Mas estou me esforçando."

"Sim, eu sei", falou JoLayne. "Vamos dar uma volta."

9

O amigo de JoLayne estava vinte minutos atrasado, os vinte minutos mais longos da vida de Tom Krome. Eles o aguardavam num bar chamado Shiloh's, em Liberty City. JoLayne Lucks tomava *ginger ale* e comia amendoim salgado. Usava um chapéu grande e mole e óculos redondos com lentes cor de pêssego. Tom Krome poderia estar usando qualquer roupa, pouco importava: era o único branco no recinto. Vários fregueses comentaram o fato, nenhum em tom de boas-vindas.

JoLayne pediu a ele que pusesse o bloco em cima do balcão e começasse a fazer anotações. "Assim, parece oficial."

"Boa idéia", disse Krome. "Pena que ficou no quarto do hotel."

JoLayne estalou a língua. "Ah, os homens. Esqueceriam o pau se não estivesse grudado."

Um travesti enorme, usando uma fantástica peruca cromada, aproximou-se de Krome e ofereceu-se para chupá-lo por quarenta dólares.

Krome disse: "Não, obrigado, já tenho companhia".

"Então eu chupo ela de graça."

"Ai, que tentação", disse JoLayne. "Mas, pensando bem, deixe pra lá."

O travesti agarrou a perna de Krome com a mão ossuda. "Dolly não aceita não como resposta. E Dolly tem uma navalha na bolsa."

JoLayne inclinou-se para Krome e murmurou. "Dê vinte dólares para ele."

"Nem pensar."

"Chegou a hora", disse Dolly. Unhas falsas grotescas cravaram-se na coxa de Krome. "Vamos lá, garotão, vamos para o seu carro. Leve a moça bonita, se quiser."

Krome disse: "Gostei do seu vestido... Não o usou em *Shindig*?".

O travesti soltou uma gargalhada gutural e o apertou com mais força. "Dolly tá deixando o garotão excitado."

"Não, só irritado."

Para tirar a mão da tal Dolly de sua perna, Krome girou o polegar do travesti no sentido horário, até que saísse do lugar. O estalo silenciou o bar. JoLayne Lucks ficou impressionada. Pensou que precisava descobrir como ele tinha aprendido aquilo.

O travesti prostituto caiu de joelhos uivando e segurando a mão do dedo deslocado. Para vingar sua honra, dois viciados em crack avançaram, exibindo lâminas reluzentes. Eles começaram a discutir para ver quem ia furar o branco metido primeiro e quantas vezes. Um momento perfeito para a chegada do amigo de JoLayne, pois sua entrada acabou com a folia. A tal Dolly quebrou um salto durante o galope em direção à porta.

O nome do amigo de JoLayne era Moffitt e ele não perguntou nada a respeito dos viciados ou do travesti. Moffitt tinha porte de boxeador peso médio, mas se vestia como um advogado bem-sucedido: terno cinza sob medida e gravata xadrez de seda. Usava óculos conservadores redondos e de aro fino e um pequeno telefone celular. Cumprimentou JoLayne com um abraço e mal notou a presença de Tom Krome.

O barman trouxe uma Coca Diet para Moffitt e uma tigela com azeitonas sem caroço. Ele jogou uma na boca e mandou JoLayne tirar os óculos.

Depois de examinar o rosto da amiga, virou-se para Krome: "JoLayne me deu uma versão pelo telefone, mas quero ouvir a sua. Fez isso a ela?".

"Não."

"Se eu descobrir que está mentindo, vai ganhar um passeio grátis de ambulância..."

"Não fui eu."

"... e de preferência num saco preto."

JoLayne disse: "Moffitt, não foi ele".

Eles passaram para um reservado. Moffitt pediu o cartão de Krome, que obedeceu, tirando um da carteira. Moffitt comentou que nunca tinha ouvido falar no *Register*. JoLayne pediu para o amigo pegar mais leve.

Moffitt disse: "Desculpe-me. Não confio em repórteres".

"Isso me surpreende", disse Krome. "Costumam nos adorar e admirar."

Moffitt não moveu um músculo. Sem sorrir, disse a JoLayne: "Qual é o seu plano, Jo? E o que precisa de mim?".

"Ajuda. Não me diga para procurar a polícia, porque jamais conseguirei meu bilhete da Lotto de volta se fizer isso."

Impassível, Moffitt concordou. O celular tocou e ele o desligou sem atender. "Farei o que puder", disse.

JoLayne virou-se para Krome. "Somos amigos desde o jardim-de-infância. Ele se interessa pessoalmente pelo meu bem-estar, e o mesmo vale para mim."

"Não minta para esse sujeito. Com sorte, recebo um cartão de Natal." Moffitt bateu de leve na mesa com os punhos cerrados. "Fale sobre os sujeitos que fizeram isso."

"Racistas", disse JoLayne. "Fascistas até a alma. Eles me chamaram de negra puta fedorenta, entre outras coisas."

"Certo." Moffitt falou com voz embargada. Quando estendeu o braço para pegar a Coca, Krome notou o volume debaixo do paletó.

JoLayne disse: "Nós os estamos seguindo".

"Seguindo?" Moffitt parecia cético. "Como?"

"Pelo cartão de crédito dela", explicou Krome. "Eles estão deixando uma trilha de recibos."

Moffitt animou-se. Tirou do bolso uma caneta Cross de ouro e pegou uma pilha de guardanapos de papel. Com uma caligrafia miúda e precisa, anotou os detalhes fornecidos por JoLayne — a compra do bilhete de loteria, como havia conhecido Tom Krome, o assalto, o espancamento, a picape vermelha, o vídeo surrupiado do Grab N'Go. Quando ela terminou, Moffitt havia preenchido os dois lados de três guardanapos, os quais dobrou com capricho antes de guardar no bolso interno do paletó.

Tom Krome disse: "Agora, eu tenho uma pergunta".

JoLayne o cutucou e pediu que deixasse para lá. Moffitt se ajeitou na cadeira, impaciente.

“Para quem você trabalha?”, disse Krome. “O que faz na vida?”

“Use a imaginação”, disse Moffitt. Em seguida, para JoLayne: “Ligue para mim daqui a uns dois dias, mas não para o escritório”.

Depois disso, levantou-se e saiu. O bar continuou em silêncio. Nem sinal de Dolly ou de seus amigos.

Desconsolada, JoLayne disse: “Coitado do Moffitt, ele fica louco comigo. E já vive tão preocupado”.

“Isso explica a arma”, disse Krome.

“Claro. Ele trabalha para o governo.”

“Fazendo o quê?”

“Qualquer dia ele conta para você”, disse JoLayne, saindo do reservado. “Estou com fome de novo. E você?”

O namorado de Amber chamava-se Tony. Pegava no pé dela para que largasse o emprego, até que ela conseguiu se tornar a primeira substituta da Miss Setembro para o Calendário das Garotas Hooters. Depois disso Tony passou a freqüentar o restaurante três ou quatro vezes por semana, de tão orgulhoso. Quanto mais cerveja tomava, mais alto se gabava de Amber. Assim, ela percebeu, ele comunicava sutilmente aos outros fregueses quem era o dono dela.

Alguns meses antes, o pessoal do Hooters pedira a Amber e a mais três garçonetes que posassem para um pôster promocional que seria distribuído gratuitamente na praia de Fort Lauderdale a universitários sexualmente ávidos. Quando Amber mencionou o pôster a Tony, ele imediatamente entrou para uma academia e começou a injetar esteróides na veia. Em dez meses ganhou dezesseis quilos de músculos e um monte de espinhas nos ombros. Amber o proibiu de usar camiseta regata.

Inicialmente, as aparições de surpresa de Tony provocaram orgulho nela, especialmente porque as outras garçonetes o acharam lindo — um gato! Amber nunca revelou que Tony não parava em emprego nenhum, vivia explorando os pais sem o menor pudor, lera o último livro na oitava série e não era lá essas coisas na cama. E que, desde que começara a musculação alucinada, tornara-se instável e violento. Certa vez a arrastara do chuveiro para a cama, ensopada, pelos cabelos. Pensara em abandoná-lo, mas ainda não havia aparecido nada melhor. Tony tinha ótima aparência (pelo menos com camisa de manga), e isso no mundo de Amber significava muito.

Mesmo assim, ela torcia para que ele parasse de ir ao restaurante. Sua presença não apenas lhe tirava a concentração como também as gorjetas. Amber já sabia: sempre que Tony estava lá as gorjetas caíam pelo menos um terço. Portanto, a visão do namorado musculoso gingando porta adentro naquele fim de tarde de quarta-feira — que já era um dia fraco de gorjetas — deixou de provocar na substituta da Miss Setembro afeição ou contentamento. A atmosfera animada do Hooters estimulava o lado brincalhão de Tony, que se exibia em todas as oportunidades, interceptando sua princesa quando ela passava com a bandeja para lhe dar um abraço indiscreto, um beijo ou um tapinha na bunda. Escandalosamente possessivo, Tony visava desencorajar flertes de outros fregueses com Amber, sendo bem-sucedido. Infelizmente, isso também desencorajava as gorjetas mais generosas.

A única esperança de Amber para aquela noite eram os dois matutos insuportáveis da mesa 7, os mesmos que na véspera haviam deixado uma gorjeta de cem dólares no cartão de crédito. O nanico chegara de uniforme camuflado novo, enquanto o companheiro de rabo-de-cavalo — que tentara comprar seu short — pelo jeito não trocara de roupa nem fizera a barba. Colado em cima do olho esquerdo havia um remendo novo de pneu de bicicleta; Amber tentou não imaginar o que se escondia por trás dele. Os dois homens ainda ostentavam no rosto as marcas de cortes selvagens, como se tivessem brigado um com o outro usando navalha. Amber não descartou a possibilidade.

Porém, para os objetivos dela, os matutos não poderiam jamais ser rudes, medonhos e nojentos. Eram bonitos, charmosos e sofisticados: Mel Gibson e Tom Cruise degustando um prato de asas de frango na brasa. Era assim que Amber os tratava. Mas nem a expectativa de outros cem dólares tornava a tarefa fácil.

O rabo-de-cavalo falou: "Menina, você tinha razão quanto à Irmandade dos Rebeldes Brancos. Eles são mesmo um conjunto de rock".

"Vocês deviam ver um show deles", disse Amber, deixando duas Coronas sobre a mesa.

O baixinho camuflado perguntou se o nome do conjunto era algum tipo de brincadeira. "Considerando o monte de macaco que tem na jogada", acrescentou.

Amber disse: "Acho que a intenção foi realmente humorística".

O rabo-de-cavalo molhou as mãos nas gotas de suor da garrafa de cerveja. "Bom, Bode não acha isso engraçado. E eu também não, se quer saber."

O sorriso de garota de pôster de Amber não vacilou. "A música é demais. Disso eu tenho certeza."

Ela se afastou rebolando com pratos vazios e um pedido de mais uma porção de anéis de cebola empanados. O caminho para a cozinha a obrigava a passar perto da mesa de Tony, que a segurou pelo elástico do short, claro.

"Agora não", ela disse.

"Quem são os dois porcos?"

"Fregueses, só isso. Me deixa trabalhar", disse Amber.

Tony rosnou. "Eles cantaram você? Está na cara que sim."

"Assim você vai me encrencar com o gerente. Me solta, tá bom?"

"Primeiro, um beijo." Com um braço, ele a puxou para mais perto.

"Tony!"

"Um beijinho para Tony, é isso aí."

E, claro, ele tinha que enfiar a língua, bem ali no meio do restaurante. Com o canto do olho, Amber notou que os dois matutos acompanhavam tudo atentamente. Tony também deve ter visto, porque estava radiante quando Amber conseguiu finalmente se libertar.

Minutos depois, quando ela levou a porção de cebola frita para a mesa deles, o rabo-de-cavalo disse: "Alguém já falou que você é igualzinha à Kim Basinger?".

"É mesmo?" Amber considerou a pergunta um elogio, embora se achasse mais um tipo Daryl Hannah.

"Bode também acha, não é mesmo?"

"Cara de uma, focinho da outra", disse o camuflado. "E eu posso julgar melhor, pois ainda tenho os dois olhos."

Amber disse: "Obrigada, vocês dois são umas gracinhas. Querem mais alguma coisa?".

"Para ser sincero, sim", disse o rabo-de-cavalo. "Que tal um beijo gostoso que nem você deu naquele cara ali?"

Amber corou. Com um sorriso maroto, o camuflado disse: "É, isso eu não vi no cardápio".

O rabo-de-cavalo notou que Amber não se entusiasmou com a idéia do beijo. Ele ergueu o rosto e tocou o remendo de bicicleta com o dedo imundo. "Acho que é por causa disso. Acho que você tem preconceito contra deficientes."

Amber pressentiu (como só as boas garçonetes são capazes) que a gorjeta formidável perigava. "Não é nada disso, posso explicar. Ele é meu namorado."

Em movimentos sincronizados os dois sujeitos se viraram na cadeira para reavaliar Tony do outro lado do salão. Ele enfrentou os olhares com uma careta beligerante.

O rabo-de-cavalo disse: "Que merda. Que diabo é ele afinal? Cubano?".

Amber disse que não, que Tony era de Los Angeles. "De vez em quando, ele se entusiasma. Sinto muito se isso aborreceu vocês."

Com a boca cheia de cebola, o sujeito chamado Bode disse: "Mexicano, aposto. Eles tomaram conta da Califórnia, pelo que eu soube".

No rumo do bar, Amber parou na mesa de Tony e sintetizou rapidamente a conversa. "Graças a você, eles acham que eu beijo todos os fregueses. Pensam que faz parte do serviço. Está contente agora?"

O semblante de Tony se anuviou. "Aqueles vagabundos nojentos queriam um beijo?"

"Faça um favor para mim", sussurrou Amber, "vá para casa."

"Nem fodendo. Agora não."

"Tony, juro por Deus..."

Ele abriu as narinas, estufou o peito, flexionou os braços. Só falta mesmo o espelho gigante, pensou Amber.

Tony anunciou: "Vou mostrar àqueles panacas o que é bom para a tosse".

"Não vai, não", disse Amber, olhando desconsolada para a mesa vazia. "Eles já foram embora."

Amber correu para a mesa, esperando encontrar o dinheiro. Nada — fugiram sem pagar a conta. Droga, pensou, vai sair do meu bolso.

Ela sentiu o perfume de Tony engolfá-la de repente, sutil como solvente de tinta. O namorado se aproximava por trás. "Vá se danar", ela disse, retirando-se para a cozinha. Previsivelmente, Tony foi embora pisando duro.

Duas horas depois, os fregueses fugitivos retornaram, deixando o corpo desabar na mesma mesa.

Ela tentou não se mostrar aliviada demais. "Por que vocês saíram com tanta pressa?"

"Precisávamos de ar fresco", disse o rabo-de-cavalo acendendo um cigarro. "Sentiu nossa falta? Diga uma coisa, cadê seu namorado beijoqueiro?"

Amber fingiu que não escutou. "Então, o que vão querer?"

O camuflado pediu cerveja, duas para cada um, e uma porção de asas de frango na brasa. "Ponha na nossa conta", disse, mostrando o cartão Visa entre dois dedos curtos.

Amber esperava a cerveja quando o barman lhe passou o telefone. "Para você, benzinho. Adivinhe quem é?"

Tony, claro. Aos berros.

"Calma", disse Amber. "Não entendi uma palavra."

"Meu carro!", gritou. "Alguém queimou meu carro!"

"Que pena, Tony."

"Bem na frente da minha casa! Virou cinza!"

"Quando?"

"Deve ter sido durante a luta. Ainda está fumegando, tem cinco bombeiros tentando apagar o incêndio..."

O barman voltou com as Coronas. Amber disse a Tony que estava muito abalada com a história do carro, mas precisava voltar ao trabalho.

"Ligo para você quando estiver mais folgada", ela prometeu.

"O Miata, Amber!"

"Sei, querido, já ouvi."

Ela levou as cervejas e as asas de frango para os dois matutos. O tal que se chamava Bode disse: "Menina, você que é especialista em rock 'n' roll sabe se tem um conjunto chamado Clarins Arianos Brancos?".

Amber meditou por um momento. "Não que eu saiba."

"Ótimo", disse Bode.

"Ótimo, não", disse o rabo-de-cavalo, "fan-tás-ti-co."

JoLayne Lucks exigiu que Tom Krome lhe ensinasse o truque do polegar deslocado. "Aquele golpe que você deu no traveco lá no Shiloh's."

Quando pararam no sinal, Krome pegou a mão esquerda dela para fazer a demonstração.

"Sem machucar!", ela gritou.

Suavemente, ele mostrou a ela como derrotar um oponente torcendo e virando seu polegar num único movimento. JoLayne quis saber onde ele tinha aprendido aquilo.

"O jornal me mandou fazer um curso de defesa pessoal certa vez", disse Krome. "Para uma matéria de comportamento. O instrutor era um tipo ninja, não pesava nem sessenta quilos. Mas conhecia todos os truques sujos."

"É mesmo?"

"Enfiar o dedo no olho é outra dica legal", disse Krome. "E acertar o saco é sempre garantia de sucesso."

"Isso ajuda quem trabalha em jornal?"

JoLayne gostou de ele não soltar sua mão até a hora que o sinal abriu e ele precisou engatar a marcha do carro. Pararam num Burger King, na Northwest Seventh Avenue, e comeram no estacionamento, com os vidros abaixados. A brisa soprava fresca e agradável, mesmo na beira da rodovia barulhenta. Depois de comer eles fizeram uma turnê pela infância de JoLayne: pré-escola, ensino fundamental e colegial; a loja de animais na qual trabalhava durante o verão; a loja de material elétrico do pai; a oficina mecânica onde conheceu o primeiro namorado.

"Ele cuidava do Grand Prix de papai", ela disse. "Era ótimo em mecânica e péssimo em relacionamentos. Seu nome era Rick."

"Onde ele foi parar?"

"Meu Deus, nem imagino."

Enquanto Krome dirigia, JoLayne desfiou a história dos homens importantes de sua vida. "Não é uma pena", disse, "que você tenha deixado o bloco de anotações no hotel?"

Ele sorriu, sem tirar os olhos da pista. "Tenho uma memória danada", disse. Depois, ultrapassando um ônibus urbano: "E quanto a Moffitt — ele não faz parte da lista?".

"Somos apenas amigos." JoLayne ficou curiosa para saber se o interesse de Krome era estritamente profissional. E se deu conta de que torcia para que não fosse. "Ele saiu com minhas duas irmãs, minha melhor amiga, uma prima e também com a minha supervisora na faculdade de enfermagem, em Jackson. Mas não comigo."

"Por quê?"

"Consenso mútuo."

"Ah", disse Krome. Mas não acreditou que fosse algo recíproco. Achava que Moffitt iria para a cova se perguntando por que JoLayne Lucks não quis saber dele.

"Fomos amigos durante muito tempo", ela estava dizendo. "Sabemos coisas demais um sobre o outro. Acontece."

"Sei", disse Krome. Ele foi para a direita, dando passagem a dois carros de polícia e a uma ambulância. Quando o uivo das sirenes diminuiu, JoLayne disse: "Além do mais, Moffitt é muito sério para o meu gosto. Você mesmo viu. E nem sei o que me levou a dizer essas coisas a você, juro por Deus".

"Estou interessado."

"Isso não faz parte da história."

"Como sabe?", disse Krome.

"Porque estou dizendo que não faz. Por isso."

Ele deu de ombros.

"Onde eu estava com a cabeça", disse JoLayne, "ao trazer você para essa aventura? Para começar, você é homem, e meu instinto sempre foi péssimo em matéria de homens. Em segundo lugar, é repórter, puxa vida. Só uma doida idiota acreditaria num repórter, certo? E finalmente..."

"Sou incrivelmente branco", disse Krome.

"Isso mesmo."

"Mas confia em mim, apesar de tudo."

"Eis aí um grande mistério." JoLayne tirou o chapéu e o jogou no banco de trás. "Podemos parar num telefone público? Preciso ligar para Clara antes que fique muito tarde."

Clara Markham era a corretora de imóveis encarregada da venda do bosque Simmons. Clara sabia que JoLayne queria comprar as terras, pois JoLayne ligara na noite em que acertara na loteria. No entanto, dois dias depois JoLayne telefonara novamente dizendo que tinha problemas e que talvez não pudesse dar o sinal por enquanto. Clara prometera não aceitar nenhuma oferta sem consultar JoLayne. Eram amigas antes de tudo.

Krome viu um telefone em frente a uma lanchonete na 125th Street. JoLayne ligou para Clara Markham na imobiliária.

"Ainda bem que você trabalha até tarde."

Clara respondeu: "Estou cheia de serviço".

"Como vai Kenny?"

Kenny era o obeso gato persa de Clara. Ela o chamara de Kenny por causa das suíças impecavelmente viçosas, iguais às de Kenny Rogers, o cantor *country*.

"Melhorou bastante", contou Clara. "A crise de pilobezoaris já passou, ele vomitou a bola de pêlo, pode dizer ao doutor Crawford. As notícias do outro lado é que, infelizmente, não são lá muito boas."

JoLayne respirou fundo. "Droga. O que aconteceu?"

"Um fundo de pensão sindical de Chicago."

"Eles constroem shopping centers?"

"Menina, eles constroem qualquer coisa."

"Qual é a oferta?", perguntou JoLayne, desolada.

"Três milhões. Vinte por cento de entrada."

"Droga. Merda."

Clara disse: "Eles querem a resposta em uma semana".

"Posso pagar mais do que três milhões. Espere um pouco."

"Jo, adiarei tudo o máximo que puder."

"Ficarei muito grata."

"E não se esqueça de agradecer ao doutor Crawford pela pomada. Diga a ele que o Kenny também agradece."

JoLayne Lucks desligou e sentou-se na calçada. Um grupo de adolescentes saiu da lanchonete e quase tropeçou nela.

Tom Krome desceu do carro. "Pelo jeito surgiu outro comprador."

JoLayne fez que sim, desanimada. "Tenho uma semana, Tom. Sete míseros dias para conseguir de volta meu bilhete da Lotto."

"Então, vamos lá." Ele a segurou pelas mãos e ajudou-a a se levantar.

* * *

O lugar conhecido como bosque Simmons pertencia, desde 1959, a Lighthorse Simmons, cujo pai fora um dos fundadores de Grange. Lighthorse considerava a área sua reserva de caça particular e a visitou regularmente até abater a tiros quase todos os seres vivos da propriedade. Depois, passou a pescar. Embora a vara de pescaria não fizesse seu sangue ferver nas veias como o rifle, Lighthorse Simmons aprendeu a se divertir fisgando *bluegills* valentes e percas gordas no riacho. Quando ficou velho, parou de matar peixes também.

Ironicamente, um tiro disparado por um caçador foi o responsável por encerrar o longo reinado de Lighthorse sobre o bosque Simmons. O infeliz acidente ocorreu ao entardecer, quando Lighthorse encontrava-se abaixado na beira do riacho tentando vomitar um pedaço de Red Man que acidentalmente engolira. No lusco-fusco, o chapéu de palha e o paletó do velho abaixado foram confundidos — pelo menos pelo caçador míope — com a imagem de um cervo bebendo água no regato.

A bala destroçou o joelho direito de Lighthorse, e mesmo após três cirurgias ele não conseguiu mais percorrer o bosque Simmons sem padecer de dores terríveis e constantes. Ele recebeu uma cadeira de rodas elétrica, como parte do acordo com a companhia de seguros, mas ela não servia para solos irregulares. Certa manhã, Lighthorse bateu num toco de pinheiro e a cadeira motorizada tombou. Ele ficou preso ali durante quatro horas, período no qual foi impiedosamente fustigado por um javali feroz e excitado — um tipo de porco selvagem introduzido em Grange com finalidade esportiva pelo próprio pai de Lighthorse.

Depois desse novo acidente, Lighthorse nunca mais pôs os pés no bosque Simmons. Providenciou a documentação necessária para a mudança de zoneamento, passando o terreno de agrícola para comercial, mas não teve coragem de vender a propriedade. O local permaneceu intocado por tanto tempo, e o amanhecer tão livre dos tiros de espingarda, que os animais selvagens começaram a reaparecer. Quando Lighthorse morreu, aos setenta e cinco anos, os administradores do espólio puseram o bosque Simmons à venda. O lugar não tinha nenhum valor sentimental para o casal de filhos do velho. O filho o via como capital para perfurar novos poços de petróleo na Venezuela, e a filha, como a chance de comprar um chalé em New Hampshire para esquiar no inverno.

Do outro lado da transação estava Bernard Squires, consultor de investimentos do Sindicato Internacional dos Gesseiros, Rebocadores e Alveneiros do Meio-Oeste Central. A Bernard Squires coube a delicada tarefa de investir os fundos do sindicato de modo que ninguém percebesse os milhões de dólares desviados anualmente pelo crime organizado, ou seja, pela família de Richard Tarbone, de Chicago.

O nível de vida de Bernard Squires e, por que não dizer, sua própria vida dependiam de seu talento para montar uma carteira de títulos na qual vastas somas pudessem sumir discretamente. Naturalmente, ele mostrava preferência por incorporações imobiliárias. Nem por um segundo Bernard imaginou no bosque Simmons um shopping center próspero e lucrativo. Grange era um local ridículo para construir um shopping de grande porte — um dos raros municípios da Flórida que havia encolhido (de acordo com os incrédulos funcionários do censo) durante a explosão econômica dos anos 80 e 90. Embora a população fixa se visse aumentada por um modesto fluxo de turistas rodoviários, o visitante típico de Grange poderia ser descrito, do ponto de vista do comércio, como de "baixíssima renda". Nenhuma loja-âncora ou rede nacional cogitaria se instalar ali, e isso Bernard Squires sabia muito bem.

Seu plano, desde o início, era criar um fracasso caríssimo. Atuando como um banco de investimentos, o fundo de pensão do sindicato financiaria a compra do bosque Simmons e fecharia uma série de contratos com construtoras secretamente controladas por Richard Tarbone e seus sócios. O bosque Simmons seria devastado pelas motoniveladoras, o alicerce seria construído e no máximo uma ou duas paredes subiriam.

Então o azar começaria. Falta de mão-de-obra e materiais. Tempo ruim. Adiantamentos sem a posterior prestação do serviço. Empresas contratadas que faliam inesperadamente. E, se isso não fosse o bastante, a imobiliária encarregada das vendas anunciaria que ninguém se interessava pelas lojas do futuro Shopping Mata Simmons. O projeto agonizaria e morreria. O canteiro de obras seria abandonado, em ruínas. A Flórida estava repleta de casos assim.

Qualquer que fosse o verdadeiro valor perdido no projeto Mata Simmons, ele dobraria quando aparecesse registrado em tinta vermelha nos livros do Sindicato Internacional dos Gesseiros, Rebocadores e Alveneiros do Meio-Oeste Central. Era assim que Bernard Squires ocultava os desfalques da família Tarbone. Se algum funcionário do sindicato suspeitasse de fraude, não seria louco de manifestar sua desconfiança. Além do mais, o fundo de pensão dava lucro no final das contas. Squires garantia isso. Nem os auditores da Receita Federal contestavam os balanços. Investir em construção civil era um risco, todo mundo sabia. O sujeito podia ganhar muito ou perder muito.

Assim que a fraude esgotasse sua capacidade de gerar lucros, Bernard Squires daria um jeito de passar o bosque Simmons para uma companhia de seguros ou quem sabe para os japoneses — alguém com capital suficiente para acabar o shopping inviável ou arrasar tudo e erguer ali outra coisa. Por enquanto, porém, Bernard Squires preocupava-se em fechar o negócio.

A vontade de Richard "The Icepick" Tarbone era tomar posse do terreno de Grange o mais depressa possível. "Não me procure", havia dito a Squires, "até que você tenha boas notícias, porra. Faça o que for preciso, entendeu bem?"

Bernard entendeu bem.

A visitação já começou dando problemas. Mais uma vez a Madona de fibra de vidro de Demencio não chorou direito — agora por causa de uma dobra nos tubos de plástico que uniam o reservatório aos olhos. Um duto lacrimal entupiu, enquanto o outro esguichava como uma artéria rompida. Um romeiro da Guatemala levou uma esguichada na testa e duvidou em alto e bom som da veracidade do milagre. Felizmente fez o comentário em espanhol, idioma incompreensível para a maioria dos visitantes. Trish, que operava a Madona, descreveu a Demencio os detalhes da falha no bombeamento durante o café da manhã. Ele ordenou que deixasse a bomba de lado e pronto. Basta de choro.

"Mas o ônibus já vai chegar", lembrou Trish. "O ônibus da missão da Virgínia Ocidental."

"Puta merda."

Demencio mudava os dias de choro da Madona semanalmente. Considerava importante haver dias "secos" e dias "molhados". Caso contrário, o mistério divino não faria sentido. Além disso, Demencio notara o contentamento legítimo de alguns romeiros quando a Virgem Maria não chorava na primeira visita. Isso lhes dava uma razão para voltar a Grange nas férias seguintes, assim como os turistas iam a Yellowstone ano após ano na esperança de ver um alce.

Por isso Demencio não se alarmara quando a mulher avisou que a Madona estava funcionando mal. Normalmente, o movimento no meio da semana era fraco, boa hora para um dia seco não programado. Contudo, se esquecera do maldito ônibus da missão: sessenta e tantos romeiros de Wheeling. O nome do pastor era Mooney ou Moody, algo do gênero, e ano sim, ano não, ele baixava na Flórida com novos convertidos. Trish assava uma torta de limão e Demencio oferecia uma garrafa de uísque. Em compensação, o pastor estimulava seus fiéis seguidores a fazer doações generosas ao santuário de Demencio. Para um ajuste tão confiável assim, Demencio sentia-se obrigado a providenciar lágrimas.

A falha hidráulica da Madona, portanto, prenunciava uma crise. Demencio não queria interromper a visitação matinal para recolher a estátua e fazer o reparo dentro de casa — isso despertaria suspeitas, mesmo entre os mais crédulos. Espiando por entre as cortinas, Demencio contou nove vítimas no jardim, atentas em volta da imagem.

"Tem alguma idéia?", perguntou Trish.

"Fique quieta", retrucou o marido. "Deixe eu pensar um pouco."

Silêncio, porém, seria impossível. As tartaruguinhas de JoLayne mastigavam ruidosamente o café da manhã.

O olhar sombrio de Demencio fixou-se no aquário. Em vez de partir a folha de alface em pedacinhos, ele jogou um pé inteiro da verdura na água. A visão provocou frenesi nas tartarugas, que avançaram decididas contra as folhas.

Era impressionante, Demencio admitiu. Quarenta e cinco tartarugas ávidas. Ele teve uma idéia. "Você ainda tem aquela Bíblia?", perguntou à mulher. "A ilustrada?"

"Está por aí."

"Preciso de tinta. Dessas usadas para pintar aeromodelos. Tem na loja de materiais."

"Só temos duas horas até a chegada do ônibus."

"Não se preocupe, não vai demorar." Demencio aproximou-se do aquário. Debruçando-se, perguntou: "Muito bem, quem quer ser a estrela?".

10

A chuva nublava as montanhas na manhã de 28 de novembro, quando Mary Andrea Finley Krome deixou o Mona Pacifica Mineral Spa and Residential Treatment Center, na ilha de Maui. Ela pegou um avião direto para Los Angeles, onde no dia seguinte submeteu-se a um processo de seleção para um comercial de um novo teste de gravidez. Em seguida foi para Scottsdale reencontrar-se com a companhia do musical itinerante *Silêncio dos inocentes*, no qual interpretava Clarice, a jovem intrépida agente do FBI. O itinerário de Mary Andrea foi passado por certas fontes ao advogado de Tom Krome, Dick Turnquist, que enviou um oficial de justiça para esperá-la nos bastidores do teatro do Arizona.

Sabe-se lá como, Mary Andrea ficou sabendo da armadilha. Durante o final, quando o coro e todos os atores cantavam...

> *"Oh, Hannibal the Cannibal,*
> *How deliciously malicious you are!"*

... Mary Andrea desmaiou convincentemente, e com direito a convulsões. O oficial de justiça foi mantido a distância, enquanto os paramédicos punham a atriz epilética na maca e a carregavam para a ambulância. Quando Dick Turnquist ficou sabendo dos detalhes, Mary Andrea Finley Krome já havia milagrosamente recobrado a consciência, alugado um Thunderbird e sumido no deserto.

Dick Turnquist mandou as más notícias a Tom Krome por fax, que as recebeu num Kinko's do outro lado da rodovia, perto do campus da universidade de Miami. Ele só o leu depois de estacionar com JoLayne Lucks debaixo de um poste, no que ela chamava de A Grande Campana.

Após ler o relatório do advogado, Tom Krome o picou em pedaços. JoLayne disse: "Sei o que essa mulher deseja".

"Eu também. Quer ficar casada para sempre."

"Está enganado, Tom. Ela pode se divorciar. Mas a idéia tem que partir dela, só isso."

"Obrigado, doutor Brothers." Krome não queria pensar em sua futura ex-esposa porque deixaria de dormir feito um anjinho. Em vez disso, acordaria com dores de cabeça lancinantes e com as gengivas sangrando.

Ele disse: "Você não compreende. Isso virou um esporte para Mary Andrea. Driblar meus advogados. Fugir de mim. Como se fosse uma competição. Alimenta seu perverso apetite pelo dramático".

"Posso saber quanto você paga de pensão?"

Krome riu furiosamente. "Nada. Nem um tostão furado! É como estou dizendo. Já tentei de tudo: suspender os cheques mensais, cancelar os cartões de crédito, fechar a conta conjunta, esquecer o dia do aniversário dela e o do nosso casamento, dormir com outras mulheres, exagerando descaradamente o número delas — mesmo assim, ela não aceita o divórcio. Recusa-se até a comparecer à audiência!"

JoLayne disse: "Você só não tentou uma coisa".

"É contra a lei."

"Diga que está saindo com uma negra. Isso geralmente resolve tudo."

"Mary Andrea não daria a mínima. Ei, olha lá." Tom Krome apontou para o outro lado do estacionamento. "Não é a picape que procuramos?"

"Não tenho certeza." JoLayne debruçou-se, apurando a vista. "Pode ser."

Na manhã em que a máquina fotográfica descartável chegou pelo correio, Katie a levou para a loja que revelava em uma hora. Tom havia feito um serviço de primeira em Grange: só duas fotos de seu polegar e muitas do santuário da Madona. Nos closes os olhos da estátua brilhavam convincentemente.

Katie guardou as fotos na bolsa e pegou o carro para ir ao centro almoçar com o marido. Coerente em sua nova política de compartilhar tudo e de ser sincera no casamento, ela colocou as fotos em cima da mesa, entre o cestinho de pão e a jarra de sangria.

"Tom cumpriu a promessa", ela disse, à guisa de explicação.

O juiz Arthur Battenkill Jr. baixou o garfo de salada e examinou as fotos. Sua expressão apalermada e o mastigar ritmado lembravam a Katie uma ovelha pastando.

Ele disse: "Mas que diabo é isso aí?".

"A Virgem Maria. A que chora."

"Chora?"

"Está vendo ali?", mostrou Katie. "Dizem que saem lágrimas verdadeiras."

"Quem diz?"

"É uma crença, Arthur. Só isso."

"Um trambique, aposto." Devolveu as fotos para a mulher. "Seu amiguinho repórter mandou isso para você?"

Katie disse: "Pedi a ele que mandasse — e ele não é meu amiguinho. Acabou tudo, como já lhe disse uma dezena de vezes. Terminamos, entendeu?".

O marido tomou um gole de vinho. Depois, enquanto mastigava um naco de pão cubano: "Vamos ver se eu entendi. Vocês terminaram, mas ele continua mandando fotos íntimas".

Katie demonstrou sua contrariedade batendo com a colher na haste da taça de vinho. "Para um juiz, você não escuta muito bem."

O ar de escárnio do marido levou Katie a pensar que talvez tivesse sido um erro tanta honestidade da parte dela. Por se tratar de alguém tão doentiamente ciumento como Arthur, quem sabe o mais prudente não teria sido guardar alguns segredinhos inofensivos.

Se, pelo menos, ele se esforçasse, pensou Katie. Se pelo menos se entregasse, como ela fez. Como quem não quer nada, perguntou: "E então, como vai a Dana?".

Dana era uma das secretárias que o juiz Arthur Battenkill Jr. andava comendo.

"Tudo bem", disse, frio como um astronauta.

"E Willow? Ainda sai com aquele jogador?"

Willow era a outra secretária, a amante de reserva de Arthur.

"Eles ainda moram juntos", contou o juiz, "mas Oscar abandonou o beisebol. Lesão no cotovelo ou algo parecido."

"Que pena", disse Katie.

"Talvez tenha sido tendinite. Bem, ele voltou à faculdade para terminar o curso. Administração de restaurantes, pelo que Willow disse."

"Que bom para ele", comentou Katie, pensativa. Mas basta de Oscar.

O semblante do juiz se desanuviou quando o bacalhau chegou — ao forno, acompanhado de macarrão e coberto com carne de siri e alcachofra. Katie escolhera a quiche de legumes, que mordiscava distraída. Não esperava que o marido confessasse todos os adultérios, mas ele não morreria se admitisse ao menos um. Willow teria sido um bom começo — ela não era lá essas coisas.

Katie disse: "Você tossiu e se virou muito na cama na noite passada".

"Você notou, é?"

"Passando mal do estômago de novo?"

"Eu me levantei", disse Arthur de boca cheia, "para reler sua lista inesquecível."

Lá vem, pensou Katie.

"Você e seu amante", ele disse, engolindo a comida energicamente, "em cada detalhe sórdido, obsceno, suado. Não acredito que você ficou anotando tudo."

"Assim são as verdadeiras confissões. Se exagerei um pouco, peço desculpas", disse Katie.

"Treze atos sexuais em catorze dias!" O marido girava o garfo para enrolar o talharim esverdeado. "Inclusive três boquetes — dois a mais do que eu ganhei nos últimos catorze *meses.*"

Olha quem fala em ficar anotando tudo, pensou Katie. "Arthur, termine o peixe antes que esfrie."

"Não entendo você, Katie. Depois de tudo que fiz por você, levo uma facada no meio do peito."

Ela disse: "Chega. Você está se exaltando por uma coisa à-toa".

"Três boquetes não são 'uma coisa à-toa'."

"Você não entendeu o mais importante. A única coisa que interessa, merda." Ela tirou a mão do marido da sua coxa, embaixo da mesa.

"Seu caso", disse o juiz, "onde está ele agora? Lourdes? Jerusalém? Talvez em Turim ou fotografando o Santo Sudário!"

"Arthur, ele não é meu caso. Não sei onde está. E você não passa de um jumento hipócrita."

O juiz passou o guardanapo nos lábios delicadamente. "Peço desculpas, Katherine. Sabe o que eu queria? Ir para um hotel agora."

"Vá para o inferno", ela disse.

"Por favor..."

"Com uma condição. Você vai deixar de lado essa obsessão por Tommy."

"Negócio fechado", disse Arthur Battenkill Jr. Jovialmente, ele chamou o garçom e pediu a conta.

Algumas horas depois, a casa de Tom Krome foi pelos ares.

Quando estavam indo tomar café da manhã, Bodean Gazzer e Chub pararam para atormentar um grupo de trabalhadores migrantes que pediam carona na beira da Highway One. Chub apontava o revólver 357 enquanto Bode fazia as perguntas:

Nome do décimo quarto presidente dos Estados Unidos.

Onde a Constituição foi assinada?

Recite a Segunda Emenda.

Quem era o astro de Amanhecer violento*?*

Pessoalmente, Chub sentia-se feliz de não precisar responder ao mesmo interrogatório. Obviamente, os dois mexicanos não se saíram bem. Bode mandou que mostrassem as permissões de trabalho. Apavorados, os dois homens entregaram as carteiras, que Bode esvaziou no cascalho do acostamento da rodovia.

"Têm autorização?", perguntou Chub.

"Eles acham que sim."

Com a ponta da bota, Bode examinou o conteúdo das miseráveis carteiras dos bóias-frias — carteira de motorista, identidade, fotos dos filhos para passaporte, santinhos, selos, passes de ônibus. Chub pensou ter visto uma permissão de trabalho, mas Bode a estraçalhou com o salto da bota. Depois pegou o dinheiro das carteiras e mandou que os sujeitos corressem, *muchachos*!

Mais tarde, na picape, Chub perguntou quanto dinheiro tinham.

"Somando tudo, oito dólares."

"Puxa, cara."

"Ei, são oito paus que pertencem legitimamente a americanos brancos como nós. Eles são imigrantes clandestinos, Chub. Porra, quem você acha que paga as contas do médico e os vales de alimentação? Eu e você, isso mesmo. Bilhões de dólares gastos todos os anos com estrangeiros."

Como sempre, Chub não viu motivo para duvidar do conhecimento que o amigo tinha desses assuntos.

"Eu disse *bilhões*", prosseguiu Bode Gazzer. "Portanto, não pense nisso como roubo, meu amigo. Foi apenas uma pequena compensação."

Chub fez que sim. "É, se a gente olhar por esse lado, com certeza."

Quando eles voltaram do 7-Eleven, viram um carro desconhecido mal estacionado perto do trailer de Chub. Era um Chevrolet Impala velho, com a pintura fosca. Um selo de estacionamento para deficientes destacava-se no vidro traseiro.

"Algum folgado", disse Chub, sacando a arma da cinta.

A porta do trailer estava aberta e a tevê ligada no máximo. Bode levou as mãos em concha à boca e gritou: "Saia já daí, seja quem for! E ponha as mãos para cima!".

Shiner apareceu na porta, careca e sem camisa. Exibia o sorriso dos idiotas irresponsáveis. "Cheguei!", proclamou.

De imediato, Chub e Bode não o reconheceram.

"Ei", disse Shiner, "sou eu — seu novo irmão branco. Cadê a milícia?"

Chub baixou a pistola. "O que você andou fazendo na cabeça, cara?"

"Rapei careca."

"Posso saber por quê?"

"Para virar *skinhead*", respondeu Shiner.

Bodean Gazzer assobiou. "Sem querer ofender, garoto, você está feio pra cacete."

O problema era a cabeça de Shiner: no alto dela, uma cicatriz arredondada brilhava como um selo medonho na pele pálida.

Chub perguntou se Shiner tinha sido marcado a ferro por crioulos ou cubanos em Miami.

"Não. Dormi e encostei a cabeça na tampa do óleo do motor."

Bode cruzou os braços. "E essa tampa", perguntou, "estava *dentro* do motor do carro?"

"Sim senhor, e o motor estava ligado." Shiner fez o possível para explicar: o acidente ocorrera havia quase dois anos, numa tarde de sábado. Ele tinha bebido cerveja, fumado um baseado e depois tomado uns calmantes. Aí resolveu regular o motor do Impala. Ligou o motor e abriu o capô. Enquanto trabalhava, apagou e encostou a cabeça no bloco do motor.

"Estava quente pra cacete", disse Shiner.

Chub não agüentou. Entrou no trailer para cagar, desligou a televisão e foi pegar uma Budweiser gelada. Quando saiu, viu Bode Gazzer sentado ao lado de Shiner no pára-lama dianteiro do Chevrolet.

Bode fez um gesto para que se aproximasse. "Ei, o garoto fez exatamente o que mandamos."

"É mesmo?"

"Aquela vaca foi lá na casa dele perguntar do bilhete da Lotto."

"Foi mesmo", disse Shiner. "E eu falei que não tinha sido ela a ganhadora. Disse que ela deve ter confundido com outro sábado."

Chub disse: "Grande, garoto. E o que ela fez depois?".

"Ficou puta da vida e saiu batendo o pé. Estava toda arrebentada. Foram vocês, pelo que eu deduzi."

Bode pediu a Shiner que terminasse a história. "Conte como você largou o emprego na loja."

"Ah, tá bom. O senhor Singh disse que eu não podia parar na vaga para paralíticos mesmo estando com o selo azul da cadeira de rodas no vidro. Então peguei meu pagamento no caixa e caí fora."

Bode acrescentou: "Pegou o vídeo da câmera de segurança também. Do jeitinho que eu falei para ele".

"Sim, e escondi no porta-luvas." Shiner moveu a cabeça na direção do Impala.

"Muito esperto", disse Chub, piscando o olho bom. Na verdade, ele não se impressionara tanto assim com Shiner. Bode Gazzer também tinha lá suas dúvidas. O garoto demonstrava o tipo de estupidez servil que prenunciava um longo e triste futuro nas instituições penais de segurança mínima.

"Vejam só", disse Shiner, flexionando o braço esquerdo flácido. "Uma tatuagem radical: IRB. Para tornar tudo oficial."

Por trás da lata de cerveja, Chub lançou um olhar a Bode que significava: conte você.

"Então, que tal?", perguntou Shiner, animado. "Se quiserem fazer uma, custa setenta e cinco paus."

Bode desceu do pára-lama e limpou as marcas de ferrugem do traseiro da calça camuflada. "Sabe, a gente precisou mudar o nome."

Shiner parou de flexionar o braço. "Não somos mais a Irmandade dos Rebeldes Brancos? Como assim?"

"Você tinha razão quanto ao conjunto", disse Bode.

"É isso aí", ajudou Chub. "Não queríamos confusão."

"E qual é o novo nome?"

Bode contou. Shiner pediu que repetisse.

"Clarins Arianos Brancos", disse Bode, devagar.

Shiner pressionou os lábios com força. Como um pateta, olhou para as iniciais tatuadas em seu bíceps: "Então... as novas iniciais são C-A-B?".

"Isso mesmo."

"Merda", disse Shiner, entredentes. Olhando para cima, forçou um sorriso amarelo. "Ah, tudo bem."

Seguiu-se um período de silêncio desconfortável, no qual Shiner modificou a posição dos braços para cobrir a tatuagem. Até mesmo Chub ficou com pena dele. "Quer saber de uma coisa?", disse a Shiner. "Você arranjou uma puta duma águia legal para pôr aí."

"Isso mesmo", concordou Bode Gazzer. "Uma águia do cacete. O que ela tem nas garras? Um M-16?"

O rapaz ergueu a vista. "Positivo. Foi o que eu pedi ao cara da tatuagem. Um M-16."

"Ele fez direitinho. Quer uma cerveja?"

Mais tarde eles foram à loja de equipamentos esportivos e compraram (com o cartão roubado) barracas, sacos de dormir, colchões de ar, telas contra mosquitos, combustível para lampião e outros itens para sobrevivência na selva. Bode disse que precisavam manter tudo empacotado e pronto, caso as tropas da Otan desembarcassem de surpresa. Bode ficou contente ao descobrir que Shiner, ao contrário de Chub, sentia uma afinidade natural com os trajes camuflados. Como recompensa, Bode comprou para ele uma parca leve modelo casca de árvore — Shiner mal podia esperar para voltar ao trailer e vestir o agasalho.

Enquanto ele vestia a roupa nova, Bode disse a Chub: "Ele parece um menino no dia do Natal".

Parece mais um retardado, pensou Chub. "Tem um chapéu sobrando? Porque eu não quero mais olhar para a careca desse *skinhead*."

Bode achou na picape um chapéu tipo australiano embolorado; o mofo se misturara elegantemente ao padrão da camuflagem. Shiner o pôs na cabeça com orgulho, prendendo a tira no queixo.

Eles passaram a tarde no campo de tiro, onde rapidamente perceberam que entregar armas pesadas na mão do novo recruta seria loucura. Chub convertera ilegalmente o AR-15 numa arma totalmente automática, o que foi demais, física e emocionalmente, para o novo membro dos Clarins Arianos Brancos. Tomando o rifle das mãos de Chub, Shiner soltou um berro ao estilo comanche e começou a gritar: "Para que lado ficam as Bahamas? Onde estão os comunistas filhos da puta da Otan?". Depois, virou-se e começou a atirar alucinadamente — as balas resvalaram na água, ricochetearam nas pedras, partiram arbustos e se enterraram no mato rasteiro.

Bode e Chub esconderam-se atrás da picape. Bode resmungou: "Porra, não estou gostando. Esse negócio não está me cheirando bem".

Chub praguejou e disse: "Preciso tomar um drinque, porra".

Eles ainda precisaram esperar alguns minutos até que Shiner desistisse do AR-15. Depois disso, o rapaz só pôde brincar com o inofensivo Marlin .22. Ao anoitecer, os três amigos, cheirando a pólvora e a cerveja choca, voltaram ao trailer de Chub. Quando Bode Gazzer perguntou se alguém estava com fome, Shiner disse que era capaz de engolir um boi.

Chub não agüentaria mais uma hora que fosse na companhia daquele tremendo idiota hiperativo. "Você fica aqui", ele instruiu Shiner, "montando guarda."

"Guarda do quê?", perguntou o rapaz.

"Das armas. E da tralha que compramos hoje", disse Chub. "Os recrutas sempre ficam de guarda. Não é assim, Bode?"

"Podes crer." Bode também estava de saco cheio de Shiner. E disse: "As barracas e o restante do equipamento são suprimentos importantes de campanha. Não podemos deixar tudo aqui, sem ninguém para tomar conta".

"Pô, mas eu estou morto de fome", disse Shiner.

Chub bateu nas costas dele. "Traremos uma porção de asas de frango na brasa. Gosta com bastante pimenta?"

De acordo com o banco, o cartão de crédito de JoLayne fora usado duas noites consecutivas, no mesmo Hooters — uma imprudência que Krome considerou estimulante. Os ladrões do bilhete da Lotto não eram criminosos tarimbados.

JoLayne imaginou que ninguém seria tão estúpido a ponto de voltar ao local pela terceira vez, mas Krome argumentou que era a melhor pista disponível. Por isso ele e JoLayne estavam ali, do lado de fora do restaurante, observando a picape que estacionava na vaga para deficientes.

"São eles?", perguntou Krome.

"Os sujeitos que foram à minha casa não eram deficientes. Nenhum dos dois", disse JoLayne, séria.

Dois homens — um alto, outro baixo — desceram da perua. Entraram no restaurante sem precisar de cadeira de rodas, muletas, nem de uma bengala sequer.

"Deve ser algum milagre", disse Krome.

JoLayne não tinha certeza se eram os mesmos homens que a roubaram e espancaram. "Estamos muito longe."

"Vamos chegar mais perto."

Ele entrou sozinho e escolheu uma mesa de canto. Um minuto depois JoLayne cruzou a porta com um chapéu de aba larga e óculos Lolita. Sentou-se na mesa de Krome, de costas para o bar.

"Viu a placa?", ela quis saber.

"Sim, senhora. E o adesivo no pára-choque? 'Fuhrman para presidente.'"

"Onde eles estão?", ela perguntou, tensa. "Olharam para mim?"

"Se é a mesa que estou imaginando, nem notaram a gente."

Do outro lado do restaurante, dois fregueses inconfundíveis batiam papo com uma linda garçonete loura. O sorriso cativante da moça solucionou, para Krome, o mistério do retorno dos bandidos noite após noite ao local, com um cartão de crédito frio. Eles estavam encantados. Um dos sujeitos se fantasiara da cabeça aos pés com trajes de camuflagem, com direito até a boné. O companheiro usava um rabo-de-cavalo ensebado e um remendo vulcanizado sobre o olho. Os dois tipos, Krome notou, exibiam cortes profundos na face.

"Você disse que um deles se vestia como caçador."

JoLayne balançou a cabeça. "Isso mesmo."

"Dê uma espiada."

"Estou com medo."

"Pode olhar, tudo bem", tranqüilizou-a Krome.

Ela virou a cabeça apenas o suficiente para uma rápida olhada. "Meu Deus", disse, engasgando, ao se virar para a frente.

Tom Krome segurou a mão dela. "Demos sorte, sócia."

A expressão de JoLayne era um mistério por trás dos óculos escuros. "Me dê as chaves do carro."

"Para quê?", perguntou Krome, sabendo a resposta. Ela não queria abrir o carro; queria abrir o porta-malas.

JoLayne disse: "Vamos esperar até que saiam e...".

"Aqui não vai dar."

"Tom, temos a Remington. O que eles poderiam fazer?"

"Nem pense nisso."

A garçonete se aproximou, mas JoLayne não quis nada. Krome pediu hambúrgueres e Cocas para os dois. Quando ficaram sozinhos de novo, ele tentou argumentar que o estacionamento de um restaurante, cheio de carros, não era o lugar ideal para apontar uma espingarda para alguém, muito menos para dois psicopatas racistas embriagados.

JoLayne disse: "Eu quero meu bilhete de loteria, puxa vida".

"E você o terá. Encontramos os filhos da mãe, isso é o principal. Eles não conseguirão mais fugir de nós."

Ela deu outra espiada por cima do ombro, tremendo ao ver o ladrão de rabo-de-cavalo. "Nunca esquecerei aquele rosto. Mas não me lembro daquele remendo no olho."

"Acho que você o cegou", disse Krome.

JoLayne Lucks sorriu de leve. "Tomara."

11

O incêndio criminoso na casa de Tom Krome foi a pior crise gerencial da carreira de Sinclair. Ele passou a tarde inteira retocando o memorando e esperando o chamado do editor-chefe do *Register*. Como Krome, o editor-chefe fizera carreira na reportagem e via o mundo de forma sombria. Era um quarentão ossudo e enérgico, alérgico e calvo, rude e desbocado. Famoso pelo olhar cortante como laser e pela impaciência.

Seu último contato com Sinclair ocorrera sete semanas antes. Num telefonema sucinto, dissera: Coluna sobre TPM nem pensar, entendeu bem? Fora uma das raras idéias brilhantes de Sinclair — um espaço dedicado a conselhos sobre a TPM. Coluna mensal, naturalmente. O editor-chefe odiou a idéia, que Sinclair prontamente atribuiu a um de seus subordinados.

Mesmo nas circunstâncias mais corriqueiras, o contato com o editor-chefe era de acabar com seus nervos. Por isso Sinclair empalideceu quando, passando um pouco das seis, ele foi convocado para discutir a situação de Tom Krome. Ao entrar na sala do chefe, Sinclair recebeu ordem para se sentar na poltrona estofada com um gesto brusco. Do outro lado da escrivaninha de mogno, o chefe folheava um boletim de ocorrência policial, embora Sinclair (que jamais vira um na vida) não reconhecesse o documento. Suas informações a respeito do incêndio na casa de Krome tinham vindo de um repórter fofoqueiro do caderno de cidades, numa breve conversa no banheiro. A notícia alarmou Sinclair, claro, mas não ter sido formalmente notificado pelos canais competentes o assustou ainda mais. Afinal, ele era o superior imediato de Krome. Será que ninguém mais usava e-mail?

Com um suspiro pensativo, o editor-chefe virou o boletim de ocorrência e o guardou numa gaveta do arquivo. Sinclair aproveitou o momento para apresentar a versão definitiva do memorando, que o editor-chefe amassou e jogou de volta para o subordinado. A bola de papel caiu no colo de Sinclair.

O editor-chefe falou: "Já li".

"Como assim... quando?"

"Vi todas as magníficas versões, seu bundão."

"Ah."

Instantaneamente, Sinclair entendeu o que havia ocorrido. Com um simples comando em seu computador, o editor-chefe podia consultar qualquer matéria em produção no jornal. Sinclair acreditava que o chefe não prestava a mínima atenção no que ocorria na editoria de variedades, mas evidentemente não era verdade. O editor-chefe acompanhara a elaboração do memorando sobre Krome pela rede desde a data de sua diabólica criação.

Sinclair sentiu calor e falta de ar. Apanhou a bola de papel no colo e a guardou discretamente no bolso.

"O que achei fascinante", disse o editor-chefe, "foi o processo criativo — como cada versão pintava um retrato cada vez mais negativo do estado mental de Krome. Os detalhes que você acrescentou... puxa, como dei risada. Talvez você tenha errado de profissão, Sinclair. Deveria ser escritor." O editor-chefe o olhou como se ele fosse um cocô no tapete. "Quer água? Café?"

Sinclair, num murmúrio anêmico: "Não, obrigado".

"Concordamos então que seu memorando é um monte de merda?"

"Sim, senhor."

"Muito bem. Agora, tenho algumas perguntas a fazer. Primeira: tem alguma idéia do motivo para a destruição da casa de Tom Krome?"

"Não, senhor."

"Tem alguma pista sobre a razão de alguém querer fazer mal a ele?"

"Não, senhor", disse Sinclair.

"Sabe onde ele está?"

"Ouvi dizer que está nas Bermudas."

O editor-chefe riu. "Você não vai para as Bermudas, Sinclair. Vai para o último lugar em que Tom esteve por ordem sua. E vai encontrá-lo. Por falar nisso, você está com uma péssima aparência."

"Sei disso."

"Outra pergunta: Tom ainda trabalha para nós?"

"Pelo que me diz respeito, sim." Sinclair disse isso com toda a convicção possível.

O editor-chefe tirou os óculos e começou a limpar a lente vigorosamente com um lenço. "E no que diz respeito a Tom? Alguma chance de ele ter falado a sério quando pediu demissão?"

"Suponho... que isso seja possível."

Zonzo de falta de ar, Sinclair pensou que estava a ponto de sofrer um ataque cardíaco. Lera muitos artigos a respeito de pacientes em estado crítico que tiveram experiências assustadoras de abandono do corpo em ambulâncias e pronto-socorros. Sinclair sentia-se desse jeito — flutuava acima do arquivo do editor-chefe, observando sua emasculação. A sensação não era tão dolorosa ou surreal como a descrita por outros sobreviventes de experiências de quase-morte.

"Os especialistas em incêndios criminosos examinarão o local hoje", disse o editor-chefe. "Querem saber se o fogo pode ter ligação com alguma reportagem que Tom estava fazendo."

"Não imagino como." Sinclair engolia ar como um hipopótamo. Lentamente, recuperou a sensibilidade dos dedos das mãos e dos pés.

O editor-chefe disse: "Tente me explicar exatamente qual era a matéria em que ele estava trabalhando".

"Um perfil rápido. Coisa leve."

"Sobre o quê?"

"Uma mulher que acertou na loteria", disse Sinclair. Impulsivamente, acrescentou: "Uma mulher negra". Assim, o chefe saberia que Sinclair estava atento a histórias positivas das minorias. Talvez isso o ajudasse, talvez não.

O editor-chefe franziu a testa. "Era isso... matéria de loteria?"

"Isso mesmo", concordou Sinclair.

Ele não queria que ninguém soubesse que recusara o pedido de Tom Krome para investigar o roubo do bilhete. Sinclair acreditava que a decisão faria com que parecesse medroso e tacanho, principalmente se Krome aparecesse morto em alguma valeta.

"Onde está a mulher da Lotto?", perguntou o editor-chefe.

"Mora numa cidadezinha chamada Grange."

"Uma matéria simples?"

"Isso mesmo, senhor."

O editor-chefe fechou a cara. "Você está mentindo de novo, Sinclair. Mas a culpa é minha, que o contratei." Ele se levantou e tirou o paletó das costas da poltrona. "Você vai a Grange e não voltará enquanto não encontrar Tom."

Sinclair balançou a cabeça positivamente. Telefonaria para a irmã. Ela e Roddy o acomodariam no quarto de hóspedes. Poderiam ajudá-lo na busca, apresentar-lhe fontes da cidade.

"Na semana que vem, serão anunciados os vencedores do Amelia", disse o editor-chefe vestindo o paletó. "Eu inscrevi Krome."

"Fez isso?"

Mais uma vez, Sinclair foi apanhado com a guarda baixa. O Amelia era um prêmio nacional de reportagem, batizado assim em homenagem à falecida Amelia J. Lloyd, unanimemente considerada a mãe do moderno jornalismo de variedades. Nenhum evento era corriqueiro ou irrelevante para o vigoroso interesse de Amelia J. Lloyd. Feiras de panificação, mostras de artesanato, maratonas de caridade, concursos de soletrar, inaugurações de shoppings, campanhas de doação de sangue, caças a ovos de Páscoa — o faro milagroso de Amelia injetava vida e doçura em tudo. Em sua curta e meteórica carreira, assinou matérias para *The New Orleans Times-Picayune*, *The St. Louis Post-Dispatch*, *The Tampa Tribune*, *The Miami Herald* e *The Cleveland Plain Dealer*. Foi em Cleveland que Amelia J. Lloyd encontrou sua trágica morte no cumprimento do dever, atropelada por um Duesenberg descontrolado numa parada de maçons. Tinha apenas trinta e um anos.

Apenas um pequeno grupo de jornais elitistas inscrevia suas matérias de variedades na disputa anual do Amelia, pois ele era a única premiação que considerava a encheção de lingüiça um tipo válido de jornalismo. No *Register* a inscrição para o prêmio era feita, segundo a política da casa, pelo editor-executivo assistente de variedades. Sinclair preferia não enviar reportagens de Tom Krome para o Amelia porque suas matérias invariavelmente continham, na opinião de Sinclair, um tom crítico ou sarcástico que o júri poderia considerar inadequado. Além disso, Sinclair temia que Tom Krome o agredisse fisicamente na frente da equipe de reportagem se, por ironia do destino, ganhasse o prêmio (ou uma menção honrosa que fosse). Constava que Krome teria dito que um Amelia, apesar dos quinhentos dólares de prêmio, era uma vergonha.

Por isso Sinclair ficou abalado ao saber que o editor-chefe substituíra a matéria escolhida a dedo por Sinclair por um artigo de Tom Krome.

"Eu ia mandar um bilhete para você a respeito", disse o editor-chefe, num tom de quem não está pedindo desculpas.

Sinclair mediu as palavras. "Tom fez reportagens estupendas este ano. Qual foi a categoria escolhida?"

"Conjunto do trabalho."

"Ah. Muito bem." Sinclair pensou: Conjunto do trabalho? As regras exigiam um mínimo de oito reportagens e acreditava-se que elas deviam ser otimistas e positivas — semelhantes às matérias que Amelia J. Lloyd costumava escrever. Sinclair duvidava que Tom Krome tivesse usado mais que oito adjetivos positivos em sua carreira. E como o chefe arranjara tempo para escolher as melhores reportagens de um ano inteiro?

"Você sabe", perguntou o editor-chefe, fechando a pasta, "há quanto tempo o *Register* não ganha um prêmio nacional? Qualquer prêmio?"

Sinclair fez que não.

"Oito anos", respondeu o editor-chefe. "Terceiro lugar, Furo de Reportagem, Associação Americana de Editores de Jornais. Oito anos, porra."

Percebendo o que se esperava dele, Sinclair perguntou: "Qual foi a matéria?".

"Tornado destruiu escola primária. Dois mortos, vinte e três feridos. Adivinhe quem a escreveu? Eu."

"Sério mesmo?"

"Não fique tão chocado." O editor-chefe fechou a pasta. "Eis mais um tema para sua reflexão: estamos prestes a ganhar um Amelia para a editoria de variedades. Vai ser um grande prêmio. Espero que Tom esteja na redação na semana que vem, quando a notícia for divulgada."

A cabeça de Sinclair girava. "Como sabe que ele vai ganhar?"

"Um dos juízes me contou. Minha ex-mulher, se quer mesmo saber. A única que ainda fala comigo. Quando vai partir para Grange?"

"Amanhã, logo cedo."

"Tente evitar que a gente passe vergonha, está bem?"

O editor-chefe estava a três passos da porta quando Sinclair disse: "Quer que eu lhe telefone?".

"Todos os dias, meu caro. E, sério mesmo, não faça nenhuma cagada."

Chub acreditava que estava aprofundando seu relacionamento com Amber. A cada noite ela se mostrava mais amigável e falante. Bodean Gazzer achava que o amigo imaginava coisas — a moça conversava com todos os fregueses.

"Que nada", disse Chub. "Não vê o jeito como ela me olha?"

"Aposto que está assustada. Deve ser o tampão no olho."

"Vai se foder", disse Chub, embora no fundo temesse que Bode tivesse razão. Amber talvez fosse uma daquelas mulheres que não se excitavam com curativos, cicatrizes e coisas do tipo.

Bode disse: "Você devia tirar esse remendo da cara".

"Bem que eu tentei."

"E não conseguiu, é?"

"É a cola de pneu", explicou Chub. "É pior que cimento."

Bode Gazzer declarou estar contente por ser o olho esquerdo de Chub o inutilizado, uma vez que precisava do direito para mirar. "Mesmo assim, ficaria melhor sem o tampão", acrescentou. "Um negócio desses deixa você com uma área cega na hora do combate."

Chub mordeu um osso de frango e ruidosamente o reduziu a migalhas, que engoliu em seguida. "Não se preocupe comigo, quando se trata de armas. Acerto até nas áreas cegas."

Quando Amber se aproximou para pegar as garrafas vazias, Chub perguntou sobre o namorado, maliciosamente.

"Não veio hoje", ela disse.

"Isso eu já percebi, meu bem."

Chub ficou tentado a comentar algo a respeito do carro esporte do Tony bundão ter pegado fogo, queria dar uma dica de que ele e Bode tinham feito o serviço, para que Amber soubesse que suas intenções eram sérias. Porém, não tinha certeza se ela seria inteligente o bastante para entender a insinuação, nem se era o tipo de mulher capaz de ficar positivamente impressionada com atos criminosos.

"Mais uma rodada?", ela perguntou.

Chub disse: "A que horas você sai daqui?".

"Tarde."

"Muito tarde?"

"Tarde pra burro."

Bode Gazzer interferiu: "Traga mais quatro".

"Agora mesmo", disse Amber, aliviada, e se afastou depressa.

"Merda", murmurou Chub. Talvez fosse mesmo o remendo de pneu. Mas ele suspeitava que isso não a incomodaria nem um pouco se ela soubesse que em breve ele ia virar milionário.

Bode o aconselhou a pegar leve. "Lembre-se do que eu disse a respeito de agir discretamente. Além disso, você está assustando a moça."

Com o polegar e o indicador, Chub extraiu habilmente uma lasca de osso de frango que se alojara no céu da boca. Disse: "Quando foi a última vez que você fodeu alguma coisa, fora a palma da mão?".

Bode Gazzer respondeu que tinha o dever de ser extremamente escrupuloso quando se tratava de espalhar a sua semente, pois era um homem branco.

"Sua o quê?"

"É assim que está na Bíblia. Semente."

"Cara, não existe esse negócio de bocetas e armas demais. Você mesmo disse."

Eu disse, pensou Bode, pesaroso. A verdade era que ele não queria ver Chub distraído pela gostosa do Hooters nem por qualquer outra mulher até que recebessem o dinheiro da loteria. Depois eles teriam tempo de sobra para tirar o atraso.

Bode tentou improvisar: "Tudo tem seu lado bom e seu lado ruim, Chub. Nós, brancos, temos uma responsabilidade — somos uma espécie em extinção. Como o unicórnio".

Chub não engoliu. Citou como exemplo uma semi-automática .45 que havia comprado certa vez, fabricada na Iugoslávia, Romênia ou em outro fim de mundo qualquer. A pistola falhava a cada quatro ou cinco tiros. "Aquela era uma *arma* ruim", ele disse. "Mas nunca vi uma boceta ruim."

Eles discutiram até a hora de fechar. Bode defendeu a posição de que membros da milícia só poderiam ter relações carnais com mulheres brancas puras, cristãs de origem européia, para o caso de a união produzir um rebento. Chub, pouco propenso a reduzir ainda mais suas raras chances, insistia que homens de cor branca tinham a obrigação moral de espalhar seus genes superiores por tudo quanto era lado, mantendo portanto relações sexuais com qualquer mulher que topasse, independentemente de credo, raça ou cultura.

"Além disso", acrescentou, "está na cara que Amber é tão branca quanto a Branca de Neve."

"É, mas o namorado é mexicano. Isso a torna mexicana por contaminação", disse Bode.

"Acho melhor você calar a boca."

"O importante é a gente tomar muito cuidado."

O gerente piscou as luzes duas vezes e o restaurante começou a esvaziar. Bode pediu uma porção de asas de frango para viagem, mas um funcionário macaco disse que a cozinha já havia fechado. Bode pagou a conta do jantar com o Visa roubado, deixando outra gorjeta exorbitante. Saíram, e Chub insistiu para que esperassem no estacionamento, na remota possibilidade de Amber precisar de carona. Quinze minutos depois ela saiu do restaurante escovando o cabelo. Para Chub, era quase tão linda de jeans quanto de shortinho brilhante. Pediu a Bode que tocasse a buzina, assim ela veria que a esperavam. Bode recusou-se.

Chub estava baixando o vidro da janela para chamá-la quando Tony em pessoa chegou dirigindo um Mustang conversível preto novinho em folha. Amber entrou no carro e eles partiram a toda.

"Mas que porra é essa?", disse Chub, desapontado.

"Deixa pra lá."

"Aquele veado deve ter uma puta nota para comprar outro carro tão depressa."

Bode Gazzer disse: "Que nada, provavelmente é alugado. Vamos deixar isso pra lá".

Meio bêbado, Bode teve dificuldade para dar ré na picape e sair da vaga para deficientes. Não prestou a mínima atenção no Honda azul parado do outro lado do pátio, assim como também não viu que o carro foi atrás deles quando pegaram a Highway One, rumo ao sul.

Antes da invasão dos pilantras racistas, em sua vida adulta JoLayne Lucks tinha apanhado apenas de dois homens. Um era negro, o outro branco. Ambos, seus namorados.

O negro era Robert, o policial. Ele deu um tapa na cara de JoLayne quando, exibindo provas irrefutáveis, ela o acusou de extorquir sexo de mulheres motoristas. Na manhã seguinte, Robert encontrou uma cascavel-anã aninhada entre suas cuecas, na gaveta, uma descoberta que o fez sair pulando e gritando pelo quarto. JoLayne Lucks pegou a cobra e a soltou no mato. Mais tarde, zombou de Robert por causa da sua reação efeminada, comentando que a picada da cascavel-anã raramente era fatal para seres humanos. Naquela noite, ele dormiu com o revólver engatilhado ao lado da cama, prática que repetiu diligentemente até ele e JoLayne se separarem.

O outro sujeito que a espancou, o branco, por incrível que pareça foi Neal, o quiroprático carente. Aconteceu quando uma noite JoLayne chegou em casa uma hora atrasada, de volta do Jackson Memorial Hospital, por culpa dos problemas pessoais de um enfurecido "importador" de cocaína. Quatro vítimas da fuzilaria, com várias perfurações, deram entrada simultaneamente no pronto-socorro enquanto JoLayne estava de plantão. Embora o tiroteio tivesse aparecido com destaque no noticiário das onze, Neal, o quiroprático, não se convenceu. Preferiu acreditar que JoLayne chegara tarde porque estava transando com algum cirurgião simpático ou quem sabe com o novo anestesista. Num ataque de ciúme, Neal desferiu um soco inofensivo que atingiu a bolsa de JoLayne. Ela imediatamente pulou em cima dele, fraturando seu nariz com dois potentes murros. Em pouco tempo Neal, o quiroprático, implorava chorosamente seu perdão. Saiu de casa e foi comprar uma pulseira de diamantes, que ela lhe devolveu na noite em que romperam, sem tê-la usado.

Ela não estava acostumada a apanhar de homens, qualquer que fosse a cor. Não provocava ninguém, não tolerava agressões e acreditava, com toda a convicção do mundo, que o revide era justo. Por isso não conseguia tirar da cabeça o porta-malas do Honda de Tom Krome.

"Já tem um plano?", ela perguntou. "Porque, se você não tiver, eu tenho."

Krome disse: "Claro que tenho".

Ele reduziu a velocidade para abrir alguma distância dos bandidos da picape vermelha, que seguia um tanto instável, acelerando bruscamente de tempos em tempos. O motorista estava bêbado — até um policial iniciante teria notado. Krome não queria que os matutos batessem com o carro, como também não queria que fossem detidos por embriaguez ao volante. Quem sabe o que fariam a um policial? Se deixassem que os pusessem na cadeia, levariam semanas para conseguir sair, por causa de delitos anteriores. JoLayne Lucks não tinha tanto tempo.

O plano de Krome era seguir os dois sujeitos até o local onde moravam e vigiá-los.

"Em outras palavras, uma campana", disse JoLayne.

Krome esperava que o tom tivesse sido de impaciência, e não de escárnio. "Corrija-me se eu estiver errado, mas imagino que seu objetivo seja recuperar o bilhete da Lotto. Se você pretende matar os dois idiotas a tiros e voltar para casa, prefiro cair fora agora mesmo."

Ela levantou as mãos. "Lamento. Desculpe-me."

"Você está com raiva. Eu também estaria no seu lugar."

"Furiosa", ela disse.

"Fique calma. Estamos perto."

"Decorou a placa?"

"Já disse que sim", falou Krome.

"Ei, eles estão acelerando outra vez."

"Já notei."

"Não os perca de vista."

"JoLayne!"

"Desculpe-me. Vou calar a boca."

Seguiram a picape até Homestead. No caminho, os sujeitos pararam três vezes para urinar na beira da estrada, sem o menor constrangimento. Quando isso acontecia, Krome seguia em frente. Passava por eles, escolhia um lugar discreto e estacionava no escuro, esperando a passagem da picape. Os sujeitos saíram da rodovia e pegaram uma estradinha de terra para o sul que cortava uma fazenda de tomates. Ali não havia outros veículos — só uma coluna de poeira levantada pela picape. A poeira cheirava um pouco a pesticida.

JoLayne pôs a cabeça para fora do carro e fingiu sorver o ar avidamente. "Natureza! Vida no campo!", exclamou.

Krome reduziu a marcha e apagou os faróis, para que os matutos não os vissem no retrovisor. Depois de alguns minutos cruzando campos de tomate, chegaram a um descampado com palmeiras e pinheiros na comarca de Dade. A estrada gradualmente fez uma curva e passou a seguir paralela a um largo canal de drenagem. Do outro lado da água encrespada, JoLayne divisou as silhuetas de barracos improvisados, pequenos trailers e carros abandonados.

Cerca de oitocentos metros à frente, os freios da picape piscaram rapidamente em meio a uma nuvem de poeira. Krome parou o Honda de imediato e desligou o motor. O silêncio revelou que o motorista da picape fizera o mesmo.

Krome disse: "Belo lugar para morar".

"Não é nenhuma Star Island." JoLayne segurou seu braço. "Poderia abrir o porta-malas agora?"

"Num segundo."

Eles não viam a picape vermelha, mas ouviram o som de portas sendo batidas. Em seguida uma voz masculina flutuou por cima do canal através da escuridão.

JoLayne sussurrou: "O que está acontecendo?".

Antes que Tom Krome pudesse responder, o barulho de disparos de armas de fogo cortou a noite.

Sozinho no meio do nada, Shiner foi atacado pelo medo. Os ruídos eram os mesmos do mato na periferia de Grange — rãs, grilos, racuns —, porém tudo ali coaxava e cricrilava mais alto, assustava ainda mais. Shiner não conseguia parar de pensar nas tropas da Otan aquarteladas nas Bahamas.

Apenas cento e sessenta quilômetros naquela direção, para lá da corrente do Golfo, dissera Bodean Gazzer apontando.

Prolífica como era, a imaginação de Shiner não teve dificuldade em fantasiar a vanguarda da tropa inimiga, de capacete azul, prestes a desembarcar para formar uma cabeça-de-ponte. Ficou apavorado com a idéia de que os Estados Unidos da América poderiam ser invadidos a qualquer momento, enquanto Bode e Chub tomavam cerveja longe dali.

Agindo contra as ordens, Shiner pegou o AR-15 no trailer de Chub e subiu pela frágil escadinha até o teto precário. Ali, protegido pelo chapéu embolorado e pela parca nova camuflada, ele aguardou. Embora sua vista não alcançasse as ilhas Bahamas, ele enxergava muito bem a estrada de terra e o canal de irrigação.

Por terra ou por mar, pensou Shiner, os filhos da mãe vão ver só.

O rifle pesava em sua mão, mexia com os seus nervos. Ele tentava imaginar que tipo de armamento os comunistas da Otan portavam. Armas russas ou coreanas, especulou Bode Gazzer. Shiner decidiu tomar uma como suvenir do primeiro soldado que abatesse. Talvez cortasse fora uma orelha dele também — durante suas três semanas de Exército, ouvira falar nesse costume bárbaro, comum no Vietnã, segundo o sargento encarregado da instrução, que lá estivera. Shiner não sabia o que fazer com a orelha de um soldado da Otan, mas precisava escondê-la num lugar que sua mãe não descobrisse. O mesmo valia para as armas. Desde que encontrara o Rosto de Jesus na Pista, a mãe implicava com armamentos.

Depois de uma hora no teto do trailer, Shiner começou a sentir uma fome terrível. Furtivamente, desceu e atacou a geladeira de Chub, onde localizou duas fatias duras de pizza de pimentão e uma lata de filés de sardinha. Shiner levou a comida para seu posto de sentinela. Esforçou-se para comer devagar e saborear cada pedacinho — quando a invasão começasse, ele teria de passar muito tempo sem pizza, muito tempo.

Em duas ocasiões Shiner disparou o AR-15 contra ruídos suspeitos. O primeiro revelou-se um gambá desajeitado (e não um sapador inimigo) que derrubou a lata de lixo de Chub, e o segundo, um frango-d'água (e não um comando mergulhador infiltrado) que nadava entre os lírios.

Seguro morreu de velho, pensou Shiner.

Passado algum tempo, ele cochilou com o rosto encostado no cano frio do rifle. Sonhou que estava de volta ao campo de treinamentos do Exército, tentando fazer flexões enquanto um sargento negro autoritário ficava a seu lado chamando-o de bicha, mariquinha e bunda-mole. No sonho Shiner não se saiu muito melhor do que na vida real em matéria de flexões, e por isso o sargento gritava cada vez mais. De repente, ele sacou a pistola e disse que ia acertar um tiro na bunda de Shiner caso seu joelho tocasse mais uma vez o chão, o que obviamente aconteceu na flexão seguinte. Furioso, o sargento pisou nas costas de Shiner com a bota e apontou a arma para o traseiro trêmulo de Shiner. Disparou...

Com o ruído Shiner acordou de repente, levando o AR-15 ao peito. Aí, ouviu o barulho de novo. Não um tiro, e sim uma porta batendo. Ele se deu conta de que não se tratava mais de sonho, mas da pura realidade. Alguém estava lá, no meio da noite. Talvez soldados da Otan. Talvez Shiner tivesse ouvido o bater da escotilha da torre de um tanque russo.

Conforme se aproximavam do trailer, Bodean Gazzer e Chub foram surpreendidos pelo grito alucinado que vinha do teto: "Quem vem lá? Quem vem lá?".

Estavam a ponto de responder quando a escuridão foi rompida pelos relâmpagos alaranjados e azuis. As rajadas do rifle automático fizeram com que eles corressem para baixo da picape, onde xingaram e taparam os ouvidos até Shiner descarregar a arma.

Chub gritou primeiro: "Somos nós, seu cretino!".

"Nós quem?", indagou a voz no teto. "Quem vem lá?"

"Nós! Nós!"

"Identifiquem-se!"

Bode Gazzer falou: "Somos os Clarins Arianos Brancos. Seus companheiros".

Depois de uma longa pausa, eles ouviram: "Puta merda. Podem vir".

Esgueirando-se para fora da picape, Chub disse: "O cara é um careca sem um pingo de cérebro".

"Quieto...", disse Bode. "Ouviu isso?"

"Puta que o pariu."

Outro carro na estradinha de terra. Afastando-se a toda velocidade.

Chub sacou a pistola. "O que vamos fazer?"

"Vamos atrás dos filhos da puta", disse Bode. "Assim que a gente tirar o John Wayne Jr. do teto do trailer."

12

Tom Krome sentiu um aperto no peito quando os faróis surgiram em seu espelho retrovisor. JoLayne Lucks virou-se para vê-los.

“Igualzinho ao cinema”, ela comentou.

Krome ordenou que segurasse firme. Sem tocar no freio, tirou o carro da estrada de terra e seguiu pelo mato, rumo a um capão de pinheiro australiano, margeando o canal.

“Destrave a porta”, disse, “mas não saia até eu mandar.”

Eles se abaixaram e seus rostos ficaram a poucos centímetros de distância. Ouviram o ronco da picape que se aproximava com os enormes pneus fazendo estardalhaço no cascalho da estradinha.

JoLayne disse: “Fico imaginando o que Martha Stewart faria num lugar como este...”.

Krome pensou: Ela está delirando.

“Sério”, insistiu JoLayne. “Seria uma mulher completamente inútil numa hora dessas, a não ser que você quisesse um macramê ou uma caixa florida. Já viu Martha na tevê? Plantando flores e assando tortas?”

Krome disse: “Fique abaixada”. E levantou a cabeça para espiar.

“Quanto a mim, sou uma negação em matéria de artesanato. Desajeitada à beça. Em compensação, sei usar uma arma...”

“Quieta”, cortou Krome.

“... que por acaso temos aqui conosco.”

“JoLayne, prepare-se!”

“Uma escopeta de primeira qualidade.”

No escuro, Krome sentiu que ela se aproximava. Seu rosto tocou o dele, e para sua própria surpresa ele a beijou. Nada escandaloso, apenas um beijo amigo, para acalmá-la. Foi o que disse a si mesmo.

JoLayne virou o rosto sem dizer nada. A picape aproximava-se rapidamente. Krome sentiu o braço dela tocar seu ombro, como se quisesse abraçá-lo.

Mas não. Ela queria pegar a chave do carro, e a tirou do contato com habilidade. Num segundo, abriu a porta e rolou para fora.

"Não!", gritou Krome, mas JoLayne já estava abrindo o porta-malas. Quando ele chegou lá, ela tinha a Remington na mão.

Perto dali, a pista se iluminou; os insetos revoavam na frente do facho claro dos faróis da picape. Krome rapidamente puxou JoLayne para trás de um pinheiro. Passou os braços em torno dela e a espingarda ficou entre os dois, incômoda.

"Me solte", ela disse.

"Está travada?"

"Não seja idiota, Tom."

"Pssssiu."

A picape passou, eles ouviram vozes masculinas excitadas. Tom Krome não soltou JoLayne até a picape se afastar e a noite recuperar a tranqüilidade.

Ele disse: "Essa foi por pouco".

JoLayne jogou a espingarda no porta-malas, contrariada. "Macramê o caralho", disse.

Demencio ainda se regozijava com o elogio do reverendo Joshua Moody, que antes de partir dirigira-se ao seu intrigado rebanho, proclamando:

"Em trinta e três anos de milagres, nunca vi algo tão fantástico!"

Ele se referia às tartarugas apostólicas.

Mais tarde, depois que os romeiros cristãos do oeste da Virgínia murmuraram enlevados suas preces e deixaram na cesta de coleta de Trish um total de duzentos e onze dólares (sem contar o que gastaram em refrigerantes, camisetas, pães-de-ló e protetores solares), o reverendo Moody puxou Demencio de lado: "Você tem de me dizer de onde veio isso".

"Foi como eu falei."

"Ei, estou nessa desde antes de você nascer." O pastor levantou a sobrancelha branca. "Vamos, meu rapaz, eu não conto para ninguém."

Demencio manteve-se teimosamente fiel à sua história. "As tartarugas eram normais. Um dia, olhei para o aquário e vi os apóstolos. Todos os doze."

"Claro, claro." Com um suspiro impaciente, o reverendo Moody resolveu deixar Demencio em paz. "Com tantos lugares no mundo para uma aparição... num casco de tartaruga é realmente uma coisa do Além, meu caro. Juro por Deus."

"Não foi uma aparição", corrigiu-o Demencio timidamente. "Só uma semelhança."

A idéia de usar as tartarugas intrigara o reverendo Moody — como um leigo igual a Demencio pudera imaginar algo tão original? O sujeito se recusava a contar. Por respeito profissional, o pastor não insistiu. Apertou calorosamente a mão de Demencio e lhe disse: "Você é brilhante, seu filho da mãe". E depois conduziu os romeiros de volta ao ônibus.

Demencio ficou parado na calçada, acenando, até que eles sumiram de vista. Com um sorriso orgulhoso virou-se para a mulher, que segurava o maço de dinheiro molhado de lágrimas.

"Sucesso!", ela disse, animadíssima.

"Incrível. Do Além."

"Você tinha razão, querido. Eles acreditam em qualquer coisa."

Quando era menino, Demencio pintara tartarugas para vender na feira de Hialeah. Algumas ostentavam rosas e girassóis nas carapaças, outras bandeiras, corações e personagens da Disney. Demencio considerou que não seria um absurdo tão grande assim decorar as tartarugas de JoLayne com rostos de figuras religiosas. Era a única esperança de salvação para o faturamento da visita do reverendo Moody, uma vez que a Madona chorosa estava temporariamente fora de serviço.

Depois que Trish chegou com os materiais artísticos, Demencio selecionou uma dúzia de tartarugas dentre as mais ativas do aquário de JoLayne. O delicado processo de pintura foi precedido de uma breve discussão sobre a maneira mais respeitosa de retratar os apóstolos na carapaça de um réptil aquático. Como não sabiam o nome nem sequer da metade dos apóstolos, Demencio e a esposa consultaram a Bíblia — infelizmente, o livro não trazia o retrato de todos. Trish procurou na caixa de guardados do seu finado pai e lá encontrou um livro da *Time-Life* sobre as obras-primas da pintura universal. Havia uma foto da *Última Ceia* de Leonardo da Vinci, que Trish arrancou e instalou na bancada para o marido usar como modelo.

"Ótimo!", ele disse. "Mas quem é quem?"

Trish apontou: "Acho que esse aqui é o Judas. Ou André".

"Cristo."

"Bem ali", disse Trish, solícita. "No meio."

Demencio a expulsou e dedicou-se à tarefa de pintar as tartaruguinhas. Não adiantava caprichar muito nos detalhes, pois a casca áspera dos animais era uma superfície difícil de se trabalhar, além de pequena como uma moeda. O negócio era fazer barbas, disse a si mesmo. Todos os figurões da Bíblia usavam barba.

Logo Demencio pegou o jeito — segurava a tartaruga com a mão esquerda e o pincel com a direita. Com pinceladas firmes e precisas, terminou o serviço em menos de três horas. Embora todos os apóstolos exibissem a mesma abundância de pêlos na face, ele havia tentado desenhar fisionomias diferentes para cada um.

Olhando os rostos em miniatura, Trish perguntou: "Quem é quem?".

"Não tenho a mínima idéia."

Como Demencio já esperava, não fez a menor diferença. O Mateus de um romeiro era o João de outro.

Ansiosamente, os fiéis do reverendo Moody reuniram-se em torno do cercado das tartarugas, que Trish improvisara com uma cerca plástica de jardim. Demencio recitava o nome dos apóstolos, apontando com deliberada ambigüidade para os animais amontoados. Os romeiros não apenas acreditaram em tudo; eles ficaram maravilhados. No centro da pequena arena Demencio instalara a Virgem de fibra de vidro, a qual, ele anunciou, não choraria naquele dia tão especial. Os romeiros compreenderam perfeitamente — a Mãe de Deus obviamente estava feliz com a inesperada chegada dos melhores amigos do seu querido Filho.

As tartarugas apostólicas fizeram tamanho sucesso que Demencio resolveu usá-las novamente na manhã seguinte. Na hora do almoço, o jardim já estava lotado. Demencio preparava um sanduíche na cozinha quando Trish contou, alarmada, que as tartarugas estavam desidratando sob o sol forte e que a pintura dos cascos começava a descascar. Demencio resolveu o problema cavando um pequeno fosso em torno da Madona, o qual encheu de água com a mangueira do jardim. Mais tarde, um turista da Carolina do Sul, certamente por inspiração divina, perguntou se as tartarugas estavam nadando em água benta. Demencio garantiu que sim, e o sujeito ofereceu quatro dólares por uma xícara. Os demais visitantes fizeram fila, e em pouco tempo Demencio viu-se obrigado a encher o pequeno fosso novamente.

Exultava com sua descoberta. Culto à tartaruga! O reverendo Moody tinha razão — ele era um tremendo gênio.

A visitação prosseguiu sem incidentes até o meio da tarde, quando Dominick Amador apareceu para disputar a freguesia de Demencio, exibindo os estigmas da maneira mais vulgar. Trish o escorraçou dali com um ancinho. O confronto ocorreu em público, na presença do prefeito Jerry Wicks, que não levantou um dedo em defesa do descarado Dominick.

O prefeito Wicks chegara ao santuário em companhia de três pessoas que certamente não eram romeiros. Dois deles Demencio reconheceu, moravam na cidade. O terceiro era de fora. Demencio recebeu o grupo com ares de ocupadíssimo empresário a caminho do banco, o que era a pura verdade.

"Por favor", disse o prefeito. "Não vamos demorar."

"Vieram num momento pouco apropriado", disse Demencio, fechando o último dos três volumosos envelopes.

Jerry Wicks disse: "É sobre JoLayne Lucks".

"É mesmo?" Demencio pensou: Merda. Eu sabia que era bom demais para ser verdade. As tartarugas devem ser roubadas.

Trish pôs a cabeça para fora da porta. "Mais alface!"

Demencio trancou os envelopes de depósito numa gaveta e correu para a geladeira. "Sentem-se", disse aos visitantes, indiferente. "Volto num minuto."

* * *

Roddy e Joan ficaram excitados por ajudar o irmão de Joan numa missão jornalística tão importante. Na verdade, teriam delirado com uma chance de colaborar no levantamento semanal da produção agrícola local. Roddy era funcionário público, inspecionava postos de gasolina, enquanto Joan lecionava na terceira série da escola da cidade. Não tinham muitos amigos em Grange e se animaram quando Sinclair perguntou se poderiam hospedá-lo por alguns dias, enquanto estivesse trabalhando no caso da loteria. Como sua dica ao jornal dera início a tudo, Roddy e Joan sentiram-se na obrigação de ajudar Sinclair a localizar seu astro de reportagem, desaparecido na companhia de JoLayne Lucks. O mistério da Lotto era a maior sensação dos últimos tempos em Grange, e Roddy e Joan adoraram estar no meio da confusão. Sinclair mal passara vinte minutos na cidade e já tinha sido apresentado ao prefeito, que ouviu o relato de Sinclair sobre o desaparecimento de Tom Krome com ar intrigado e um quê de desânimo.

"O que quer que tenha ocorrido", disse Jerry Wicks, "com certeza não foi obra dos moradores de Grange. Somos o povo mais hospitaleiro de toda a Flórida!"

Sinclair equilibrava o bloco de anotações sobre o joelho enquanto escrevia cada palavra. Acreditava que repórteres de verdade trabalhassem assim, como uma estenógrafa furiosa, preservando cada artigo e preposição. Não sabia fazer de outro jeito, e seu orgulho o impedira de perguntar ao pessoal da redação como proceder antes de iniciar a viagem.

Um dos problemas do meticuloso método de anotação de Sinclair era o longo silêncio que se instalava entre a frase dita pelo entrevistado e o momento em que Sinclair terminava a transcrição. Ele escrevia lentamente; anos de teclado de computador o tinham feito perder a familiaridade com a caneta. Para piorar, havia a mania de ordem. Copiar cada comentário trivial não bastava; Sinclair fazia questão da pontuação exata também.

Roddy e Joan mantinham-se fielmente alertas enquanto o irmão de Joan permanecia debruçado sobre o bloco de notas por um período aparentemente infinito. O prefeito, porém, começava a se impacientar.

"Eu não me importaria se você usasse o gravador", ele disse finalmente.

A única resposta de Sinclair foi um novo surto de escrevinhação furiosa.

Jerry Wicks voltou-se para Roddy: "Ele está escrevendo *isso* também?".

"Não sei."

"Que importância tem o que falei sobre o gravador...?"

"Não sei, prefeito. Ele deve ter algum motivo."

Sinclair parou no meio da frase. Envergonhado, levantou a cabeça e guardou a caneta. Jerry Wicks sentiu um alívio. Sugeriu que fossem todos falar com a última pessoa que vira JoLayne Lucks antes de ela deixar a cidade. O nome do sujeito era Demencio, disse o prefeito. Ele tinha um santuário religioso popular. Sinclair concordou em entrevistar o homem assim que fosse possível. Guardou o bloco no bolso de trás da calça, como os repórteres do *Register* faziam com freqüência.

Acomodando-se no banco traseiro do carro do prefeito, Joan cochichou ao irmão que tinha um gravador portátil Sony em casa.

"Muito obrigado", disse Sinclair tenso, "mas prefiro assim."

No encontro com Demencio ele sacou o bloco novamente. "Pode soletrar seu nome para mim?", pediu, preparando a caneta.

"Você é da polícia?", quis saber Demencio. Voltou-se para o prefeito. "Ele é da polícia ou o quê?"

Jerry Wicks explicou quem era Sinclair e por que viera a Grange. Estavam sentados na sala de estar de Demencio — o prefeito, Roddy, Joan e Sinclair. Demencio ocupava sua poltrona favorita de ver televisão, jogando um pé de alface romana de uma mão a outra, como se fosse uma bola. Desconfiava do forasteiro, mas não queria perder a chance de uma publicidade gratuita da imprensa para o seu santuário.

Sinclair perguntou: "Quando viu JoLayne Lucks pela última vez?".

"Na outra noite", disse Demencio, "quando ela deixou as tartarugas."

Roddy e Joan demonstraram muita curiosidade pelo aquário das tartarugas, assim como interessados nas pintadas lá de fora, mas por algum motivo Sinclair não quis saber delas. Anotou meticulosamente a resposta de Demencio e perguntou:

"Havia um homem com a senhorita Lucks?"

"Um sujeito branco?"

"Sim. Cerca de trinta anos", disse Sinclair. "Um metro e oitenta, mais ou menos."

"Sim, veio com ela. Tirou fotos da Virgem Maria. Ela chora lágrimas de verdade."

Roddy, tentando ser útil: "As pessoas vêm de longe para rezar aos pés da Madona que chora".

"Temos visitação todas as manhãs", disse Demencio. "Você precisa vir ver."

Sinclair não respondeu. Ainda registrava freneticamente a primeira parte da resposta de Demencio. Chegara à palavra *Virgem* quando a interrupção de Roddy o fez perder o fio da meada. Esqueceu-se do resto da declaração de Demencio. Seria forçado a reconstruir a fala.

"Você disse 'lágrimas de verdade' ou 'lágrimas verdadeiras'?"

"Lágrimas de verdade", repetiu Demencio. "Como um padre bêbado."

Nem Roddy nem Joan imaginavam um comentário tão grosseiro publicado num jornal familiar, mas Sinclair o copiou assim mesmo.

"E doze tartarugas", continuou Demencio, "têm o rosto dos apóstolos nas costas. É a coisa mais incrível que já se viu — dê uma espiada no fosso!"

"Fale mais devagar", pediu Sinclair, exausto. Sentia cãibras nos dedos. "O homem que veio aqui... ele foi embora junto com a senhorita Lucks?"

"Sim. No carro dele."

Enquanto Sinclair escrevia, Roddy, Joan e o prefeito permaneciam em silêncio. Qualquer interferência provocaria uma demora ainda maior. Demencio, contudo, estava inquieto. Começou a desfolhar o pé de alface, arrumando as folhas em pilhas, conforme o tamanho, em cima do sofá. Temia que o jornalista perguntasse qual era o acordo financeiro com JoLayne Lucks para tomar conta das tartarugas. Demencio não tinha ilusões de que alguém considerasse mil dólares um valor razoável ou habitual, nem que acreditasse ter sido uma idéia da própria JoLayne.

Porém, ao terminar as anotações, Sinclair disse apenas: "Eles mencionaram para onde iam?".

"Miami", respondeu Demencio, aliviado.

Joan, vendo sua credibilidade como fonte ameaçada, interferiu: "Ouvimos falar em Bermudas. Eles não disseram nada sobre Bermudas?".

"Eles me disseram que iam para Miami. JoLayne falou que tinha um assunto para resolver lá."

"Mais devagar", queixou-se Sinclair, curvado sobre o bloco como um joalheiro reumático. "Por favor."

A hospitalidade e a paciência de Demencio esgotaram-se: "É Miami. M-I-A-M-I".

"Sei como se escreve", retrucou Sinclair.

O prefeito levou a mão à boca para esconder o riso.

Eles seguiram pelas estradinhas vicinais por vários quilômetros, sem encontrar o outro carro. Bodean Gazzer estava bêbado e cansado demais para continuar. Chub ofereceu-se para pegar o volante, mas Bode não quis nem saber; ninguém tinha autorização para guiar sua Dodge Ram novinha. Estacionou na beira de uma plantação de tomates e apagou, enquanto Chub e Shiner discutiam a respeito do tiroteio equivocado no trailer. No início, Bode achou que Chub estava sendo duro demais com o rapaz, mas mudou de opinião quando o dia amanheceu e viu os dois furos de bala na lateral da picape.

Bode disse a Chub: "Mate esse moleque idiota".

"Eu não sabia que eram vocês!", protestou Shiner.

Possesso, Bode estendeu a mão para alcançar a arma na cinta de Chub. "Me dá isso."

Chub afastou a mão dele. "Alguém pode escutar."

"Eu pensei que fosse a Otan!", gritou Shiner. "Já pedi desculpas, tá bom?"

"Olha o que você fez na minha picape."

"Vou pagar tudo, juro."

"Corto o meu saco se você pagar", disse Bodean Gazzer.

Shiner estava morrendo de medo. "Por favor, me dê outra chance", implorou.

"Outra chance porra nenhuma", disse Chub. Já chegara à conclusão de que o rapaz era um caso perdido, uma ameaça à segurança. O melhor era se livrar dele. Podia tirar cara ou coroa com Bode para ver quem daria a má notícia ao moleque.

Chub afastou-se para dar uma mijada e imediatamente topou com uma lata de tinta em spray. No meio de uma plantação de tomates! Era bom demais para ser verdade. O problema era que Bode não aprovava cheirar produtos químicos. Chub continuou de costas para a picape. Ajoelhou-se na terra arenosa e sacudiu a lata, excitado. O barulho o acalmou, como se ouvisse a batida de uma canção conhecida. Colocou as mãos em concha em volta do bico e o apertou com o queixo, mas não saiu nenhuma tinta. Levou o bico até o nariz e apertou de novo, fungando, mas não sentiu ar nenhum. Não saía nada. Xingou, levantou-se e atirou a lata vazia o mais longe que conseguiu.

Quando baixou o zíper da calça para urinar, uma mosca varejeira pousou na ponta do seu pau. Nem de longe Chub se sentia como um milionário deveria se sentir. Irritado, espantou a mosca e terminou o serviço. Depois tirou o Colt Python da cinta e o colocou debaixo do braço esquerdo. Apalpou cuidadosamente a perna esquerda da calça até tocar o curativo: pelo menos o bilhete da loteria continuava em segurança. Pensou no que seus pais diriam se soubessem que tinha catorze milhões de dólares presos na coxa!

Quando retornou à picape, viu que Bodean Gazzer se acalmara. Shiner indagava a respeito do ataque iminente da Otan contra os Estados Unidos, interessado em saber se havia algum indício específico para o qual deveria estar atento, um sinal inequívoco de que era hora de pegar em armas.

"Como helicópteros. Ouvi dizer que eles têm helicópteros pretos secretos", ele disse. "Está na Internet."

Bode disse: "Eu não acho que eles usariam helicópteros a esta altura. Sabe, eles podem preferir dirigíveis. Tudo depende da ocasião".

"Droga", disse Shiner.

"Sabe de uma coisa? Eu não me surpreenderia se tudo acontecesse na calada da noite, na surdina. Um dia a gente acorda, e até o carteiro está usando capacete azul."

Shiner tremeu. "E então... eles vão matar todos nós, os brancos?"

Chub disse: "As mulheres não. Vão currar. Matarão só os homens".

"Não", disse Bode Gazzer. "Primeiro eles vão deixar todos nós na miséria, sem dinheiro para comprar remédios, comida, roupas."

"Como seria possível?", perguntou Shiner.

"Fácil. Vamos supor que eles decretem que o nosso dinheiro é ilegal. Todas as nossas economias valerão menos que papel higiênico. Enquanto isso, imprimem novos dólares, para distribuir aos milhões aos macacos e aos cubanos."

Chub sentou-se no pára-choque da picape e tentou se livrar da ressaca massageando a testa. Já conhecia bem a teoria de Bode sobre a conspiração para substituir a moeda americana. O assunto surgira na noite anterior, no Hooters, quando Chub recomendou jogar fora o cartão de crédito da negra antes que fossem pegos. Bode disse que era melhor guardá-lo, caso o Tribunal do Novo Mundo tomasse conta de todos os bancos e emitisse novas notas. Então, todo o dinheiro suado ganho pelos americanos perderia o valor.

Que dinheiro?, pensou Chub. Eles estavam completamente duros.

"E o novo dinheiro", Bode contava a Shiner, "em vez de George Washington e U. S. Grant, vai ter retratos de Jesse Jackson e Fidel Castro."

"Puta merda! E aí, o que a gente faz?"

"Plástico", respondeu Bode. "Usamos dinheiro de plástico. Não é mesmo, Chub?"

"Claro." Chub se levantou, coçando o saco. Fazia tanto tempo que não via uma nota de cinqüenta dólares que já se esquecera de quem aparecia nela. No que lhe dizia respeito, poderia ser até o James Brown.

"Vamos descolar alguma coisa para comer", falou.

No caminho de Florida City, Shiner pegou no sono de boca aberta, como um cão vira-lata. Bode e Chub aproveitaram o momento de privacidade para discutir os acontecimentos da noite anterior. Teriam sido realmente seguidos ou o carro que ouviram estava apenas perdido nas estradinhas vicinais?

Bode Gazzer apostava que era um automóvel perdido. Insistiu que teria notado se alguém os estivesse seguindo desde o restaurante.

"Talvez, mas se estivesse sóbrio", disse Chub.

"Não tinha ninguém atrás da gente, eu garanto. Ficamos assustados por causa dos tiros que o moleque aí disparou, só isso."

Chub disse: "Não tenho tanta certeza".

Tinha um forte pressentimento de que a sorte deles estava acabando. Isso se confirmou depois do café da manhã, quando a garçonete não voltou com o cartão de crédito. Chub notou que ela consultava o gerente do restaurante, no caixa. Numa mão, o gerente segurava o cartão Visa roubado. Na outra, o telefone.

Chub murmurou ao amigo, do outro lado da mesa: "Sujou".

Bodean Gazzer ficou gelado. Ao tentar enfiar os dedos dos pés de volta na bota de caubói, acidentalmente chutou o joelho de Chub. Irritado, Chub olhou debaixo da mesa e disse: "Tome mais cuidado".

Shiner, de olhos arregalados, torceu o guardanapo de papel até dar nó. "E agora, o que a gente vai fazer?"

"Fugir correndo, cara, o que mais?" Chub bateu com os nós dos dedos na cabeça rapada de Shiner. "Correr feito uns loucos, porra."

13

A inclinação de Bode Gazzer para cartões de crédito roubados era evidente, a julgar pela dezena de acusações em sua folha corrida, que também registrava nove condenações por estelionato com cheques, cinco por fraude contra a previdência, quatro por furto de eletricidade, três por furto de armadilhas de lagostas e dois por destruição dolosa de propriedade alheia (um parquímetro e um caixa automático de banco).

Tudo isso foi revelado a Moffitt logo depois que JoLayne Lucks ligou para passar o número da placa da picape vermelha que conzudia os homens que a espancaram. O número foi fornecido ao computador, que deu o nome e data de nascimento de Bodean James Gazzer. Os dados seguiram para outro computador, que emitiu a folha corrida do senhor Gazzer. Moffitt não se surpreendeu nem um pouco com o que descobriu, nem com o fato de Bode Gazzer, apesar de todos os crimes cometido, ter passado, no total, menos de vinte e três meses de sua vida inútil atrás das grades.

Embora a informação não estivesse nos computadores, Moffitt não se espantaria nada de saber que Bode Gazzer acreditava fanaticamente na supremacia branca e fundara uma milícia racista de extrema direita. Bode Gazzer, por sua vez, teria ficado atônito e apavorado se soubesse que atraíra a atenção de um agente do odiado Ataf, Departamento de Álcool, Tabaco e Armas de Fogo, que ainda por cima era um macaco desgraçado.

Para Moffitt, ver JoLayne Lucks era como padecer no paraíso. Ela nunca flertava com ele, nem sequer de leve. Mas também não era necessário. Bastava que ela risse, virasse o rosto, atravessasse a rua. Coisas simples como essas.

A situação de Moffitt era ruim, mas não patética. Às vezes, passava meses sem pensar nela. Quando a saudade apertava, ele a enfrentava com uma disposição estóica, aprimorada no decorrer dos anos, e sem desespero. Pragmático, não lutava contra os seus sentimentos. Quando ela o procurava, Moffitt a atendia. Quando precisava de ajuda, ele a socorria. Isso o fazia se sentir bem, mais do que qualquer outra coisa.

Encontraram-se numa churrascaria da Highway One, em South Miami. JoLayne não perdeu um minuto e começou a perguntar sobre o sujeito da picape vermelha.

"Quem é ele? Onde mora? Perto da plantação de tomates?"

"Não", disse Moffitt.

"Qual é o endereço então?"

"Melhor deixar pra lá."

"Por quê? O que vocês vão fazer?"

"Dar uma geral", disse Moffitt.

JoLayne não entendeu direito o que ele quis dizer com isso.

"Fazer uma busca", explicou Tom Krome, "cheia de más intenções."

Moffitt assentiu com a cabeça. "Portanto, pode cancelar seu cartão. Agora já temos um nome, e isso basta."

Os três pediram o prato do dia e chá gelado. JoLayne não comeu muito. Sentia-se excluída da caçada.

"E quando vocês derem a geral na casa do sujeito..."

"Apartamento", corrigiu Moffitt, limpando a boca com o guardanapo.

"Que seja. Bem, quando forem lá, eu quero ir junto", disse JoLayne.

Moffitt balançou a cabeça com energia. "Nem eu estarei lá. Oficialmente, quero dizer." Ele pegou sua carteira funcional e a abriu em cima da mesa, na frente de Tom Krome. "Explique a ela", disse Moffitt, apontando para o documento com uma costelinha de vaca.

Ao ver o brasão do Ataf, Krome entendeu tudo. A entidade havia ficado visada depois do ataque a Waco. Grupos de fanáticos por armas clamavam por seu fechamento, comparando os agentes a cruéis nazistas. O Congresso andou investigando. Algumas cabeças rolaram no alto escalão. O pessoal agora precisava agir discretamente.

"Foi uma grande cagada", explicou Krome a JoLayne.

"Assino jornal e sei ler, Tom." Ela lançou um olhar fulminante a Moffitt. "Não precisam me tratar feito criança."

O agente disse: "Nada de manchetes em jornais, são as ordens vindas de Washington. Por isso vou entrar lá sozinho".

JoLayne Lucks comeu um pouquinho de salada com o garfo de plástico. Estava morta de vontade de saber quem eram aqueles filhos da mãe, como viviam e por que tinham resolvido ir atrás dela, entre todas as pessoas sortudas que ganhavam na loteria. Por que roubar um bilhete em Grange, em vez de esperar que alguém em Miami ou Lauderdale ganhasse um prêmio acumulado? Isso acontecia a toda hora.

Não fazia sentido. JoLayne queria invadir a casa do sujeito junto com Moffitt. Revirar seu guarda-roupa, espiar debaixo da cama, abrir as cartas no bico da chaleira. JoLayne precisava de respostas.

"A única coisa que posso prometer é o bilhete", disse Moffitt. "Se estiver lá, eu o encontrarei."

"Pelo menos me diga o nome dele."

"Para quê, Jo? Para você olhar na lista telefônica e ir lá antes de mim? De jeito nenhum."

Terminaram a refeição em silêncio. Krome acompanhou Moffitt até o estacionamento, enquanto JoLayne punha fim a um pedaço de torta de maçã.

O agente disse: "Ela não vai se dar por satisfeita só com o bilhete da loteria. Sabe disso, não é?".

"Acho bem possível."

Moffitt sorriu. "Quando essa moça resolve uma coisa, ninguém consegue fazê-la mudar de idéia. Vá por mim." Ele entrou no carro, uma barca típica do governo, e ligou o celular no acendedor de cigarro. "Por que você se envolveu nisso?", perguntou a Krome. "Espero que tenha motivos melhores que os meus."

"Provavelmente não." Krome esperou pela ameaça. Se não tomasse conta de JoLayne Lucks ia ver só uma coisa.

Em vez disso, porém, Moffitt disse: "Até agora, o máximo que consegui foi sair com ela duas vezes. Cinema e jogo dos Dolphins. Ela odeia futebol americano".

"O que foram ver no cinema?"

"Um filme com Jack Nicholson. Já nos conhecemos há dez, doze anos. Os Dolphins perderam feio, disso eu me lembro bem. Seja como for, depois viramos bons amigos. Por decisão dela, não minha."

Krome disse: "Eu não estou pensando em nada".

Moffitt riu. "Cara, você não está entendendo. A escolha é *dela*. Sempre." Ligou o carro.

Krome disse: "Tome cuidado no apartamento".

"Quem precisa tomar cuidado é você", disse Moffitt, dando-lhe uma piscada.

Quando Krome voltou ao restaurante, JoLayne elogiou a torta. Depois perguntou o que Moffitt havia dito no estacionamento.

"Nada. Falamos de futebol."

"Claro, aposto que sim."

"Espero que saiba que ele está se arriscando um bocado."

"E eu reconheço isso. Mesmo."

"Escolheu um modo estranho de demonstrar."

JoLayne se ajeitou na cadeira, encabulada. "Sabe, preciso tomar muito cuidado com o que digo a Moffitt. Se pareço mal-agradecida, é porque não quero parecer grata *demais*. Não pretendo... Bem, você sabe. Seus sentimentos por mim ainda são muito intensos."

"Fascínio, é o que ele sente."

JoLayne baixou os olhos. "Chega." Sentia-se mal por envolver Moffitt naquele caso. "Sei que ele precisa de um mandado, sei que poderá perder o emprego se for apanhado..."

"... e ir em cana."

"Tom, ele quer ajudar."

"Da pior maneira possível. Ele faria qualquer coisa para agradá-la. Essa é a maldição dos incorrigivelmente apaixonados. Mudando de assunto, você quer recuperar o bilhete da Lotto ou se vingar?"

"As duas coisas."

"E se tiver de escolher uma só?"

"O dinheiro." JoLayne pensou no bosque Simmons. "Eu prefiro o dinheiro."

"Ótimo. Não se esqueça disso. Assim, fará um grande favor ao agente Moffitt."

E a mim também, pensou Krome.

Champ Powell era o melhor meirinho que o juiz Arthur Battenkill Jr. já conhecera: o mais versátil, o mais esforçado, o mais ambicioso. Arthur Battenkill Jr. gostava muito dele. Seria desnecessário explicar a Champ Powell a importância da lealdade; ele fora policial militar durante cinco anos antes de estudar direito e prestar concurso para oficial de justiça: policial da comarca de Gadsden. Champ conhecia as regras do mundo da lei. Os bons formavam uma turma, ajudavam uns aos outros, davam cobertura ao colega na hora da encrenca. Era assim que alguém sobrevivia e progredia.

Por isso, Champ Powell sentiu-se lisonjeado quando o juiz Battenkill pediu seu conselho a respeito de um delicado problema pessoal — um indivíduo chamado Tom Krome se metera com a adorada esposa do distinto juiz, Katie. Champ Powell fazia hora extra na biblioteca do fórum, procurando uma obtusa apelação de sentença num processo de inadimplência em aquisições imobiliárias, quando sentiu a mão de Arthur Battenkill em seu ombro. O juiz sentou-se e com gravidade explicou a situação que envolvia Krome. Champ Powell perguntou o que ele faria se sua mulher se envolvesse com outro homem. Champ (que conhecia bem os dois lados dessa complicada equação) disse que daria um susto daqueles no sujeito, tentaria espantar o cara da cidade. O juiz Battenkill disse que a idéia era ótima. Infelizmente, porém, ele não saberia como tomar providências do gênero sem se expor demais. Champ Powell declarou que cuidaria pessoalmente do caso, que o juiz não precisava mais se preocupar com isso. O juiz ficou profundamente agradecido e Champ Powell vislumbrou para si um futuro dourado no mundo do direito. Com um telefonema, Arthur Battenkill poderia arrumar-lhe um emprego em qualquer escritório de advocacia da Flórida.

Naquela mesma noite, o oficial de justiça passou na casa de Tom Krome e estourou as janelas com um rifle de caça. Na manhã seguinte, no fórum, o juiz o recompensou com uma piscadela cúmplice e com um sinal de positivo com os dedos da mão. Dois dias depois, contudo, Arthur Battenkill telefonou irado a Champ Powell, para relatar que Krome continuava em contato com Katie, mandando-lhe fotos de ocultismo: estátuas que choravam. Champ ficou revoltado. Com a bênção do juiz, saiu mais cedo do trabalho para comprar o material necessário enquanto as lojas ainda estava abertas. Adquiriu doze galões de aguarrás e um escovão. Qualquer incendiário experiente diria a Champ Powell que doze galões era um exagero e que apenas o vapor seria suficiente para derrubar um elefante.

Mas ele não tinha tempo para consultas técnicas. Com a mente determinada e um lenço no nariz, Champ Powell espalhou o solvente pela casa de Tom Krome, ensopando o piso e as paredes de todos os aposentos. Estava na cozinha quando finalmente tonteou e desabou ao lado do fogão esperneando intensamente. Suas mãos tentaram agarrar-se ao fogão, mas tudo que conseguiram foi acionar o botão do acendedor automático. A explosão pôde ser ouvida a um quilômetro de distância. Em noventa minutos, a casa estava reduzida a alicerces fumegantes.

Os restos mortais de Champ Powell só foram encontrados muitas horas depois de terminado o incêndio, quando os bombeiros viraram a geladeira meio derretida e encontraram o que julgaram ser um maxilar humano calcinado. Fragmentos ósseos maiores e pedaços de carne assada foram coletados no meio dos escombros e acondicionados num saco plástico para cadáveres. O médico-legista determinou que a vítima era um homem branco com cerca de um metro e oitenta de altura. Teria trinta e poucos anos. Sem os registros dentais, qualquer tentativa de identificação seria praticamente impossível.

Com base na raça, altura e idade aproximada da vítima, os policiais encarregados da investigação concluíram que o corpo muito provavelmente era de Tom Krome, assassinado ou ferido ao surpreender o incendiário dentro de sua casa.

Os detalhes escabrosos da descoberta e as deduções concebidas pela polícia foram transmitidos, na manhã seguinte, ao repórter policial do *Register*, que logo notificou o editor-chefe. Pesaroso, ele reuniu o pessoal da redação e comunicou a eles as conclusões dos policiais. O editor-chefe perguntou se alguém sabia o nome do dentista de Tom Krome, mas ninguém fazia a menor idéia. Alguns colegas, porém, comentaram o notável sorriso perfeito de Krome, especulando maliciosamente que aquilo só podia ser obra de um especialista. Um estagiário recebeu a missão de telefonar a todos os dentistas da cidade, em busca dos raios X de Krome. Nesse meio tempo, por via das dúvidas, um redator ficou encarregado do obituário de Krome. O editor-chefe disse que o jornal esperaria o máximo possível antes de publicar a história, mas que era preciso estar preparado para o pior. Depois da reunião ele voltou rapidamente para sua sala e tentou falar com Sinclair, em Grange. Uma mulher, que se identificou como irmã de Sinclair, informou que ele estava no "santuário das tartarugas" e ofereceu-se para transmitir o recado. O editor-chefe falou: "Diga a ele para ligar até a hora do almoço para o jornal ou então procurar outro emprego".

Por uma incrível coincidência, Champ Powell e Tom Krome tinham mais uma coisa em comum, além da raça e do tipo físico: uma cúspide lascada no ponto de oclusão, no dente número 27, o canino inferior direito. Champ Powell havia danificado o dele tentando abrir com os dentes, bêbado, uma garrafa de Busch durante o Gator Bowl de 1993. A perda de parte do dente de Tom Krome fora causada por uma pedrada na boca, quando cobria uma manifestação de rua no Bronx.

Um dos primos em segundo grau de Krome, procurando ajudar, mencionou o dente quebrado (e sua origem quase heróica) a um repórter do *Register*, o qual repassou a informação ao legista, que imediatamente reexaminou o maxilar encontrado entre os destroços da casa de Krome. O canino número 27 parecia ter sido usado como cinzel. Mais confiante, o legista preparou um relatório identificando o cadáver das ruínas como sendo provavelmente o de Tom Krome.

O *Register* deu a notícia na primeira página, com uma retranca especial para o obituário de Tom Krome, sob a foto que ocupava quatro colunas. Usaram a fotografia do crachá do repórter, um instantâneo subexposto que mostrava Tom Krome com os olhos semicerrados e os cabelos despenteados. Quando Katie mesmo assim o reconheceu, quase teve um colapso e correu para o quarto banhada em lágrimas. O juiz Arthur Battenkill Jr. permaneceu na mesa de café, relendo a reportagem diversas vezes. Por mais que tentasse, não conseguia se lembrar de como eram os dentes de Champ Powell.

Ao chegar ao fórum, descobriu que seu funcionário exemplar faltara ao trabalho pelo segundo dia consecutivo. As secretárias se ofereceram para ir ao apartamento de Champ saber o que estava acontecendo, mas o juiz disse que não era necessário. Fingiu se lembrar de que Champ mencionara a intenção de visitar os pais em Cedar Key. Mais tarde, Arthur Battenkill Jr. foi para a sua sala sozinho e fechou a porta. Vestiu a toga negra, desamarrou os sapatos e sentou-se para ponderar o que seria pior para ele do ponto de vista da culpabilidade — o corpo pertencer a Champ Powell ou a Tom Krome.

O juiz concluiu que, embora as duas possibilidades significassem encrenca na certa, Krome vivo poderia dar mais trabalho do que Champ morto. Arthur Battenkill Jr. ficou torcendo para que o jornal tivesse razão e que os ossos calcinados encontrados nos escombros da casa fossem mesmo de Tom Krome. Calculou que Champ Powell devia estar escondido em algum lugar — afinal, era um ex-policial tarimbado — esperando as coisas esfriarem. Provavelmente entraria em contato com o juiz no máximo em dois dias. Juntos, inventariam um álibi convincente. Era isso e pronto. Nesse meio tempo, precisava cuidar de Katie, que aos soluços acusava Arthur Battenkill Jr. de haver mandado matar seu ex-amante a sangue-frio. O juiz não sabia como resolver isso, e ficou pensando se um colar de diamantes não daria jeito na angústia da mulher.

Na hora do almoço sairia para comprar uma jóia para ela.

Quando voltaram para o motel, JoLayne vestiu o agasalho esportivo e saiu para caminhar. Tom Krome deu alguns telefonemas: para o seu correio de voz no *Register*, no qual o corretor de seguros deixara um recado urgente a respeito do seguro da casa; para a secretária eletrônica da sua casa, que pelo jeito estava quebrada; para Dick Turnquist, que havia contado ter uma pista do paradeiro da futura ex-esposa de Krome — ela teria sido vista em Jackson Hole, no Wyoming, imagine.

Krome dormiu assistindo a um torneio de golfe no ESPN. Acordou com falta de ar e com JoLayne Lucks montada em cima dele, socando-lhe o peito com suas sobrenaturais unhas azuis.

"Ei!", ela disse. "Ei, acorde!"

"Saia daí..."

"Só quando você me disser o que está acontecendo", ela falou.

"JoLayne, não consigo respirar..."

"Você disse que ele estava se arriscando um bocado. Aí fiquei pensando por que um agente federal contaria a um sujeito como você — repórter, caramba! — que estava disposto a cometer crime de arrombamento. Isso sim era um risco. Isso sim foi estupidez."

"JoLayne!"

Ela transferiu parte do peso para os joelhos, permitindo que Krome respirasse um pouco.

"Obrigado", ele disse.

"De nada."

Ela se debruçou para a frente, até quase encostar seu nariz no dele. "Moffitt é um cara esperto. Não falaria algo tão estúpido na frente de um jornalista, a não ser que soubesse que não haveria matéria alguma. É isso, não é? Nada de reportagem. Por isso você nem pegou no bloco desde que tudo começou."

Krome se preparou para proteger as costelas de um ataque iminente. "Já lhe disse, eu não anoto tudo que ouço."

"Tom Krome, você é desprezível." Ela forçou o peso do traseiro no peito de Krome. "Sabe o que eu fiz? Liguei para Moffitt pelo celular. E sabe o que ele disse? Que você não está trabalhando para o jornal agora, que tirou uma licença médica. Ele checou."

Krome tentou se erguer. Licença médica? Sinclair, aquele idiota. Conseguiu arruinar um pedido de demissão esplêndido.

"Por que não me contou?", quis saber JoLayne. "O que está acontecendo com você?"

"Tudo bem." Ele passou os braços por baixo dos joelhos dela e a tirou de cima, com cuidado. Ela ficou na cama, estendida, apoiada nos cotovelos.

"Estou esperando, Tom."

Ele não afastou os olhos do teto. "Vou contar o que realmente aconteceu. Meu editor derrubou a história da loteria, e aí eu pedi demissão. Essa história de licença médica é novidade para mim — Sinclair deve tê-la inventado para livrar a cara com o editor-chefe."

JoLayne Lucks não acreditou. "Você largou o emprego por minha causa?"

"Não foi por sua causa. Foi porque meu editor é um incompetente inútil e idiota."

"Certo. Foi o único motivo?"

"E também porque eu havia prometido ajudá-la."

JoLayne aproximou-se mais. "Mas você não pode largar o jornal. De jeito nenhum, entendeu?"

"Vai dar tudo certo. Não se preocupe."

"Homens de merda! Eu não acredito. Fui arranjar outro maluco."

"O que há de maluco em cumprir uma promessa?"

"Meu Deus", disse JoLayne, e falava a sério. O cara era um pirado. Ela disse: "Não se mexa, tá certo? Vou fazer uma coisa irresponsável".

Krome quis se virar para ela, mas JoLayne o impediu, fechando os olhos dele com as mãos.

"Está surdo? Não se mexa."

"De que se trata?", ele perguntou.

"Devo-lhe um beijo", ela disse. "Pela noite passada. Agora fique quieto, senão arranco seu beiço com uma dentada."

14

Tom Krome foi apanhado de surpresa.

"Diga alguma coisa", falou JoLayne.

"Uau."

"Alguma coisa original."

"Você tem gosto de pastilha Certs."

Ela o beijou de novo. "Sabor hortelã. Acho que estou viciada nessa droga."

Krome virou de lado. Percebeu que ela se divertia um pouco com seu nervosismo. "Estou meio confuso", ele disse.

"Em outras palavras, acha melhor deixar de lado o papo-furado e ir logo para a parte da foda."

Krome sentiu o rosto corar. "Não quis dizer isso..."

"Estou brincando."

Ele se sentou depressa. Ela era demais.

"Tom, você foi um amor por largar o trabalho. Imprudente, mas um amor. Achei que merecia um carinho."

"Foi... muita gentileza sua."

"Tente se controlar", disse JoLayne. "Agora você vai fazer o seguinte: pegar o carro e voltar para casa. Reassumir seu emprego. Voltar à vida normal. Já fez mais do que o suficiente por mim."

"De jeito nenhum."

"Olha, eu estou bem. Assim que Moffitt recuperar meu bilhete, vou embora daqui."

"Certo."

"Juro por Deus, Tom. Voltarei a Grange para ser uma proprietária de terras."

Krome disse: "Não costumo largar matérias no meio".

"Não me venha com esse papo."

"E se Moffitt não encontrar o bilhete?"

JoLayne deu de ombros. "Então não era para ser meu. Agora, faça as malas."

"De maneira nenhuma. Só quando você recuperar o dinheiro." Ele voltou a descansar a cabeça no travesseiro. "E se você acabar nos concursos de camiseta molhada de novo? Eu não conseguiria dormir sossegado."

Ela deitou a cabeça no peito dele. "Afinal, o que você quer?"

"Uma pastilha de hortelã até que iria bem."

"De tudo isso, quero dizer. De toda essa loucura perigosa."

"Um final justo já seria bem bom", disse Krome.

"Dá uma matéria melhor, não é?"

"Uma noite de sono melhor."

JoLayne suspirou. "Você não é de verdade. Não pode ser."

Krome explorou superficialmente suas motivações. Talvez não quisesse que Moffitt encontrasse o bilhete roubado, pois isso encerraria a aventura e ele teria de voltar para casa. Talvez ele mesmo quisesse recuperar o bilhete para devolvê-lo com um floreio e assim impressionar JoLayne Lucks. Ou talvez não existisse, afinal de contas, nenhum motivo nobre. Tudo se resumiria a uma questão de orgulho e hormônios.

Ele disse: "Se quer mesmo que eu vá embora, então irei."

"..."

"Sua barriga está roncando. Ficou com fome de novo?"

"..."

"JoLayne, você não está me ouvindo."

Ela levantou a cabeça. "Vamos ficar um pouquinho mais aqui na cama para ver o que rola."

"OK", disse Tom Krome. Ela realmente era demais.

Chub exultou com a escapada. Só conseguiram, segundo ele, porque haviam estacionado a picape de Bode na vaga azul, a poucos passos da porta da lanchonete. Disse que o cara do balcão nunca tinha visto três aleijados correrem tão depressa.

Enquanto o veículo avançava em direção a Homestead, Shiner virava a cabeça para trás sem parar, temendo que estivessem sendo seguidos. Bode Gazzer estava tenso ao volante — esperava que a macaca fosse cancelar o cartão de crédito, mas mesmo assim ficou irritado. O gerente da lanchonete ia chamar a polícia, sem dúvida.

"Precisamos fazer uma reunião", disse Bode. "Assim que for possível."

"Com quem?", perguntou Shiner.

"Conosco. Reunião dos Clarins Arianos Brancos." Chegara a hora de agir como uma milícia bem organizada. Bode disse: "Podemos marcar a reunião para a tarde de hoje".

Chub inclinou o corpo para a frente. "Por que não agora mesmo?"

"Na picape não dá. Não posso comandar a reunião e guiar ao mesmo tempo."

"Porra, você não consegue mijar e assobiar ao mesmo tempo." Chub passou a língua pegajosa pelos dentes da frente. "Não precisamos de reunião porra nenhuma. Precisamos é do dinheiro da Lotto."

Bode disse: "Ainda não, cara. Ainda é muito cedo".

Chub pegou o 357 e o colocou no chão do carro, entre seus pés. "Antes que mais alguma coisa saia errado", disse.

Espremido no banco dianteiro entre dois criminosos em conflito, Shiner sentia-se inexplicavelmente seguro. Chub era o mais forte, e não somente por causa das armas. Bode também sabia ser durão, mas sua especialidade era pensar; um crânio. Shiner adorou a idéia de uma reunião de verdade da milícia, apreciava a preocupação de Bode com a ordem e a estratégia. Contudo, antes que os Clarins Arianos Brancos se reunissem, Shiner queria consertar a tatuagem. Não devia ser muito difícil mudar de IRB para CAB. A águia estava perfeita, dispensava retoques.

Quando perguntou se alguém conhecia um tatuador por ali, Chub caiu na gargalhada: "Era só o que faltava".

"Estou falando sério."

Bode ficou duro no volante. "Não vamos parar por causa de bobagem."

"Por favor, eu preciso tanto!"

Chub disse: "Porra, olha só o seu braço. Ainda está vermelho por causa da outra vez, parece uma banana podre".

"Vocês não entendem." O beiço de Shiner caiu e ele ficou emburrado.

Lá vem ele de novo, pensou Chub. Pegou o Colt e encostou o cano no saco do moleque. "Cara, você é o maior chorão que eu já vi na vida."

Shiner levantou a cabeça na hora. "D-desculpe."

"Pedir desculpas não adianta."

Bode pediu ao colega que pegasse mais leve. "Nós três ainda estamos abalados por causa da noite passada. Tenho uma idéia: vamos passar no trailer e pegar as armas automáticas. Dar um pulo no lago e relaxar um pouco."

"Acho bárbaro", disse Shiner, cheio de expectativas.

"Depois, então, podemos fazer a reunião."

Chub disse: "Oba, assim é que eu gosto". E enfiou a pistola na cinta. "Que se dane o laguinho. Quero atirar em coisas que se mexem. Algo maior e mais rápido do que uma tartaruga, cacete."

"Como o quê?"

"Espere e verá", falou Chub. "Vamos atirar num judeu, num japa..."

"Metralhar um mexicano", reforçou Shiner.

"É isso aí!"

Bode Gazzer torcia para que a sinistra disposição do amigo mudasse até a hora de pegar as armas de verdade.

Moffitt não devia sentir raiva. Era um profissional. Lidava com a escória o dia inteiro.

Mas, ao examinar o apartamento abarrotado de Bodean James Gazzer, o agente sentiu a cabeça esquentar.

Na parede havia um pôster de David Koresh, o maníaco de Waco em pessoa. Moffitt perdera um grande amigo no malfadado ataque.

Havia furos de bala no reboco. Pentes de balas vazios. Pilhas de revistas sobre armas e *Soldier of fortune*. Vídeos pornô. Um livro de bolso chamado *A bíblia do ladrão*. Um moedor de pimenta enfeitado com uma suástica. Um panfleto ensinando a fazer bombas com fertilizantes. Um recorte de jornal com uma sátira favorável ao Holocausto. Montes de adesivos e folhetos da ANR, a Associação Nacional do Rifle. Um guarda-roupas cheio de trajes camuflados. Uma bandeira confederada pregada na parede do banheiro, atrás da privada. Na cama, um pano bordado com o retrato de David Duke.

Moffitt pensou: Esses caras devem ter adorado espancar JoLayne.

Ele havia prendido a porta da frente com uma cadeira depois que entrou. Abriu uma janela e arrancou a grade de tela, para escapar com facilidade caso Bodean James Gazzer voltasse. O ar fresco iria fazer bem ao local, que cheirava a roupa suja, cinza de cigarro e cerveja choca. Metodicamente, Moffitt iniciou a busca. Sabia, por experiência, que até o mais cretino dos bandidos às vezes mostrava-se brilhante quando se tratava de esconder algo. E um bilhete de loteria era mais fácil de ocultar que um AK-46 ou um quilo de haxixe.

Foi primeiro à cozinha. Bastou olhar os talheres encardidos para dar graças a Deus por estar usando luvas cirúrgicas. Com o antebraço musculoso ele limpou a mesa cheia de louça suja. Esvaziou no chão todas as latas e vidros dos armários de Bodean James Gazzer — açúcar, café solúvel, farinha, cereais matinais, torradas, aveia Quaker.

Nada de bilhete da Lotto.

Tomou fôlego antes de abrir a geladeira, mas ela não estava tão rançosa quanto temia. Não havia praticamente nada na parte destinada a comida, exceto Budweisers, biscoitos recheados com *marshmallow*, ketchup e um pedaço de queijo Gouda embolorado. Percebendo que nada havia escondido lá, Moffitt passou para o congelador, o esconderijo favorito de traficantes e ladrões novatos. O conteúdo de uma embalagem de dois litros de sorvete de baunilha vencido foi parar numa tigela, e dali para o forno. Quando o sorvete derreteu, Moffitt o coou. Depois, esvaziou as forminhas de gelo na pia e examinou uma por uma.

Nada do bilhete.

Ele pegou a faca de carne e seguiu para o quarto, onde dilacerou travesseiros, colchão e o enchimento da cama. Em seguida, arrancou os cantos mofados do carpete. Dentro da cômoda de Bodean James Gazzer, Moffitt deparou com algo que jamais vira antes: roupa de baixo camuflada. Havia também uma baioneta da Segunda Guerra Mundial, uma revista *Penthouse* engomada e uma pilha de cobranças de mensalidades atrasadas da ANR. Moffitt estava certo de ter encontrado o tesouro quando chegou à gaveta de baixo e descobriu cinco bilhetes da Lotto da Florida sob uma pilha de meias esgarçadas.

Contudo, nenhuma das seqüências numéricas conferia com os números sorteados adquiridos por JoLayne. Além disso, a data da extração era outra: 2 de dezembro.

Amanhã, pensou Moffitt. Inacreditável — roubar catorze milhões não bastava para ele. O filho da mãe queria mais.

Ele embolsou os bilhetes e um pouco temeroso seguiu para o banheiro. Um grupo de formigas enormes tomara conta da pia, demonstrando especial preferência pela escova de dentes de Bodean James Gazzer. Moffitt esvaziou os vidros de remédios do armarinho. Muitos haviam sido prescritos a outras pessoas que não o senhor Gazzer, que sem dúvida os furtara ou falsificara receitas. Moffitt deteve-se num tubo de pasta de dentes Crest e em outro de pomada para hemorróidas, o qual esvaziou com uma pisada de sapato e depois abriu com uma tesoura de metal.

Nada.

No gabinete do banheiro, ele encontrou uma caixa vazia de camisinhas Trojan não-lubrificadas que o intrigou. O apartamento de Bodean James Gazzer não exibia sinais de presença feminina — ou, pelo menos, de uma mulher preocupada com a possibilidade de contrair alguma doença. Talvez Gazzer fosse gay, pensou o agente, embora parecesse improvável, dadas as tendências homofóbicas dos maníacos por armas. Além disso, os vídeos pornográficos empilhados ao lado da tevê eram todos para heterossexuais.

O maluco era bem capaz de usar camisinha quando se masturbava. Ou com as putas. De todo modo, ele as usava um bocado.

A resposta para o enigma das camisinhas estava na lixeira do banheiro: cinco embalagens e uma lâmina de barbear. Moffitt alinhou-as sobre o assento da privada. As camisinhas ainda estavam dentro das embalagens, e Moffitt as removeu cuidadosamente com uma pequena pinça. Cada uma trazia marcas ou cortes visíveis, tendo sido descartadas por esse motivo, provavelmente.

Moffitt concentrou-se nas embalagens metalizadas. Obviamente, não haviam sido rasgadas com pressa, num momento de fúria sexual. Alguém as cortara com cuidado, pela beirada, utilizando a lâmina de barbear. Mesmo sendo cuidadoso, Bodean James Gazzer danificara cinco camisinhas.

A sexta teria ficado perfeita. Moffitt não tinha mais dúvida de onde ela estava e sabia o que havia dentro dela.

"Filho da puta", disse em voz alta.

O senhor Gazzer era muito confiante, refletiu o agente. Se não por que esconder o bilhete de loteria numa camisinha que podia ser usada?

Quando saía do apartamento, Moffitt encontrou um rato gordo banqueteando-se nos montes de açúcar e de cereal matinal despejados sobre a mesa. O primeiro impulso foi atirar no bicho, mas pensou melhor: Por que fazer um favor a Gazzer? Se desse sorte, o rato já estaria atacado pela raiva.

Por natureza, Moffitt não era um sujeito perverso. Contudo, a imagem de um racista porco como aquele despertara seus piores instintos. Imaginava Bodean Gazzer e seu amigo sádico — um deles de cueca, refestelado no sofá, o outro debruçado sobre a mesinha da copa. Entornavam Budweisers enquanto riam do que haviam feito a JoLayne Lucks, tentando se lembrar de quem a socara e onde. Olhos cheios de ódio. Sons revoltantes.

Moffitt simplesmente não podia ir embora e permitir que os dois filhos da mãe continuassem a levar a mesma vida inútil de sempre. Afinal de contas, quantas vezes alguém tem a oportunidade de causar uma profunda impressão em dois sociopatas paranóicos?

Raramente. Moffitt sentiu-se moralmente obrigado a ferrar com a cabeça de Bodean James Gazzer. Precisou de apenas mais alguns minutos, e no final até o rato deu a impressão de ter gostado.

Sinclair ficou deslumbrado no instante que tocou as tartarugas: uma onda de calor sobrenatural subiu-lhe pela palma das mãos e percorreu os dois braços até chegar à espinha.

Ele estava sentado de pernas cruzadas no quintal de Demencio, na beira da vala das tartarugas. A visitação já se encerrara naquele dia, todos os romeiros tinham ido embora. Sinclair jamais pegara uma tartaruga na vida. Demencio disse que podia ir em frente, ficar à vontade. Elas não mordiam nem nada.

Sinclair apanhou uma das tartaruguinhas pintadas e a colocou delicadamente no colo. O rosto barbado que o olhava da carapaça era pura beatitude. E a própria tartaruga não era menos impressionante — olhos brilhantes como duas pedras preciosas, pescoço aveludado listado de verde, dourado e amarelo. Sinclair enfiou a mão na água e pegou outra, depois mais uma. Não demorou e ele estava coberto de tartaruguinhas — pernas elásticas agitadas, unhas minúsculas arranhando inofensivas o tecido da calça. A sensação era hipnótica, quase espiritual. As tartarugas pareciam emanar uma energia calmante, suave.

Demencio, que enchia o fosso com "água benta", perguntou a Sinclair se ele estava se sentindo bem. Sinclair começou a tremer e a cantarolar espontaneamente. Demencio não conhecia a música, mas sabia que não era nenhuma que ele estivesse louco de vontade de ouvir no rádio. Disse a Joan e a Roddy: "Está na hora de levar o rapaz para casa".

Sinclair não quis ir embora. Olhou para Roddy: "Não é incrível?". Estendeu as duas mãos cheias de tartarugas pingando água. "Está vendo!"

Demencio disse, contrariado: "Tome cuidado. Não são minhas". Era só o que faltava, um pirado da cidade esmagando acidentalmente uma das preciosidades de JoLayne. Seria *adiós* aos mil dólares.

Demencio ficou tentado a virar a mangueira na direção do sujeito — funcionara como mágica contra o gato de Trish. O rosto de Sinclair tornou-se uma máscara de pura concentração. A cabeça começou a se movimentar para a frente e para trás, como se o pescoço fosse de borracha.

"Nyyah nurrha nimmy doo-dey", disse.

Roddy olhou para a esposa. "O que é isso? Espanhol, por acaso?"

"Acho que não."

Sinclair gritou de novo: "*Nyyah nyyah doo-dey!*". Ele regurgitava fragmentos de um título que havia feito certa vez, um de seus favoritos: UM NERVOSO NUREYEV NOVICIA NA DISNEY.

A tradução, se Demencio conseguisse entender, tampouco o tranqüilizaria. "Agora chega", disse rudemente. "Hora de fechar."

Forçado por Roddy, Sinclair devolveu ao tanque as doze tartarugas pintadas. Roddy o levou até o carro e Joan dirigiu de volta para casa. Roddy começou a arrumar o carvão na churrasqueira, mas Sinclair disse que não estava com fome e foi para a cama. Na manhã seguinte, quando Joan acordou, ele havia desaparecido. Debaixo do açucareiro ela encontrou o bloco de anotações aberto numa página onde se lia:

Fui para o santuário.

Eles o encontraram lá, enlevado, de olhos arregalados.

Demencio a puxou de lado e murmurou: "Sem querer ofender, preciso cuidar dos meus negócios".

"Compreendo", disse Joan. Ela se aproximou da vala e sentou-se ao lado do irmão. "Como vão as coisas?"

"Está vendo?", apontou Sinclair. "Ela está chorando."

Demencio consertara a tubulação da Madona; as lágrimas escorriam reluzentes pela face. Joan ficou constrangida ao ver o irmão tão afetado.

"Seu chefe ligou", disse.

"Que bom."

"Parecia ser muito importante."

Sinclair suspirou. Em cada uma das mãos havia uma tartaruga. "Esse é Bartolomeu, o outro é Simão, creio."

"Sim, elas são uma graça."

"Joan, por favor. Estamos falando dos apóstolos."

"Querido, acho melhor você telefonar para o jornal."

Demencio ofereceu o telefone de sua casa. Faria qualquer coisa para tirar aquele doido do santuário, antes que os primeiros turistas cristãos começassem a chegar.

A secretária do editor-chefe transferiu imediatamente a ligação de Sinclair. Em tom ausente, ele pediu desculpas por não ter telefonado no dia anterior, conforme combinado.

"Esqueça", disse o editor-chefe. "Tenho péssimas notícias: Tom Krome está morto."

"Não..."

"Pelo jeito, sim. A polícia encontrou um cadáver na casa."

"Não!", insistiu Sinclair. "Não é possível."

"Irreconhecível, de tão queimado."

"Mas Tom foi para Miami com a mulher da loteria!"

"Quem lhe disse isso?"

"O homem das tartarugas."

"Sei", disse o editor-chefe. "E quanto ao homem das girafas — o que ele disse? E a mulher barbada dos pingüins? Perguntou a ela também?"

Sinclair começou a balançar e a girar, enrolando-se no fio do telefone. Joan fez com que se sentasse numa cadeira. Sentindo falta de ar, disse: "Tom não pode estar morto".

"Eles estão fazendo o teste de DNA", disse o editor-chefe. "Mas já há noventa e nove por cento de certeza. Temos uma primeira página pronta para amanhã."

"Meu Deus", disse Sinclair. Seria mesmo possível que ele tivesse perdido um repórter?

Ouviu o chefe dizer: "Não volte para cá".

"Como?"

"Não volte, por enquanto. Até resolvermos o que dizer."

"Para quem?", perguntou Sinclair.

"Para as agências de notícias. As redes de televisão. Não se matam muitos repórteres hoje em dia", explicou o editor-chefe. "Especialmente de variedades. Temos um caso importante."

"Suponho que sim, mas..."

"Haverá muitas perguntas incômodas. Para onde o mandaram? No que estava trabalhando? Era uma matéria perigosa? Acho melhor que eu cuide de tudo pessoalmente. Por isso eles me pagam mais, certo?"

Sinclair sentiu que uma névoa fria o engolfava. "Não posso acreditar nisso."

"Talvez não tenha nada a ver com a matéria. Pode ter sido um assalto ou um marido ciumento", disse o editor-chefe. "A panela de pressão pode ter explodido, quem garante que não? A questão é que Tom vai virar herói, qualquer que tenha sido o motivo da explosão. É o que acontece quando um jornalista morre. Veja o caso de Amelia Lloyd, por exemplo. Ela não conseguia redigir uma lista de compras, mas isso não fez a menor diferença. Batizaram o prêmio com o nome dela."

Sinclair disse: "Não estou bem".

"Ninguém aqui está, creia em mim. Fique por aí alguns dias, quieto. Não faça nada. Passe uns dias com sua irmã. Entraremos em contato."

Sinclair permaneceu algum tempo imóvel. Joan tirou o telefone de sua mão e cautelosamente desenroscou o fio do pescoço e do ombro. Com um lenço de papel, enxugou o suor de sua testa. Depois, umedeceu outro lenço e limpou uma mancha de cocô de tartaruga do braço do irmão.

"O que ele disse?", ela quis saber. "O que aconteceu?"

"Tom não foi para Miami — ele está morto."

"Ah, não. Lamento muito."

Sinclair levantou-se. "Agora eu entendo", disse.

A irmã olhou para ele, preocupada.

"Finalmente, compreendo o que estou fazendo aqui. O que me trouxe a este lugar", ele disse. "Antes eu não tinha certeza. Aconteceu uma coisa fantástica quando toquei as tartarugas, mas eu não sabia o que era e nem por que estava acontecendo aquilo. Agora eu sei."

Joan disse: "Quer um refrigerante?".

Sinclair levou a mão ao peito. "Fui enviado para cá", disse, "para renascer."

"Renascer?"

"Não pode haver outra explicação", disse Sinclair, trotando porta afora, a caminho do santuário. Ao chegar lá, ele tirou a roupa e se deitou na água suja, com as tartarugas.

"*Nimmy doo-dey, nimmy nyyah!*"

Trish, que preparava a vitrine de camisetas promocionais, caiu de joelhos. "Ele está falando em algum idioma sagrado!"

"Uma ova", disse Demencio. "Coo-ca-loo-ca-choo."

Enfurecido, ele correu para a garagem, em busca do gancho de pescar atum.

Krome parecia preocupado. Feliz também, notou JoLayne, mas preocupado.

Ela disse: "Você passou no teste".

"No teste do homem branco?"

"Sim. Com nota dez."

Krome caiu na gargalhada. Era gostoso ouvir JoLayne dizer aquilo. JoLayne queria que ele risse mais vezes, e não só quando ela fazia uma brincadeira.

Ele perguntou: "E quando você decidiu que isso ia acontecer?".

Estavam abraçados, debaixo das cobertas, como se lá fora nevasse, em vez de fazer vinte e cinco graus.

"Antes ou depois daquele beijo?", perguntou Krome.

"Depois", ela respondeu.

"Está brincando."

"Não. Foi um impulso repentino."

"O sexo?"

"Claro", disse JoLayne.

Não tinha sido exatamente assim, mas para que contar a ele a verdade? Tom não precisava saber o momento exato em que ela tomara a decisão, nem a razão. JoLayne divertia-se com o fato de os homens viverem tentando descobrir como conseguiam uma trepada — que frase devastadora, que expressão de sinceridade ou sensibilidade lhes abrira as portas. Como se os poderes da sedução fossem um segredo à disposição apenas dos homens e só eles soubessem como usá-los, e quando bem entendessem.

Para JoLayne Lucks não havia mistério no que ocorrera. Krome era um sujeito decente. Importava-se com ela. Era forte, digno de confiança e só um pouco teimoso. Essas coisas eram importantes. Ele não fazia idéia do quanto.

Além disso, nem era preciso dizer como ela estava apavorada. Perseguir dois bandidos impiedosos por todo o estado era insano, sem dúvida. Não admirava que Tom e ela estivessem tão estressados. Isso também teve a ver e foi um dos motivos que os levou a se abraçarem como adolescentes.

JoLayne voltou à clássica conversa de travesseiro.

"Em que está pensando?"

"Moffitt", ele disse.

"Ah, mas que romântico."

"Eu contava que ele fosse dar um tempo antes de revistar o apartamento do tal cara. Uma semana seria perfeito. Enquanto isso, poderíamos ficar aqui assim, só nós dois."

"Espertinho, hein?", disse JoLayne, beliscando a perna de Tom. "Acha que ele vai achar o bilhete?"

"Se estiver lá, vai sim. Ele me deu a impressão de ser muito competente."

"E se não estiver lá?"

"Então vamos precisar de um plano. E de muita sorte", disse Krome.

"Moffitt acha que eu vou aprontar alguma maluquice."

"De onde ele tirou uma idéia dessas?"

"Falo sério, Tom. Ele nem quis revelar o nome do sujeito."

"Eu sei o nome", disse Tom. "E tenho o endereço."

JoLayne sentou-se ereta, arrancando as cobertas. "O que foi que você disse?"

"Com todo o devido respeito ao seu amigo, não é preciso ser nenhum Sherlock Holmes para checar a placa de um carro. Basta conhecer alguém da polícia rodoviária." Krome deu de ombros, fingindo inocência. "O sujeito da picape vermelha chama-se Bodean James Gazzer. E podemos encontrá-lo com ou sem a ajuda do intrépido agente Moffitt."

"Droga", disse JoLayne. Tom era mais astuto do que ela imaginava.

"Eu teria contado antes", ele disse, "se não estivéssemos tão preocupados."

"Não me venha com essa."

Os dois deram um salto quando o telefone tocou. Krome atendeu. JoLayne ficou a seu lado e perguntou, num sussurro: "Moffitt?".

Krome negou com a cabeça. JoLayne pulou para fora da cama e foi para o chuveiro. Ao sair, encontrou Tom parado na janela, apreciando a paisagem dos trilhos do Metrorail. Nem percebeu que ela havia pintado as unhas de verde-néon, nem que usava apenas a toalha de banho enrolada na cabeça.

"Quem era?", ela perguntou.

"Meu advogado outra vez."

Epa, pensou, estendendo a mão para pegar o robe. "Más notícias?"

"Acho que sim", disse Tom Krome. "Pelo jeito, eu morri." Ao se virar, ele parecia divertido com a idéia, em vez de preocupado. "Vou sair na primeira página do *Register* de amanhã."

"Morto." JoLayne mordeu os lábios. "Puxa, você conseguiu me enganar direitinho."

"Torrado até virar cinza num incêndio em minha própria casa. Deve ser verdade, vai sair no jornal."

JoLayne não pôde deixar de pensar se realmente conhecia o suficiente a respeito de Tom, que lhe parecia tão gentil e sensato. Uma casa incendiada era algo para levar em consideração.

Ela disse: "E agora, o que pretende fazer?".

"Ficar morto por algum tempo", respondeu Krome. "Foi o conselho do meu advogado."

15

Bodean Gazzer ordenou a Chub que parasse de atirar da picape.

"Mas é *ele*."

"Não é", disse Bode. "Agora chega."

"Espere mais um pouco."

Shiner gritou: "Meu tímpano!".

"Babaca." Chub continuou a disparar até que o Mustang preto saiu da rodovia só com o aro nas rodas. Furioso, Bode freou a picape e estacionou no acostamento. Estava perdendo o controle sobre Chub e Shiner. As armas semi-automáticas despertavam o que havia de pior neles.

Chub pulou da picape e correu através da escuridão, com intenções homicidas, na direção do carro avariado. Bode acompanhou a evolução do amigo pelo brilho alaranjado da brasa do cigarro. O cara estava dando um péssimo exemplo a Shiner — não havia nada de organizado em disparar contra motoristas na via expressa da Flórida.

Shiner disse: "E agora, o que a gente faz?".

"Desça, rapaz." Bode Gazzer pegou a lanterna no porta-luvas e correu atrás de Chub. Eles o encontraram apontando a arma para um jovem latino, cujo infortúnio era se parecer vagamente com o odiado namorado da garçonete do Hooter, a qual se parecia ainda mais vagamente com a atriz Kim Basinger.

Bode disse: "Bom trabalho, cara".

Chub cuspiu a ponta do cigarro. Não era Tony no Mustang.

Shiner perguntou: "É o mesmo cara ou não?".

"Puta merda, não é ele. Qual é o seu nome?", indagou Bode.

"Bob." O rapaz levou a mão ao ombro direito, atingido de raspão por um tiro de rifle.

Chub apontou o cano do Cobray para ele. "Bob, né? Para mim, você não tem cara de Bob coisa nenhuma."

O rapaz entregou a carteira de motorista sem pestanejar. O nome fez Chub rir: Roberto Lopez.

"Eu já imaginava. Mais um cubano filho da puta!" Chub alvoroçou-se todo.

O rapaz estava aterrorizado. "Sou da Colômbia."

"Dá no mesmo."

"Bob e Roberto é a mesma coisa!"

Chub disse: "É mesmo? Em que planeta?".

Bodean Gazzer desligou a lanterna. O tráfego intenso na rodovia o assustava. Mesmo na comarca de Dade um carro furado a bala era capaz de chamar a atenção de alguém.

"Bote a luz aqui." Chub revirava a carteira do rapaz. "Já que tivemos tanto trabalho e gastamos munição..."

Animado, ele mostrou quatro notas de cem dólares a Bode. Shiner soltou um grito de índio.

"Olhe só isso — American Express", disse Chub, erguendo um cartão de crédito dourado. "Como é que pode, gente da sua laia andando por aí com um cartão *americano*?"

Roberto Lopez disse: "Levem o que quiserem. Mas, por favor, não me matem".

Chub mandou Shiner revistar o porta-malas. Bode Gazzer tremia; a qualquer momento esperava ver as luzes azuis de um carro de polícia piscando. Sabia que eram remotas as chances de explicar satisfatoriamente à polícia rodoviária da Flórida os tiros contra o colombiano.

"Vamos logo com isso!", rosnou. "Vocês ficaram loucos, cacete!"

Eles encontraram uma valise, uma Beretta 380 modelo 84 com coldre e um par de sapatos de golfe de duas cores, novinhos. Shiner disse: "Tamanho quarenta e um. É o meu número".

"Pode pegar", gritou Roberto Lopez lá na frente.

Bode iluminou a pasta com a lanterna: gráficos, documentos feitos no computador e extratos bancários. Um cartão de visitas identificava Roberto Lopez como corretor de ações da Smith Barney.

Chub viu ali a chance de justificar os méritos do ataque. Embora o sujeito não fosse o namorado bundão de Amber, era um estrangeiro metido a besta, com roupas caras e dinheiro demais. Bode concordaria, sem dúvida, que o ataque com o rifle não havia sido uma total perda de tempo.

Em tom de solene indignação, Chub abordou o apavorado jovem colombiano. "Vocês entram clandestinamente no nosso país, tomam nossos empregos e depois se apossam dos campos de golfe. Se me dá licença de perguntar, senhor Roberto Corretor, o que pretendem agora? Vão lançar um candidato a presidente?"

Shiner estava tão entusiasmado que chutou patrioticamente o carro, deixando nele uma marca com as travas do sapato. Bode Gazzer, no entanto, não mostrava nenhum sinal de indignação.

Chub pôs o rifle de lado e agarrou Roberto Lopez pelo colarinho. "Então, seu sabe-tudo de merda", disse Chub, e repetiu o interrogatório severo que Bode fizera aos bóias-frias na beira da estrada: "Diga quem foi o décimo quarto presidente dos Estados Unidos".

Assustado, o jovem colombiano respondeu: "Franklin Pierce".

"Hein? Franklin o quê?"

"*Pierce.*" A voz de Bode destilava veneno. "Presidente Franklin Pierce. O rapaz tem razão."

Assombrado, Chub recuou um passo. "Puta que o pariu."

"Vou cair fora daqui", disse Bodean Gazzer, dirigindo-se para a picape. Chub descarregou sua frustração com um soco no nariz do azarado corretor, enquanto Shiner concentrava as energias na lataria do Mustang.

Para escapar dos oficiais de justiça enviados pelo marido, Mary Andrea Finley Krome adotou o nome de "Julie Channing", numa homenagem pouco velada a duas de suas atrizes favoritas da Broadway. Mary Andrea estava tão decidida a evitar a audiência do divórcio que deu um passo radical. Numa das paradas de beira de estrada, na periferia de Jackson Hole, no Wyoming, ela cortou o escandaloso cabelo ruivo e desenhou novas sobrancelhas a lápis. Na mesma tarde, foi até o centro e tentou, sem sucesso, conseguir um papel na montagem mambembe, porém bem-sucedida, de *Oliver Twist*.

No Brooklyn, o incansável Dick Turnquist havia usado a Internet para compilar uma lista de promotores teatrais dos estados rurais do Oeste. Para cada um deles mandou um fax e uma foto publicitária recente de Mary Andrea Finley Krome acompanhada de uma pergunta curta que insinuava uma emergência familiar no Leste — alguém a vira? O diretor em Jackson Hole ficou preocupado e respondeu por telefone. Disse que a mulher da foto se parecia bastante com a atriz que, na tarde anterior, fizera teste para o papel de Fagin e de Artful Dodger. Embora a voz da senhorita Julia Channing fosse perfeitamente afinada, disse o diretor, seu sotaque *cockney* precisava melhorar muito. "Ela poderia fazer o papel de Ricardo II", explicou o diretor. "Mas eu precisava de uma batedora de carteiras."

Quando Dick Turnquist conseguiu contratar e despachar um detetive particular, Mary Andrea Finley Krome já havia sumido da pequena cidade serrana.

Sua perseverança em seguir a carreira de atriz impressionava Turnquist. Mesmo sabendo-se perseguida, Mary Andrea continuava a subir no palco. Embora a mudança de nome artístico pudesse ter lhe ferido o ego, como estratagema era bem fraco. Mary Andrea poderia ter desaparecido em qualquer cidade e arranjado um emprego anônimo — garçonete, recepcionista —, com uma redução ínfima de renda. Todavia, ela preferia continuar representando, apesar do risco de ser descoberta e receber a intimação judicial. Talvez ela estivesse inapelavelmente comprometida com sua arte, mas Turnquist acreditava que havia outra explicação: Mary Andrea precisava de atenção. Ela queria viver sob os holofotes, por mais remoto ou passageiro que fosse.

Bem, refletiu Turnquist, e quem não quer?

Ela poderia adotar qualquer nome — Julie Channing, Liza Bacall, não importava. O advogado sabia que acabaria pegando a futura ex-senhora Krome e obrigando-a a comparecer perante o juiz.

Por isso ele não ficou abalado quando o pessoal do *Register* ligou para contar que Tom Krome havia morrido num incêndio criminoso em sua casa. Tendo conversado com seu cliente uma hora antes, sabia que ele estava vivo num motel de Coral Gables, e sem sinal nenhum de carbonização. Turnquist se deu conta de que o jornal estava prestes a cometer uma gafe histórica. Dedicaria toda a primeira página a um morto que continuava vivo.

Mesmo assim, o advogado preferiu não alertar o jovem repórter do outro lado da linha. Turnquist tomou cuidado para não mentir, mas nem foi preciso. Convenientemente, o jovem repórter deixou de perguntar se Turnquist conversara com Tom naquele dia ou se tinha algum motivo para crer que Tom Krome não havia morrido.

Em vez disso, o repórter disse: "Vocês se conheciam havia muito tempo? Quais são suas lembranças mais carinhosas? Como acha que ele gostaria de ser lembrado?".

Dick Turnquist não encontrou dificuldade em responder às perguntas. Não declarou isto, mas ficou grato ao *Register* por lhe poupar novas diligências para localizar Mary Andrea Finley Krome. Assim que ela ouvisse a notícia, naturalmente presumiria que poderia parar de fugir. A morte de Tom significava o fim do perigo em termos jurídicos. Ela não precisaria mais se esconder. Mary Andrea sempre se mostrou mais interessada em evitar o estigma do divórcio do que em preservar o casamento. A última católica praticante, nas palavras do ressentido marido.

Ela era exibicionista também. Dick Turnquist esperava que Mary Andrea pegasse o primeiro avião para a Flórida, pronta para representar o irresistível papel de viúva inconsolável. Daria entrevistas sofridas para repórteres de televisão, compareceria chorosa ao velório, anunciaria estoicamente bolsas de estudo para jornalismo com o nome do esposo mártir da imprensa.

E eu estarei esperando por ela, pensou Dick Turnquist.

Ao telefone, o repórter do *Register* encerrava a entrevista. "Obrigado por falar comigo num momento tão difícil. Só mais uma pergunta: na condição de amigo íntimo de Tom, como você se sente em relação ao ocorrido?"

O advogado respondeu com toda a sinceridade: "Não consigo acreditar nisso. Não parece real".

Na manhã do dia 2 de dezembro, Bernard Squires telefonou para Clara Markham, em Grange, perguntando se a generosa oferta de compra fora transmitida aos proprietários do bosque Simmons.

"Mas isso foi há apenas três dias", ponderou a corretora.

"Quer dizer que ainda não falou com eles?"

"Deixei recado", tergiversou Clara. "O senhor Simmons está em Las Vegas, e a irmã, em férias, nas ilhas."

Bernard Squires insistiu: "Há telefones em Las Vegas, pelo que sei".

Normalmente, Bernard não era tão impaciente. Mas Richard "The Icepick" Tarbone precisava fazer um saque irregular urgente da conta do fundo de pensão do sindicato. A natureza da emergência familiar não fora revelada a Bernard Squires, e ele fez questão de mostrar sua imensa falta de interesse pelo detalhe. Contudo, como a aquisição daquela propriedade na Flórida era crucial para o processo de lavagem de dinheiro, Tarbone tinha interesse pessoal na conclusão imediata do negócio. Bernard Squires não podia usar de franqueza nem comentar essas coisas todas com Clara Markham, que dizia:

"Tentarei falar com eles ainda hoje, prometo."

"Não houve nenhuma outra oferta?", perguntou Bernard.

"Nada que se possa levar aos proprietários", disse Clara, o que era a pura verdade.

Assim que o investidor de Chicago desligou, ela discou para o número de Coral Gables que JoLayne lhe dera. O recepcionista do motel disse que JoLayne e o companheiro haviam deixado o estabelecimento.

Com muita relutância, Clara Markham telefonou para o advogado que cuidava do espólio do falecido Lighthorse Simmons e lhe descreveu a oferta do fundo de pensão para os duzentos mil metros quadrados na periferia de Grange. O advogado disse que três milhões pareciam um valor bem razoável. Sua impressão era que os herdeiros aceitariam a oferta de bom grado.

Clara tinha certeza disso. Sentia-se mal por causa de JoLayne, mas pensou: Amigos, amigos; negócios à parte. Se JoLayne Lucks não fizesse um milagre, o bosque Simmons estaria condenado.

Uma hora depois o telefone de Bernard Squires tocou, e ele pensou que fosse Clara Markham com boas notícias. Não era. Era Richard Tarbone.

"Estou com o saco cheio dessa merda", disse a Squires. "Você vai para a Flórida resolver esse negócio."

Squires foi.

Eles deixaram o Comfort Inn logo depois da visita de Moffitt. O agente passara lá depois de sair do apartamento do extremista. Sua fisionomia tensa deu a notícia: nada de bilhete da Lotto.

"Droga", disse JoLayne.

"Acho que sei onde o bilhete está."

"Onde?"

"Escondido numa camisinha. Com o sujeito das roupas camufladas."

"Uma camisinha." JoLayne pressionou as têmporas com os nós dos dedos, tentando manter a clareza.

"Uma Trojan", acrescentou Moffitt.

"Obrigada. Já tinha entendido."

"Ele a leva consigo em algum lugar, sou capaz de apostar."

"Na carteira", sugeriu Tom Krome.

"Sim, provavelmente." Moffitt relatou a busca no apartamento de Bodean James Gazzer de forma neutra, como se tivesse sido a coisa mais natural do mundo. Falou dos pôsteres contra o governo, dos adesivos, das revistas sobre armas, do rato, das camisinhas no cesto de lixo.

"E agora? Como faremos para encontrar o bilhete?", perguntou Krome.

"Preciso de mais uma semana."

"Não." JoLayne balançou a cabeça. "Não dá. Nosso tempo está se esgotando."

Moffitt prometeu cuidar do caso assim que voltasse de San Juan. Precisava testemunhar num caso de apreensão de armas — metralhadoras chinesas ilegais que entraram pelo Haiti.

"Quando eu voltar, darei um jeito nesses caras. Podemos parar o carro deles, revistar todo mundo numa batida. Revirar a picape também."

"Mas e se..."

"Se não estiver lá, então... não sei." Moffitt, esfregando o queixo, olhou pela janela.

"Quanto tempo você vai ficar fora?"

"Três dias. Quatro, no máximo."

Moffitt entregou a JoLayne Lucks os bilhetes de loteria que encontrara na gaveta de meias de Bodean Gazzer. "Para sábado à noite", ele disse. "Por via das dúvidas."

"Muito engraçado."

"Ei, milagres acontecem."

JoLayne guardou os bilhetes na bolsa. "Por falar nisso, Tom morreu. Vai sair no jornal de amanhã."

Moffitt olhou intrigado para Krome, que deu de ombros e disse: "É uma longa história".

"Assassinado?"

"Supostamente. Prefiro deixar as coisas nesse pé por enquanto. Importa-se?"

"Nunca vi você mais gordo", disse Moffitt, "e você também não me conhece."

JoLayne abraçou carinhosamente o agente do Ataf. "Obrigada por tudo. Sei que se arriscou muito por mim."

"Deixe pra lá."

"Não aconteceu nada? Tem certeza de que não viram você?"

"Uma barbada. O apartamento ficou um lixo — e Gazzer vai saber que não foi nenhum ladrão vagabundo."

Assim que Moffitt saiu, eles fizeram as malas. Krome não desistiria. O endereço do ladrão estava no bloco de anotações de Krome, aquele que JoLayne disse que ele nunca usava.

A primeira reunião formal dos Clarins Arianos Brancos foi feita à luz de lanterna, numa rinha abandonada. Começou com uma disputa pelas patentes; Bodean Gazzer disse que a disciplina militar era impossível sem uma rigorosa hierarquia. Declarou que dali em diante ele passaria a ser chamado de "Coronel".

Chub foi contra. "Somos parceiros em pé de igualdade", falou. "Menos ele." Referia-se ao rapaz, Shiner.

Bode ofereceu a Chub o posto de major, que tinha a mesma importância de um coronel, garantiu. Chub pensou no assunto entre goles de Jack Daniel's, adquirido (assim como a cerveja, a gasolina, o cigarro, as bistecas, as rodelas de cebola e o *cheesecake* congelado) com o dinheiro roubado do corretor colombiano.

Major Chub não soava lá muito distinto, pensou Chub. *Major Gillespie* não era tão ruim, mas Chub não estava psicologicamente preparado para reassumir o sobrenome familiar.

"Essa idéia idiota é uma merda", ele resmungou.

Shiner ergueu a mão. "Posso ser sargento?"

Bode fez que sim. "Rapaz, você leu meus pensamentos."

Chub ergueu a garrafa de bebida. "Posso ser Klingon? Por favor, coronel Gazzer. Deixa, vai!"

Bode o ignorou. Entregou a cada soldado um folheto distribuído pelo Pacto Patriótico Pioneiro, uma infame organização supremacista sediada no oeste de Montana. Os membros do Pacto Patriótico Pioneiro viviam em casamatas de concreto e acreditavam que os negros e os judeus eram filhos de Satã. Até o papa era primo do Demo, em primeiro ou segundo grau. Intitulado simplesmente *Primeiros passos*, o livreto do grupelho continha informações úteis sobre a organização de uma milícia: levantamento de fundos, sonegação de impostos, regras de organização, regras de recrutamento, regras de fardamento, relações públicas e arsenal. Shiner não via a hora de ler tudo.

"Página oito", disse Bode. "'Seja Discreto'. Todo mundo entendeu o que isso quer dizer? Quer dizer que não é para sair por aí disparando com o rifle no meio da via expressa."

Chub fechou a cara e resmungou. "Que se dane."

Shiner ficou alarmado. Aquilo não tinha nada a ver com o Exército. Sentiu um braço pegajoso em seu ombro. Ao se virar, sofreu o impacto de uma baforada de uísque.

"Gozado", disse Chub, acariciando o rabo-de-cavalo, "que não tenha problema ele parar e apavorar meia dúzia de mexicanos por causa de oito paus. Agora, se eu levo quatro de cem do coitadinho do 'Bob' Lopez, de repente viro um soldado de merda. Diga ao Coronel para ir se foder, tá bom?"

Um grito pavoroso cortou o ar e Shiner viu os dois rolarem pelo pó da margem seca do laguinho. Não parecia que Bodean Gazzer e Chub estavam brigando para valer, pois Shiner não via ninguém desferir socos e pontapés; apenas puxões de cabelo e unhadas. Os dois sujeitos que rolavam pelo chão não eram oficiais prontos para o combate — mais lembravam dois bêbados numa briga de bar. Shiner não pôde deixar de pensar, com uma pontinha de vergonha, que os Clarins Arianos Brancos não tinham a menor chance contra as tropas de elite da Otan.

A pura fadiga encarregou-se de acabar com a escaramuça. Bode saiu com a camisa rasgada e o nariz sangrando, enquanto Chub perdeu o remendo no olho. O Coronel anunciou que eles iam para o seu apartamento fritar as bistecas. Shiner surpreendeu-se com a placidez no trajeto; ninguém mencionou a briga. Bode falou animadamente sobre as diversas milícias de Montana e Idaho, e disse que não se importaria em se mudar para lá, não fosse o inverno rigoroso. O frio piorava o reumatismo no seu cotovelo. Chub ajeitou o retrovisor para inspecionar a pálpebra rasgada e observou que a órbita inteira estava infeccionada e cheia de pus sob o remendo de pneu. Shiner recomendou antibióticos, e Bode disse que no armarinho do banheiro do seu apartamento havia um tubo com uma poderosa pomada laranja.

Ao chegar ao prédio, Bode Gazzer estacionou habilmente o Dodge Ram na primeira vaga disponível para deficientes. O olhar severo de um vizinho insone não o impressionou. Bode pediu aos companheiros que cuidassem das armas enquanto ele levava a comida para dentro.

Chub e Shiner estavam na caçamba, terminando de beber as cervejas, quando ouviram o barulho. Foi mais uma espécie de uivo que um grito. Tamanho era o pavor contido no som, que os pêlos da nuca ficaram arrepiados. Correram para o apartamento de Bode, Chub sacando o 357 no caminho.

Lá dentro, sem saber que o Coronel havia deixado cair as compras, Shiner escorregou numa cebola e caiu de cabeça. Chub pisou no *cheesecake* e escorregou, indo de encontro ao televisor, que desabou de lado estrepitosamente.

Bodean Gazzer nem virou a cabeça para ver tudo isso. Continuou de olhos arregalados fixos na sala. O rosto pálido brilhava por causa do suor abundante. Com as duas mãos, ele torcia e retorcia o boné camuflado na frente da barriga.

Sua casa fora revirada, da cozinha até o banheiro. Um serviço maldoso e meticuloso.

Atônito, Chub guardou a arma na cinta. "Puta merda", murmurou. Aí ele viu o que Bode tinha visto. E Shiner também, levantando a cabeça do piso da cozinha, a metade do rosto coberta de bosta de rato.

Os intrusos tinham destruído os pôsteres de David Koresh e de outros patriotas. Na parede nua havia uma mensagem em letras vermelhas, com quase um metro de altura. A primeira frase dizia:

SABEMOS DE TUDO

E a segunda:

A MARÉ NEGRA ESTA CHEGANDO

Os Clarins Arianos Brancos precisaram de apenas quinze minutos para carregar a picape — armas, equipamentos, colchões, água, muita roupa camuflada. Sem dizer palavra, os três subiram, Shiner no meio como de costume. Chub encostou a cabeça no vidro. Estava abalado demais para ouvir as teorias de Bode Gazzer.

Shiner teve a impressão de que o Coronel sabia exatamente o que estava ocorrendo. Parecia decidido ao volante, conduzindo a picape a toda pela Highway One até virar à esquerda.

Para o sul, Shiner calculou. Talvez até os Everglades ou, quem sabe, Key Largo.

Bode acendeu a luz interna e disse: "Tem um mapa debaixo do banco".

Shiner o abriu no colo.

"Vire do outro lado", ordenou Bode.

Em vez de fazer isso, ele deveria ter prestado atenção no retrovisor. Teria notado os faróis de um carro pequeno que os seguia desde o apartamento.

Dentro do Honda, JoLayne Lucks diminuiu o volume do rádio para perguntar: "Como sabia que eles iriam fugir?".

Tom Krome disse: "Porque esses caras não são heróis. São covardes que espancam mulheres. Sair correndo faz parte da sua natureza".

"Principalmente com a 'Maré Negra' no pé deles." JoLayne riu sozinha. Ela e Tom haviam chegado uma hora antes e dado uma espiada no apartamento, pela janela, para confirmar se era ali mesmo. Foi quando viram o recado ameaçador de Moffitt pichado na parede.

Apontando para a picape à frente, JoLayne disse: "Acha que eles estão com o meu bilhete?".

"Sim."

"Ainda não tem um plano de ação?"

"Não."

"Gosto de homens sinceros", disse JoLayne.

"Ótimo. E tem mais: também não me considero nenhum herói."

"OK. Quando chegarmos à Terra de Oz, pedirei ao Mágico que lhe dê um pouco de coragem."

Krome disse: "E para o cachorrinho Totó também?".

"Claro, querido. Para o Totó também."

JoLayne debruçou-se para levar um drops de limão à boca de Krome. Quando ele ia dizer alguma coisa, ela habilmente enfiou mais um. Krome estava assustado. Não sabia para onde a picape seguia, mas já não podia voltar. Solteirões nos anos 90, pensou. E que manchete Sinclair poderia fazer agora...

DEFUNTO DETONA DOIDOS DO DODGE

16

Quanto mais se afastavam de Coconut Grove, mais crescia em Chub a convicção de que ele jamais veria novamente sua adorada Amber. O pânico da perda tomou conta de seu coração, como se garras o apertassem.

Nenhum dos companheiros notou isso. Shiner preocupava-se com a misteriosa "Maré Negra" e Bodean Gazzer elaborava suas teorias. Os dois homens tinham ficado abalados com a cena dentro do apartamento revirado, e conversar sobre crioulos e comunistas servia para acalmar os nervos. Um fluxo estável de conversa também ajudava a preservar a sensação de uma ordeira retirada estratégica, embora o único plano de Bode fosse fugir feito um louco. Estavam sendo perseguidos; caçados por um inimigo maligno, misterioso. O instinto de Bode lhe dizia para se esconder num local remoto e fora de alcance. Precisava chegar lá o quanto antes. As perguntas inocentes e intermináveis de Shiner, que em outros momentos seriam tratadas com o mais rude sarcasmo, serviam agora como um bálsamo e reafirmavam o papel de Bode como líder incontestável da milícia. Embora não tivesse a menor pista do que era a Maré Negra, Bode usou de toda a sua capacidade mental para especular. A fim de manter a mente ocupada e o moral alto, Shiner sorvia avidamente cada palavra. A falta de participação de Chub não chegava a preocupar, pois Bode já se acostumara com as ausências do companheiro.

Por isso ficou surpreso ao sentir o cano da arma no pescoço. Shiner — que notara o braço de Chub passar pelo encosto do banco, mas pensou que ele só estivesse se espreguiçando

— deu um pulo ao escutar um estalido bem perto do seu ouvido esquerdo — o clique da arma sendo engatilhada. Virou-se apenas o suficiente para ver o Colt Python apontado para o Coronel.

"Pare o carro", disse Chub.

"Para quê?", perguntou Bode.

"Para o seu próprio bem."

Assim que o amigo parou a picape, Chub desengatilhou o revólver. "Garoto", disse a Shiner, "tenho uma missão para você. Calculo que ainda queira fazer parte da irmandade."

Shiner se encolheu feito um cachorro espancado. Pensava que sua vaga nos Clarins Arianos Brancos já estivesse garantida.

"Não é nada de mais", disse Chub. "Você vai dar conta." Ele desceu da picape e, com a arma, gesticulou para que Shiner fizesse a mesma coisa.

Estar meio embriagado e exausto não afetou o baixo limite de tolerância de Bodean Gazzer. A hierarquia obviamente nada significava para Chub, aquele doido era movido pelo impulso e pela emoção exacerbada. Se continuasse assim, acabariam todos numa cela de segurança máxima em Raiford — desfecho longe do ideal para uma cruzada da supremacia branca.

Quando Chub retornou à picape, Bode disse: "Essa merda tem de acabar. Cadê o garoto?".

"Mandei-o de volta."

"Para quê?"

"Resolver um negócio. Vamos." Chub colocou o revólver no banco, entre eles. No lugar de Shiner.

"Tá, tudo bem, pô." Bode ainda ouvia os cravos do sapato do garoto matraqueando no asfalto.

"Siga em frente", disse Chub.

"Vamos a algum lugar especial?"

"Pode continuar para onde estava indo, tudo bem. Desde que não seja muito longe do rio Jewfish." Chub lançou um monte de escarro marrom pela janela. "Siga em frente, e vá depressa."

Bode Gazzer disse: "OK. Por que o rio Jewfish?".

"Porque eu gosto do nome."

"Ah." Porque você é um idiota de carteirinha, pensou Bode.

Ao amanhecer eles estavam numa marina em Key Largo, procurando um barco para roubar.

* * *

A morte de Tom Krome foi anunciada em uma monumental manchete do *Register*, mas a notícia não abalou os alicerces do meio jornalístico americano. O *New York Times* não deu a notícia e a Associated Press condensou a primeira página melodramática do *Register* em sóbrios trinta centímetros de coluna. O redator da AP, cauteloso, notou que, embora o médico-legista confiasse nos exames preliminares, o corpo encontrado na casa incendiada ainda não fora definitivamente identificado como sendo o de Tom Krome. O editor-chefe do *Register* parecia convicto do pior — declarou que Krome "muito provavelmente" fora assassinado em conseqüência da investigação de um caso muito sensível. Pressionado a fornecer detalhes, o editor-chefe respondeu que não podia discutir a investigação por enquanto.

Muitos jornais dos Estados Unidos pegaram o material da Associated Press e o reduziram a quatro ou cinco parágrafos. Uma versão um pouco maior saiu no *Missoulian*, diário que circulava em Missoula e em outras comunidades do vale Bitterroot, em Montana. Coincidentemente, foi ali que Mary Andrea Finley Krome conseguira um papel numa humilde montagem de *The Glass Menagerie*. Embora não fosse fã de Tennessee Williams (e, além do mais, preferisse musicais a dramas), precisava trabalhar. A perspectiva de se apresentar numa cidade obscura deprimia Mary Andrea, mas seu humor melhorou quando ficou amiga de uma das atrizes, estudante de dança na universidade estadual. Seu nome era Lorie, provavelmente Loretta — Mary Andrea precisava verificar no programa. Na segunda manhã de Mary Andrea na cidade, Lorie, ou Loretta, a levou a um café aconchegante, onde estudantes e artistas locais se reuniam, não muito longe do novo parque de diversões da cidade. O café tinha sofás estofados em estilo antigo, nos quais Mary Andrea e sua nova amiga se instalaram alegremente com seus *cappuccinos* e *croissants* para ler juntas o jornal do dia.

Mary Andrea acostumara-se a começar as manhãs com uma atualização do que acontecia no mundo das celebridades e do entretenimento, temas que não faltavam no *Missoulian*. Tom Cruise ia ganhar vinte e dois milhões para estrelar um filme sobre um cirurgião cardiologista obrigado a tentar um transplante de seis horas na namorada, embora sofresse de narcolepsia (Mary Andrea ficou imaginando qual estrela chupadora anoréxica de Hollywood conseguiria o papel). Além disso, ficou sabendo que um dos programas televisivos, na sua opinião, mais antipáticos, *Sag Harbor Saga*, fora interrompido depois de três anos no ar. (Mary Andrea temia não ter sido aquela a última vez que os Estados Unidos veriam a cara de Siobhan Davies, a bruxa irlandesa insuportável que roubara seu papel de Darien, a agressiva herdeira da tecelagem.) E, finalmente, o ator drogado com quem Mary Andrea certa vez contracenara no projeto Shakespeare no Parque havia sido preso em Nova York, depois de tirar a roupa no saguão da Trump Tower e sair correndo até trombar de frente com o porteiro da entrada da Quinta Avenida. (Mary Andrea não se divertiu com os apuros do ator, pois ele se mostrara muito gentil durante o *Mercador de Veneza*, quando uma joaninha desorientada entrou no ouvido direito de Mary Andrea, interrompendo por constrangedores segundos o famoso monólogo de Portia sobre as virtudes da misericórdia.)

Tendo digerido e comentado criteriosamente todas as notícias da coluna "Gente", Mary Andrea Finley Krome passou para os cadernos mais sérios do *Missoulian*. O título que atraiu sua atenção estava no alto da página três: REPÓRTER MORRE EM INCÊNDIO MISTERIOSO. Não foi o tom sensacionalista que chamou sua atenção, e sim a expressão "incêndio misterioso", pois Mary Andrea adorava um bom mistério. Ver o nome do seu renitente marido no segundo parágrafo foi um choque terrível. O jornal escapou por entre os dedos de Mary Andrea, e ela soltou um gemido cadenciado, imediatamente confundido pelos freqüentadores do café com uma técnica *new age* de meditação.

"Julie, você está se sentindo bem?", perguntou Lorie, ou Loretta.

"Não muito", respondeu Mary Andrea com voz sumida.

"O que foi?"

Mary Andrea levou a mão ao rosto e descobriu lágrimas genuínas.

"Quer ir ao médico?", perguntou a nova amiga.

"Não", respondeu Mary Andrea. "Quero ir à agência de viagens."

* * *

Joan e Roddy compraram um exemplar do *Register* no Grab N'Go e o levaram para Sinclair, no santuário. Ele se recusou a ler o jornal.

"Mencionaram seu nome", Joan tentou seduzi-lo, erguendo a página para que ele visse. "Você foi citado como chefe do Tom."

Roddy acrescentou: "Explicam que você estava viajando, por isso não pôde dar entrevista."

"*Nyyah nimmy doo-dey*", foi a resposta de Sinclair.

O grito provocou uma onda de murmúrios entre os romeiros cristãos reunidos em torno da vala estreita. Alguns se ajoelharam, outros se acomodaram em cima de cadeiras dobráveis e geladeiras de isopor. Sinclair deitou-se aos pés da Madona de fibra de vidro.

Joan estava tão preocupada com o comportamento do irmão que pensou em avisar seus pais. Lera algo a respeito de fanáticos religiosos que encantavam serpentes, mas fixação por tartarugas parecia coisa de louco. Roddy disse que jamais ouvira falar naquilo antes. "Pessoalmente, porém", acrescentou, "estou feliz que sejam tartarugas e não cascavéis. Senão, a esta altura estaríamos comprando o caixão."

Sinclair tinha feito uma espécie de toga com um lençol branco, sobre o qual espalhara pedacinhos de alface. Com surpreendente agilidade, as tartarugas apostólicas subiram das pedras para o esplendoroso bufê. Animadas, percorriam as vestes de Sinclair da cabeça aos pés, enquanto ele murmurava e piscava placidamente para as nuvens que passavam. As máquinas fotográficas e as câmeras de vídeo não paravam de trabalhar.

Trish e Demencio monitoravam a visitação pela janela da sala de visitas. Ela disse: "Ele é uma figura, você tem de admitir".

"Sei. Um doido varrido."

"Não acha que fizemos bem em deixá-lo ficar lá?"

Demencio disse: "Negócio é negócio".

"Ele deve ter pirado. Perdido um parafuso."

"Bem capaz." Demencio foi atraído pela visão de Dominick Amador, que inescrupulosamente se infiltrara entre os romeiros.

"Filho da mãe! Ele arranjou até muletas!"

Trish disse: "Sabe por quê?".

"Dá para imaginar."

"Sim, ele finalmente conseguiu furar os pés. Soube que contratou o rapaz da loja de escapamentos por trinta dólares para fazer os buracos com a furadeira."

"Psicopata", disse Demencio.

Dominick Amador o viu na janela e vigorosamente acenou com a luva cheia de Crisco. Demencio não o cumprimentou.

Trish disse: "Quer que eu o expulse?".

Demencio cruzou os braços. "E agora... que diabo é aquilo?" Apontou para uma figura magra, com manto branco e capuz. A pessoa carregava uma prancheta e ia de um turista a outro com eficiência clerical.

"É aquela mulher da rua Sebring", explicou Trish. "A do Rosto de Jesus na Pista. Está passando um abaixo-assinado para o departamento de obras viárias."

"Que nada! Ela está é atacando meus fregueses!"

"Não é nada disso, querido. O governo quer recapear a pista no trecho do santuário dela..."

"E eu com isso? Tenho de tocar meus negócios aqui."

"Está bem", disse Trish, e saiu para conversar com a mulher. Demencio sempre se incomodara com a concorrência — procurava estar um passo à frente dos outros. Irritava-se quando Dominick ou algum outro vinha perturbar. Trish o compreendia. O ramo de milagres era um ninho de cobras.

E as maluquices do jornalista visitante tinham deixado Demencio mais cauteloso que o normal. Lidar com os defeitos hidráulicos da estátua que chorava, ele sabia; um lunático de carne e osso já era outra história. Por enquanto, o plácido e perturbado Sinclair estava atraindo a freguesia. Mas e se ele surtasse? E se a ladainha pitoresca se transformasse em um jorro de palavrões violentos?

Demencio temia perder o controle do santuário. Sentou-se pesadamente, contemplando o aquário no qual as tartarugas sem pintura esperavam ansiosas pelo café da manhã. JoLayne Lucks telefonara para saber se as belezinhas estavam bem, e Demencio contara que as quarenta e cinco continuavam lindas e saudáveis. Não mencionara a aparição dos apóstolos nos cascos. JoLayne prometera que voltaria para casa nos próximos dias, para recolher suas "preciosas belezinhas".

São preciosas para mim também, ponderou Demencio. Preciso tirar tudo que puderem dar, e logo.

Quando Trish voltou, ele disse: "Vamos pintar as outras".

"Como é?"

"Aquelas." E apontou para o aquário.

"Como assim?"

"Mais tartarugas pintadas, mais dinheiro. Pense na felicidade do nosso novo cristão convertido." Demencio deu uma espiada pela janela. "Aquele maluco vai poder até se enterrar debaixo delas."

Trish disse: "Mas, querido, são só doze apóstolos."

"Quem disse que precisamos ficar só nos apóstolos? Pegue a Bíblia. Só precisamos de mais trinta e três sujeitos santificados. Qualquer coisa serve — Novo Testamento, Velho Testamento."

Trish não poderia dizer não. O faro do marido para essas coisas era invariavelmente apurado. Enquanto apanhava pincéis e potes de tinta, mostrou a ele a primeira página do *Register*, que Joan e Roddy lhe haviam dado. "Não é aquele sujeito que foi para Miami com JoLayne?"

"Sim. Só que ele não está morto." Com o indicador e um ar de deboche, Demencio folheou o jornal. "Quando ela ligou esta manhã, o tal de Tom estava com ela. Num telefone público em Keys."

"Em Keys!"

"Sim, mas não conte para o cara das tartarugas. Ainda não."

"Acho melhor não, mesmo", disse Trish.

"Se ele descobrir que o outro está vivo, é capaz de parar de rezar. E não queremos isso, certo?"

"Certo."

"Talvez ele pare de falar como anjo."

"Chamam isso de glossolalia", comentou Trish.

"Que seja", disse Demencio. "Aquele maluco está ajudando a aumentar o faturamento."

"Não direi nada. Olhe, falam dele no artigo."

Demencio leu os primeiros parágrafos, enquanto pelejava para abrir uma lata de tíner. "Está vendo? Editor-executivo assistente de variedades. Que raio de cargo é esse? Não admira que ele esteja rolando na lama."

Trish passou os pincéis. "O que acha de camisetas das tartarugas sagradas? E chaveiros?"

O marido olhou para ela. "Ótimo", disse, e sorriu pela primeira vez naquele dia.

Quando chegou a vez de Tom Krome falar pelo telefone público, ele ligou para os pais, em Long Island, para dizer que não acreditassem em tudo que liam nos jornais.

"Estou vivo."

"Por quê? Poderia não estar?", perguntou o pai.

Newsday não publicara a matéria no caderno de esportes, por isso ela passara despercebida ao pai de Krome.

Tom deu uma explicação sucinta do incêndio, pediu aos pais que evitassem contatos com a imprensa e depois ligou para Katie. Ficou sinceramente comovido ao perceber que ela estava chorando.

"Você deveria ter visto a primeira página, Tommy!"

"Bem, estava tudo errado. Continuo vivo."

"Graças a Deus", fungou Katie. "Arthur insiste em afirmar que você morreu. Chegou a ponto de me comprar um colar com um pingente de diamante."

"Para o enterro?"

"Ele acha que eu acho que ele tem algo a ver com a sua morte — o que eu achava mesmo até agora."

Krome disse: "Eu suspeito que ele tenha mandado alguém queimar minha casa".

"Com certeza."

"Tenho uma teoria. O cadáver na cozinha certamente era do oficial de justiça que trabalhava para ele. Fiel, mas incompetente..."

"Champ Powell. Acho que sim", disse Katie. "Tom, o que eu vou fazer? Não agüento mais olhar para Arthur. Mas, sinceramente, não creio que ele desejasse fazer mal a alguém..."

"Arrume as malas e vá para a casa de sua mãe."

"E o diamante é lindo. Só Deus sabe quanto custou. Então, ele tem um lado bom, que quer acertar..."

"Katie, preciso desligar. Por favor, não conte a ninguém que andou falando comigo, está bem? Isso precisa ficar em segredo por enquanto. É importante."

"Estou tão contente em saber que você está bem. Rezei tanto."

"Continue rezando", disse Tom Krome.

A manhã outonal estava clara e a brisa soprava. Não havia nuvens no céu, só gaivotas e andorinhas-do-mar. A marina estava movimentada, mas sem agitação. Era um dia típico da baixa temporada, entre o Dia de Ação de Graças e o Ano Novo, quando os turistas ainda se encontravam no Norte. Para os moradores locais, era uma época sensacional, especial, apesar do baixo faturamento. Muitos proprietários de barcos de aluguel nem se davam ao trabalho de ir até as docas, pois a chance de um passeio era remota.

JoLayne Lucks cochilara no carro. Krome tocou seu braço e ela abriu os olhos. A boca estava seca, a garganta áspera.

"Uau", ela disse, bocejando.

Krome estendeu-lhe uma xícara de café. "Uma longa noite."

"Onde estão nossos amigos?"

"Continuam na picape."

JoLayne disse: "O que acha? Vão se encontrar com alguém?".

"Não sei. Ficaram andando de um lado para o outro, examinando os barcos."

Fechando os olhos por causa dos reflexos no pára-brisa, JoLayne procurou os óculos escuros. Viu a picape Dodge vermelha parada do outro lado da marina, em frente à loja de artigos para pesca.

"Sempre na vaga para deficientes."

"É..."

"Bundas-moles."

Eles deduziram que o sujeito ao volante devia ser Bodean Gazzer, pois esse era o nome que constava no documento do veículo, segundo a fonte de Tom na polícia rodoviária. Com exceção das perfurações a bala, o estado impecável da picape indicava um dono avesso a ocasionais empréstimos a amigos criminosos fugitivos. Tom e JoLayne ainda não sabiam o nome do comparsa de Gazzer, o cara de rabo-de-cavalo com remendo no olho.

Um novo mistério os intrigava: o terceiro homem, abruptamente posto para fora da picape no meio da noite — JoLayne e Tom assistiram à cena do estacionamento de uma locadora de vídeo, onde haviam parado para esperar os bandidos. Algo no jeito do terceiro homem parecia familiar a JoLayne, mas na escuridão foi impossível distinguir sua fisionomia. Os faróis de um carro que passou revelaram uma silhueta obesa de andar desajeitado. Com um chapéu do tipo australiano.

Não viram sinal dele pela manhã na marina. Krome não tinha a menor idéia do que estava acontecendo.

JoLayne perguntou se ele havia telefonado para os pais.

"Eles nem sabiam que eu tinha morrido. Agora estão realmente confusos", disse Krome. "De quem é a vez no rádio?"

"Minha." Ela estendeu o braço para o botão.

Durante as longas horas de viagem os dois descobriram uma diferença de gosto musical potencialmente perigosa. Tom acreditava que um passeio pelo sul da Flórida exigia o acompanhamento constante de um rock pesado, enquanto JoLayne preferia canções leves, capazes de acalmar os nervos. Por uma questão de justiça, combinaram um revezamento no controle do rádio. Ela escolhia Sade, ele preferia Tom Petty. Ele se divertia com os Kinks, ela com Annie Lennox. E assim por diante. De vez em quando concordavam na escolha. Van Morrison. Dire Straits. "The girl with the faraway eyes", por exemplo, cantaram juntos enquanto atravessavam Florida City. Havia também artistas que ambos detestavam (a dupla Paul McCartney-Michael Jackson, por exemplo) e que imediatamente provocavam um encontrão de braços em busca do dial.

"Olhe o que eu achei", disse JoLayne, aumentando o volume.

"Quem é essa?", perguntou Krome.

"Céline Dion."

"Minha nossa. É sábado de manhã. Tenha dó."

"Daqui a pouco é a sua vez." JoLayne exibiu um sorriso perspicaz. "Sabe, Tom, notei uma coisa. Você não gosta muito de artistas negros."

"Besteira sua." Ele ficou muito bravo.

"Diga um."

"Marvin Gaye, Jimi Hendrix..."

"Um vivo."

"B. B. King, Al Green, Billy Preston. O cara do Hootie, como é mesmo o nome dele?"

"Você está forçando a barra", disse JoLayne.

"Prince!"

"Duvido!"

Krome falou: "Sério. Juro. 'Little Red Corvette'".

"É possível."

"Puxa vida, e seu eu dissesse uma coisa dessas de você? Como ia se sentir?"

"Tem razão", admitiu JoLayne. "Retiro o que disse."

"Um vivo... Tenha dó."

Ela o olhou pelo canto dos óculos cor de pêssego. "Você é cheio de não-me-toques em relação a esse assunto, não é? Acho que é o fardo de todo homem branco. Pelo menos o fardo que os liberais brancos são obrigados a carregar."

"E quem disse que sou liberal?"

"Você fica uma gracinha quando está na defensiva. Quer o resto do café? Preciso fazer xixi."

"Agora não", disse Tom Krome. "Tire o chapéu e se abaixe."

A picape vermelha vinha na direção deles, de ré. O motorista seguiu até onde estava ancorada uma lancha de vinte pés. Tinha dois motores de popa, pintura azul com pontinhos acinzentados e uma cobertura retrátil Bimini. Da loja de pescaria era impossível vê-la, escondida entre uma imensa Hatteras e um barco-casa retangular.

Erguendo os olhos por cima do painel, Krome viu descer da picape um passageiro alto, com a barba por fazer. Era o cara de rabo-de-cavalo. Levava uma garrafa de cerveja e ferramentas — chave de fenda, alicate de cortar ferro, chave de boca. O sujeito subiu na lancha desajeitadamente e desapareceu por trás do gabinete do timão.

"O que está havendo?", quis saber JoLayne, erguendo a cabeça no assento.

Krome disse a ela que ficasse abaixada. Viu uma coluna de fumaça azulada e depois ouviu o ruído dos motores de popa. O cara de rabo-de-cavalo acenou para o motorista da picape. Depois soltou as amarras e com as duas mãos afastou o barco do píer.

“Eles estão roubando a lancha”, contou Krome.

JoLayne disse: “Estou com dor no pescoço. Posso sentar?”.

“Daqui a pouco.”

A cerca de cinqüenta metros da doca o sujeito de rabo-de-cavalo acelerou a lancha. A proa subiu feito um míssil na rampa e desceu formando uma nuvem de espuma. A lancha disparou pelas águas rasas de Florida Bay. Naquele instante, cantando pneus, a picape vermelha partiu em direção à saída da marina.

“E agora?”, perguntou JoLayne.

“Pode levantar”, disse Krome.

Ela ergueu o rosto, olhou primeiro para a picape que se afastava e depois para a pequena mancha cinza que cada vez mais diminuía de tamanho na água. “Muito bem, gênio. E agora? Qual deles está com o meu bilhete?”

“Não faço a menor idéia”, disse Krome.

17

Era o primeiro seqüestro de Shiner, mas, apesar do início vacilante, acabou dando tudo certo.

Ele pegou uma carona até Grove e dormiu no Peacock Park. Acordou no meio da tarde e desceu a Grand Avenue para comprar uma arma. Suas tentativas de obter um revólver na esquina foram tão desastradas que ele foi expulso do bairro por um grupo de adolescentes hispânicos e negros. Naturalmente, perdeu o chapéu e o sapato de golfe, péssimo para correr.

Armado apenas com a ponta de uma chave Phillips encontrada atrás de uma figueira-de-bengala, Shiner chegou ao Hooters pouco depois das cinco horas da tarde. Recordando-se das instruções de Chub, ele puxou conversa com o barman, que de bom grado mostrou qual das garçonetes era Amber. Shiner ficou de olho nela — gostosa, como Chub havia dito. Se bem que, na opinião de Shiner, todas as garçonetes eram gostosas. Chub fizera questão de ressaltar a semelhança inexistente entre Amber e Kim Basinger, embora a informação fosse inútil para Shiner. Ele nunca tinha ouvido falar em Kim Basinger. Enquanto se preparava para cometer o delito, Shiner preocupava-se com a possibilidade de raptar a moça errada. E se houvesse mais de uma Amber no Hooters? Chub o mataria a tiros se desse uma mancada dessa.

Horas depois, Shiner estava agachado atrás de uma moita, quando a garçonete apontada pelo barman saiu do serviço. Ela ocupou o volante de um enorme Ford sedã, o que deixou Shiner momentaneamente abalado (ele esperava um carro esporte — na cabeça dele, todas as loiras gostosas andavam de carro esporte). Logo, porém, recobrou-se, entrou correndo no carro, no lugar do passageiro, e encostou a ponta da chave no pescoço liso e macio de Amber.

"Ei...", ela disse.

Não um grito. Apenas um *ei*.

"Amber é você?"

Ela fez que sim, cautelosa.

"A que parece a atriz... Kim não se do quê?"

Amber disse: "Você é o segundo cara que me fala isso".

Shiner sentiu um alívio profundo. "Tudo bem. Siga em frente."

"Isso é uma faca?"

Shiner afastou a chave de fenda do pescoço de Amber. A ponta havia deixado uma pequena marca em forma de cruz na pele da moça, Shiner a viu sob a luz esverdeada do painel.

Apressado, guardou a chave Phillips no bolso. "É uma faca, sim. E eu tenho um revólver também."

"Acredito", disse Amber.

Depois de errar o caminho algumas vezes, ela conseguiu seguir na direção sul. Não perguntou para onde iam, mas Shiner tinha a resposta na ponta da língua, se fosse o caso. *Quartel-general*, responderia. O Quartel-general dos Clarins Arianos Brancos! Isso daria à moça o que pensar.

"Esse carro é seu?", ele perguntou.

"Meu pai me deu. Gosto dele", disse Amber.

Nem um pouco tímida. Isso é ótimo, pensou Shiner.

"Meu namorado tem um Miata", ela acrescentou. "Bem, *tinha* um Miata. De qualquer maneira, gosto mais deste aqui. Mais espaço para as pernas — tenho pernas muito compridas, sabe?"

Shiner sentiu o rosto corar. De perto, Amber era ainda mais linda. Quando cruzavam com outro carro e os faróis iluminavam seu rosto, ele via os reflexos dourados de seus cílios longos. Além disso, ela tinha um cheiro fantástico para quem trabalhava no meio de asas de frango e hambúrgueres, sem contar a cebola. Shiner acreditava que o perfume de Amber era mil vezes mais gostoso que o dos cestos de flor de laranjeira que sua mãe levava para o Rosto de Jesus na Pista. Bem, eram flores já com uma semana (arrematadas numa loja de presentes na via expressa), mas ainda conservavam a fragrância.

Amber disse: "O que aconteceu com a sua cabeça?". Ela se referia à cicatriz da tampa do óleo.

"Sofri um acidente."

"De carro?"

"Mais ou menos." Shiner surpreendeu-se com o fato de ela ter notado a marca, pois mal tirara os olhos da pista desde que ele entrara no carro.

"Acho melhor você colocar o cinto de segurança", ela disse.

"De jeito nenhum." Shiner lembrou-se do que Bodean Gazzer dissera a respeito dos cintos de segurança. Eram parte de um complô secreto do governo americano para "neutralizar os cidadãos". Se o sujeito estivesse usando cinto de segurança, seria mais difícil saltar do carro e escapar, quando os helicópteros da Otan começassem a pousar nas rodovias. Foi esse o único motivo para a aprovação da obrigatoriedade do cinto, disse Bode. Garantir que milhões de americanos ficassem presos e impotentes quando o ataque global fosse lançado. Por mais confusa que parecesse a explicação de Bode, Shiner achou que era uma informação secreta e não podia ser passada a Amber.

"O que é isso no seu braço?", ela perguntou, acendendo a luz de cima para ver melhor a tatuagem de Shiner.

"Uma águia", ele respondeu, embaraçado.

"E o que quer dizer IRB? Não é Irmandade dos Rebeldes Brancos?"

Shiner disse: "É uma longa história".

"Vi um show deles. Achei demais."

"É mesmo?"

"A melhor música é 'Nut-Cutting Bitch'. Já ouviu? Você gosta de *hip hop*?"

"*Metal.*" Shiner flexionou sutilmente seu bíceps decorado; raramente recebia a atenção exclusiva de uma mulher bonita.

Ela disse: "Qual é a sua afinidade com o IRB? Eles são tudo, menos *heavy metal*".

Shiner contou a Amber a confusão da tatuagem. E ficou contente em saber que ela poderia consertar tudo.

"Só se você me deixar ir embora depois", ela disse.

"De jeito nenhum."

"Meu melhor amigo trabalhou com tatuagem dois anos. Eu passava horas lá, olhando. Não é tão difícil quanto parece."

Shiner fechou a cara. Rudemente, disse: "Não posso deixar você ir embora. Pelo menos por enquanto".

"Sei." Amber apagou a luz. Por um bom tempo, não conversou com ele. Quando dois playboys num conversível Beemer emparelharam com eles e tentaram fechá-los, ela disse: "Filhos da puta". Mas foi praticamente um murmúrio, não um início de diálogo. Shiner logo ficou nervoso outra vez. Ia tudo bem enquanto Amber estava falando, mas agora os pés dele não paravam quietos de tanto nervosismo. Além disso, ele se sentia um perfeito idiota. Como se tivesse feito alguma bobagem.

Finalmente, ela disse: "Você pretende me estuprar por acaso?".

"De jeito nenhum."

"Não minta. Vai ser melhor se eu souber."

"Não estou mentindo!"

"Então, para que tudo isso?" As duas mãos estavam firmes no volante. Os braços finos esticados e rígidos. "O que pretende?"

Shiner disse: "Estou fazendo um favor para um amigo".

"Entendi. Ele vai me currar."

"Só passando por cima do meu cadáver!" Shiner ficou espantado com sua própria veemência.

Conseguiu arrancar um olhar esperançoso de Amber. "Fala sério?"

"Pode apostar que sim."

"Obrigada", ela disse, concentrando-se novamente no trânsito. "Você não tem um revólver, não é?"

"Não."

"E qual é o seu nome?", perguntou Amber.

As duas secretárias de Arthur Battenkill perceberam que havia algo errado, pois ele parou de atormentá-las atrás de sexo. As mulheres não reclamaram; preferiam muito mais datilografar e arquivar. O desempenho do juiz na cama não era diferente do seu jeito no trabalho — arrogante e intempestivo.

Sem o menor sinal de posse ou ciúme, Dana e Willow freqüentemente discutiam a intimidade que tinham com Arthur Battenkill. Na verdade, a conversa servia como apoio mútuo — o sujeito era um fardo que compartilhavam.

Willow contou: "Ele não pediu que eu ficasse depois do horário".

"Para mim também não!", disse Dana. "Segundo dia seguido!"

"O que você acha disso?", perguntou Willow.

"Ele está preocupado com o pedido de demissão de Champ."

"Pode ser."

"Se foi isso mesmo que aconteceu", acrescentou Dana, levantando uma sobrancelha.

As duas secretárias estranharam o sumiço repentino do oficial de justiça Champ Powell. Primeiro, Arthur Battenkill contou que o funcionário pedira licença para tratar de um problema da família, que morava no interior. Depois o juiz disse que aquela tinha sido apenas uma história de fachada. Na verdade, Champ fora chamado de volta pelo departamento de polícia de Gadsden como agente de infiltração numa operação sigilosa. O projeto era tão secreto e perigoso que nem a família havia sido informada.

Isso explicava, segundo o juiz, por que a mãe de Champ ficava ligando para o fórum à procura do filho.

Dana e Willow não se convenceram. "Ele não leva o menor jeito para agente secreto", comentou Dana. "Além disso, adora o trabalho aqui."

"E idolatra o juiz", reforçou Willow.

"Sem dúvida."

A devoção de Champ Powell não era uma coisa muito natural, na opinião das duas mulheres. O meirinho era tão apaixonado por Arthur Battenkill que inicialmente as secretárias desconfiaram que ele fosse gay. De fato, chegaram até a discutir entre elas a possibilidade de Champ seduzir o juiz, o que não as incomodaria nem um pouco. Qualquer coisa que distraísse o sujeito seria bem-vinda.

Contudo, isso não ocorrera. Pelo menos não que elas soubessem.

Dana disse: "Seja lá o que foi que deu em Arthur, para mim está ótimo".

"Amém", disse Willow.

"Vamos aproveitar a temporada de sossego."

"É isso aí."

"Talvez ele tenha encontrado Jesus."

Willow soltou uma gargalhada tão forte que a Pepsi Diet que tomava esguichou pelo nariz. Naturalmente, o juiz chegou nesse exato momento. Willow pegou um lenço de papel, e Arthur Battenkill comentou: "Quanta elegância".

"Desculpe-me."

"É como ter a princesa Grace entre nós atendendo ao telefone."

Dizendo isso, o juiz entrou em sua sala, fechando a porta atrás de si. Willow ficou furiosa com aquele sarcasmo matinal e Dana encarregou-se de levar o café para ele.

Ela disse ao juiz que ele não parecia muito disposto.

"Hoje é sábado", resmungou. O desembargador andava pegando no pé de Arthur para tirar o atraso dos processos. Por isso estava trabalhando nos fins de semana.

"Você não tem dormido bem", disse Dana, fingindo preocupação maternal.

"Pólen. Fungos. Mofo." Arthur Battenkill tomou um gole de café. "Mas durmo bem."

A cena no café da manhã, em casa, o tinha abalado. Katie devorou quatro panquecas enormes com calda de caramelo e uma rosca, sinal inequívoco de que o período de luto se encerrara. Lavou os pratos com uma disposição que só podia significar uma coisa: ela chegara à conclusão de que Tom, seu queridinho, não tinha morrido.

Relutante, o juiz já havia concluído a mesma coisa. A evidência mais forte fora a inexplicável falta de contato de Champ Powell, que àquela altura já deveria ter telefonado em busca da gratidão e do reconhecimento de Arthur Battenkill pelo incêndio criminoso. Outra prova decisiva: a moto de Champ, uma Harley-Davidson, fora encontrada e rebocada no estacionamento da Blockbuster, a três quarteirões da casa de Tom Krome. O juiz tinha certeza de que Champ jamais abandonaria a motocicleta enquanto vivesse.

A inesperada mudança de humor de Katie foi a gota d'água para Arthur Battenkill. Beliscando distraidamente a panqueca, ele se lembrou de ter ouvido o telefone tocar enquanto tomava banho — Krome, provavelmente, ligando para dizer a Katie que não se preocupasse. O filho da mãe era todo cheio de gentilezas.

Dana entrou e cruzou os braços: "O senhor tem uma audiência de emergência dentro de dez minutos. Gostaria que eu passasse sua toga?".

"Não. Quem é?"

"A senhora Bensinger."

"Saco! Já imagino o que seja."

Dana baixou a voz: "Outro problema de pensão".

Arthur Battenkill disse: "Odeio essa gente miserável. Graças a Deus eles não tiveram filhos".

"Fale mais baixo. Ela está aí na sala de espera."

"É mesmo?" O juiz levou as mãos em concha à boca. "Vagabunda ordinária!"

Dana olhou para ele inexpressivamente.

O juiz disse: "O marido não passa de um vigarista também".

"Sim, senhor."

"Por falar nisso, decidi tirar umas férias. Suponho que você e Willow sobreviverão sem mim. Tenho a impressão."

Dana, por cautela, fixou os olhos no bule de café. "Quanto tempo vai ficar fora?"

"Não sei. A senhora Battenkill e eu vamos viajar juntos." O juiz folheou a agenda. "Veja se o juiz Beckman pode assumir meus casos a partir do final da semana que vem. Pode fazer isso?"

"Certamente."

"Dana, pretendo fazer uma surpresa à minha mulher. Por favor, não conte a ninguém."

Pelo interfone, Willow avisou que o sr. Bensinger havia chegado e que o clima na sala de espera estava ficando tenso.

"Que se fodam", disparou Arthur Battenkill. "Tomara que se matem a pauladas. Pouparíamos o dinheiro dos contribuintes. Dana, o juiz Tigert, da Condicional, não tinha um chalé em Exuma?"

"Abacos."

"Serve. Verifique se está disponível."

A idéia de que o juiz pretendia levar a esposa para um passeio romântico pelas Bahamas era espantosa. Obviamente, o sujeito estava às voltas com alguma estafa. Dana mal podia esperar para contar a fofoca a Willow.

Quando ela estava saindo da sala, Arthur Battenkill a chamou com um grito: "Dana, querida, você está conseguindo esconder sua alegria de modo estupendo".

"Não sei do que está falando."

"Não pense que você sabe tudo a meu respeito. Ainda falta muito para me conhecer. Tenho sentimentos muito intensos pela senhora Battenkill."

"Ora, eu acredito em você", disse Dana. "Por falar nisso, Art, o que ela achou do colar novo?"

O juiz abandonou o ar presunçoso. "Os idiotas dos Bensingers já podem entrar", disse.

JoLayne Lucks não ia a Keys desde menina. Surpreendeu-se com as mudanças; o simpático desleixo interiorano dera lugar a franquias de lanchonetes famosas, galerias comerciais e hotéis de veraneio. Para desviar a mente de todo aquele burburinho, JoLayne recitou a Tom Krome uma lista de pássaros locais, residentes e migratórios: águia-pescadora, garçota-branca, garça-azul, martim-pescador, papa-mosca, cardeal, quíscalo, tordo-americano, águia-de-rabo-vermelho, pomba-de-cabeça-branca, pica-pau, colhereiro...

"Antigamente havia flamingos", informou. "Você pode adivinhar o que aconteceu a eles."

Krome não respondeu. Observava Bodean James Gazzer, que desmontava e limpava um enorme rifle semi-automático. Mesmo a cem metros de distância, o cano brilhava descaradamente ao sol do meio-dia.

"Tom, você não dá a mínima."

"Gosto de flamingos", ele disse, "mas o que temos aqui é um raro exemplar de merda-na-cabeça. Em plena luz do dia ele fica brincando com armas pesadas."

"Estou vendo."

Tom havia rejeitado o mais recente plano dela de simplesmente emboscar Bodean Gazzer sozinho, enfiar a espingarda no saco do sujeito e exigir a devolução do bilhete de loteria roubado se não quisesse perder os genitais.

Aqui não, havia dito Krome. Ainda não.

Estavam estacionados perto do acostamento, num aterro de calcário esbranquiçado, à beira de um mangue exuberante. Não muito longe dali, havia uma rampa de cascalho para embarcações, bloqueada no momento pela picape vermelha de Bodean Gazzer. A porta do motorista estava aberta e podia-se vê-lo perfeitamente: camuflado dos pés à cabeça, bota de caubói e óculos escuros espelhados. Estendera um pano acamurçado sobre o capô e colocara as peças do rifle sobre ele.

"O cara tem peito, devo admitir", disse Krome.

"Não, é apenas um estúpido. Um estúpido perigoso."

JoLayne temia que um carro de polícia passasse por ali e visse o que Bodean Gazzer estava fazendo. Se o idiota fosse preso, a perseguição terminaria. Tudo se reduziria à palavra de JoLayne contra a do matuto racista, e ele nunca entregaria o bilhete.

Um passarinho preto pousou nas árvores e começou a cantar. Krome disse: "E aquele ali, qual é?".

"É uma ruiva", respondeu JoLayne na hora.

"Corre risco de extinção?"

"Ainda não. Não acha obscena a presença dele num lugar como este? Porque eles são como... *lixo.*" Ela se referia aos dois ladrões. "Eles não merecem nada disto — sentir o sol na nuca, respirar ar puro. Chega a ser um desperdício, em se tratando de gente dessa espécie."

Krome abaixou o vidro da janela do carro e respirou a brisa fresca e salgada. Com voz sonolenta disse: "Acho que eu conseguiria me acostumar com isso. Depois do Alasca, talvez".

JoLayne pensou: Como ele pode estar tão calmo? Ela não conseguia se distrair com a natureza da ilha, de tão irritada com o espetáculo ritualístico de limpeza da arma de Bodean Gazzer. Nem conseguia tirar da cabeça a cena terrível em sua casa — os socos e chutes que levara daquele homem, e também sua voz.

Ei, gênio, ela não pode falar com o cano dentro da boca.

Falava com o amigo sujo que usava rabo-de-cavalo.

Quer impressionar a moça? Então veja só.

Ele pegou uma das tartarugas do aquário de vidro e a colocou no chão de madeira, desafiando o amigo de rabo-de-cavalo a atirar. E foi o que Bodean Gazzer tinha feito.

E ali estava ele, livre e faceiro sob o sol da Flórida. Com um bilhete de loteria no valor de catorze milhões escondido em algum lugar, provavelmente dentro de uma camisinha.

JoLayne disse a Tom: "Não agüento mais ficar aqui sentada sem fazer nada".

"Tem toda a razão. Acho melhor você ir até a mercearia." Krome puxou a carteira. "Depois, alugue um barco. Vou lhe dar o dinheiro."

JoLayne disse que tinha uma idéia melhor. "Fico aqui, de olho no superpatriota. Você vai atrás do barco."

"Muito arriscado."

"Sei me controlar", insistiu ela.

"JoLayne, na minha cabeça não há a menor dúvida. Estou falando de *mim*. Caras mortos devem agir discretamente. Minha foto saiu no *Herald*, provavelmente também apareci na televisão."

Ela disse: "Era uma foto de péssima qualidade, Tom. Ninguém o reconheceria".

"Não posso correr o risco."

"Você mais parecia Pat Sajak em NyQuil."

"A resposta é não."

Tom não confiava nela, claro. JoLayne não conseguiria ficar apenas olhando o bandido. "Isso é ridículo", ela reclamou. "Nunca pilotei um barco."

"E eu nunca atirei com uma escopeta", disse Krome. "Portanto, temos algo a aprender um com o outro. É disso que um bom romance precisa."

"Por favor."

"Por falar nisso..." Ele desceu, abriu o porta-malas e apanhou a Remington. "Por via das dúvidas."

JoLayne disse: "Más notícias, Rambo. Os cartuchos estão na minha bolsa".

"Tudo bem", ele disse. "Calculo que eu ainda nos reste uns quarenta e cinco minutos, talvez uma hora. Gelo é prioridade máxima. Consiga o máximo de gelo e de água potável que puder."

"Quarenta e cinco minutos para quê?"

"Até que o pirata de rabo-de-cavalo chegue aqui", disse Krome.

"É mesmo? E quando você pretendia me pôr a par disso?"

"Quando eu tivesse certeza."

JoLayne Lucks decidira bancar a cética. "Acha que eles vão por mar..."

"Isso."

"Para onde?"

"Não faço idéia. Por isso precisamos de uma lancha. Uma carta náutica ajudaria um bocado também."

Olha só o jeito dele, pensou JoLayne. O senhor Sabe-Tudo.

Ela avaliou a possibilidade de insistir, de forçar a barra. Mas desistiu. O dia estava lindo, ótimo para um passeio de barco pela baía, especialmente se a alternativa fosse mais seis horas trancados em um Honda minúsculo.

"Lancha de que tamanho?", perguntou JoLayne.

Chub sentia-se quase à vontade na água. Uma das poucas lembranças suportáveis de sua infância era a lancha de esquiar da família, que os Gillespie usavam nos fins de semana, quando iam até o lago Rabun. O jovem Onus era atarracado demais para se tornar um esquiador de primeira, mas adorava pilotar a lancha.

A emoção estava de volta no comando do *Reel Luv*, no qual fizera uma ligação direta em nome dos Clarins Arianos Brancos. Com dois motores Merc 90s, a lancha de vinte pés roubada era muito mais valente que o barco pilotado por Chub na infância. Nada mal, faria miséria com toda aquela potência. Duro era lidar com as irregularidades de Florida Bay, cheia de bancos de areia, canais sinuosos e áreas rasas. Não tinha nada a ver com o lago Rabun, fundo, bem definido, relativamente livre de obstáculos, como aquelas ilhas de manguezais. As habilidades meio esquecidas de Chub como marujo ainda eram desafiadas pela visão prejudicada, em razão do olho esquerdo machucado (coberto por um novo remendo de pneu, ao custo de dois dólares num posto da Amoco) e da taxa relativamente alta de álcool no sangue.

Bastaram alguns minutos para ele encalhar a lancha. O vasto banco de areia era perfeitamente visível por causa da coloração marrom, em franco contraste com o azul e o turquesa dos canais mais fundos. Também se distinguia um bando de pássaros, cuja pernalta presença deveria ter servido de alerta para a radical mudança de profundidade da água. Chub nada notou.

Ele encalhou em grande estilo, espetacularmente. Os dois potentes motores continuaram a rugir, criando dois gêiseres de lama cor de Coca-Cola. Chub foi jogado de encontro ao timão e perdeu o ar. As garças alçaram vôo em conjunto, sobrevoando a ruidosa cena antes de seguir para oeste, no matinal céu de porcelana. Quando os motores finalmente pararam, o *Reel Luv* repousava sobre aproximadamente quinze centímetros de água. O barco precisava de no mínimo vinte para flutuar.

Assim que recuperou o fôlego, Chub levantou-se e percebeu que só havia uma maneira de sair do atoleiro: descer e empurrar. Suando profusamente, tirou os sapatos e pulou a amurada. Seus pés afundaram na lama pegajosa. Espalhando muita água, acabou conseguindo se posicionar na popa e jogar seu peso contra o barco encalhado.

A lancha se moveu. Não muito, mas o suficiente para encorajar Chub.

Cada centímetro conquistado era doloroso, exigia um esforço maior do que andar em cimento fresco. A lama cobria as pernas de Chub, a pele nua sofria com as picadas de insetos. Minúsculas sanguessugas vermelhas, do tamanho de grãos de arroz, grudavam nos braços e na barriga, e ele as arrancava com violência. O que mais o preocupava, contudo, era uma coceira esquisita na virilha. Chub temeu que um parasita exótico tivesse penetrado em seu corpo pelo orifício do pênis. Nenhum milionário do mundo, pensou contrariado, enfrentava problemas desse tipo. Só dava graças a Deus por Amber não estar ali para presenciar aquela cena degradante.

Finalmente o barco roubado se libertou do banco de areia coberto de mato. Chub pulou de volta para bordo e arrancou a calça furiosamente, para ver o que o picara.

Foi então que ele se lembrou.

O bilhete.

"Meu Deus!", gritou, desesperado. "Meu Deus do céu!"

A coxa esquerda estava nua, pingando. O Band-Aid tamanho gigante se soltara. O bilhete da Lotto se fora.

Chub soltou um uivo inumano e, desesperado, pulou de volta para a água.

18

Bode Gazzer estava obcecado com o espectro da Maré Negra. Não se recordava de nenhuma menção ao grupo nas pilhas de panfletos sobre a supremacia branca que colecionava.

Panteras Negras, MOVE, Nação do Islã, NAACP — Bode tinha lido muito sobre eles. Mas nunca encontrara nem uma linha sobre a Maré Negra.

Fossem quem fossem, tinham arrombado e destruído seu apartamento. Tudo macaco, com certeza! Bode sabia por que o haviam escolhido: eles estavam informados da existência dos Clarins Arianos Brancos.

Mas como, perguntou-se, se o CAB tinha sido formado havia menos de uma semana e nem chegara a divulgar um manifesto. Seu coração disparou ao lhe ocorrerem as duas únicas explicações possíveis: ou o grupo de macacos possuía um esquema extremamente sofisticado de captação de informações, ou havia uma séria falha de segurança nos CAB. Bode Gazzer considerava a última hipótese praticamente impossível.

Portanto, trabalharia com a idéia de que a Maré Negra era excepcionalmente astuciosa e bem organizada, provavelmente ligada a uma entidade governamental. Bode deduziu também que o bando de macacos malignos seria capaz de localizar os Clarins Arianos Brancos, não importa onde se escondessem.

Tudo bem, pensou Bode. Sua milícia estaria pronta quando chegasse a hora.

Enquanto isso, gostaria de saber onde o bosta do Chub se metera com a porra da lancha!

O pânico revirava as entranhas de Bode Gazzer. A idéia de deserdar o companheiro atirador começava a fazer sentido. Bode, afinal, tinha catorze milhões de dólares escondidos numa camisinha. Assim que recebesse o prêmio da loteria, poderia ir para qualquer lugar, fazer qualquer coisa — construir uma fortaleza em Idaho com a maior banheira de hidromassagem do mundo!

Bode andava pensando muito em Idaho ultimamente, mesmo com aquele inverno desgraçado e tudo. Pelo que tinha ouvido, as montanhas e as florestas estavam cheias de cristãos brancos com a cabeça no lugar. Recrutar membros para o CAB seria muito mais fácil num lugar assim. Bode andava de saco completamente cheio de Miami — para onde quer que se virasse, via um monte de estrangeiros. E, quando finalmente deparava com um sujeito branco que falava inglês, havia uma grande chance de ele ser um judeu ou um liberal histérico. Bode estava cansado de pisar em ovos, de precisar sussurrar suas crenças legítimas e verdadeiras em vez de poder declará-las alto e bom som, em público. Em Miami, o negócio era tomar sempre muito cuidado — Deus me livre de insultar alguém acidentalmente, pensou; o sujeito pulava no seu pescoço na hora. E não eram só os cubanos, não.

Bodean Gazzer tinha certeza de que as minorias no Oeste eram mais dóceis, facilmente intimidadas. Concluiu que seria uma boa mudança, desde que se acostumasse com o clima frio. Mesmo usando camuflagem de verão, Bode Gazzer achava que acabaria por se adaptar.

Quanto a Chub, dificilmente o sujeito se daria bem em Idaho. Com certeza assustaria todos os brancos decentes, afastando-os da causa ariana. Não, pensou Bode, o lugar de Chub era no Sul.

Mas Bode não pretendia deixar o cara na mão, de jeito nenhum. Chub ainda estava com o outro bilhete da Lotto, o que tinham tirado da macaca em Grange. Ficaria rico o bastante para fundar sua própria milícia, se quisesse. Ser coronel de si mesmo.

Bode consultou o relógio. Se saísse agora, poderia chegar a Tallahassee antes da meia-noite. Amanhã, a esta hora, já estaria com o primeiro cheque da Lotto.

A não ser que o pegassem primeiro — os filhos da mãe que destruíram seu apartamento.

Ironicamente, seria o momento em que Chub se mostraria mais útil — na violência. Ele não se assustava à toa e fazia qualquer coisa que a gente mandasse. Seria ótimo ter Chub por perto na hora do tiroteio. Precisava levar isso em conta, pôr nos créditos de Chub. Era um bom argumento para a manutenção do sujeito na área.

Andando de um lado para o outro na rampa de barcos, Bode suava dentro do moletom Timber Ghost. O tráfego de fim de semana passava a toda, Bode sentia os olhares curiosos dos viajantes atrás de si — nem todos eram turistas e pescadores, tinha certeza. Indubitavelmente a Maré Negra mantinha muitos olheiros, e todos estariam atentos para a Dodge Ram vermelha com o adesivo FUHRMAN PARA PRESIDENTE no pára-choque (que Bode tentara, sem êxito, raspar com um canivete).

Foi então que ele decidiu pegar o AR-15. Os filhos da puta iam ver com quem estavam se metendo.

Estendeu o pano acamurçado no capô da picape e começou a desmontar o rifle semi-automático, exatamente como Chub lhe ensinara. Esperava que a Maré Negra visse. Esperava que chegassem à conclusão de que ele era mentalmente perturbado por exibir um rifle de assalto em plena luz do dia, na beira de uma rodovia federal.

Quando chegou a hora de montar o AR-15 novamente, Bodean Gazzer encontrou alguma dificuldade. Algumas partes se encaixavam, outras não. Ele calculou que poderia ter errado na colocação de algum parafuso. As peças da arma eram escorregadias e oleosas, e os dedos de Bode estavam lisos de suor. Algumas pecinhas caíram no chão pedregoso.

Exasperado, pensou: *Isso não pode ser difícil! Chub consegue fazer até quando está bêbado!*

Depois de meia hora, Bode desistiu, furioso. Dobrou o pano em volta dos componentes soltos do rifle e colocou tudo na caçamba da picape. Tentou disfarçar e parecer relaxado, por causa dos macacos espiões.

Subiu, instalou-se ao volante e ligou o ar-condicionado no máximo. Examinou detidamente a extensão de água esverdeada em todas as direções. Um bote de pesca entrou no seu campo de visão e também uma moça bonita fazendo windsurfe. Depois, dois gordos peludos passaram de jet-ski, pulando as ondas que eles mesmos criavam.

Mas não havia nenhum sinal de Chub na lancha roubada. Pessimista, Bode pensou: O cretino não vem. Vai ver me deixou na mão.

Cinco minutos e chega, decidiu. Vou embora.

Na rodovia, os carros seguiam para o sul como se estivessem em cima de uma esteira rolante. Bode ficou enjoado de olhar para eles. Estava acordado havia dois dias, e na verdade se sentia fisicamente incapaz de dirigir até Cutler Ridge, muito menos até Tallahassee. Adoraria tirar uma soneca, mas isso seria suicídio. Eles aproveitariam para atacar — a Maré Negra, quem quer que fossem.

Quando Bode fechou os olhos, uma pergunta martelou-lhe o cérebro: o que eles queriam, afinal?

A exaustão não o impediu de descobrir. Eles aparentemente sabiam de tudo, certo? Quem ele era, onde morava. Conheciam os Clarins Arianos Brancos também.

Então seguramente também sabiam a respeito de um dos bilhetes da loteria, talvez dos dois. Era isso que os canalhas procuravam no apartamento!

Bodean Gazzer despertou com a sensação de que o único golpe de sorte que já lhe acontecera corria o risco de virar fumaça na sua frente. Sozinho na beira da estrada, com um AR-15 desmontado, ele era um alvo fácil.

Num impulso, Bode enfiou a mão no bolso, pegou a carteira, tirou a embalagem de Trojan e olhou lá dentro. O bilhete da Lotto estava em segurança. Guardou-o outra vez. Nem foi preciso consultar o relógio para saber que os cinco minutos já haviam passado. Talvez Chub tivesse naufragado ou sido preso pela guarda costeira. Ou então encontrado alguma resina de fibra de vidro para cheirar, caído do barco e morrido afogado.

Adiós, muchacho.

O coração de Bode batia acelerado como o de um coelho. Inquieto, manobrou a picape e pegou a outra pista da Highway One, no sentido norte. Com os dedos trêmulos ajustou o espelho retrovisor, algo que deveria ter feito na noite anterior. Tendo apenas um caminhão Molson na sua traseira, Bode já respirava com mais facilidade quando chegou a Whale Harbor. Ao cruzar a ponte, ele olhou para o canal largo, na direção oeste. Como se estivesse com cãibra, seu pé soltou o acelerador.

Uma rápida lancha azul e cinza vinha vindo pelo canal. O rabo-de-cavalo do piloto esvoaçava como um trapo sujo ao vento.

"Ah, merda", disse Bodean Gazzer. Com uma manobra ruidosa no píer de Holiday Isle, ele voltou correndo para a rampa.

Na mercearia, tudo bem; todos foram gentis e solícitos. No píer dos barcos, nem tanto. O sujeito que alugava os barcos — velho tarimbado, rosto marcado e coberto de uma barba grisalha de três dias — hesitou um bocado. Dava para perceber, por sua indecisão, que ele jamais negociara com uma mulher sozinha e negra. A idéia de alugar um barco para ela o assustava.

"Algum problema?", indagou JoLayne, sabendo muito bem que sim. Tamborilou com os dedos cheios de unhas feéricas em cima do balcão todo rachado.

O encarregado da doca pigarreou. "Preciso ver sua carteira de motorista."

"Tudo bem."

"E de um depósito em dinheiro." Outro pigarro.

"Claro."

O sujeito mordeu o lábio inferior. "Já pilotou um barco antes? Acho melhor começar com um pedalinho."

"Nem pensar." JoLayne riu. Viu um gato malhado atrás da geladeira de refrigerante. Abaixou-se no chão e acariciou-lhe o queixo. "Coitada. A princesa está com sarna na orelha, não é?" E dirigiu-se ao encarregado: "Pingue umas gotas de clorexidrina . Qualquer veterinário pode preparar para você".

O velho lidava com a caneta. "Moça, o barco é para pescar, mergulhar ou o quê, exatamente? E até aonde pretende ir?"

JoLayne disse: "Tinha pensado em Bornéu".

"Não precisa ficar brava. O dono quer saber de tudo, tenho de preencher a ficha inteira."

"Compreendo." Havia um mapa de Florida Bay pregado com tachas na parede. JoLayne olhou disfarçadamente para ele e disse: "Cotton Key. É para lá que eu quero ir".

O sujeito parecia desapontado ao anotar o destino no formulário de aluguel de embarcações. "Tem um monte de garoupa lá. Acho que o mundo inteiro já sabe disso."

JoLayne disse: "Bem, ninguém vai ficar sabendo por mim". O gato pulou de seu colo. Ela abriu a bolsa. "Eu queria também uma tabela de marés e um mapa desses aí", disse, apontando.

O encarregado mostrou-se agradavelmente surpreso com o pedido, pois a maioria dos turistas de fim de semana não estava interessada nessas coisas. JoLayne percebeu que seu conceito subira meteoricamente. Nos olhos avermelhados surgiu um fiapo de esperança de rever o precioso barco de dezesseis pés inteiro.

"Aqui está, moça." Ele entregou o mapa e a tabela de marés.

"Obrigada. Poderia ligar o barco para mim e deixar o motor esquentando? Já volto — vou buscar gelo e comida no meu carro."

O sujeito disse que tudo bem, e isso foi ótimo, pois JoLayne não sabia dar a partida num motor de popa frio. O encarregado havia deixado o motor em ordem quando ela chegou com as sacolas de compras. Ajudou-a segurando a tampa do compartimento para gelo, enquanto ela guardava as coisas. No final, falou: "Não se esqueça, precisa voltar até o final da tarde".

"Claro." JoLayne examinou os controles, tentando se recordar do que Tom havia dito a respeito do leme. O encarregado saltou do barco e, com um suspiro, empurrou-o para longe do píer. JoLayne empurrou o controle para a frente.

O homem ficou parado na doca, olhando para ela como se fosse uma cegonha velha. "Antes de escurecer!", gritou.

JoLayne fez sinal de positivo e se afastou lentamente, mantendo a proa no rumo do canal demarcado. Ela ouviu a voz do encarregado, que a chamava novamente. Sentiu um enorme peso nos ombros.

JoLayne acenou mecanicamente, como se desfilasse num carro alegórico.

"Ei, não vai querer isca?"

JoLayne acenou de novo.

"Como você vai pegar os peixes sem isca?", ele gritou. "E cadê sua vara de carretilha?"

Ela sorriu e bateu com a mão na testa. O velho baixou a cabeça vermelha e voltou para dentro do escritório. JoLayne acelerou o mais que teve coragem no mar encrespado e se concentrou no caminho, para não encalhar. Os outros barcos de recreação representavam o maior perigo, pois uma grande porcentagem deles parecia pilotada por rapazes lobotomizados tomando cerveja em lata. Eles olhavam JoLayne como se ela fosse uma lula exótica, fazendo-a chegar à conclusão de que poucas mulheres afro-americanas passeavam sozinhas de barco em Florida Keys. Um engraçadinho chegou a gritar: "Está perdida? Nassau fica para lá!". JoLayne conteve-se para não responder com um sinal vulgar.

Para evitar que Bodean Gazzer notasse a presença deles, Tom combinara encontrar-se com JoLayne a uma distância segura da rampa de cascalho onde a picape estava estacionada. Apontara para uma falha no manguezal, um pedaço limpo da costeira pedregosa, num trecho em que a rodovia se voltava para o mar. Um quebra-mar cheio de armadilhas de lagostas com bóias azuis e vermelhas ajudaria JoLayne a encontrar o local.

Ela navegava com excessiva precisão e acertou duas bóias de isopor ao entrar. Krome a esperava na margem, para segurar a popa. Depois de desenroscar pacientemente os cabos das armadilhas do leme, ele subiu a bordo e disse: "OK, Ahab, vamos em frente. Eles têm dez minutos de vantagem".

"Não esqueceu nada?"

"JoLayne, por favor."

Ela disse: "A espingarda". E se preparou para mais uma discussão.

Mas Tom concordou: "É mesmo!". Pulou para fora do barco e correu para o outro lado da pista. Num minuto voltou com a Remington escondida num saco plástico de lixo. "Esqueci mesmo", disse.

JoLayne acreditou. Passou o braço em volta do pescoço dele enquanto seguiam em frente.

De acordo com as ordens de Chub, Shiner não deveria falar com Amber, exceto para indicar-lhe o caminho. O rapaz percebeu que isso era impossível. Seu contato mais longo e íntimo com uma moça bonita havia sido num passeio de trinta segundos de elevador, ao lado de uma estenógrafa distraída no fórum da comarca de Osceola. Shiner morria de vontade de ouvir tudo que Amber quisesse falar — quantas histórias ela não teria para contar! Além disso, sentia culpa por ter cutucado a moça com a chave de fenda. Precisava mostrar que não era nenhum criminoso sanguinário.

"Estou na faculdade", ela disse, puxando conversa. O coração dele disparou.

"Sério?"

"Curso básico. Mas quero estudar cosmetologia. O que acha?"

E agora, o que ele deveria fazer? Apesar de seus muitos defeitos, Shiner no fundo era um rapaz educado. Devia isso à mãe, que expulsara a rispidez do menino a cintadas na mais tenra infância.

Era falta de educação, a mãe sempre dizia, não responder quando alguém falava com a gente.

Portanto, Shiner disse a Amber: "Cosmetologia... Você vai fazer curso para ser astronauta?".

Ela riu tanto que quase derrubou o prato de minestrone. Shiner percebeu que havia dito algo de uma estupidez monumental, mas não ficou embaraçado. O riso de Amber era glorioso. Teria passado a noite dizendo bobagens só para ouvir aquela risada.

Eles haviam parado numa lanchonete vinte e quatro horas, no continente. Shiner não tinha a menor pressa de chegar ao rio Jewfish. Talvez seus irmãos brancos já o esperassem lá, mas isso não o preocupava. Nada deveria atrapalhar aqueles mágicos momentos ao lado de Amber, que no exíguo uniforme do Hooters atraía olhares ávidos dos fregueses. A idéia de entregá-la a Chub o desesperava.

Ela disse: "E você, Shiner? O que faz na vida?".

"Faço parte de uma milícia", ele respondeu sem hesitar.

"Uau."

"Para salvar os Estados Unidos da danação. Vamos sofrer um ataque das tropas da Otan a qualquer momento. Estão nas Bahamas. Fazem parte de uma conspiração internacional."

Amber perguntou quem estava por trás de tudo aquilo. Shiner disse que eram os comunistas e os judeus, com certeza. E provavelmente os negros e os homossexuais.

"De onde você tirou essa idéia?", ela quis saber.

"Você vai ver."

"Qual é o tamanho da sua milícia?"

"Não posso revelar. Mas eu sou sargento!"

"Que legal. A milícia tem um nome?"

Shiner disse: "Sim, senhora. Somos os Clarins Arianos Brancos".

Amber repetiu o nome em voz alta. "Gosto, até rima um pouco."

"Acho que é de propósito. Ei, você se lembra do que disse a respeito de arrumar minha tatuagem? Preciso de alguém que saiba transformar IRB em CAB."

Ela disse: "Bem que eu gostaria de ajudar. E posso fazer isso. Mas primeiro você tem de prometer que vai me deixar ir embora".

De novo essa história não, pensou Shiner. Nervoso, girou a chave de fenda na palma da mão. "E se em vez disso eu pagasse você?"

"Pagar quanto?", disse Amber, cética.

Shiner olhou para seus pés sujos e descalços. Rapidamente, disse: "A milícia tem dinheiro pra burro. Agora não, mas vai receber uma bolada".

Amber terminou calmamente de tomar a sopa antes de perguntar quanto dinheiro eles esperavam receber. Catorze milhões, disse Shiner. Milhões de dólares mesmo.

Como ela riu ao ouvir a cifra! Desta vez, porém, ele se sentiu na obrigação de protestar: "Não é mentira. Trata-se de um fato consumado".

"É mesmo?"

Ele acendeu um cigarro, decidido. E disse, com voz máscula: "Eu mesmo ajudei a roubar".

Amber ficou quieta por um tempo, observando um iate branco que passava sob a ponte articulada. Shiner temia ter falado demais e agora ela não acreditava mais nele. Desesperado, insistiu: "Juro por Deus que é verdade!".

"Certo", disse Amber. "Mas onde é que eu entro nisso tudo?"

Shiner pensou: Bem que eu gostaria de saber. Aí ele teve uma idéia. "Você acredita no homem branco?"

"Meu bem, eu acredito até em Kermit, a rã, se ela deixar vinte por cento de gorjeta na minha mesa." Ela estendeu a mão e segurou o braço de Shiner, fazendo com que ele tremesse de fascínio. "Vamos dar uma espiada nessa tatuagem", disse.

Chub não estava a fim de ouvir choramingos referentes à picape.

"Deixa o carro aí", disse a Bode Gazzer.

"Aqui? Perto da água?"

"Ninguém vai mexer. Tem o adesivo de deficiente."

"Até parece que eles se importam."

"Eles quem?"

"A Maré Negra."

"Olha aqui", disse Chub, "essa história de barco foi idéia sua. Não vem me encher o saco agora. Não vou agüentar, depois do dia de merda que eu passei."

"Mas..."

"Deixa a porra da picape aí! Caralho, temos vinte e oito milhões de dólares. Dá para comprar a concessionária Dodge inteira, se você estiver a fim."

De cara amarrada, Bode Gazzer ajudou Chub a carregar o barco roubado. A última coisa a deixar a picape foi o pano acamurçado enrolado.

"O que tem aí dentro afinal?", disse Chub. "Bom, nem devia ter perguntado. Pelo jeito, é um saco de latas de Budweiser."

Bode disse: "É o AR-15. Desmontei para limpar".

"Que Deus nos ajude. Vamos embora."

Bode achou melhor não pedir para pilotar. Notara os problemas na lancha. A roupa de Chub estava ensopada e o rabo-de-cavalo decorado com uma tiara de alga cor de canela. O convés e os bancos de vinil estavam cobertos com pedacinhos de uma espécie de cerâmica azulada, como se Chub tivesse quebrado um prato.

Enquanto se afastavam da rampa, Bode virou-se para dar uma última olhada na picape Ram vermelha, que com certeza encontraria depenada ou roubada quando retornasse, ao anoitecer. Notou um homem a pouca distância, na margem, na beira do manguezal. Era um branco, por isso Bode Gazzer não se assustou. Decerto apenas um pescador.

Conforme a lancha ganhava velocidade, Bode gritou: "A lancha anda bem?".

"Feito uma puta perneta."

"Por que tem tanta lama e sujeira a bordo?"

"Não estou ouvindo nada", gritou Chub de volta.

Pelo monte de sujeira no convés e pelo desempenho dos motores, seria inútil Chub negar que tivesse encalhado. Porém, não via razão para contar a Bode Gazzer que quase perdera o bilhete da loteria.

Ele tinha voltado bravamente para dentro d'água.

Tinha mergulhado e vasculhado o fundo e o mato, até encontrar o bilhete a vinte centímetros de profundidade. Era mesmo o bilhete da Lotto, vagando na correnteza como um milagre.

Naturalmente, estava nas garras de um caranguejo azulado. O filho da puta tinha se apoderado do Band-Aid no qual colara o bilhete. Chub, em seu delírio, não hesitara em pular sobre o crustáceo enfurecido, que o pinçou impiedosamente com uma das garras, enquanto a outra se mantinha teimosamente fechada sobre a valiosa presa. Com o obstinado caranguejo agarrado a sua mão direita, Chub subira a bordo e reduzira o bicho a pedaços, batendo contra a amurada. Assim conseguiu recuperar o bilhete da Lotto. A vitória, porém, teve seu preço. A única parte intacta do falecido crustáceo foi a garra azulada que ficou pendurada na pele de Chub entre o polegar e o indicador, como um pingente macabro.

Bodean Gazzer a notou imediatamente, mas achou melhor não dizer uma só palavra a respeito. Mas pensou: Eu devia ter ido direto para Tallahassee. Errei ao voltar.

"Tenho um mapa", ele gritou para que o outro o ouvisse no meio do barulho feito pelos motores Mercury cheios de lama.

Nenhuma resposta audível de Chub.

"Escolhi uma ilha."

Chub balançou a cabeça, provavelmente.

"Pear Key!", gritou Bode. "Lá estaremos em segurança."

Chub olhou por cima do pára-brisa. "Primeiro, precisamos dar uma paradinha."

"Já sei, já sei." Os motores engoliram as palavras de Bode Gazzer. "Rio Jewfish."

19

Demencio passou o dia inteiro pintando o resto das tartarugas de JoLayne. Sem o apoio de uma fonte bíblica confiável, era difícil obter trinta e três retratos diferentes para enfeitar as carapaças. Para economizar tempo, Demencio criou um semblante santificado genérico e de um casco para outro modificava apenas pequenos detalhes.

Enquanto os répteis secavam, Trish entrou correndo em casa e gritou: "Quatrocentos e vinte dólares!".

As sobrancelhas de Demencio dançaram ao ouvir o recorde no faturamento para um dia de visitação.

"Eles adoraram a nova atração", comentou sua mulher.

"Sinclair? Pela minha teoria, são os apóstolos, isso sim."

"Querido, é o conjunto. Ele, a Virgem que chora, as tartarugas... temos um pouco de tudo, para todos os gostos."

Era verdade. Demencio nunca vira um grupo de romeiros tão embevecido.

Trish disse: "Imagine só o que vamos arrecadar na semana do Natal. Quando JoLayne falou que voltaria?".

"Qualquer dia", disse Demencio enquanto fechava os potinhos de tinta.

"Tomara que ela nos empreste as tartarugas durante os feriados."

Trish tinha uma fé admirável na bondade humana, não havia como negar. "Empreste ou alugue?", disse Demencio. "E mesmo que ela aceite, como vai ser no caso dele?"

"Sinclair?"

"Com ele não temos garantia a longo prazo. Amanhã é bem capaz de o sujeito mostrar o pau para as velhas carolas."

Trish disse: "Acho que vocês dois deviam conversar".

Demencio lembrou que não dava para entender quase nada do que Sinclair dizia. "Parece que a língua dele saiu de prumo."

"O senhor Dominick Amador parece não encontrar a menor dificuldade de comunicação..." Trish parou na janela e abriu a cortina para ver o santuário.

Demencio pulou. "Filho da mãe!"

Correu para fora e expulsou Dominick do santuário. Na retirada, o homem dos estigmas abandonou as novas muletas, que escorregavam com o Crisco. Demencio as apanhou e as reduziu a pedaços, batendo-as contra um poste de concreto. Demencio pretendia que a explosão servisse de aviso. Olhou para a sebe de fícus na qual Dominick Amador desaparecera, esperando que o vigarista o estivesse observando.

E admoestou Sinclair: "Aquele sujeito é sinônimo de encrenca".

Sinclair estava sentado em postura de Buda no meio das tartarugas apostólicas. O lençol branco encontrava-se amarrotado e sujo, todo marcado por minúsculas pegadas cor de barro.

Demencio disse: "O que aquele idiota pretende? Ele o convidou para trabalhar para ele?".

A expressão de Sinclair era distante e enigmática, refletindo adequadamente seu estado de espírito.

"Ele mostrou as mãos?", indagou Demencio.

"Sim. E os pés também", respondeu Sinclair.

"Ah! Sabe da maior? Ele mesmo fez aquilo. Furou os pés e as mãos. Dominick é um maluco desonesto."

Demencio pôde dar vazão à sua raiva, pois os romeiros já tinham ido embora. "Se ele o incomodar de novo, fale comigo", disse.

"Por mim, tudo bem", disse Sinclair, e era verdade. Jamais sentira tamanha paz espiritual. Observar as nuvens era gostoso como flutuar: fresco e leve, livre dos jugos terrestres. Exceto pelas pausas para tomar limonada, ele mal se mexia o dia inteiro. Enquanto permanecia ali, as tartarugas exploravam seu corpo — subiam pelo braço, desciam pela perna, atravessavam o peito. A marcha de unhas em miniatura fazia cócegas e apaziguava

Sinclair. Uma das tartarugas — seria Simão? — enfrentara a subida íngreme do crânio de Sinclair e se instalara na imensa testa sem rugas, onde tomou banho de sol satisfeita por várias horas. A sensação levou Sinclair a um transe zen; ele ficava entre as criaturas feito um Gulliver sem cordas. A culpa esmagadora por ter enviado Tom Krome para a morte tinha evaporado como névoa ao sol. A redação frenética do *Register* e o emprego que Sinclair levava tão a sério tornaram-se uma vaga e esporádica lembrança que surgia em imagens confusas e incoerentes. De vez em quando, os títulos que ele havia criado desfilavam um após o outro em sua mente, como um registro frenético de cotações da Dow Jones, levando Sinclair a apregoar aliterações. Ele interpretava essas irrupções como sinais do término de seus dias de jornalismo diário, revelação que contribuiu de modo decisivo para a sua serenidade.

Demencio agachou-se para conseguir um contato visual mais próximo com o homem das tartarugas. "Quer alguma coisa? Um refrigerante ou um sanduíche?"

"Nã-não", disse Sinclair.

"Quer ficar para o jantar? Trish vai fazer pão-de-ló de sobremesa."

"Claro", disse Sinclair. Estava tonto demais para caminhar até a casa de Roddy e Joan.

"Pode dormir aqui, se quiser. Há uma cama extra no quartinho", ofereceu Demencio. "E lençóis limpos para você usar, se quiser ficar por aqui amanhã."

Sinclair não havia pensado no futuro, mas no momento nem cogitava separar-se das tartarugas sagradas.

Demencio disse: "Tenho uma surpresa para você".

"É?"

"Mas vai prometer não desmaiar nem fazer nada, está bem?"

Demencio entrou em casa e voltou carregando o aquário, que depositou aos pés de Sinclair. Em muda reverência, Sinclair olhou para as tartarugas recém-pintadas e estendeu a mão no ar, como uma criança tentando tocar um holograma.

Demencio disse: "Aí está. Divirta-se".

Virou o aquário de lado e soltou as trinta e três tartaruguinhas santificadas para que se reunissem às outras na vala. Sinclair apanhou um bocado com as mãos em concha e as ergueu no ar. Levantou o queixo e começou a entoar "*Muuugghhh meeechy makkk-a-mammma*", uma subconsciente tradução do clássico MULA MANCA MATA A MÃE.

Demencio afastou-se do homem das tartarugas e entrou novamente em casa. Trish batia o bolo na cozinha. "Perguntou a respeito das camisetas? Temos a permissão dele?"

O marido disse: "O cara pirou de vez, doaria até os rins se pedíssemos".

"Então posso arrumar o quarto de hóspedes?"

"Pode. Cadê a chave do carro?" Demencio vasculhou os bolsos. "Preciso comprar alface."

Tom Krome também se afastara do meio jornalístico, embora de modo oposto ao escolhido pelo editor e sem a bênção mística dos répteis. Enquanto Sinclair escapara transcendentalmente das manchetes, Krome tinha se transformado numa delas. Envolvera-se numa sucessão traiçoeira de eventos, nos quais agora era um participante ativo, ele mesmo um candidato às manchetes e não mais um mero cronista.

Havia se tornado matéria jornalística. Direto das arquibancadas para o jogo!

Acompanhar JoLayne Lucks significava Krome não poder escrever a respeito da missão; isso, claro, se ainda respeitasse os princípios jornalísticos, o que era o caso. Repórteres honestos agiam de boa-fé, buscando a objetividade ou, pelo menos, o distanciamento profissional. E isso agora era impossível, com respeito ao roubo e ao espancamento de uma moça negra em Grange, na Flórida. Tom influenciara boa parte dos acontecimentos e participaria ativamente do que estava por vir. Dispensado da função de repórter, sentia-se livre e estimulado. Um estado de espírito curiosamente positivo para alguém declarado morto na primeira página de jornal.

Mesmo assim, Krome se flagrava procurando o bloco de espiral que não mais carregava consigo. Por vezes, chegava até a sentir sua forma retangular e rígida no bolso de trás, como se sente um membro amputado.

Agora, por exemplo, vigiando os bandidos.

Normalmente, Krome estaria com o bloco aberto no colo. Anotando tudo com a caligrafia que Mary Andrea certa vez descrevera como "a letra de um assassino em série".

3:35 tarde rio Jewfish.
Camuflado e Rabo-de-cavalo abastecendo barco.
Discutem — por quê?
Compraram cerveja, comida etc.
Chegam duas pessoas n. identif. — Homem e mulher. Ela loira, short laranja.
Quem são?

As observações eram automaticamente compiladas pelo cérebro de Tom Krome enquanto ele vigiava os bandidos ao lado de JoLayne, a bordo da baleeira velha e gasta que ela alugara. Os dois estavam cansados depois de passar a noite no pequeno barco. Diminuíram a distância que os separava da lancha ao verem a embarcação entrar com força total num trecho raso coberto de vegetação rasteira. Foi o primeiro de vários acidentes — depois os ladrões passariam horas chocando-se com um obstáculo náutico atrás do outro. Atônitos com a incompetência dos sujeitos, Tom e JoLayne mantinham-se a uma prudente distância.

O barco deles achava-se preso a uma estaca de PVC na entrada de um canal raso. A ancoragem improvisada lhes oferecia uma visão parcialmente obstruída do atracadouro movimentado do rio Jewfish, onde os ladrões finalmente haviam conseguido encostar sem destruir mais nada.

Krome lamentou pela segunda vez: "Eu devia ter trazido um binóculo".

JoLayne Lucks disse que não precisava de nenhum binóculo. "É o rapaz. Tenho certeza."

"Que rapaz?"

"Shiner. Do Grab N'Go."

"Ei... acho que tem razão." Krome protegeu os olhos com as mãos, para evitar os reflexos do sol.

JoLayne disse: "Ele não passa de um monte de merda. Por isso mentiu sobre o bilhete da Lotto. Eles lhe prometeram uma parte do dinheiro".

Levando em consideração tudo que aconteceu, pensou Krome, até que ela está reagindo bem.

"Você não vai acreditar", ela disse. "Sabe a moça de short e camiseta? Acho que é a garçonete do Hooters."

Krome riu, balançando a cabeça. "Aquela que eles estavam cantando na outra noite. Isso mesmo!" Ele os observou subirem na lancha roubada. Bodean Gazzer primeiro, seguido pelo careca Shiner e pelo cara de rabo-de-cavalo, que arrastava a loira atrás de si.

Desconsolada, JoLayne disse: "Quatro lá contra dois aqui".

"Sabe, isso é fantástico!" Krome a beijou na testa. "É a melhor coisa que poderia acontecer."

"Ficou maluco?"

"Estou falando da moça. Sua presença muda tudo."

"A moça?"

"Sim. Qualquer que seja o plano infalível desses caras, ele acaba de naufragar."

JoLayne nunca o vira tão excitado. "Temos naquela lancha três idiotas violentos e uma linda mulher. Amor, isso é pura merda no ventilador."

Ela disse: "Estou começando a me sentir insultada por suas palavras. Como mulher".

"Não deveria." Ele soltou o bote da amarra. "Estou falando dos homens. Do modo como se comportam. Olhe para os panacas e me diga se sabem lidar com uma mulher daquelas."

JoLayne percebeu que ele tinha razão. O barco roubado tornara-se uma bomba-relógio. Qualquer desavença provocaria uma briga. Um cigarro, a última cerveja gelada... ou um bilhete de loteria roubado.

Krome disse: "Precisávamos de algo para distrair os rapazes. E nossas preces foram atendidas".

"Que Deus abençoe o Hooters." JoLayne apontou para o atracadouro. "Tom, eles estão vindo para cá."

"Estão mesmo."

"Não seria melhor se a gente se escondesse?"

"Não", disse Krome. "Fique fria até eles passarem. Vire-se para cá, está bem?"

"Espere um pouco. Vamos dar outro beijo?"

"Um longo e romântico beijo, para evitar que vejam nosso rosto."

"Sim, senhor, capitão."

O juiz Arthur Battenkill Jr. era um homem inteligente. Sabia que os restos mortais de Champ Powell seriam identificados mais dia, menos dia. Um naco de carne malpassada estava a caminho do FBI para análise de DNA, de acordo com os boatos ouvidos pelo juiz.

Não seria fácil explicar a presença do corpo do seu oficial de justiça na casa incendiada do amante de sua mulher, principalmente se o tal amante voltasse e criasse caso por causa do incêndio criminoso. E um filho da mãe como Tom Krome era bem capaz disso.

Arthur Battenkill percebeu que, se não pegasse o touro à unha, sua carreira judicial em breve se encerraria em meio a um escândalo. Tão prático quanto inteligente, ele passou a fazer planos para deixar a magistratura e o país.

Recomeçar a vida custaria caro. Por questão de conveniência, o juiz resolveu que a seguradora dos supermercados Save King pagaria sua nova vida nas Bahamas ou em qualquer outro lugar escolhido por ele e Katie como novo lar. Isso exigia a convocação do advogado de Emil LaGort.

Emil LaGort era o queixoso em uma ação cível que corria na vara de Arthur Battenkill. A bem da verdade, Emil LaGort era o queixoso em inúmeras ações por perdas e danos, de Apalachicola a Key West — especialista em fraudes, renomado artista da queda acidental. Tinha setenta e quatro anos de idade, portanto qualquer dia desses ia *mesmo* acabar caindo e se machucando para valer.

Por que não agora?, refletiu Arthur Battenkill. Por que não no corredor do supermercado Save King?

Emil LaGort pedia cinco milhões de indenização à rede, mas de bom grado aceitaria encerrar o caso por cinqüenta mil mais custas. Era o que fazia o tempo todo. Por isso seu advogado ficou imensamente surpreso ao receber em sua casa um telefonema do juiz Arthur Battenkill Jr.

Via de regra, Emil LaGort evitava juízes — se não fosse possível chegar a um acordo, discretamente desistia da causa. Enfrentar um processo judiciário era uma demorada inconveniência, e Emil LaGort não podia se dar ao luxo de perder tempo e dinheiro, tendo tantos espetos assando no fogo. Lucrava bastante com os acordos rápidos. A maioria das companhias de seguros eram presas fáceis quando se tratava de um frágil ancião vítima de um tombo no estabelecimento do segurado. A maioria das seguradoras preferia poupar aos jurados a visão de um débil Emil LaGort, engessado e preso a uma cadeira de rodas. Pagavam para que ele desaparecesse.

O processo que corria na vara de Arthur Battenkill era típico. O queixoso alegava ter escorregado, caído e machucado pescoço, espinha e membros inferiores, certa manhã, durante as compras no Save King. Os danos irreparáveis teriam ocorrido por absoluta negligência do supermercado. Um tubo extra-grande de pomada para hemorróidas caíra no corredor de produtos para higiene e saúde do estabelecimento, sendo posteriormente esmagado pelas rodas de um ou mais carrinhos de compras, o que espalhou o escorregadio conteúdo do tubo de modo perigoso e difícil de notar. Além disso, o Save King e seus funcionários não haviam tomado providências para limpar o local nem avisado os fregueses do iminente perigo. Essa negligência causou diretamente o acidente e os danos graves e permanentes à saúde de Emil LaGort.

O advogado de Emil LaGort deduziu que o juiz Arthur Battenkill Jr., como qualquer outra pessoa familiarizada com o caso, soubesse que o próprio Emil havia derrubado o tubo de pomada da prateleira, pisado nele com os dois pés e depois se deitado no chão do corredor de higiene e saúde, todo lépido e fagueiro. O advogado só não esperava que o juiz ligasse para ele num domingo de manhã e dissesse:

"Lenny, se você quer o melhor para o seu cliente, não faça nenhum acordo."

"Mas, Meritíssimo, estamos dispostos a conversar."

"Isso seria precipitado."

"Eles falaram em cem mil."

"Você pode ganhar muito mais, Lenny. Confie em mim."

O advogado tentou manter a calma. "Mas eu não estou preparado para ir a julgamento!"

"Faça uma forcinha", insistiu Arthur Battenkill. "Chame aquele presunçoso que você costuma convocar como especialista médico, o tal magrela ranhento. Ou então o neurologista mentiroso de Lauderdale. Tenho certeza de que você vai dar um jeito."

"Sim, acho que é possível." O advogado começava a entender a jogada.

O juiz disse: "Gostaria de saber uma coisa. Acha que o senhor LaGort ficaria satisfeito com duzentos e cinqüenta mil, por exemplo?".

"Meretíssimo, o senhor LaGort daria pulos de alegria." E eu também, pensou o advogado. Levo trinta e cinco por cento.

"Tudo bem, Lenny, então vamos fazer o seguinte. Quem sabe não economizamos um dinheirinho dos contribuintes? Vamos marcar uma reunião para amanhã cedo em minha sala. Depois da nossa conversa, aposto que a outra parte ficará bastante motivada para chegar a um acordo melhor."

"Duzentos e cinqüenta."

"Não, meio milhão. Está me entendendo?", disse Arthur Battenkill.

Seguiu-se uma pausa desconfortável do outro lado. O advogado disse: "Acho melhor continuarmos esta conversa pessoalmente".

"O telefone é seguro, Lenny."

"Bem, se o senhor garante..."

"Quinhentos mil é uma quantia razoável", prosseguiu o juiz. "A seguradora do Save King pode pagar. Um julgamento representaria um risco alto demais, principalmente se houver vários idosos no júri. Então, estaríamos falando de valores acima de um milhão."

"Amém", disse o advogado.

"O que nos leva à seguinte pergunta: você acha que o senhor LaGort pode ser convencido de que as custas, num processo como este, são mais altas que de costume?"

"Pelo tanto de dinheiro mencionado, Meretíssimo, LaGort pode ser convencido até de que uma vaca caga bala de goma."

"Ótimo", disse Arthur Battenkill. "Então sabe o que fazer com os outros duzentos e cinqüenta mil."

"Sei?"

"Conta de custódia, Lenny. Você tem uma?"

"Claro."

"Então o dinheiro vai para lá primeiro. Depois, segue para uma conta no exterior. Darei o número a você, quando o tiver."

"Ah."

"Qual é o problema agora?"

O advogado disse: "É que nunca fiz isso desse jeito antes".

"Lenny, você me acha do tipo que vai buscar grana em beco com saco de papel pardo? Está me tomando por algum ignorante, algum desclassificado?"

"Não, Meretíssimo."

"Ainda bem", disse Arthur Battenkill. "Por falar nisso, na semana que vem será anunciada a minha aposentadoria, por motivo de saúde inespecífico. Diga ao senhor LaGort que não se preocupe."

O advogado falou, sinceramente preocupado: "Lamento ouvir isso. Não sabia que o senhor estava doente".

O juiz gargalhou, maldoso. "Lenny, você é meio lerdo, não é?"

"Acho que sim, Meretíssimo."

Nem por um momento ocorreu a Mary Andrea Finley Krome que os jornais estivessem errados e que seu marido continuasse vivo. Ela deixou Missoula cercada de demonstrações de solidariedade de Loretta (ou seria Lorie?) e de outros amigos novos do elenco de *Menagerie*. Recebeu do diretor a garantia pessoal de que seu papel de Laura Wingfield estava assegurado, esperando por ela quando voltasse.

O que, claro, Mary Andrea não tinha a menor intenção de fazer. Ela acreditava que ser uma viúva famosa lhe abriria muitas portas em termos de carreira.

O longo vôo até a Flórida deu a Mary Andrea tempo de se preparar para o momento em que se tornaria o centro das atenções. Sabendo que seria procurada para entrevistas, tentou se recordar do último encontro com Tom. Incrível, mas não conseguiu. Provavelmente, fora no apartamento deles no Brooklyn, talvez na cozinha, na hora do café da manhã. Era lá que ele sempre tentava começar a tal conversa séria sobre o casamento. Provavelmente, ela tinha se levantado correndo da mesa e ido para o banheiro tirar a sobrancelha, sua costumeira reação ao assunto divórcio.

Tudo que Mary Andrea conseguia se lembrar é de que certa manhã, há quatro anos, ele simplesmente não estava mais em casa. Sumira. Puf.

Na noite anterior ela havia voltado bem tarde do ensaio e acabara dormindo no sofá. Esperava acordar, como acontecera tantas vezes, com o som de Tom mastigando o cereal matinal. Ele adorava Grape-Nuts, que tinha a consistência de pedacinhos de granito.

Mary Andrea recordava-se claramente daquela manhã, do silêncio no apartamento. E, claro, do lacônico recado preso com fita adesiva na caixa de cereal matinal, e por isso mesmo impossível de ser levado a sério:

Se você não quer me abandonar, encontrarei alguém que queira.

Só tempos depois Mary Andrea descobriu que Tom copiara a frase de uma canção de Warren Zevon, um detalhe irritante que só reforçou sua decisão de permanecer casada.

Quanto à derradeira vez em que literalmente pusera os olhos no marido, quanto ao que ele dissera, seu humor e roupas... Mary Andrea não se lembrava de nada.

Ela se recordava, sim, do que fazia na tarde em que o advogado telefonou, o babaca do Turnquist. Lia o *Daily Variety* durante seus exercícios vocais — oitavas e coisas assim. Turnquist havia dito que Tom queria lhe dar uma última chance de marcar um dia para conversarem sobre os detalhes, antes de entrar com o pedido de divórcio. Ela se lembrava de ter soltado um risinho nervoso e de ter dito ao advogado que ele havia sido vítima de uma brincadeira do marido, que todos os anos aprontava algo do gênero no aniversário de casamento deles. E se lembrava de ter desligado o telefone e de ter chorado e devorado três barras de Dove.

Comparado com as separações das celebridades, tudo isso parecia muito chinfrim. Mary Andrea não via benefício nenhum em se lançar na carreira de viúva pública entediando a mídia. Enquanto, pela janela do avião, olhava para as escarpas íngremes das Montanhas Rochosas, ela inventou uma cena de separação mais adequada para apresentar à imprensa. Acontecera, digamos, havia seis meses. Tom fora vê-la, digamos, em Lansing, onde ela fazia um pequeno papel na turnê de *Sunset Boulevard*. Ele chegara tarde da noite e esperara o fim da peça nos bastidores para surpreendê-la com um ramalhete de rosas cor-de-rosa depois do espetáculo. Havia dito que sentia sua falta e que havia mudado de idéia sobre a separação. Tinham chegado a fazer planos para jantar juntos, digamos, dali a um mês, quando a agenda dela previa um retorno ao Leste, no elenco de *O silêncio*.

Soava bem melhor, pensou Mary Andrea. E quem poderia dizer que nada disso havia acontecido? Poderia ter acontecido, se Tom não tivesse morrido.

Quando a aeromoça trouxe outra Coca Diet, Mary Andrea pensou: Chorar não será problema. Quando apontarem as câmeras, terei lágrimas aos litros. Sou capaz de começar a chorar agora mesmo.

Afinal, era uma coisa terrivelmente triste a morte de um homem jovem, moderadamente talentoso e no fundo muito bom.

E daí que ela não passou noites em claro, sentindo a falta dele? Jamais o conhecera bem o suficiente para lamentar sua ausência. Isso também era triste. Imagine a intimidade e o companheirismo que poderia ter existido entre eles; o tipo de proximidade que somente anos de separação poderiam dar.

Mary Andrea Finley Krome revirou a bolsa até encontrar o terço comprado na loja de artigos católicos de Missoula. Desceria do avião em Orlando com o terço na mão esquerda, mencionando com voz entrecortada que havia sido um presente de Tom.

O que poderia muito bem ter acontecido se o pobre coitado não tivesse sido assassinado.

20

JoLayne Lucks sentou-se tão abruptamente que fez o barco balançar. "Meu Deus, que sonho horrível eu tive."

Krome levou um dedo aos lábios. Desligara o motor e deixara o barco derivar rumo à ilha, na escuridão.

"Imagine", ela disse, "que estávamos voando num balão, aquele amarelo da outra vez, e de repente você me pediu metade do dinheiro da loteria."

"Só metade?"

"Aconteceu depois que recuperamos o bilhete. Assim, sem mais nem menos, você queria dividir a grana no meio!"

Krome disse: "Obrigado, agente Moffitt, onde quer que você esteja".

"Como é?"

"Ele enfiou essa idéia na sua cabeça."

"Não, Tom. A bem da verdade, ele disse que você não tinha jeito de oportunista ou aproveitador."

"Pode parar. Vou corar."

Era uma noite fustigada pelo vento que empurrava as nuvens velozmente pelo céu. Uma frente fria se aproximava, vinda do norte. O céu estrelado aparecia e sumia a intervalos. Eles aproximaram-se da ilha descrevendo um amplo arco. A margem repleta de árvores estava escura e sem vida — não viam os ladrões em lugar nenhum, depois de seu desaparecimento a sotavento. Krome calculou que era cedo demais para o grupo postar um sentinela; os homens ainda deviam estar descarregando o material da lancha.

JoLayne disse: "Tem certeza de que não fomos vistos enquanto os seguíamos?".

"Não tenho certeza de mais nada."

Ela pensou: Então somos dois.

Evidentemente, Tom continuava a seu lado, com espingarda e tudo. Mas ela não podia deixar de especular por quê, embora evitasse a pergunta desde o primeiro dia. Por que ele estava fazendo tudo aquilo? Que vantagem levava? Krome não tinha dito nada para provocar tais dúvidas em JoLayne; só o retrospecto de uma vida de decepções com homens em quem havia confiado já era o suficiente.

Conforme o barco flutuava na direção do manguezal, Tom disse: "Segure-se". O barco balançou e ela o viu descer pelo lado e vadear até a margem. Segurava o cabo da proa na mão fechada, puxando a baleeira silenciosamente rumo às árvores.

JoLayne sentou-se na frente. "Tome cuidado", sussurrou.

"A água está uma delícia."

"Mosquitos?"

Krome, mantendo a voz baixa: "Poucos".

É a brisa, pensou JoLayne. Mosquitos gostam de noites quentes de verão. Se estivéssemos em agosto, nos devorariam.

"Está vendo algum lugar para prender o barco?", ela perguntou. "Que tal ali adiante?"

"É para lá que estou indo."

A abertura não era muito maior que o próprio esquife. Krome alertava JoLayne para que ficasse abaixada e cobrisse a cabeça conforme avançavam pelo emaranhado do manguezal. Os ramos arranhavam seus braços nus e um fragmento pegajoso de teia de aranha grudou em seu cabelo. O ruído das raízes que raspavam no fundo do barco a alarmou mais. Tom, no entanto, não se mostrava preocupado. Rebocou a pequena baleeira até o banco e a ajudou a descer.

Em quinze minutos eles haviam descarregado a bagagem e preparado tudo. Limparam a Remington à luz da lanterna e a carregaram com dois cartuchos. Pela primeira vez desde o crepúsculo, JoLayne via o rosto de Tom, o que a fez sentir-se bem melhor.

Ela disse: "Que tal uma fogueira?".

"Ainda não." Ele encostou a arma numa árvore e apagou a lanterna. "Vamos sentar e escutar."

A quietude era reconfortante; nada além do zumbir dos insetos e do rumor das pequenas ondas na orla. Aquela paz fez JoLayne se lembrar da tarde no bosque Simmons em que ela e Tom pararam para observar o cervo.

Só que agora ele estava segurando sua mão. Tenso.

Ela disse: "Você achou um bom lugar. Aqui estaremos seguros".

"Estou ouvindo uns barulhos."

"É só o vento nas árvores."

"Não sei, não."

"É apenas o vento, Tom." Ela sabia que ele não estava acostumado a passar muito tempo no mato. "Vamos acender a fogueira."

"Eles vão sentir o cheiro de fumaça."

"Não se tiverem feito um fogo também", ela disse. "E sou capaz de apostar cinco dólares que eles fizeram isso. A linda garçonete deve estar com o bumbum gelado naquele shortinho."

Tom recolheu gravetos enquanto JoLayne fazia uma cova na areia. Para acender o fogo eles usaram punhados da alga marinha seca e abundante da orla. Não tardou para o fogo pegar. JoLayne aproximou-se e se deliciou com o calor em seus braços desprotegidos. Tom tirou a lona azul desbotada da cobertura Bimini da baleeira e a estendeu no chão. Com tato, JoLayne sugeriu que a passassem para o outro lado, contra o vento, para evitar que a fumaça atingisse os olhos deles.

"Boa idéia", ele disse, mal-humorado.

Sentaram-se perto das chamas. Tom bebeu Coca e comeu uma barra de cereais; JoLayne preferiu Canada Dry, um pacote de biscoitos Goldfish e a Remington.

Ela disse: "Todos os confortos de um lar".

"Pois é."

"Exceto o rádio. Uma canção da Whitney não seria perfeita agora?" JoLayne tentou animá-lo cantarolando em voz baixa: "Aaahheeayyyy wil all-ways love you-aaooooo...".

Um riso curto, pouca coisa. "Qual é o problema?", ela perguntou.

"Acho que estou meio cansado."

"Bem, estava na hora."

"Precisamos dar uma olhada por lá de madrugada, enquanto eles estiverem dormindo."

"Talvez acordem cedo."

"Duvido muito. Compraram um montão de cerveja", disse Tom.

"Então, vamos acordar de madrugada. E depois?"

"Chegaremos o mais perto possível do acampamento deles — o suficiente para ver e ouvir o que está havendo por lá. Assim, saberemos quando a encrenca começar."

JoLayne disse: "Espero que esteja certo quanto a isso. E aí, o que acontece?".

"Pegamos um por um."

"Fala sério?"

"Sem usar a espingarda, JoLayne. Só se eles não nos deixarem outra escolha."

"Entendo."

Tom abriu uma lata de atum e a transferiu com o garfo para o prato de papelão. JoLayne recusou com um gesto, antes mesmo que ele pudesse oferecer.

"Estava pensando no seu sonho", ele disse.

"Sei."

"Não a culpo por suspeitar de mim. Só um idiota não suspeitaria..."

"Essa não é a melhor palavra..."

"Sabe", ele disse, "se eu estivesse cobrindo esta história, em vez de participar dela, minha primeira pergunta seria: 'Como você sabe que esse cara também não está atrás do dinheiro da Lotto?'. A única coisa que eu posso dizer é que não estou. A idéia nunca me passou pela cabeça, essa é a verdade. O que nos leva a uma questão óbvia: mas que diabo há de errado comigo? Por que arriscar o pescoço por uma mulher que conheço há apenas uma semana?"

"Porque eu sou superespecial?", sugeriu JoLayne, entre uma mordida e outra no biscoito Goldfish.

"Ei, estou falando sério."

"Claro", ela disse. "Mas você não é capaz de explicar por que está aqui. Logo você, um profissional da palavra. Um sujeito inteligente e bem-sucedido que não hesita em largar tudo, deixar uma vida inteira para trás."

"Sei que é inacreditável. Agora eu sei." Ele olhou para além das chamas. "Só que me pareceu... necessário."

JoLayne tomou um gole de *ginger ale*. "Tudo bem, senhor Krome. Uma vez que nenhum de nós consegue determinar que motivos são esses, vamos explorar as possibilidades."

"O fogo está apagando."

"Fique sentado", disse JoLayne. "Vamos começar por sexo."

"Sexo."

"Sim. Aquela coisa que fizemos ontem à noite lá no motel, lembra? A gente tira a roupa, aí um sobe em cima do outro e..."

"Está sugerindo que resolvi correr o risco de ser massacrado por dois psicopatas assassinos só para levar você para a cama?"

"Tem homem capaz de qualquer coisa por uma trepada."

"Sem querer ofender", disse Tom, "minha carência não chega a tanto."

"Sério mesmo? Antes de ontem à noite, qual foi a última vez que fez amor com uma mulher?"

"Há uma semana."

"Duvido", disse JoLayne, piscando-lhe o olho.

"A mulher de um juiz." Krome levantou-se para jogar mais gravetos no fogo que morria. "E ela mantinha um registro de tudo. Posso pedir uma cópia, se você quiser."

JoLayne recuperou-se admiravelmente. "Portanto, já descartamos dinheiro e cama. E quanto a bravura e cavalheirismo?"

Tom riu cinicamente. "Ah, como eu gostaria."

"Culpa por ser um homem branco?"

"Aí já é possível."

"E que tal isto: você apenas está tentando provar algo a si mesmo."

"Agora estamos chegando a algum lugar." Ele se deitou, cruzando as mãos atrás da cabeça. JoLayne, graças à luz da fogueira, pôde ver que ele estava exausto.

Ele disse: "Ei, perdemos o sorteio da loteria".

"Meu Deus, é mesmo — foi na noite passada, não foi? Acho que estávamos ocupados." Ela pegou na bolsa os bilhetes que

Moffitt confiscara no apartamento de Bodean Gazzer. Abriu-os como se fossem um *royal flush*, para que Tom os visse.

"Sente que está com sorte?"

"Muita", ele disse.

"Eu também." Ela se debruçou e jogou os bilhetes no fogo, um por um.

Quando chegaram a Pearl Key, Bodean Gazzer e Chub nem se falavam mais. O motivo da briga tinha sido a carta náutica de Florida Bay que haviam adquirido e que nenhum dos dois conseguia decifrar. Chub culpou Bode, e Bode culpou os cartógrafos do Departamento Nacional de Cartografia Oceânica e Aérea, que teriam, segundo ele teimava, alterado de propósito a disposição dos canais para prejudicar a fuga de rebeldes como os Clarins Arianos Brancos. Desta vez, Chub não engoliu a lorota.

A incapacidade dos dois sujeitos para compreender os sinais de navegação resultou numa série de encalhes em alta velocidade que afetou seriamente as hélices de alumínio. A lancha vibrava como um liqüidificador bem antes de os milicianos brancos chegarem à ilha escolhida.

Chub perturbou-se — esperava impressionar Amber com seus conhecimentos náuticos. Mas, no terceiro encalhe depois de zarparem do rio Jewfish, ele a ouvira dizer: "Isso tudo é uma brincadeira, né?".

Naquele momento ele tinha água pela cintura e lutava contra a correnteza, empurrando o casco com toda a força. Bode Gazzer chafurdava na lama do outro lado, fazendo o mesmo a estibordo. Amber e Shiner aguardavam o desfecho a bordo.

Isso tudo é uma brincadeira, né?

E Chub ouviu Shiner responder: "Antes fosse".

Filho da puta metido.

Enterrado na lama e quase sem fôlego, Chub preocupava-se também com os bilhetes da loteria. Os dois estavam escondidos no gabinete do timão: o roubado, ainda úmido do quase desastre anterior, e o bilhete da carteira de Bode, transferido para lá quando Chub o fez descer do barco para ajudá-lo no desencalhe. O gabinete tinha portas de plástico barato e nenhuma fechadura. Chub resolveu que atiraria no joelho de Shiner se ele se aproximasse do local.

A noite caiu antes que chegassem a Pearl Key. Bode Gazzer usou uma pastilha para churrasqueira para acender a fogueira. Chub tirou a roupa e pendurou as peças ensopadas nos galhos do mangue. Shiner recebeu ordem de descarregar a lancha. Achava um acinte Chub desfilar pelo acampamento de cueca, bem na frente de Amber.

"Quer repelente?", perguntou Chub a ela.

"Estou com frio", ela disse.

Num instante Shiner apareceu a seu lado com um cobertor do Exército. Chub o arrancou de sua mão e cobriu os ombros de Amber. Depois deu a ela a lata de repelente em spray e pediu: "Passe um pouco na minha perna, por favor".

Ela fez o que o outro queria, a fisionomia encoberta pela sombra alongada de Chub. Bode Gazzer, ao lado da fogueira, levantou a cabeça. Era loucura, uma moça daquelas não deveria estar no meio de uma unidade paramilitar. Shiner era outro equívoco, mas por razões diferentes.

Resolveu interferir: "Temos trajes camuflados secos na sacola".

Chub o ignorou. Parecia totalmente à vontade na cueca samba-canção suja de lama.

"Então, Amber", ele disse, "onde vocês dormiram na noite passada?"

"No carro."

Chub olhou com severidade para Shiner, que disse: "Na beira da pista".

"Sério mesmo?"

"Qual é, pô!" Shiner não gostava do modo como Chub o tratava: olhares duros, insinuações de que Shiner escondia algo.

Amber saiu em sua defesa: "É um Crown Victoria. Cabe um time de futebol lá dentro. Dormi no banco de trás e Shiner na frente. Quer saber mais alguma coisa?".

Chub ficou vermelho e vexado. A última coisa que desejava era irritá-la — porra, muitas moças gostam quando a gente fica com ciúme. Ofereceu uma Budweiser a Amber.

"Não, obrigada."

"Carne-seca?"

"Passo."

Bodean Gazzer disse: "Precisamos fazer uma reunião. Querida, você poderia nos deixar sozinhos por meia hora?".

Amber olhou para a mata escura e dirigiu-se a Bode: "E para onde devo ir exatamente?".

Shiner interferiu, dizendo que ela podia ficar. "Ela sabe quem somos e está cem por cento de acordo com o nosso programa."

Foi a vez de o Coronel fuzilá-lo com o olhar. Shiner não se intimidou. "Ela até vai arrumar minha tatuagem."

"Uma pena que ela não possa arrumar seu cérebro de merda", disse Chub, coçando o remendo do olho como se fosse uma ferida.

Bodean Gazzer percebeu que sua recém-fundada milícia estava em crise. Amber precisava calar a boca e se comportar, só isso. Sua presença era uma ameaça ao grupo, seu perfume mais ainda. Embora Bode fosse grato por qualquer fragrância potente o bastante para neutralizar o fedor da transpiração de Chub, sentia-se perturbado pelo perfume de Amber. Enchia sua mente de pensamentos impuros, alguns terrivelmente explícitos. Bode estava furioso consigo mesmo por ceder a fantasias baixas, quando deveria estar totalmente concentrado na sobrevivência.

Estendeu uma lona encerada no chão e deu início à reunião. Amber sentou-se no centro, de pernas cruzadas, ladeada por Shiner e Chub.

"Como todos sabem", começou Bode, "estamos nesta ilha porque algo — alguém — que se intitula Maré Negra quer nos destruir. Não tenho dúvida de que é coisa de macaco, uma operação maligna, e calculo que eles vão acabar nos encontrando. Viemos até aqui para reagrupar as forças, colocar os armamentos em condição ideal e preparar a defesa.

"Bem, acredito com toda a força do meu coração cristão que vamos triunfar. Mas, para acabar com esses macacos filhos da mãe precisamos nos preparar direito, ser uma equipe armada, disciplinada e bem organizada. Em pouco tempo, os Estados Unidos sofrerão uma invasão — nem preciso falar mais sobre isso. O Tribunal do Novo Mundo, os comunistas, a Otan e assim por diante. Mas nosso primeiro grande teste está acontecendo aqui, contra essa Maré Negra... O que foi?"

A garçonete do Hooters tinha levantado a mão.

"Quer fazer uma pergunta?", disse Bode Gazzer, perturbado.

"Sim. Aonde vocês acham que isso vai dar?"

"Como é?"

"O plano", disse Amber. "Qual é o plano a longo prazo?"

"Somos os Clarins Arianos Brancos. Acreditamos na pureza e na supremacia dos povos eurocaucasianos. Acreditamos que nossos valores cristãos foram traídos e abandonados pelo governo dos Estados Unidos..."

Enquanto falava, Bodean Gazzer olhava furioso para Chub. Como ganhariam uma guerra racial com uma garçonete de reboque?

Chub não se incomodou com a interrupção de Amber; estava ocupado demais espiando pelos vãos do short. Shiner, em compensação, prestava a maior atenção. Imitando a iniciativa de Amber, ele ergueu o braço e fez sinal para Bode.

"O que é?"

"Coronel, o senhor disse euro alguma coisa..."

"Eurocaucasianos."

"Pode explicar o que é isso?", perguntou Shiner.

"Brancos", retrucou Bode Gazzer. "Pessoas brancas cuja família veio de lugares como Inglaterra e Alemanha."

"Irlanda?", perguntou Amber.

"Sim, claro. Dinamarca, Canadá... vocês pegaram bem a idéia." Não dava para acreditar naqueles panacas — o conceito de pureza étnica não era assim tão complicado.

Aí Shiner disse: "Há brancos no México".

"Besteira."

"Tinha um cara que trabalhava no Grab N'Go. O nome dele era Billy. Ele era muito branco, Coronel."

Bode estava possesso. Aproximou-se de Shiner e deu um chute na cabeça dele. Shiner gritou e caiu no colo de Amber. Chub olhou para ele, roído de inveja.

Inclinando-se sobre Shiner, Bode pegou o queixo do rapaz e ergueu sua cabeça. "Escute bem, seu panaca cheio de merda. Não existe na face da Terra um mexicano branco chamado Billy ou Hay-zoos ou nenhum outro nome. Não existem espanhóis nem cubanos brancos também."

"Mas a Espanha fica na Europa", disse Amber, com toda a calma, acariciando a cabeça de Shiner.

Cansado de ser deixado de lado, Chub declarou: "Ela tem razão". Depois, virando-se para a moça com um sorriso maroto: "Aqui está um homem incapaz de dizer a palavra crioulo".

Bodean Gazzer respirou fundo e descreveu um círculo em torno da fogueira, lentamente. Precisava se acalmar; manter a cabeça fria e raciocinar com clareza.

"Quando falo em eurocaucasianos, estou falando em europeus brancos, entenderam? Essa é a maneira mais fácil de explicar. Estou falando em ancestrais arianos, algo que nós quatro aqui, por exemplo, compartilhamos."

Impaciente, Chub disse: "Vamos em frente então". Para seu imenso alívio, Shiner voltou a sentar-se, desimpedindo as coxas de Amber. As chamas produziam um brilho delicioso nas meias de náilon dela; Chub precisava usar de toda a força de vontade para se conter e não passar a mão. Na verdade, um pouco antes ele bem que tentara.

Quando fez isso, Amber deu uma bofetada em seu rosto. "Olha o que você fez!", ela gritou.

A mão de Chub enroscara na calcinha, durante a carícia clandestina. Era a garra do caranguejo, percebeu desconsolado.

"Qual é a sua, pô!", disse Amber, dando um soco nele. Queria mostrar aos seqüestradores que era capaz de lutar e que pagariam caro se a tocassem. Era uma regra básica das garçonetes: defender sua dignidade.

Chub derrubou a cerveja quando tentava se desvencilhar. "Pode deixar que eu faço isso", disparou Amber.

Revoltado, Bode Gazzer cuspiu um naco de carne-seca na fogueira. Shiner ficou espantado com a cena. O medo de Amber de ser estuprada não lhe parecia mais fingido; e ela também já não podia contar com o galante voto de protegê-la feito por Shiner. Chub era muito mais forte e cruel; as opções de Shiner eram restritas demais, só lhe restaria matar Chub durante o sono.

A garra de caranguejo abriu um buraco na meia-calça de Amber.

"Droga", ela resmungou. E disse a Chub: "Está contente agora, Romeu?". Era o tipo de atitude nojenta que seu namorado, Tony, adorava. Vivia passando a mão na sua vagina em público.

Chub falou para ela se acalmar. Pegou outra cerveja na geladeira de isopor. Depois, abriu o pano acamurçado e se dedicou (rindo ironicamente) à montagem do AR-15. Bode fingiu que não estava prestando atenção.

Amber pegou a lanterna e foi para o mato trocar de roupa. Saiu usando um conjunto camuflado de Bode Gazzer, padrão carvalho com musgo.

Chub ficou arrasado. Adorava a camiseta sem manga e o shortinho de cetim. Tentou imaginar Kim Basinger como caçadora de ursos e não conseguiu. Bodean Gazzer, porém, sentiu-se inapelavelmente embriagado pela visão alucinante da moça em camuflagem. A roupa dele. Os Keds brancos elegantes serviam como um complemento devastador.

"Acabou a reunião", ele disse, sentando-se pesadamente.

Amber, que estava muito apreensiva, resolveu não demonstrar nada. Caminhou decidida até Chub e disse: "Precisamos conversar".

"Daqui a pouco. Preciso acabar de montar o rifle."

"Não. Tem de ser agora."

Ela o pegou pela mão — a que tinha a garra! — e o levou para as sombras do mangue. Shiner assombrou-se. Ela estava louca?

Bode Gazzer tampouco não gostou da história. Quando deu por si, rilhava os molares. Só uma mulher era capaz de levá-lo a fazer isso. Não banque o idiota, disse a si mesmo. Não é hora de criar caso. Contudo, não conseguia parar de pensar nela, no perfume que a roupa de estampa carvalho com musgo teria quando ela a tirasse. Ou quando Chub a arrancasse, momento em que Bode seria obrigado a arrebentar a cabeça do desgraçado. Unicamente para manter a disciplina, claro.

Depois de avançar vinte metros no mato, Amber virou-se e apontou a lanterna para a cara de Chub. Ela disse: "Sei o que você está querendo".

"Não precisa ser nenhum gênio."

"Bem, podemos fazer isso de duas maneiras", ela disse. "Você pode bancar o porco e me currar. Vou odiá-lo para sempre se fizer isso. Ou podemos nos conhecer melhor e ver o que acontece."

Com o olho bom Chub tentou enxergar através do facho de luz, para estudar a expressão de Amber. Ele disse: "Achei que você já estava gostando de mim. Tive essa impressão no restaurante".

"Então eu gostaria de explicar uma coisa: só porque sorrio para um freguês não quer dizer que estou a fim de foder com ele."

As palavras fizeram Chub tremer nas bases.

"E, se você me estuprar", disse Amber, "será seu pior momento com uma mulher. O pior."

"Por quê?"

"Porque eu não vou mover um músculo sequer nem emitir um som. Vou ficar deitada feito um saco de terra, esperando acabar. Vou marcar os minutos." Ela ergueu o braço, para que ele visse o relógio.

Chub disse: "Puxa vida". Constrangido, arrependeu-se de não ter vestido uma calça.

"Mas podemos tentar ser amigos", disse Amber. "Você acha que daria certo?"

"Claro." Os ouvidos zumbiam. Ele deu um tapa na orelha.

"Besouros", disse Amber, espantando os insetos.

"Obrigado."

"Então, estamos combinados?" Ela estendeu a mão. Chub a apertou. Por um momento, considerou a possibilidade de jogá-la no chão e estuprá-la ali mesmo, mas acabou desistindo da idéia. Foder um saco de lama fria não devia ser muito legal, mesmo que o saco parecesse uma artista de cinema. E pensou: merda, as putas pelo menos *fingem* que estão gostando.

"De que tipo de cara você gosta?", ele perguntou. "Seu namorado não me pareceu muito educado também."

Amber disse: "Às vezes ele não é mesmo".

"Então, por que está com ele? Ele é rico?"

"Ele se vira muito bem." Tremenda mentira.

"Aposto que sou mais rico", disse Chub.

"É claro."

"O que você acha de catorze milhões de dólares?"

A luz da lanterna foi apagada. No escuro, ouviu Amber dizer: "Você está brincando". O cheiro do perfume tornou-se mais forte do que antes, como se ela estivesse bem próxima.

"Não é brincadeira. Tenho catorze milhões."

Amber disse: "Me conte tudo a respeito".

Surgiu uma falha nas nuvens que passavam e, por um instante, Chub pôde ver os olhos dela à luz das estrelas. Sentiu que voltava à vida. Involuntariamente, a garra de caranguejo tocou sua virilha.

Ela disse: "Amanhã a gente podia dar uma volta. Só nós dois".

"Por mim, tudo bem." A excitação o embriagava.

Amber falou novamente, sussurrando: "Tenho uma coisa para você". Ela pegou a mão sadia, que pendia ao lado do corpo, fechada, e gentilmente colocou algo macio em sua palma.

Mesmo no escuro Chub soube o que era.

Era o shortinho cor de laranja do Hooters.

"Uma prova de amizade", ela disse.

21

Uma chuva fria caiu depois da meia-noite, fustigando as folhas. Bodean Gazzer aninhou-se ao lado das brasas crepitantes e ali apagou de pura exaustão. Chub se esticou na cabine do *Reel Luv*. Apertava contra o peito o short de garçonete de Amber, uma garrafa de cerveja e um tubo de adesivo poliuretânico marinho que encontrara ao abrir um alçapão. Arrancara a tampa plástica e despejara a cola dentro de um saco de compras, deixando apenas espaço para a cabeça. Amber duvidava que mesmo o temporal fosse capaz de acordá-lo. Roncava feito uma locomotiva.

Shiner montava sentinela, tristonho e ensopado. Amber sacudiu o encerado e improvisou uma barraca entre as árvores. Tirou Shiner da chuva, dizendo: "Assim você vai pegar uma gripe e morrer".

"Não posso ficar sentado."

"Deixe de bancar o ridículo."

"Mas o Coronel mandou que eu vigiasse o perímetro."

"O Coronel apagou feito uma vela. Relaxe", disse Amber. "Que tipo de arma é essa? É feia."

"TEC-9", disse Shiner.

"Teria medo até de segurá-la."

"Não vale nada."

"Deve ser mais perigosa que a chave de fenda."

Shiner disse: "Prefiro muito mais o AR-15". O vento levantava as beiradas do encerado. "Puxa, que tempo horrível. Ouviu isso?"

"São só as ondas."

“Tomara.” Por entre as árvores ela distinguia a silhueta da lancha. Chub a ancorara num canal estreito que corria ao longo da margem da ilha.

“Parece que a visibilidade é zero”, comentou Shiner.

Amber piscou a lanterna na cara dele. “Por via das dúvidas”, ela disse.

“Não me diga que você está pensando em escapar.”

Ela riu, desolada. “Para onde?”

“Eu seria obrigado a detê-la. São minhas ordens.”

Amber disse: “Não vou a lugar nenhum. Conte a respeito do dinheiro”.

Shiner permaneceu em silêncio por algum tempo. Depois pensou ter ouvido o barulho de um helicóptero. “As tropas da Otan usam Blackhawks. Elas estão na praia de Andros Island, segundo o coronel Bode.”

A água escorria abundante pelo encerado. Amber disse: “Os helicópteros não virão esta noite, concorda? Seria impossível, no meio de uma tempestade como esta. Podem vir de submarino, mas não de helicóptero”.

“Acha isso engraçado?”

“Ah, claro. Ser seqüestrada me dá a maior vontade de rir.”

Shiner perguntou: “O que Chub queria? Antes, na hora que vocês dois foram para o mato”.

“O que você acha?”

“Ele não tentou nada, né?”

“Sim, ele tentou uma coisa. Tentou me dizer que era milionário.”

“A irmandade é milionária, isso sim.”

“Não. Ele, pessoalmente”, disse Amber.

“Não é bem assim.” Shiner ficou perturbado.

“Catorze milhões de dólares, segundo ele. É o dinheiro que você ajudou a roubar, certo?” Amber tocou o braço dele. “Certo?”

Shiner virou de costas e ficou olhando para a lancha. “Ele tirou sua calcinha? Ele disse que tirou sua calcinha.”

Ela mal podia ouvi-lo, com o barulho do vento e o farfalhar das árvores.

Shiner disse: “Ele mostrou para nós. O short cor de laranja”.

“Ele não tirou nada. Eu dei o short para ele.” Amber iluminou o rosto dele. “Não se preocupe, está tudo bem.”

"Se você acha..."

"Já sou bem crescida."

"Pode ser, mas ele é doido", disse Shiner.

Uma enxurrada de pingos gelados caiu na testa de Amber. Olhando para cima, ela notou uma reluzente saliência no encerado, onde a água se acumulara.

Ela disse a Shiner: "Ei, está pingando na sua Tex". E iluminou a arma com a lanterna.

"É Tec, e não Tex." Ele enxugou o cano molhado com a manga.

"Ainda está preocupado com os helicópteros?"

"Não", disse Shiner.

"Com o dinheiro?"

"Sim", ele fungou, sarcástico.

"Onde vocês conseguiram tanta grana?", perguntou Amber. "Assaltaram o Fort Knox ou algo assim?"

"Tente um bilhete de loteria."

"Está brincando."

"Foi sopa."

"É? Conte-me tudo", pediu Amber.

Shiner contou.

Tom Krome não conseguiu dormir durante a chuvarada. As sombras dançavam ao vento e, sem a fogueira, sentia frio. Ele e JoLayne abrigaram-se sob a lona do barco, ouvindo o tamborilar das gotas no tecido duro.

"Estou gelada", ela disse.

"Isso não é nada."

JoLayne esfregou as mãos energicamente nos joelhos, sobre a calça jeans.

Tom disse: "Incrível, fez sol o dia inteiro".

"Assim é a Flórida", ela disse.

"Gosta de morar aqui?"

"Gosto do que sobrou."

"Já esteve no Alasca?"

"Nunca", ela disse. "Há negros por lá?"

"Não tenho certeza. Vou investigar e depois conto."

Eles pegaram a carta náutica e tentaram descobrir onde estavam. Tom calculou que estavam em uma das três ilhas de mangue no meio de Florida Bay — Calusa, Spy ou Pearl. Só saberiam com certeza quando houvesse luz suficiente para avistar o horizonte.

"Embora não faça a menor diferença", disse Tom. "As três são desabitadas."

JoLayne o cutucou. Um pássaro alto, de pescoço comprido, pousara majestosamente na popa da baleeira. Virou a cabeça e os estudou com olhos amarelos faiscantes. A chuva pingava de seu bico fino e comprido.

"Garça-azul", cochichou JoLayne.

O pássaro era realmente impressionante. Tom disse: "Ei, amigão, tudo bem?".

A garça decolou, piando ao voar por entre as copas das árvores.

JoLayne disse: "Ela está nervosa. Acho que entramos em seu território".

"Ou alguém a assustou."

Eles apuraram os ouvidos, tentando identificar alguma movimentação no manguezal. A espingarda estava debaixo da lona, aos pés de JoLayne.

Ela disse: "Não ouço nada".

"Nem eu."

"Para Boinas Verdes esses caras não servem. Seriam incapazes de se infiltrar num tempo como este."

"Tem razão", disse Tom.

Para passar o tempo até o dia amanhecer, eles compararam seus respectivos planos para o futuro. Ele contou a respeito da idéia de morar no Alasca e de escrever um romance sobre um homem que não conseguia se divorciar da mulher por mais que tentasse. JoLayne disse que gostava do enredo.

"Pode ser muito divertido."

"Não tinha pensado num romance humorístico", disse Tom.

"Ah."

"Pensei num clima mais sombrio."

"Sei. Mais Cheever do que Roth."

"Nenhum dos dois", ele disse. "Imaginei um gênero Stephen King."

"Um romance de terror?"

"Claro. *O estranhamento*. O que acha?"

"Apavorante", disse JoLayne.

Ela contou que pretendia transformar o bosque Simmons numa reserva. Falaria com o advogado para incluir em seu testamento uma cláusula de preservação, de modo que a propriedade jamais pudesse ser tocada.

"Mesmo depois de minha morte", ela disse. "Isso daria um jeito naqueles filhos da mãe ambiciosos."

"Vai continuar morando em Grange."

"Depende."

"Depende do quê?"

"De haver ou não negros no Alasca", ela disse. "Não precisa haver muitos, basta um. Desde que seja Luther Vandross."

"A gente precisa pensar grande", disse Tom.

"Ei, eu estou me convidando, caso não tenha notado."

Ele não sabia se JoLayne falava a sério. Parecia que sim.

"Tente se controlar, Tom."

"Eu só estava pensando que seria bom demais para ser verdade." Ele passou o braço em torno dela.

"Fala sério?"

"Pensei em perguntar-lhe a mesma coisa."

"Vamos supor que sim. Digamos que nós dois estamos falando sério", disse JoLayne. "O que acontecerá se não recuperarmos o bilhete da loteria? Se desistirmos e formos embora?"

"Vamos para lá de qualquer modo. Não quer ver um urso-pardo antes da extinção?"

JoLayne adorava a idéia da vida selvagem do extremo norte, mas preocupava-se com o predomínio racista. O Alasca era tão famoso pela fauna quanto pelos radicais de direita.

Tom disse: "E, pelo que li, o lugar está cheio de águias".

"Isso ajuda."

Ela dormiu com a cabeça encostada no ombro de Tom, que permaneceu acordado para não ser surpreendido por intrusos. Com o braço livre puxou a Remington para mais perto. Uma rajada fria lhe provocou arrepios. Quinze graus, pensou, e meus ossos já estão gelados. Talvez o projeto Kodiak precisasse ser revisto. Além disso, teve a impressão de que JoLayne não se entusiasmara com a idéia de um romance sobre divórcio. Teve a sensação de que ela havia zombado dele.

Pensava na trama quando foi surpreendido por um barulho de asas atrás de si — a garça, de volta. Desta vez ela pousou na proa do barco. Tom Krome a cumprimentou. O pássaro não lhe deu atenção; um peixinho dourado remexia-se em seu bico.

Bom trabalho, pensou Krome, principalmente debaixo dessa tempestade.

Então a garça fez algo inesperado. Soltou o peixe, que se chocou contra o convés molhado e caiu na praia coberta de mato. O pássaro não tentou recuperar a refeição. Em vez disso, permaneceu imóvel como um galo de campanário, a cabeça ereta e o pescoço de cobra estendido.

Ora, ora, disse Krome a si mesmo. O que ela terá escutado?

Ele não precisou esperar muito. Entre o espoucar de tiros e o grito da mulher, o pássaro abriu as asas e foi embora. Desta vez deixou a ilha, em direção ao continente, sem fazer barulho.

Amber nunca testemunhara um tiroteio.

Conhecia o som, claro. Qualquer morador da comarca de Dade já tinha escutado o matraquear de uma semi-automática. No entanto, ela jamais vira o cano soltar aquela chama azulada intermitente até Shiner se empolgar com a TEC-9. Seu grito fora involuntário mas assustador, cortando como navalha o estupor de Bodean Gazzer e de Chub. Praguejando, os dois irromperam sonolentos na clareira — primeiro Bodean Gazzer, brandindo a 380 roubada do motorista cubano, depois Chub, ainda de cueca molhada, chapado, empunhando o Colt.

Shiner os encontrou na entrada da clareira. "Vi alguém! Eu juro!" Ele irradiava incerteza e vergonha.

Bode arrancou a TEC-9 da mão dele e voltou-se para Amber. "Diga a verdade, cacete."

"Havia algo ali. Eu ouvi."

"Um homem? Um bicho?"

"Não sei, estava escuro demais."

Chub disse: "Porra, assim não dá". E escarrou no pé de Shiner.

O rapaz sabia que estava encrencado. Depois daquele primeiro fiasco no trailer, o Coronel lhe passara um sermão rigoroso sobre desperdiçar munição. "Era um ser humano", insistiu Shiner, resmungando. "Um crioulo, pelo jeito. Pequeno."

Impaciente, Bode Gazzer pediu a lanterna e Amber a entregou. Ordenou que todos ficassem quietos e atentos às árvores. Dez minutos depois ele retornou, comunicando que não encontrara sinais de infiltração humana, nem de macaco nem de outra cor.

"Já imaginava." Era Chub reclamando. Com dificuldade, provocada pela embriaguez e pela contrariedade, ele lutava para enfiar a perna dentro de uma calça camuflada de Bode. A chuva molhara suas roupas e ele estava morrendo de frio só de cueca.

Amber viu o prestígio de Shiner afundar e tentou ajudar. "Alguma coisa fazia muito barulho. Bem ali." E apontou na direção dos disparos de Shiner.

"Claro, sem dúvida." Bode Gazzer tirou um tufo de pêlos marrons ensangüentados do bolso da parca. "Achei isto enroscado num galho."

Amber nem quis inspecionar a prova. Shiner se afastou, encurvado sob o peso da vergonha.

"Você atirou num coelho infiltrado", disse Chub, com ironia. "Ou num rato assassino."

Amber se levantou. Chub perguntou aonde ela ia.

"Vou dormir. Posso?" Ela seguiu até a barraca improvisada e se deitou debaixo do encerado.

Chub disse: "Temos uma escoteira entre nós. Fez até uma barraca".

Bode mandou Shiner de volta para a lancha. "Preciso conversar com o major Chub em particular."

"Não me chame assim", reclamou Chub. A calça camuflada era ridícula, quinze centímetros mais curta, e o traseiro parecia querer saltar do pano. Contudo, não conseguia demonstrar muita indignação; ainda se sentia alto por causa da cola náutica. Avisou que estava cansado e seguiu em direção ao toldo para se juntar à moça dos seus sonhos.

Bode o interceptou. "Ainda não." E disse, entredentes: "Você está com os bilhetes, certo?".

"Sim. Em algum lugar." Chub levou a mão ao nariz, que parecia ter sido escaldado por dentro. "Acho que ficaram na lancha."

"Você *acha*." Bode deu meia-volta e chamou Shiner: "Ei, sargento, mudança de planos!". Apontou para o toldo: "Você vai dormir ali. Chub e eu vamos montar sentinela".

Sem pronunciar uma só palavra, Shiner obedeceu. Deitou-se ao lado de Amber, cujos lindos olhos já estavam fechados. O vento diminuíra bastante e a chuva virara uma garoa irregular que sibilava no toldo encerado. Shiner já estava quase adormecendo quando ouviu a voz de Amber:

"Vai dar tudo certo."

"Duvido muito."

"Não se subestime", ela disse.

Nada poderia ter intrigado tanto Shiner como aquele comentário.

Eles esperaram até que o rapaz e a garçonete adormecessem para conferir os bilhetes no *Reel Luv*. Viram que os dois bilhetes estavam seguros no gabinete do timão. Bodean Gazzer devolveu a preciosa camisinha à carteira. Chub enrolou o outro bilhete, o roubado, e o enfiou na câmara vazia do tambor do 357, rindo, todo drogado, de sua esperteza.

"Bangue-bangue", disse.

Bode ficou animado de ver Chub camuflado, embora a calça não fosse do tamanho dele. Pelo menos, estavam finalmente fardados como uma milícia temente a Deus. Bode, Chub, Amber e Shiner.

Shiner, meu Deus do céu...

Eles tinham dado sorte mais uma vez. Graças à tempestade, pelo jeito ninguém ouvira os disparos do rapaz ou o grito da moça. Não chegaram aviões nem barcos à ilha para investigar. A base secreta do grupo estava segura por enquanto.

Bode disse a Chub: "Esse idiota vai acabar matando a gente".

"Sem dúvida."

"Acho que devemos dar um jeito nele."

"Tem a minha aprovação."

Eles concordaram que Shiner deixara de ser útil aos Clarins Arianos Brancos. Embora tivesse confirmado a história do bilhete da Lotto e seqüestrado Amber, conduzindo-a ao rio Jewfish conforme combinado, tornara-se um risco para a segurança. Era só uma questão de tempo até ele fuzilar um dos companheiros por engano.

"Ou quem sabe a moça", disse Chub, embora se preocupasse mais com os olhares de Shiner sobre Amber do que com a possibilidade de ele atirar nela. Claro, ela jamais dormiria com um *skinhead* idiota daquele, porém se mostrava muito protetora em relação ao garoto. Chub não gostava nem um pouco daquilo.

Ele disse: "Se a gente mandar ele passear, vai acabar nos dedando. Acho melhor matar logo".

Bode recusou-se terminantemente. "Jamais atirarei num cristão branco, se puder evitar."

"Então vamos dar uma grana para o cretino cair fora."

"Quanto?"

"Sei lá. Mil dólares?" Os fluidos de cola tornavam Chub um generoso.

Bode Gazzer disse: "Você deve estar brincando".

Mil dólares não fariam a menor diferença nos vinte e oito milhões, mas mesmo assim seria dinheiro demais para um idiota daqueles. Principalmente porque Bode suspeitava de Shiner como um possível traidor da organização. E se o rapaz estivesse secretamente trabalhando para a Maré Negra? E se os delírios de fuzilaria do maluco tivessem sido uma encenação, e ele, na verdade, tivesse usado as armas para alertar os macacos? Bode não tinha nenhuma prova, mas as dúvidas o atormentavam como sarna.

Ele disse: "Tenho uma idéia. Mil dólares, menos as despesas de conserto da lateral da picape. Pelos furos que ele fez com os tiros".

"Por mim, acho justo. Vamos dizer a ele que o dinheiro será pago assim que conseguirmos receber o nosso", disse Chub, "desde que ele fique de bico fechado."

Assim, tomaram a decisão de informar Shiner de sua expulsão logo pela manhã. Chub o transportaria de barco até a Overseas Highway, onde ele poderia arranjar uma carona até Homestead e pegar o carro dele.

"Aí aproveito para comprar mais cerveja", disse Chub.

"Cigarro também. E gelo."

"E molho A.1 para os meus ovos mexidos."

Bode Gazzer disse: "Acho melhor fazer uma lista".

"Então faça você."

Chub pegou o saco de papel com cola náutica. Esguichou um tanto lá dentro e ofereceu a Bode, que recusou. Chub enterrou a cara no saco e aspirou mais um pouco, entusiasmado.

Bode falou: "Vamos com calma".

Chub uivou. Tinha um remendo de pneu no olho, uma garra de caranguejo podre cravada na mão e mesmo assim se sentia bem pra burro. Não se importava nem um pouco com a Maré Negra, com a Otan ou com a Comissão Trilateral, cacete. Ninguém ia encontrá-los naquela ilha remota, nem mesmo o mais esperto dos crioulos. Tudo bem ficar muito louco naquela noite, pois ele e Bode eram brancos e livres e estavam bem armados. E, o melhor de tudo, eram milionários, caramba.

"Já imaginou?", disse Chub, esfuziante.

Bode conteve-se para não repetir que os recursos da loteria destinavam-se exclusivamente ao financiamento da milícia. Uma conversa a respeito poderia esperar por uma ocasião mais conveniente.

"Amber é uma gracinha", disse Chub. "Precisava ver a carinha dela quando eu falei do dinheiro. De repente, ela me convidou para um passeio no mato amanhã, só nós dois."

"Ah, merda", disse Bode. Deveria ter imaginado. "E o que mais contou a ela?"

"Apenas que eu tenho catorze milhões de dólares. Pode-se dizer que isso mudou a opinião dela a meu respeito."

Um banho faria o mesmo, pensou Bode.

"Ah, o jeito com que ela me olhou...", prosseguiu Chub em seu devaneio. "Como se fosse capaz de chupar uma bolinha de golfe através de uma mangueira."

"Tome muito cuidado com o que diz, entendeu bem?"

Com um soluço, Chub levou o saco de papel ao rosto.

"Largue essa merda!", disse Bode. "Ouça bem: boceta é ótimo, mas tem hora e lugar para tudo. No momento, estamos envolvidos numa batalha pela sobrevivência dos Estados Unidos!"

Chub fez um barulho de pneu esvaziando. "Hilton Head", ele falou, eufórico.

"Como é?"

"Quero comprar um apartamento para Amber e para mim no Hilton Head. É uma ilha também, e muito melhor do que esta aqui."

"Fala sério?"

Mais tarde, depois que Chub apagou, Bode Gazzer flagrou-se reencenando a fantasia do amigo. Passear numa praia ensolarada da Carolina de mãos dadas com uma garçonete seminua do Hooters parecia bem mais agradável que dividir uma casamata de concreto com um bando de barbados em Idaho.

Bode não pôde deixar de imaginar qual seria a reação de Amber se soubesse que ele também estava prestes a se tornar um figurão.

Quando JoLayne Lucks acordou, Tom Krome fazia mira com a espingarda por entre os joelhos. Então ela se deu conta de que o grito não fora parte de um sonho.

"Está vendo alguma coisa?", perguntou em voz baixa. "Querido, não se esqueça da trava de segurança."

"Já soltei." Ele olhava pela mira, franzindo a testa. "Ouviu os tiros?"

"Quantos?"

"Cinco ou seis. Parecia uma metralhadora."

JoLayne ponderou que os matutos podiam ter atirado na garçonete. Ou uns nos outros, disputando a garçonete.

Tudo bem, pensou JoLayne, desde que a garçonete não atirasse neles. Isso, só depois de eu recuperar meu bilhete da Lotto.

Tom disse: "Escute!".

Enrijecendo os ombros, ele levou o dedo ao gatilho.

JoLayne também ouviu — alguma coisa corria na mata.

"Espere, é muito pequeno." Ela tocou o cotovelo de Tom. "Não atire."

A vegetação farfalhou mais perto, depois o bicho mudou de direção. Krome acompanhou o barulho com o cano da Remington. O movimento cessou atrás de um velho tronco de plátano.

JoLayne pegou a lanterna e arrastou-se para fora da coberta improvisada. Disse: "Cuidado para não atirar em mim sem querer. A noite me oculta com perfeição".

Impossível detê-la. Tom baixou a arma e a observou aproximar-se sorrateiramente da árvore. Foi recebida com um grito agudo, que logo se tornou mais grave, até se transformar num rosnar agressivo. Tom tremeu de susto.

JoLayne disse: "Agora fique bonzinho. Calma". Parecia falar com uma criança.

Ela voltou carregando um racum franzino. Bem no centro da camiseta dela havia uma mancha de sangue. Uma das patas dianteiras do animal fora atingida por uma bala.

"Bundões", disse JoLayne. Com a lanterna, mostrou a Tom o que havia acontecido. Quando tocou o animal, ele rosnou e mostrou os dentes. Krome achou que o bicho estava suficientemente equipado para rasgar sua garganta.

Ele disse: "JoLayne...".

"Pegue o estojo de primeiros socorros, por favor."

Ela havia comprado um kit barato na mercearia antes de alugar o barco.

"Ele vai morder você", disse Tom. "Vai morder nós dois."

"Ela está apavorada, só isso. Precisa se acalmar um pouco."

"Ela?"

"Poderia pegar as ataduras, por favor?"

Eles cuidaram da perna do racum até quase amanhecer. Os dois foram mordidos.

JoLayne exultou quando o animal saiu correndo, resmungando, irascível. Tom passava anti-séptico no polegar mordido, dizendo: "E se a gente pegar raiva?".

"Então vamos procurar alguém para morder", retrucou JoLayne. "Já estou até pensando em alguns caras."

Eles acenderam a fogueira outra vez, mas a chuva voltou a cair, mais forte do que antes, embora menos gelada. Aninhados debaixo da lona, tentaram manter secos os cartuchos e a comida. Assim que a chuvarada passou, a escuridão azul acinzentada deu lugar à luz. JoLayne deitou-se e fez duzentas flexões, enquanto Tom segurava seu tornozelo. O horizonte ganhou tons rosados e dourados no leste, prenunciando o sol. Granola e salgadinhos de milho serviram de café da manhã. Tudo com gosto salgado. Ao clarear de vez, eles passaram o barco do mangue para uma área aberta, o que permitiria uma fuga mais fácil. Pegaram o que precisavam do acampamento e iniciaram a jornada para o outro lado da ilha.

22

Mary Andrea Finley Krome pensou ter se enganado de aeroporto, ao descer do avião. Não viu fotógrafos de jornais, refletores de televisão, repórteres. Foi recebida por um sujeito rude, com fisionomia severa e cabelo prematuramente grisalho. Ele se apresentou como editor-chefe do *Register*.

Mary Andrea perguntou: "E onde estão os outros?".

"Quem?"

"Os repórteres. Esperava uma multidão."

O editor-chefe disse: "Considere-me uma multidão de um".

Ele pegou a mala de Mary Andrea, que o seguiu até o carro.

"Vamos para a redação do jornal?"

"Isso mesmo."

"A imprensa vai estar lá?", perguntou Mary Andrea, rabugenta, revirando o terço.

"Senhora Krome, eu sou a imprensa."

"Sabe do que estou falando. Televisão."

O editor-chefe informou a Mary Andrea que o interesse na trágica morte de seu marido havia sido menos ávido que o previsto.

Ela disse: "Não entendo. Um jornalista é queimado até virar cinza...".

"Pois é."

O editor-chefe dirigia a uma velocidade excessiva e com apenas uma das mãos no volante. Com a outra, mexia nervosamente na sintonia do rádio, mudando de uma estação de música clássica para outra. Mary Andrea torcia para que ele se contentasse definitivamente com uma delas.

"Sei que a história saiu em vários jornais", ela insistiu. "Até mesmo em Montana."

"Claro. Deu até televisão", disse o editor-chefe. "Uma notícia curta."

"O que houve?"

"Eu descreveria a reação do público como uma curiosidade morna e passageira."

Mary Andrea estava arrasada. O desânimo tomou conta dela e poderia ter sido confundido com um autêntico pesar por quem não conhecesse seus recursos dramáticos.

O editor-chefe disse: "Não leve para o lado pessoal. Tem sido uma experiência humilhante para todos nós".

"Mas Tom devia ser considerado um herói", ela protestou.

O editor-chefe explicou que a profissão de repórter jornalístico já não tinha a importância da época de Watergate. Os anos 90 haviam sido responsáveis pela explosão das celebridades do jornalismo, pelo declínio da reportagem investigativa séria e pela deliberada "amenização do produto" por parte dos editores. Como resultado, explicou, os jornais diários raramente causavam alguma comoção em suas comunidades e as pessoas passavam a prestar cada vez menos atenção a eles.

"Foi por isso", concluiu o editor-chefe, "que a morte de seu marido não teve uma tremenda repercussão."

Deprimida, Mary Andrea olhava pela janela. Se pelo menos Tom tivesse chegado ao *New York Times* ou ao *Washington Post*, alguma repercussão teria havido, caramba.

"Ele estava fazendo uma reportagem importante?", ela perguntou, esperançosa.

"De jeito nenhum. Isso é parte do problema — fazia apenas uma reportagem de rotina, para variedades."

"Sobre?"

"Uma mulher que ganhou na loteria."

"E foi assassinado por causa disso?"

"A polícia anda meio cética quanto à possibilidade. Como eu disse, isso é parte do nosso problema. Não conseguimos confirmar que Tom foi morto no cumprimento do dever. Pode ter sido um assalto, pode ter sido... algo mais pessoal."

Mary Andrea olhou para ele indignada. "Não me venha dizer que ele estava saindo com a mulher de alguém."

"Trata-se apenas de um boato, senhora Krome. Mas foi o bastante para afastar Ted Koppel."

"Droga." Mary Andrea tomaria ácido de bateria para aparecer no *Nightline.*

O editor-chefe prosseguiu: "Fizemos o possível, mas para dar um espaço maior eles queriam que tivesse sido um trabalho da máfia ou de um chefão do tráfico de cocaína. Ficaram desapontados ao saber que Tom não passava de um repórter de variedades. E, depois do boato de adultério, nem atenderam mais nossos telefonemas".

Mary Andrea afundou no banco. Era como mergulhar num pesadelo. A perda de interesse da mídia pelo assassinato de Tom Krome significava menos espaço para a viúva inconsolável — e o desperdício de uma passagem de avião, pensou Mary Andrea, amargurada. Pior ainda, ela se colocara em situação humilhante, se o tal "incêndio criminoso" tivesse sido obra de um marido ciumento, e não de um vingativo traficante internacional.

Tom, seu desgraçado, ela pensou. Você está acabando com a minha carreira.

"O hotel pelo menos presta?", ela perguntou, revoltada.

"Conseguimos um quarto para não-fumante, conforme sua solicitação", disse o editor-chefe, que passara a mascar um palito.

"Tem sala de ginástica com StairMaster?"

"Não tem nem a sala nem o StairMaster. Sinto muito."

"Só me faltava essa."

"É o HoJo, senhora Krome. Hospedamos todo mundo no HoJo."

Após dez minutos amuada, Mary Andrea anunciou que mudara de idéia; queria voltar imediatamente para o aeroporto. Disse que seu insuportável sofrimento a impedia de ir ao jornal para receber o prêmio ganho por Tom.

"Como se chama mesmo? Emilio?"

"Amelia", respondeu o editor-chefe. "E trata-se de um prêmio da maior importância. Tom foi o primeiro jornalista a recebê-lo postumamente. Seria fundamental que você recebesse o prêmio por ele."

Mary Andrea fungou. "Fundamental para quem?"

"Para mim. Para seus companheiros de redação." O editor-chefe rolava o palito com a língua. "E provavelmente para seu futuro."

"Ora, mas você acabou de dizer..."

"Marcamos uma entrevista coletiva."

Mary Andrea Finley Krome o fuzilou com o olhar. "Uma entrevista coletiva de verdade?"

"O pessoal da tevê estará lá, se é nisso que está pensando."

"Como pode garantir?"

"Porque é uma matéria segura."

"Segura?"

"Neutra. De interesse humano", explicou o editor-chefe. "Eles não querem saber dos detalhes sórdidos do assassinato, mas adorarão gravar vinte segundos de uma jovem e bela viúva recebendo o prêmio pelo marido morto."

"Entendo."

"E, para ser franco", acrescentou o editor-chefe, "admito que a publicidade também seria útil ao jornal. Trata-se de um prêmio importante, e não temos conseguido ganhar muitos ultimamente."

"Falou em televisão. Teremos alguma rede importante?"

"Com certeza. Filiadas. CBS, ABC, FOX."

"Fox também?" Mary Andrea já estava pensando: Precisarei de um vestido novo, com certeza. Mais curto.

"Aceita?", perguntou o editor-chefe.

"Acho que posso fazer uma tentativa", ela disse.

Pensando: Vinte segundos uma ova. Me aguarde.

Katie Battenkill preparou uma lista de coisas pelas quais perdoara Arthur e de outras que deixara passar, pois ele era um juiz, e ser casada com um juiz era importante. O inventário incluía maus modos à mesa, grosserias a amigos e parentes dela, desrespeito com a religião, ciúme violento, adultérios sórdidos e constantes, ejaculação precoce e escolha de perfume intolerável.

Katie confrontou tudo isso com os benefícios de ser a senhora Arthur Battenkill Jr., que incluíam um carro de luxo do ano, uma ampla casa, convites para eventos sociais, viagem anual de férias para as Bermudas com a associação de magistrados locais e presentes extravagantes esporádicos, como o pingente de diamante que Katie admirava no espelho naquele exato momento.

Nunca se considerou uma mulher vazia ou interesseira, mas a possibilidade de se transformar numa pessoa materialista começava a passar pela sua cabeça. Art era um pecador incapaz de arrependimento, e Katie suportara isso durante oito anos. Vivera pouco tempo tentando mudá-lo, intimidada pela língua ferina dele e subornada por presentes. Ignorar o que ele fazia havia se tornado mais fácil que brigar. Katie convenceu a si mesma de que não vivia um casamento totalmente desprovido de amor, na medida em que sinceramente adorava ser esposa de um juiz. Por Arthur, porém, não nutria sentimentos profundos.

Ia à igreja aos domingos e perguntava sempre a Deus o que fazer. Em nenhum momento Ele a aconselhara, especificamente, a iniciar uma relação ilícita com um jornalista itinerante. Contudo, isso acabara acontecendo. Pegara Katie Battenkill totalmente de surpresa e incapaz de resistir — como um de seus impulsos incontroláveis por chocolates Godiva, só que cem vezes mais forte. No momento em que pôs os olhos em Tom Krome ela soube que aquilo ia acontecer...

Ela participava de uma manifestação para chamar a atenção para crianças carentes, quando um sujeito boa-pinta passou correndo pela James Street, no sentido oposto, costurando no meio dos manifestantes uniformizados com camisetas. Ao se aproximar de Katie, reduziu o ritmo apenas o suficiente para sorrir e colocar em sua mão uma nota de cinco dólares. Para as crianças carentes, disse, e continuou a correr. Katie, para sua própria surpresa, imediatamente deu meia-volta e saiu correndo atrás dele.

Tom Krome foi o primeiro homem que ela seduziu, caso se possa chamar de sedução uma trepada no banco da frente do carro.

Agora, olhando para aquelas semanas alucinadas e carregadas de culpa, Katie entendeu seu propósito. Tudo acontece por um motivo — uma força divina fizera com que Tommy entrasse correndo em sua vida. Deus tentava ensinar algo a ela: que havia homens decentes e sensíveis no mundo, nos quais

Katie podia confiar. Embora Ele talvez não pretendesse que rolasse sexo selvagem e insaciável com o primeiro que viu pela frente, Katie esperava que Ele fosse compreensivo em relação a esse aspecto.

O mais importante foi que Tom Krome fez com que ela vislumbrasse a possibilidade de viver sem Arthur, aquela víbora mentirosa. Ela precisava apenas adquirir um pouco de confiança, reordenar suas prioridades e ter coragem para ser honesta a respeito do relacionamento vazio com o marido. Não houvera tempo suficiente para se apaixonar por Tommy, mas certamente ela gostava mais dele que de Arthur. O modo como Tom se desculpara por se esquecer de ligar de Grange naquela noite... Katie não se lembrava de Arthur jamais ter pedido desculpas por qualquer coisa que fosse. Tom Krome não era especial nem excepcional; apenas um cara gentil e carinhoso. Isso bastava. O fato de que Katie Battenkill podia ser atraída para o pecado com tanta facilidade anunciava um futuro melancólico para o casamento. Ela resolveu cair fora.

Katie lembrou-se de uma frase do sermão da Páscoa: "Tolerar o pecado é participar dele, incentivá-lo". Pensou nos muitos pecados de Arthur, inclusive Dana, Willow e outras cujo nome nunca soube. Aquilo já era bem ruim, o adultério. Agora, o juiz encomendara um incêndio criminoso e um homem acabara morrendo.

Não era um homem inocente, longe disso. Não passava de um sujeitinho desprezível. Mesmo assim, precioso aos olhos de Deus benevolente.

Katie não podia tolerar esse pecado, caso pretendesse sua salvação. O que fazer então?

No espelho, o pingente de diamante brilhava como uma estrelinha em seu colo sardento. Claro, não passava de uma forma de suborno, para comprar seu silêncio, mas era magnífico, meu Deus do céu.

A porta do banheiro se abriu e o marido saiu com o *Register* dobrado debaixo do braço.

"Art, precisamos conversar."

"Sim, precisamos. Vamos para a cozinha."

Katie ficou aliviada. O quarto não era lugar para soltar a bomba.

Ela notou as mãos tremerem enquanto passava o café. Por cima do ombro, ouviu Arthur dizer: "Katherine, decidi largar a magistratura. O que acha de morar nas ilhas?".

Ela se virou lentamente. "Como é?"

"Já estou de saco cheio. Esse serviço está me matando", ele disse. "Poderia me candidatar à reeleição no ano que vem, mas não tenho estômago para outra campanha. Estou saturado, Katie."

Tudo que lhe ocorreu dizer foi: "Mas não temos dinheiro para a aposentadoria, Art".

"Grato, senhora Dean Witter, mas discordo."

O tom de voz ácido que Katie tanto desprezava.

"Por mais chocante que pareça", prosseguiu o juiz, "fiz alguns investimentos modestos sem consultá-la. Um deles acabou se mostrando muito lucrativo, chegando a um quarto de milhão de dólares."

Katie não deixou transparecer seu espanto, lutando para demonstrar tranqüilidade. "Que tipo de investimento?"

"Um fundo de investimento. Seria meio complicado explicar."

"Aposto que sim."

"Imóveis, Katherine."

Ela terminou de coar o café e serviu uma xícara a Arthur.

"Você tem quarenta e três anos e quer se aposentar?"

"O sonho de todo americano", disse o juiz, estalando os lábios.

"Por que as ilhas? E que ilhas?" Katie pensou: Nem consigo convencê-lo a ir à praia.

Arthur Battenkill disse: "Roy Tiert nos ofereceu emprestado o chalé dele nas Bahamas. Em Marsh Harbour, para ver se gostamos. Caso contrário, procuraremos outro lugar — ilhas Caimãs ou Saint Thomas."

Katie perdeu a fala. Chalé nas Bahamas — soava como uma canção de *vaudeville*.

Desajeitado, o marido estendeu a mão por cima da mesa e acariciou-lhe o queixo. "Sei que nem tudo tem sido perfeito aqui em casa — precisamos refazer nossa vida, Katherine, salvar o que temos. Vamos embora, recomeçar tudo, sem ninguém para nos incomodar."

Queria dizer Tom Krome — ou as secretárias de Art?

Katie perguntou: "Quando?".

"Imediatamente."

"Ah."

"Lembra-se do quanto você gostou de Nassau?"

"Nunca estive lá, Arthur. Deve ter sido Willow."

Constrangido, o juiz tomou um gole de café.

Katie disse: "Isso não tem nada a ver com salvar nosso casamento, e sim com a casa incendiada de Tommy. E com o cadáver encontrado lá dentro. Você está se borrando de medo porque é tudo culpa sua".

Arthur Battenkill Jr. encarava a xícara, impassível. "Você tem uma imaginação e tanto, Katherine."

"Você vai fugir. Admita isso, Arthur. Você roubou um monte de dinheiro para financiar a fuga, e agora quer sair do país. Acha que sou estúpida?"

"Não", disse o juiz. "Acho que você é prática."

Naquela mesma manhã de segunda-feira, quatro de dezembro, a corretora de imóveis Clara Markham recebeu um visitante inesperado em seu escritório: Bernard Squires, consultor de investimentos do Sindicato Internacional dos Gesseiros, Rebocadores e Alveneiros do Meio-Oeste Central. Voara para a Flórida num jatinho Gulfstream particular, alugado por Richard "The Icepick" Tarbone. A missão de Bernard Squires era dar um bom sinal para a aquisição do bosque Simmons, garantindo a prioridade na compra para o fundo de pensão do qual a mafiosa família de Tarbone costumava roubar. Depois de pegar o carro e ir até Grange, Bernard Squires sentiu-se mais do que nunca confiante em que o projeto do Shopping Mata Simmons fracassaria de modo tão plausível quanto retumbante.

"Nós nos falamos pelo telefone", ele disse a Clara Markham.

"É verdade", ela disse. "Mas ainda não tenho novidades."

"Por isso vim até aqui."

Clara Markham perguntou se Squires poderia voltar mais tarde, pois precisava fechar um negócio importante primeiro.

Squires foi cortês, porém insistente. "Duvido que seja tão importante quanto este", disse, colocando a valise preta de couro de enguia sobre a mesa dela.

A corretora nunca tinha visto tanto dinheiro na vida; maços de notas de cinqüenta e cem bem organizados. Ali, no meio das pilhas, estava sua comissão, pensou Clara. Provavelmente, a maior que já conseguira.

"Isso serve para mostrar o quanto estamos interessados na propriedade", explicou Squires, "e para agilizar a negociação. O grupo que eu represento está ansioso para iniciar rapidamente as obras."

Clara Markham se viu num dilema. Passara o fim de semana sem receber notícias de JoLayne Lucks. Eram amigas íntimas, e JoLayne uma santa quando tratava de Kenny, o adorado gato persa de Clara. Mas uma corretora imobiliária não podia permitir que suas simpatias pessoais prejudicassem um negócio daquele porte.

Ela apontou para o dinheiro e disse: "Trata-se de um adiantamento impressionante, senhor Squires, mas devo confessar que estou aguardando uma contra-oferta".

"É mesmo?"

"Ainda não tenho nada por escrito, mas garanto que está a caminho."

Squires mostrou-se cético. "Tudo bem." Com um movimento hábil, fechou a valise. "Estamos preparados para cobrir qualquer contra-oferta razoável. Enquanto isso, gostaria que contatasse seus clientes e os informasse do quanto estamos comprometidos no projeto."

Clara Markham disse: "Claro. Farei isso logo depois do almoço".

"Por que não agora?"

"Bem... não sei se conseguirei falar com eles."

"Vamos tentar", disse Bernard Squires.

Clara Markham viu que seria inútil dissimular; o sujeito não voltaria a Chicago sem uma resposta. Bernard Squires ficou sentando na poltrona, empertigado, enquanto ela telefonava para o advogado que cuidava do espólio de Lighthorse Simmons. Cinco minutos depois o advogado ligou de volta. Havia telefonado para os dois herdeiros de Lighthorse, o filho Leander Simmons e a filha Janine Simmons Robinson. Leander negociava com combustíveis fósseis e com puros-sangues; Janine gastava o dinheiro em cirurgias extravagantes e reformas na casa de veraneio. Estavam todos na linha, para uma conferência.

Aproximando-se do microfone, Clara Markham resumiu cuidadosamente a oferta de três milhões de dólares pelo bosque Simmons.

"Além disso", concluiu, "o senhor Squires está em meu escritório com uma quantia considerável em dinheiro para oferecer como sinal."

Do outro lado, Leander Simmons quis saber: "Quanto?". E assobiou quando a corretora lhe disse a cifra.

Macaco velho em conferências telefônicas, Bernard Squires ergueu a voz apenas o suficiente para que o ouvissem. "Queremos que todos comprovem a seriedade da nossa proposta."

"Bem, sou toda ouvidos", disse Janine Simmons Robinson.

"Eu também", falou o irmão.

Em prol de JoLayne Lucks e da vida selvagem ameaçada do bosque Simmons, Clara Markham sentiu-se na obrigação de dizer: "O senhor Squires e seu grupo querem construir um shopping center nas terras que pertenceram a seu pai".

"Com um pequeno parque infantil no átrio", completou Squires friamente.

"E uma fonte mediterrânea na frente", ajudou o advogado, "com patos e gansos de verdade. Uma atração de primeira para uma cidadezinha como esta."

A reação de Leander Simmons veio imediatamente pelo alto-falante: "Pessoalmente, estou cagando e andando. Podem fazer uma mina de carvão lá, se quiserem. E você, mana?".

Janine disse: "Com três milhões de dólares eu não discuto".

"Exatamente. Então, o que estamos esperando?", quis saber Leander. "Pode fechar o negócio."

Bernard Squires disse: "Estamos prontos a fazer isso. No entanto, a senhorita Markham me informou de que pode haver outra oferta".

"De quem?", perguntou Janine Simmons Robinson.

"De quanto?", perguntou o irmão dela.

Clara Markham disse: "Trata-se de um investidor local. Eu pretendia ligar para vocês assim que recebesse a papelada, mas ela ainda não chegou".

"Então que se dane", disse o advogado. "Vamos fechar com Squires."

"Como quiserem."

"Ei, esperem um pouquinho." Era Leander Simmons. "Para que tanta pressa?"

Ele farejou mais dinheiro na jogada. Bernard Squires fechou a cara com a perspectiva de um leilão. Clara Markham notou as veias pulsando em seu pescoço.

Como era de esperar, Janine Simmons Robinson entrou em sintonia imediata com o oportunismo do irmão. "Que mal há em esperarmos dois ou três dias?" Ela argumentou: "Saber o que os outros têm em mente?".

"Vocês decidem", disse o advogado. "Senhorita Markham, poderia entrar em contato conosco novamente assim que tiver uma posição? Até quarta-feira, no máximo?"

"Que tal amanhã?", disse Bernard Squires.

"Quarta", retrucaram Leander Simmons e a irmã, em uníssono.

Seguiram-se vários cliques e a caixa acústica silenciou. Clara Markham olhou sem graça para Bernard Squires e depois para a valise de couro de enguia. "Podemos depositar o valor em nossa conta de custódia", disse. "Imediatamente."

Squires levantou-se da poltrona, sério.

"Você não me parece uma pessoa desonesta", ele disse. "Do tipo capaz de inventar uma contraproposta fictícia para tentar aumentar a comissão."

"Não sou nenhuma vigarista", disse Clara Markham, "e tampouco uma imbecil. O bosque Simmons é o negócio do ano para mim, senhor Squires. Não arriscaria minha parte no bolo por uns trocados a mais."

Ele acreditou nela. Vira a cidade. Só por milagre a moça não morrera de fome ali.

"Um investidor local, você disse."

"Isso mesmo."

"Suponho que você não faria a gentileza de me revelar o nome."

"Lamento, mas não posso fazer isso, senhor Squires."

"Mas tem certeza de que o interessado dispõe de recursos."

"Sem dúvida", disse Clara Markham, pensando: Pelo que eu soube.

A mãe de Shiner dormiu até mais tarde. As máquinas na estrada a acordaram.

Apressadamente, pôs o vestido de noiva, pegou a sombrinha e correu para fora. Quando chegou à interseção da Sebring Street com a rodovia, era tarde demais. O Departamento de Transporte estava pronto para pavimentar o Rosto de Jesus na Pista.

A mãe de Shiner começou a uivar e a pular feito um macaco de circo. Cuspiu na cara do encarregado e usou a sombrinha para atacar, sem êxito, o motorista do rolo compressor. Como último recurso, deitou-se em cima do local sagrado, com o rosto no chão, e interrompeu o avanço das máquinas.

"Passem por cima de mim também, malditos ateus", ela gritou. "Quero me unir ao Salvador."

O encarregado limpou a testa e fez sinal para que os operários interrompessen o trabalho. Telefonou para o delegado e disse: "Tem uma bruxa maluca de vestido de noiva bloqueando a estrada. O que devo fazer?".

Dois policiais chegaram, e logo em seguida a perua da televisão.

A mãe de Shiner beijava o asfalto, no local que imaginava ser a testa de Jesus. "Não se preocupe, Filho de Deus", repetia sem parar. "Estou aqui. Não sairei jamais." Sua devoção à mancha era comovente, considerando que bem próximo a ela jazia um gambá esmagado por pneus. Uma van cheia de romeiros preocupados aproximou-se, mas os policiais ordenaram que se afastassem da confusão. A mãe de Shiner ergueu a cabeça e disse: "Há uma caixa de coleta em cima da geladeira de isopor. Peguem uma Sprite!".

Naquela altura, o trânsito já estava interrompido nos dois sentidos. O responsável pelo serviço, oriundo de Tampa, desconhecia o folclore local e perguntou aos policiais se não havia uma instituição para doentes mentais na cidade.

"Não, mas bem que a gente precisava", respondeu um deles.

Cada um pegou um braço da mãe de Shiner e a ergueram para levá-la até o acostamento. "Ele está vendo tudo! Ele está de olho!", ela gritou.

Os policiais a puseram na traseira da viatura e mandaram embora os turistas curiosos. Antes de continuar o recapeamento, o encarregado e sua equipe formaram um semicírculo irregular em torno da mancha. Tentavam descobrir o que tanto a velha lunática queria preservar.

Debruçado sobre a mancha, o encarregado disse: "Se isso aí é Jesus Cristo, sou Long Dong Silver".

"Isso aí é fluido de freio", declarou um deles, que era mecânico.

"Óleo", arriscou outro.

O motorista do rolo compressor disse: "Daqui de cima parece uma mulher. Se a gente fechar um olho, é uma mulher nua em cima de um camelo, direitinho".

Para o encarregado, foi a conta. "De volta ao trabalho", ordenou.

A equipe da tevê ficou para acompanhar o recapeamento. Conseguiram um ótimo *close* do Rosto de Jesus na Pista desaparecendo debaixo de uma camada negra de asfalto quente. A cena foi habilmente fundida com a tomada de uma jovem romeira, o nariz enfiado num lenço de papel Kleenex, parecendo chorar. Na verdade, ela apenas se protegia do cheiro do gambá atropelado.

A matéria foi ao ar em Orlando. Abriram com uma imagem de arquivo da mãe de Shiner acariciando a mancha sagrada. Nervosa, Joan telefonou para Roddy no trabalho. "O pessoal da tevê está na cidade. E se eles ouvirem falar no santuário das tartarugas?"

"Finja que não o conhece", disse Roddy.

"Mas ele é meu irmão."

"Tudo bem. Então você dá as entrevistas."

A mãe de Shiner foi indiciada por perturbação da ordem e depois de três horas foi solta sem pagar fiança. Imediatamente, pegou um táxi para a interseção da Sebring Street com a rodovia. O asfalto havia endurecido, já se podia caminhar sobre ele. A mãe de Shiner não conseguiu mais localizar o local exato da mancha. Notou que alguém roubara a caixa de coleta e a maior parte dos refrigerantes. Estava oficialmente fora do negócio.

Seguiu para a casa de Demencio e colocou o isopor vazio na sombra de um carvalho, distante da turma que admirava Sinclair. Trish a viu sentada ali e levou-lhe um copo de limonada.

"Soube o que aconteceu. Sinto muito."

"Aqueles porcos rasgaram meu vestido", disse a mãe de Shiner.

"Não faz mal, depois eu conserto", disse Trish.

"E quanto ao santuário? Quem vai consertá-lo?"

"Espere um tempo. Surgirão outras manchas na estrada."

A mãe de Shiner disse: "Quero ver".

Trish olhou pela janela da frente da casa, para ver se Demencio a observava. Ficaria bravo se descobrisse a velha no santuário. Sua sombrinha azul se projetava-se como uma barraca.

"Acho melhor você ir para casa descansar um pouco", sugeriu Trish.

"Não adianta, perdi as duas coisas que me eram mais caras no mundo — o Rosto de Jesus na Pista e meu único filho."

"Ah, Shiner voltará." Trish pensou: Assim que precisar de dinheiro.

"Mas ele nunca mais será o mesmo. Sinto que está sendo corrompido pelas forças de Satã." A mãe de Shiner terminou de beber a limonada. "Não tem um pedacinho de pão-de-ló?"

"Infelizmente, já foi tudo. Quer uma carona até sua casa?"

"Mais tarde", disse a mãe de Shiner. "Primeiro, preciso conversar com o homem das tartarugas. Meu coração foi esmagado por um rolo compressor, preciso de consolo espiritual."

"Coitadinha." Trish pediu licença e entrou para avisar Demencio. A mãe de Shiner acendeu um cigarro e ficou esperando que a fila em volta da vala diminuísse um pouco.

23

Os Everglades acabam na península da Flórida, numa imensidão brilhante de parcéis, canais sinuosos e ilhotas cobertas de manguezais verdejantes. O equilíbrio da vida ali depende do recebimento sazonal de água doce do continente. Em outros tempos, a natureza garantia isso, mas as coisas haviam mudado. Os irresponsáveis que ergueram diques e cavaram canais nos Everglades setentrionais nos anos 40 não levaram em consideração, nem mais remotamente, o que poderia ocorrer com os peixes e os pássaros mais ao sul. Isso sem falar nos índios. Para os engenheiros, a sagrada missão era garantir o conforto e a prosperidade dos forasteiros humanos. Na estação seca, o governo bombeava água dos Everglades para suprir cidades e fazendas. Na época das chuvas, despejava milhões de galões no mar para impedir a inundação de pastagens, plantações e centros urbanos.

Com o passar do tempo, Florida Bay passou a receber cada vez menos água, e a que acabava chegando já não era tão pura. Quando veio a seca inevitável, a baía ressequida mudou drasticamente. A vegetação marinha morreu em larga área. O fundo do mar virou lama. As algas verdes cobriram centenas de quilômetros quadrados, desenhando uma mancha visível até para os satélites da Nasa. Lutando por luz, esponjas morreram e subiram à superfície, onde apodreciam aos montes.

O colapso do famoso estuário provocou o costumeiro arregalar de olhos nos burocratas. Ameaçadas de um desastre em termos de imagem e de uma cataclísmica ameaça à indústria do turismo, as mesmas pessoas cuja ignorância levou Florida Bay ao risco de morte começaram a negociar um meio de revivê-la. Mas seria difícil conseguir isso sem contrariar os mesmos fazendeiros e incorporadores para quem os pântanos haviam sido drenados a peso de ouro. Os políticos viram-se em apuros. Aqueles que nunca haviam perdido um minuto de sono por causa do destino da garça-branca agora dirigiam palavras comovidas à majestosa graciosidade do delicado pássaro. Nos bastidores, porém, eles garantiam aos financiadores de sua campanha que os grandes fazendeiros continuariam a receber a preciosa água à vontade. E os pássaros que se danassem.

Para qualquer candidato a cargo eletivo no sul da Flórida, recuperar os Everglades acabou não só se tornando um projeto de campanha como também virando um mantra. Promessas grandiosas surgiam nos discursos, grupos de trabalho foram reunidos, bolsas de estudos concedidas a especialistas, simpósios científicos realizados... e pouca coisa mudou. O Estado continuou a sugar avidamente a água que deveria fluir naturalmente para Florida Bay. Nos anos mais secos, a baía agonizava, tornava-se uma sopa de lama. Nos mais chuvosos, a vida silvestre renascia.

A situação da região podia ser mais bem avaliada em ilhas remotas como Pearl Key. Quando os manguezais ficavam coalhados de pelicanos e garças, quando fragatas e águias-pescadoras desfilavam pelo céu, quando as águas rasas fervilhavam de tainhas e robalos, era sinal de que a água fresca derramava-se sobre os Everglades e em quantidade suficiente para superar o crime cometido nas terras mais altas.

O infortúnio de Chub foi chegar a Pearl Key depois de uma estação de chuvas excepcionalmente generosas, quando a vida na ilha era luxuriante e abundante. Em menos de dois meses, as partes rasas se transformariam em lodaçais escuros como achocolatado, peixes e pássaros fugiriam e na água nadariam poucas criaturas capazes de ameaçar a segurança do seqüestrador cheirador de cola que apagara com uma das mãos fora do barco.

A mão ferida, além do mais; inchada e cinza, ainda adornada com a garra partida do caranguejo.

Como todo pescador bem sabe, o odor da isca espalha-se rápida e eficientemente pela água salgada, atraindo animais de todos os tamanhos. Chub também sabia disso, embora a informação guardada estivesse fora de seu alcance no momento. Nem mesmo um doutorado em biologia marinha teria conseguido abrandar o volume impressionante de vapores poliuretânicos do tubo de cola náutica que ele havia inalado. Portanto, ele permanecia completamente alheio ao fato de que sua mão ferida pendia de modo tão atraente na água, assim como desconhecia as inclinações para o canibalismo do *Callinectes sapidus*, o comum caranguejo-azul.

Na verdade, Chub estava tão dopado que a sensação de extrema dor — que ordinariamente lhe teria chegado ao cérebro num nanossegundo — arrastou-se, confusa, de uma sinapse a outra. Quando finalmente seu subconsciente registrou a impressão física, uma coisa terrível já estava acontecendo.

Seus berros arruinaram uma magnífica manhã sob todos os aspectos.

Os outros três estavam acordados havia várias horas. Bodean Gazzer patrulhava o mato próximo ao acampamento. Amber tentava refazer a tatuagem de Shiner usando um anzol de pesca afiado e um pouco de maquiagem violeta. Antes de começar ela anestesiara o braço com gelo, mas as picadas ainda doíam para danar. Shiner esperava que o serviço andasse rápido, uma vez que apenas duas das três letras requeriam alteração. Amber avisou que a tarefa não era fácil, pois precisava mudar as letras IRB para CAB.

"O I é mais fácil. Basta fazer a parte de cima e a de baixo do C maiúsculo. Mas transformar o R em A é mais difícil. Não sei se vai ficar um A legal."

Shiner, rilhando os dentes: "Faça o melhor que puder, tá?".

E virou a cara para não ver as picadas. De quando em quando soltava um gemido, dica para Amber aplicar mais gelo. Apesar do desconforto, Shiner estava gostando de ser o foco das atenções da moça. Gostou do jeito como ela enrolou as mangas do agasalho camuflado e fez um rabo-de-cavalo. Muito prática. E seu toque — embora clínico — dava um arrepio de prazer que ia até a virilha.

"Tive um amigo paranóico", ela contou, "que tinha medo de morrer num desastre de avião. Então, mandou tatuar suas iniciais nos braços, nas pernas, nos ombros, na sola dos pés e nas duas bandas da bunda. Assim, ele havia lido em algum lugar, poderiam identificar as partes de seu corpo pelas tatuagens."

Shiner disse: "Ele foi bem esperto".

"Sim, mas não adiantou. Sabe, ele era contrabandista."

"Ah."

"O avião caiu perto das Bahamas. Ele foi comido pelos tubarões."

"Não sobrou nada?"

"Um tênis Reebok, foi tudo que encontraram", disse Amber. "Dentro dele havia algo parecido com um dedo de pé. E não estava tatuado, claro."

"Puxa vida."

Para surpresa de Shiner, Amber começou a cantar enquanto o furava com o anzol:

Sorria como uma princesa, mas picava feito uma cobra —
Tinha gelo nas veias e um coração que não doía.
Era uma vagabunda ordinária e isso não é mentira,
Capaz de arrancar suas bolas com os olhos a brilhar...

Shiner disse: "Você tem uma voz linda".

"Irmandade dos Rebeldes Brancos", disse Amber. "Aquela música sobre a qual conversamos. É genial." Enquanto trabalhava na tatuagem, o rosto de Amber estava tão próximo que ele podia sentir na pele o hálito dela.

Ele disse: "Acho que vou comprar o CD".

"Eles fazem outras coisas além de *hip hop.*"

"É, estou vendo."

"Está doendo?"

"Não", mentiu Shiner. "Na verdade, andei pensando se você não faria mais uma coisa. Embaixo da águia."

"Como assim?"

"Um Swatch K."

"Um o quê?"

"Um Swatch K. Sabe, como o dos nazistas."

Amber ergueu os olhos, atônita. "Quer dizer uma suástica?"

"Isso mesmo." Ele praticou a pronúncia correta. "Seria o máximo, você não acha?"

"Não sei desenhar isso, sinto muito."

Shiner ficou pensativo, encolhendo-se às vezes quando o anzol penetrava muito na carne. "Vi algumas na casa do Coronel", ele disse depois de algum tempo, "mas não me lembro direito como eram. Acho que eram assim..."

Ele alisou um trecho de areia e com o indicador desenhou sua versão da infame cruz germânica.

Amber balançou a cabeça. "Não é assim."

"Tem certeza?"

"Parece... Do jeito que você desenhou parece uma letra do alfabeto chinês."

"Espere um pouco...", falou Shiner, mas não conseguiu. Neste momento Bodean Gazzer saiu do mato pisando duro. Sentou-se perto do fogo e começou a limpar o orvalho do rifle. Shiner o chamou.

"Coronel, sabe desenhar uma suástica?"

"Claro que sei." Bode percebeu a oportunidade de impressionar Amber à custa do rapaz. Deixou a arma de lado e juntou-se a eles, que estavam sob o toldo. Com um movimento da mão apagou o desenho infantil de Shiner e com gestos largos e seguros desenhou sua suástica.

Amber examinou rapidamente a figura antes de declarar que ela tinha "pernas demais". Referia-se aos enfeites que Bode fizera nas extremidades dos braços.

"Você não sabe de nada, garota", ele disse. "Era exatamente assim que os nazistas faziam."

Amber não discutiu, mas pensou: Um supremacista branco ou anti-semita de verdade saberia fazer uma suástica. As confusões de Bode e Shiner sobre o desenho confirmaram suas suspeitas de que os Clarins Arianos Brancos não passavam de uma milícia de araque.

"Tudo bem, o entendido aqui é você", ela disse a Bode, enquanto esquentava de novo a ponta do anzol com um isqueiro.

Shiner sentiu um aperto no estômago. Apostava que Amber tinha razão — a suástica do Coronel era esquisita, tinha pernas demais e as linhas apontavam para o lado errado. Estava de cabeça para baixo ou do avesso, Shiner não sabia direito.

"Onde vai pôr?", perguntou Bode.

"Debaixo do pássaro." Amber tocou o local escolhido, no bíceps esquerdo de Shiner.

Bode disse: "Perfeito".

Shiner não sabia o que fazer. Não queria ofender seu oficial comandante, mas também não queria fazer outra tatuagem defeituosa, nem morto. Uma suástica errada seria difícil de consertar, Shiner sabia. Difícil e doloroso.

Amber pressionou o saco de gelo contra o braço dele. "Avise quando parar de sentir frio."

Bode Gazzer aproximou-se. "Quero ver."

Shiner fixou o olhar na ponta escurecida do anzol e ficou tonto na hora.

"Está pronto?", perguntou Amber.

Shiner respirou fundo — havia tomado uma decisão. Faria aquilo pela irmandade.

"Quando quiser", disse com voz pastosa, fechando os olhos.

No início, pensou que o grito fora seu. Depois, quando o uivo animalesco se transformou numa torrente de obscenidades, Shiner reconheceu o timbre da voz de Chub.

Amber disse: "Meu Deus".

E Bodean Gazzer: "Que diabo!".

Shiner ergueu os olhos e viu Chub nu, exceto pelo shortinho alaranjado de Amber, que usava na cabeça. O short estava enfiado como um gorro, de forma a esconder o remendo no olho de Chub.

Mas o que deixou todos atônitos não era aquilo.

Era o que estava na ponta do braço direito de Chub, que pendia flácido e pesado ao longo do corpo. Onde antes havia uma garra de caranguejo agora se encontrava um caranguejo inteiro; um dos maiores caranguejos que Amber já vira fora do Seaquarium.

"O que é que eu faço?", implorou Chub. "O que eu devo fazer, porra?" Com os olhos remelados de sono ou de cola, mostrou a outra mão — a que ainda funcionava — para que os outros a vissem. Os nós dos dedos estavam ensangüentados, de tanto bater no caranguejo.

Amber fixou os olhos em Shiner, que, como nada conhecia da vida marinha, não sugeriu nenhuma estratégia de reação. Apesar do sofrimento do irmão branco, ele não pôde deixar de sentir certo alívio. Enquanto os outros continuavam apalermados com a visão de Chub, Shiner discretamente esfregou o pé no chão até apagar o desenho da suástica duvidosa de Bode Gazzer.

"O caranguejo!", berrou Chub. "O caranguejo queria a maldita pata!"

Gravemente, Bode resumiu: "Ou ele estava a fim de comer a pata ou de trepar com ela".

A mão sem cor e inchada de Chub deve ter sido confundida por um caranguejo míope com outro membro de sua espécie — era a hipótese de Bode. Não ocorreu a Amber nada mais plausível para contrapor.

Shiner perguntou: "Como ele colocou o short na cabeça?".

"Só Deus sabe", ela disse, suspirando.

Chub correu para a água. Quando os outros o alcançaram, ele batia furiosamente com o caranguejo preso na mão num toco de plátano.

Shiner deu um passo à frente. "Pode deixar que eu vou dar um jeito nisso."

Bode ficou assustado ao ver a Beretta brilhar na mão do rapaz. "Não senhor", ele disse, tomando-lhe a arma. "Pode deixar que eu faço as honras da casa."

"Fazer o quê?", quis saber Amber.

Ela sentiu a mão de Shiner no ombro. "Acho melhor você recuar", alertou.

Embora não se desse conta disto, por pouco Bodean Gazzer não retornou ao acampamento. Tom Krome e JoLayne Lucks quase o pegaram sozinho.

Eles o viram a uns cem metros, cruzando um trecho plano salino na parte mais alta da ilha. A área era oval e larga, rodeada de árvores e detritos do último tufão. Normalmente, virava uma lagoa nas marés altas do outono, mas dois dias de vento forte tinham varrido a maior parte da água para fora. Com seu rifle de assalto na mão, Bode espantara os bandos de aves pernaltas enquanto varava o lamaçal amarelado.

JoLayne e Tom saíram do mato menos de dois minutos após sua passagem. Não poderiam se arriscar, caminhar pelo mesmo terreno aberto, onde não dispunham de cobertura. Por isso contornaram a clareira pela borda, desviando-se das raízes do mangue. Avançavam penosamente; Tom seguia na frente, segurando os ramos até JoLayne conseguir passar com a Remington. Quando atingiram o local onde o baixinho fascista novamente penetrara no mato, viram as pegadas fundas e a vegetação partida. Seguiram com cautela, pisando leve para evitar que os outros os escutassem.

Então, o barulho no mato cessou. JoLayne puxou a manga de Tom e fez um gesto para que parasse. Aproximando-se dele e cochichou: "Sinto cheiro de fumaça".

O som de conversas confirmou. Estavam próximos do acampamento dos ladrões; talvez perto demais. Em silêncio, JoLayne e Tom recuaram, escondendo-se debaixo das folhagens. Em volta deles os ramos das árvores estavam enfeitados com teias de aranha recentes. Tom as observou, maravilhado.

"Aranha tecelã", disse JoLayne.

"Sensacional."

"Sem dúvida." Ficava intrigada com a calma de Tom. Enquanto a caçada se desenrolava, ele permanecia completamente à vontade. Ficar parado era o que o inquietava. Não suportava sentar e esperar.

Quando JoLayne mencionou isso, Tom disse: "É que eu prefiro ser o caçador a ser a caça. Não concorda?".

"Bem, estamos bem perto dos filhos da mãe."

"Sim, você até que é ótima nisso."

"Para uma negra, você quer dizer."

"JoLayne, não comece."

"Nem todos os negros ficam na esquina traficando. Alguns conhecem o mato... Bem, talvez você tenha se referido às mulheres em geral."

"Realmente, era isso." Tom concluiu que seria melhor passar por misógino do que por racista — caso JoLayne estivesse falando sério.

Ela brincou: "Quer dizer que sua mulher nunca o levou para passear no mato?".

"Não que eu me lembre."

"Nem as namoradas?" JoLayne sorria. Obviamente, gostava de brincar com ele de vez em quando.

Ela beijou seu pescoço com carinho. "Peço desculpas pelas brincadeiras, mas não consigo me conter. Faz muito tempo que eu não tenho um branquinho cheio de culpa só para mim."

"Eu, no caso."

"A gente devia ter feito amor outra vez", ela disse, subitamente pensativa. "Na noite passada — apesar da chuva e do frio, a gente devia ter feito."

Tom achou que era um momento estranho para abordar aquele assunto, com uma gangue de lunáticos fortemente armados a cem metros de distância.

"Decidi há muito tempo", ela disse, "que, se soubesse exatamente quando seria o momento da minha morte, eu daria um jeito de passar a noite anterior trepando feito doida."

"Ótimo plano."

"E nós dois podemos morrer aqui nesta ilha. Sabe, estamos atrás de bandidos muito perigosos."

Tom disse que preferia o pensamento positivo.

"Mesmo assim", disse JoLayne, "você tem de concordar que há uma chance de eles nos matarem."

"Claro, claro que há uma chance!"

"É só isso que estou dizendo. Por isso gostaria de ter feito amor ontem."

"Acho que teremos outra chance", disse Tom, tentando parecer animado.

JoLayne Lucks fechou os olhos e virou a cabeça para trás. "Medo mortal é um afrodisíaco poderoso — li isso em algum lugar."

"Medo mortal."

"E não foi na *Cosmo.* Desculpe-me ficar tagarelando, Tom. Só que estou..."

"Nervosa. Eu também", ele disse. "Vamos nos concentrar no que temos a fazer para pegar os cretinos que roubaram seu bilhete."

A expressão sonhadora sumiu do rosto de JoLayne. "Não foi só isso que eles fizeram."

"Eu sei."

"Ainda assim, não sei se conseguirei puxar o gatilho."

"Talvez não seja necessário", ele disse.

JoLayne apontou para cima, para os galhos do mangue. Um besouro minúsculo, em forma de barril, fora capturado pela teia sedosa. Lentamente, quase descontraída, a aranha cruzava o intricado labirinto para apanhar o inseto que se debatia.

"É disso que precisamos. Uma teia", disse JoLayne.

Eles continuaram a vigiar até que um grito pavoroso rompeu o silêncio. Desta vez não foi um grito feminino, e sim masculino. Não era menos apavorante.

JoLayne tremeu e ficou de joelhos. "Puxa, o que terá sido agora?"

Tom Krome levantou-se rapidamente. "Bem, prefiro ouvir gritos deles que canções em volta da fogueira." Ele a puxou pela mão. "Vamos ver o que houve."

Chub não confiava nem em Bode nem em Shiner para remover o caranguejo de sua mão com um tiro. Não confiava nem em si mesmo.

"Estou me sentindo um bosta", admitiu.

Eles o convenceram a se deitar, e depois de alguns minutos o pânico passou. A dor lancinante deu lugar a um latejante peso morto. Bode trouxe uma Budweiser morna e Shiner ofereceu um pedaço de carne-seca. De Amber, nada; nem um olhar de comiseração.

"Estou com frio", queixou-se Chub. "Sinto arrepios."

Bode avisou que o ferimento estava bastante infeccionado. "A parte que dá para ver", acrescentou. O caranguejo tinha comido um bom pedaço.

"O desgraçado está vivo ou morto?", perguntou Chub, forçando a vista para tentar descobrir.

Shiner disse: "Morto".

Bode disse: "Vivo".

Chub olhou para Amber, esperando o desempate. "Sinceramente, não sei dizer."

"Meu Deus, estou morrendo de frio. Minha pele está pegando fogo, mas o resto de mim está gelado."

Amber tirou o encerado da árvore e o estendeu sobre Chub, até o pescoço. Ele ficou deslumbrado com o gesto, que, erroneamente, interpretou como uma demonstração de afeto e consideração. A verdadeira intenção de Amber era egoísta: esconder da vista de todos a medonha nudez de Chub, assim como aquele caranguejo revoltante.

Ele disse: "Obrigado, querida. Mais tarde, vamos dar aquele passeio que você prometeu".

"Você não está em condições de ir a lugar nenhum."

Shiner disse: "Amém. Isso é um fato". Ele temia a saída dos dois sozinhos.

Bodean Gazzer esquentou o bule de café na fogueira. Chub cochilou. Furtivamente, Amber tentou recuperar o short de garçonete, mas a peça enroscou no rabo-de-cavalo de Chub, o que o acordou. "Não vem não! Isso é meu, porra. Você me deu!" Ele puxou e sacudiu a cabeça.

"Tudo bem, tudo bem." Amber recuou.

A mão boa de Chub emergiu do encerado. Reajustou o short vistoso no nariz e na boca, deixando o olho bom exposto numa das entradas para as pernas.

Shiner, de costas para Chub, falou baixinho: "Ele está louco".

"Obrigada pela notícia", disse Amber.

Eles tomaram café enquanto Bodean Gazzer lia em voz alta os manifestos do Pacto Patriótico Pioneiro. Quando chegou na parte que acusava os negros e os judeus de descenderem do demônio, Amber ergueu a mão. "Que parte das Escrituras diz isso?"

"Ah, está lá. 'Aqueles que se deitam com Satã procriarão da semente do demônio apenas filhos da escuridão e do logro.'" Bode estava inventando. Não abria uma Bíblia desde a escola primária.

Amber continuou cética, mas Shiner quis ajudar: "Se o Coronel diz que está na Bíblia, então está lá". No entanto, Shiner não se lembrava de ter ouvido de sua mãe fanática um versículo tão poderoso. E ela não deixaria passar uma coisa dessas. Sementes do demônio!

Chub levantou a cabeça e requisitou o saco de cola náutica. Irado, Bode respondeu: "Já chega dessa merda".

"Uma ova." Sempre que Chub falava, o tecido do short de Amber cobria-lhe a boca. Amber imaginou que levaria aquela visão medonha com ela para o túmulo.

Bodean Gazzer dizia: "Meu Deus, você já fodeu a mão, já fodeu o olho — não vai querer agora ferrar o cérebro também, vai? Você é um soldado, lembra? Um major".

"Que se dane", protestou Chub através do short.

Bode retomou a leitura, mas só Shiner continuou prestando atenção. As questões que mais o preocupavam diziam respeito principalmente às acomodações fornecidas pelo Pacto Patriótico Pioneiro em Montana. As casamatas tinham aquecimento central? Tevê a cabo ou por satélite?

Chub, que havia apagado outra vez, sentou-se de repente. "Minha arma! Cadê minha arma?"

"Provavelmente na lancha", disse Bode, em tom de desaprovação. "Com seu traje camuflado."

"Então vai buscar!"

"Estou ocupado!"

"Quero minha arma agora, porra!" Chub lembrou-se do bilhete de loteria, escondido no tambor do revólver.

Shiner disse: "Eu vou buscar".

"Vai o cacete!", rosnou Chub. Seus olhos fixaram-se em Amber. Ela estava sentada ao lado do rapaz, do outro lado do acampamento. Bem pertinho. *Tocando* nele — tocando aquele braço flácido.

Chub não se deu conta de que ela estava pondo gelo na tatuagem, mas isso não teria feito diferença. A Bode Gazzer, disse: "Está na hora da reunião".

"Como é?"

"Do CAB. Temos assuntos importantes para discutir, certo?"

"Certo", disse Bode. Ele preferia esperar até que o problema do caranguejo fosse resolvido. Aleijado como estava, Chub perdera muito de sua presença ameaçadora, tão útil nos confrontos.

Bode iniciou a reunião com uma falta de entusiasmo que pôs Amber em estado de alerta. Ela deu uma rápida cotovelada em Shiner, para alertá-lo do que estava por vir. Em segredo, eles haviam combinado tudo antes do amanhecer. Shiner parecia arrasado, como uma criança que tivesse acabado de descobrir que Papai Noel não existe.

"Meu rapaz", começou Bode Gazzer, "em primeiro lugar gostaríamos que você soubesse o quanto apreciamos tudo que fez pela milícia. Jamais nos esqueceremos de sua contribuição. Mais adiante, queremos recompensá-lo de maneira justa e generosa. No entanto, o problema é que nosso relacionamento não está dando certo. Em particular com as armas, rapaz — você se excita com muita facilidade."

Chub interrompeu: "Você ainda vai acabar matando a gente, com essa mania de atirar em pássaros e coelhos!".

"Eu já disse que sinto muito", insistiu Shiner. "Além disso, Coronel, não prometi pagar os estragos na sua picape?"

"Sei disso, e estamos respeitando sua atitude. Muito mesmo. Contudo, temos uma situação de alto risco aqui. A Maré Negra atrás de nós mais o problema da Otan nas Bahamas. Isso quer dizer macaco para tudo quanto é lado, meu rapaz. Não podemos nos dar ao luxo de cometer mais nenhum erro."

Chub disse: "Vida ou morte. Não é brincadeira".

"Por isso resolvemos que é melhor você ir embora", disse Bode Gazzer. "Vá para casa tomar conta de sua mãe. Não é vergonha nenhuma."

Shiner surpreendeu os dois. Ele se levantou e disse: "De jeito nenhum". Olhou para Amber, que balançou a cabeça para encorajá-lo. "Vocês não podem me dispensar. Não podem." Ele apontou para a tatuagem inflamada. "Estão vendo aqui? CAB. Para a vida inteira."

"Lamento, rapaz, mas não é por aí." Bode compreendeu que cabia a ele discutir com o jovem, pois Chub não demonstrava a menor paciência. "Só o que podemos dizer é muito obrigado por tudo, e até logo. Além disso, vamos lhe dar mil dólares por sua lealdade."

Amber soltou uma risada sarcástica. Aqueles caras eram inacreditáveis.

Encorajado, Shiner disse: "Mil dólares é uma tremenda piada".

Bode perguntou o que ele queria.

"Continuar na milícia", respondeu Shiner com firmeza. "E também quero um terço do dinheiro da loteria. Eu mereço."

Chub empurrou o encerado para o lado e se levantou. "Atire no filho da puta", disse a Bode.

"Espere um pouco."

"Se você não atirar, eu atiro."

Bode Gazzer olhou com raiva para Shiner. "Puta merda, rapaz." E sacou a 380 roubada da cinta. "Por que você me põe numa situação dessas?"

Amber percebeu que Shiner estava morto de medo. Ela disse: "Coronel, há uma coisa que o senhor precisa saber. Diga a ele, Shiner. Conte o que você fez no rio Jewfish".

Era hora do grande blefe. Shiner esforçou-se para se lembrar do que Amber havia dito para ele dizer, procurou as palavras exatas que aprendera na noite anterior, mas não conseguiu organizá-las na mente — a visão da Beretta mexia com seus nervos.

"A respeito do vídeo", insistiu Amber.

"Ah... é isso aí."

"O telefonema que você deu", ela disse.

Bode perguntou: "Que telefonema?".

"Isso mesmo", disse Shiner. "Lembram-se do vídeo que eu roubei na loja? Vocês me mandaram pegar a fita no Grab N'Go. Ela prova que vocês não ganharam na Lotto..."

"Cala a boca", rosnou Chub.

"... porque vocês só apareceram em Grange no dia seguinte. Está tudo no vídeo."

Bode, batendo a 380 contra a coxa: "Que telefonema?".

"Diga a ele", Amber orientou Shiner.

"Para minha mãe", mentiu Shiner. "A fita está escondida no meu carro, e o carro ficou do lado do trailer do major Chub. Liguei para minha mãe e pedi a ela que fosse buscar a fita. Se eu não entrasse em contato com ela até quinta-feira..."

"Terça-feira", consertou Amber.

"Isso, terça. Eu falei a ela para ir buscar o carro."

"E daí?" Bodean Gazzer sentiu a boca seca como se tivesse comido giz.

Shiner disse: "Mandei minha mãe entregar a fita para aquela negra, JoLayne. Ela saberá o que fazer".

"Você é um mentiroso de merda", disse Bode, sem a menor convicção.

"Não sou."

"Eu estava com ele quando telefonou", disse Amber.

"Então vocês dois estão mentindo."

Amber avisou que ia nadar um pouco sozinha. Shiner ficou aliviado, pois estava esperando para dar uma mijada campeã.

Chub e Bode retiraram-se para o *Reel Luv*, onde mantiveram uma conferência de emergência. Mesmo febril e entorpecido, Chub compreendeu o que o rapaz fizera: um seguro de vida. "Quer dizer que não podemos matar o desgraçado?"

"Não vejo como", disse Bode.

"E que história foi aquela de dinheiro?"

"Ele quer uma parte, e vamos ter de dar para ele", disse Bode. "Graças a Deus ele só sabe a respeito de um bilhete da loteria. Por isso, vai levar... quanto é um terço de catorze milhões?"

Chub fez a divisão de cabeça, com dificuldade. "Quatro e pouco. Uns quatro e quinhentos ou setecentos."

"Então, essa será a parte dele. Desde que ele não descubra nada a respeito do outro bilhete."

Chub sentiu vontade de vomitar. Quatro milhões e meio para aquele idiota! Não estava certo. Era um pecado, isso sim.

"Chantagem", disse Bode, revoltado. Não havia como negar a gravidade da situação deles. A salvação da América branca teria de esperar. Primeiro precisavam salvar a si mesmos.

"E acho bom você saber de uma coisa", ele disse a Chub. "Sua loirinha querida está na jogada."

"Amber? Duvido. De jeito nenhum."

"Acha que Shiner teria cabeça para bolar um plano desses? O cara não presta nem para achar o próprio pinto no escuro."

"Sei não." Chub não queria acreditar que Amber se mancomunara com Shiner. Por que se meter com ele, pensou, quando podia ficar comigo?

Bode Gazzer sugeriu que ele vestisse a roupa. "Antes que seu pau acabe dançando."

"Estou pegando fogo. Sinto muito calor, põe a mão pra ver." Ele deixou cair o braço inchado com o caranguejo no convés do barco.

"Não, obrigado", disse Bode, afastando-se. E teve uma idéia. "Hoje é segunda-feira, certo?"

"Nem me pergunte."

Bode tamborilou com os dedos na amurada. "Isso nos dá um dia inteiro até que a mãe de Shiner pegue a fita. Vamos dizer que a gente saia agora — leve o barco até a marina, pegue a picape e vá embora. Podemos chegar a Tallahassee amanhã na hora do almoço."

Chub espiou intrigado pelo buraco no short de Amber. "E o vídeo?"

"Paramos no trailer, a caminho para o norte. Achamos a maldita fita e a queimamos. Botamos fogo no carro inteiro, se for preciso, como fizemos com o Miata daquele bundão."

"Do ca-ra-lho." A risada de Chub parecia o chocalho de uma cascavel. Não via a hora de cair fora daquela ilha miserável. "Vamos deixar o desgraçado aqui apodrecendo. Adorei, cara."

"Ela também."

"Aí não!"

Bode Gazzer disse: "Acho melhor".

"Mas ainda nem comi ela. Não consegui nem uma chupada."

"Vamos logo. Precisamos carregar a lancha."

Chub disse: "Ainda temos tempo, cara, se a gente andar depressa. Dá até para a gente fazer uma farra. Nós dois".

Bode deveria ter bloqueado a idéia, mas em vez disso deixou que ela tomasse conta da sua imaginação. Foi tomado pela imagem de Amber nua, ajoelhada a seus pés.

"A gente amarra o *skinhead*", sugeriu Chub. "Aí cada um vai com a moça e depois caímos fora."

"Acha que ela topa?" Bode não se sentia bem com a idéia de estuprar uma mulher branca. Além disso, era crime hediondo.

Chub disse: "Se fosse o único meio para ela sair da ilha. Aí, aposto que topava".

"Boa idéia", disse Bode.

Foi um momento histórico, Chub tendo uma idéia. Foi pegar o saco de cola.

Bode ouviu passos e deu meia-volta. Deveria estar preparado, empunhando a Beretta, mas não estava.

Amber apareceu, de traje camuflado, com a parte de cima meio aberta e os cabelos molhados e lisos do banho de mar. "Não consigo encontrar Shiner", ela disse.

"Não é uma pena?", falou Chub, rindo através do short da garçonete.

Bode Gazzer explicou o plano a Amber, objetivamente. Informou o preço para a viagem de barco de volta a Keys. Ela não chorou, não correu, não ficou furiosa. Sua fisionomia permaneceu totalmente neutra, dando aos dois homens a equivocada impressão de aceitação. Chub saltitava ao descer do barco.

Amber disse: "Tire esse short ridículo da cara".

Bode distraiu-se momentaneamente com o caranguejo grudado na mão de Chub. Imaginou ter detectado um movimento.

Amber repetiu a exigência. "Tire o short. Você parece um tarado."

"Olha quem fala", disse Chub, dando um passo em sua direção. Foi quando viu o Colt Python 357. *Seu* Colt. Seu bilhete da Lotto, a fortuna da sua vida, seu futuro inteiro como ser humano — tudo na mão de uma enfurecida garçonete do Hooters.

"Puta merda", ele disse.

Bodean Gazzer ficou assombrado com a velocidade dos acontecimentos, tudo conseqüência do azar, da luxúria e da estupidez.

"Cheire mais um pouco de cola", disse ao parceiro. "Vamos ver o que mais você consegue estragar."

Amber disparou a pistola contra o pé de Chub. A bala jogou areia em seu tornozelo. Ele arrancou o short cor de laranja da cabeça e o jogou para ela.

"Obrigada", disse Amber. "Agora, o que vocês dois fizeram com Shiner?"

"Nada", eles responderam. Bode primeiro, depois Chub.

Nenhum dos dois poderia saber que Shiner se encontrava a exatos cento e vinte e sete passos dali, se molhando todo de puro terror.

24

Enquanto apontava a espingarda, Tom Krome redigiu mentalmente a abertura da reportagem:

Um vendedor de loja de conveniência não identificado foi morto a tiros na segunda-feira, num bizarro ataque ocorrido numa remota ilha ao largo de Florida Keys.

A polícia declarou que a vítima foi vigiada e emboscada enquanto urinava num manguezal. Foi preso, por homicídio em primeiro grau, o repórter Thomas Paine Krome, 35, que havia abandonado o jornal no qual trabalhava e era tido como morto.

Os colegas de trabalho descreveram Krome como um sujeito solitário, nervoso e irritável. Um dos ex-editores disse não ter ficado "nem um pouco surpreso" com a acusação de homicídio.

Krome ordenou a Shiner que levantasse as mãos. JoLayne Lucks aconselhou-o a não mover um músculo.

"Mas eu fiz xixi na calça", disse o rapaz.

"Saiba que foi a melhor coisa que lhe aconteceu hoje."

Shiner piscava alucinadamente.

Krome disse: "Então, malandro, cadê o bilhete da Lotto?".

"Não está c-c-comigo." Os olhos de Shiner passaram da Remington para a roda escura que aumentava em sua calça. "Posso pelo menos fechar o zíper?"

"Nada disso", disse JoLayne, séria. "Quero seu pintinho ridículo bem aí onde ele está, pendurado ao ar livre, para poder atirar nele se for necessário."

O rapaz parecia prestes a chorar.

"Mas, JoLayne, seu bilhete não está comigo. Não sei o que eles fizeram com o bilhete, juro por Deus."

JoLayne virou-se para Tom Krome. "Passe a arma."

"Mantenha a calma."

"Tom, não complique as coisas."

Com uma mistura de alívio e receio, Tom entregou-lhe a arma. Imediatamente, Shiner começou a gemer. Viu que seu pinto encolhera e estava escondido dentro da calça, inteiro. JoLayne Lucks enfiou a ponta do cano pelo vão aberto do zíper.

"Tem alguém em casa?" Sua voz estava tão animada que Shiner sentiu um arrepio glacial.

"Por favor, não faça isso", choramingou.

"Diga onde está meu bilhete."

Krome bateu no vidro do relógio. "Depressa, meu jovem." Ele não acreditava que JoLayne fosse capaz de atirar no rapaz à queima-roupa. Nos dois ladrões talvez, mas não em Shiner.

Exceto se ele tentasse alguma bobagem.

Um vendedor de loja de conveniência não identificado foi morto a tiros na segunda-feira, num bizarro ataque ocorrido numa remota ilha ao largo de Florida Keys.

A polícia declarou que a vítima fora aparentemente emboscada por uma consumidora insatisfeita, que acreditava ter sido roubada por ele em catorze milhões, valor de um bilhete de loteria premiado desaparecido. JoLayne Lucks, 35, foi presa por homicídio em primeiro grau. Ela trabalha numa clínica veterinária em Grange.

Os vizinhos a descrevem como uma moça calma e gentil. Declararam-se chocados e incrédulos com a acusação de homicídio.

Krome disse a Shiner: "Se você dá algum valor aos testículos, diga à moça o que ela deseja saber".

"Mas eu nem vi o tal bilhete. Juro que é verdade!", sibilou Shiner por entre os dentes.

JoLayne olhou para Tom. "Acredita nele?"

"Odeio dizer, mas acredito."

"Sabe, eu ainda não tenho muita certeza."

Ela deu um passo para trás. Como era de esperar, Shiner escolheu aquele momento para tentar pegar a Remington. Surpreendeu-se quando JoLayne soltou a arma, sem reagir. Surpreendeu-se mais ainda quando foi incapaz de segurá-la, pois os dois polegares sofreram uma violenta torção que os inutilizou.

Enquanto Shiner pulava no chão feito uma tainha, JoLayne agradeceu a Tom por lhe ter ensinado o truque. Calmamente ele agarrou Shiner pelo cangote e, com veemência, recomendou que sofresse em silêncio, para não acordar os companheiros de jornada.

"Bem, e onde está a fita de vídeo?"

"Escondida no meu carro", disse Shiner, ofegante. "Do lado do trailer de Chub."

"Chub é o sujeito de rabo-de-cavalo?"

"E com um remendo de pneu no olho, sim senhora. E agora ele tem um caranguejão na mão."

Krome largou o pescoço de Shiner e fez com que se levantasse. "Qual é o verdadeiro nome dele?"

"Chub? Eu nunca soube." O rapaz tinha os olhos vermelhos e ofegava muito. Ao dar uma espiada nos dedos, de soslaio, quase desmaiou.

"O que acha que sua mãe vai dizer disso tudo? Meu Deus, posso imaginar." O tom de JoLayne era ferino. Ela pegou a espingarda e sentou-se na areia, ao lado de Shiner. Ele se encolheu como se ela fosse uma tarântula.

"Por que fez uma coisa dessas?", ela perguntou. "Por que ajudou aqueles filhos da mãe?"

"Não sei direito." Shiner virou-se e se encolheu todo. Era a mesma estratégia que usava quando a mãe ralhava com ele por ter se esquivado da igreja ou levado cerveja escondida para o quarto.

Tom Krome disse: "Ele não tem jeito, Jo. Vamos embora".

"Ainda não." Gentilmente, ela levou um dedo ao queixo do rapaz e virou sua cabeça até que seus olhos se encontrassem.

Shiner disse: "É só um clube, tá? Eles perguntaram se eu queria entrar e eu disse claro que sim. Uma irmandade, eles me disseram. Só isso".

"Claro", disse Tom. "Como os Kiwanis, só que para nazistas."

"Não é o que você está pensando. Pelo menos não era para ser no começo." Shiner balbuciava, falando como criança.

Os olhos de JoLayne brilharam. "Sabe o que seus 'irmãos' fizeram comigo? Quer que eu mostre?"

Sem dizer uma palavra, o *skinhead* jogou a cabeça para a frente e vomitou. JoLayne Lucks considerou isso um não definitivo.

Diferentemente de muitas mulheres de sua idade, Amber tinha uma visão realista da vida, do amor, dos homens e do seu futuro. Sabia até aonde sua boa aparência poderia levá-la e qual era o limite para certas atitudes. Ela não se sujeitaria à rotina das louras bonitas (pegar fila para os testes de calendários) nem dançava nua (apesar dos valores impressionantes envolvidos). Ela continuaria garçonete no Hooters e terminaria a faculdade para conseguir um emprego respeitável como cosmetologista ou até oficial de justiça. Namoraria Tom, o ciumento, até aparecer alguém melhor ou até não agüentar mais a imaturidade dele. Não se tornaria amante de um homem com idade para ser seu pai, por mais dinheiro que tivesse ou por maior que fosse o apartamento à beira-mar que ele se oferecesse para alugar. Só pediria dinheiro emprestado aos pais nas emergências, e pagaria até o último tostão assim que pudesse. Teria apenas um cartão de crédito. Não fingiria orgasmo duas noites seguidas. Permaneceria longe dos cigarros, que mataram seu tio, e evitaria a vodca Absolut, que a fazia se comportar mal em público. Não ficaria automaticamente impressionada com homens em conversíveis pretos ou versados em línguas estrangeiras.

Ainda assim, até a mais sensata e pragmática garota ficaria compreensivelmente aterrorizada ao ser raptada por uma milícia armada. Contudo, trabalhar como garçonete naquele ridículo shortinho dera a Amber uma inabalável confiança na hora de lidar com idiotas como aqueles ali. Dos três matutos, Shiner era o elo mais fraco e, conseqüentemente, o principal alvo de suas atenções. Amber nunca trabalhara com um tatuador, claro, e nada sabia a respeito daquela arte, mas deduziu corretamente que o jovem Shiner ansiava tanto por seus toques que permitiria que ela perfurasse sua pele com um anzol enferrujado.

Um pouco antes ela percebera que Shiner não tinha vocação para crimes violentos e que se juntara a Chub e a Bodean Gazzer principalmente pelo tédio e pela curiosidade típicos de morador de cidade pequena. Depois que Shiner revelou a existência do bilhete da Lotto roubado e do prêmio de catorze milhões, Amber se deu conta de que os dois pilantras pretendiam se livrar dele na primeira oportunidade. Isso significava que ela se veria sozinha com o coronel camuflado e com o drogado cheirador de cola caolho, dois sujeitos mais violentos e menos maleáveis que o aprendiz de *skinhead*. Com quase toda a certeza, a idéia de relações sexuais forçadas não seria repugnante para eles.

Amber acreditava que manter Shiner no esquema aumentaria suas chances de evitar o estupro e de, por fim, escapar.

Com esse objetivo, elaborou para o rapaz uma estratégia rudimentar de chantagem. Surpreendeu-a Shiner não ter exigido uma parte do dinheiro da loteria — ele era como um mensageiro apalermado, muito tímido ou lerdo para pedir a gorjeta no fim do serviço. Sua única garantia — Amber explicou pacientemente a Shiner — era o vídeo da câmera de segurança do Grab N'Go.

Ela só se equivocara ao ajudar o rapaz a conseguir uma parte do prêmio da Lotto: o dinheiro pertencia a outra pessoa. Uma mulher negra, de acordo com Shiner. Uma moça da cidade dele. Aquilo incomodou Amber, mas ela decidiu não se sentir culpada prematuramente.

Por enquanto, a prioridade era emplacar o plano de chantagem. Ele até que não estava ruim, armado de última hora, em condições adversas e com um cúmplice de capacidade intelectiva limitadíssima. A história inventada sobre o telefonema para a mãe de Shiner e a disposição dela em buscar a fita em caso de traição foram toques magistrais. A maior falha do plano, Amber se dava conta agora, havia sido temporal. Bode e Chub teriam quase um dia todo de espera, o suficiente para saírem da ilha, destruírem a fita comprometedora e correrem até Tallahassee para pegar o prêmio.

Era o que eles se preparavam para fazer quando ela os enfrentou na lancha, depois de seu mergulho matinal.

"Tire esse short ridículo da cara." Uma das mãos fechou o zíper do agasalho esportivo, a outra apontou o revólver de Chub, que Amber havia removido do *Reel Luv* e escondido numa moita, perto da fogueira do acampamento.

"Tire o short. Você parece um tarado." Depois, um tiro aos pés de Chub, só para ver como era uma arma pesada disparando. Também serviria para mostrar aos matutos que ela falava sério e que não negociaria com nenhum homem adulto usando short na cara.

"Agora, o que vocês dois fizeram com Shiner?"

"Nada", eles responderam.

"Ele foi dar uma mijada", disse Bodean Gazzer.

"Bem, ele sumiu."

"Já volta", disse Chub.

"Vamos procurá-lo. Vista uma roupa", disse Amber.

"Ainda não vai dar", disse Chub, rindo malicioso. "Você não está gostando do que vê? Não quer experimentar uma coisa dura e quente?"

Ele balançou o pênis queimado de sol, inspirando Amber a disparar novamente. Desta vez, o Colt quase pulou de sua mão. O tiro passou entre Bode e Chub, ultrapassou o manguezal e foi bater na água.

Folhas e gravetos caíram no barco e, de repente, o caranguejo largou a mão infeccionada de Chub. O bicho estava morto fazia tempo, descobriram. Chub empurrou o casco azulado fedorento com um dedo do pé e murmurou: "Filho da puta".

Bode Gazzer ergueu os braços para Amber. "Tudo bem, gracinha, pode largar a arma. Já entendemos qual é a sua."

"Diga isso a seu amigo."

"Não se preocupe. Ele já entendeu."

Chub disse: "Uma ova. Falta a gente brincar um pouquinho, eu e ela".

Bode fez cara de nojo. O sujeito era inacreditável; não demonstrava o menor senso de prioridade. Nenhum.

Amber disse: "Ele está forçando a barra, Coronel".

"O que quer que eu diga? Ele é um completo idiota às vezes."

"Acha que devo atirar nele?"

"Melhor não."

Chub estudava a mão infeccionada como se fosse um carburador entupido. "A outra garra ainda está presa aqui."

"Uma coisa por vez", disse Bode Gazzer. "Vista a roupa e vamos procurar o *skinhead.*"

"Só depois que a minha querida Amber me chupar."

"Ela vai chupar você, claro. No dia de São Nunca, depois de dar um tiro no seu rabo."

Chub disse: "Nada disso. Acho que já está na hora de eu dar um pouco de sorte".

"O que está querendo dizer, merda?"

"Quero dizer que Amber não vai atirar em ninguém. Quero dizer exatamente isso."

Deu um passo largo em direção a ela, exagerado como um passo de ganso das tropas de Hitler. E mais outro. Ela empunhou o revólver com as duas mãos.

"Ele está pedindo", ela disse a Bode.

"Estou vendo. Na minha opinião, deve ser a cola."

Chub riu. "Não tem nada a ver com a cola, Coronel. É pura paixão, porra."

Soltando um grito pavoroso, ele atacou. Amber apertou o gatilho mas só se ouviu um clique inofensivo. O revólver negou fogo — o cilindro girou, o cão se moveu, mas a bala não saiu.

Não havia bala naquela câmara; em vez disso, um pedacinho áspero de papel, desbotado pela ação da água salgada e do suor, enrolado bem justo para caber no buraquinho redondo. Se pudesse remover o papel e examiná-lo, Amber veria que continha seis números e uma cor similar à do flamingo rosado, mascote oficial da loteria da Flórida.

"Eu falei!", disse Chub, em triunfo.

Estava nu no solo, brandindo com o braço bom o Colt Python recuperado. Deitada na areia, em meio às algas marinhas, Amber lutava em silêncio.

"Bem que eu avisei. É isso aí", disse Chub, soltando uma gargalhada malévola, rude. "Bem que eu falei que já tava na hora de eu dar um pouco de sorte, porra!"

Bodean Gazzer não fazia sexo havia onze meses. Sua desculpa para o celibato era que a Bíblia desaconselhava a relação com mulheres que não fossem brancas, e todas as brancas que ele conhecia cobravam caro demais. Mesmo assim, seus fervorosos delírios referentes a Amber, perfumada e disponível, eram toldados por dúvidas e apreensões.

Sua falta de disposição para servir os Clarins Arianos Brancos era evidente na vigorosa resistência a Chub, quando ele a despiu. Embora a visão dos seios de Amber projetando-se para fora do agasalho camuflado de carvalho com musgo fosse de endoidecer, a idéia de participar do estupro o perturbava. Ele era contra violentar uma mulher branca cristã de ascendência européia, e era isso que ia acontecer ali. Na verdade, Bode teria relutado mesmo que ela fosse negra ou cubana, não tanto pela imoralidade do ato, mas pelos riscos legais. Ao contrário de Chub, Bode Gazzer passara muitos meses atrás das grades e sabia que não valia a pena assaltar um Burger King, roubar um Cadillac ou passar dois minutos fodendo uma boceta loura. Estupro dava cadeia, e na Flórida o estupro de uma branca — mesmo cometido por um branco — significava uma longa temporada em Starke, onde a vista era horrível.

Bode também sabia que Chub, em seu atual estado de espírito, estava imune a qualquer lógica. A Bode só restava empunhar o revólver Colt e esperar ali, torcendo para que não demorasse muito e esperando que não fizessem muito barulho. A onda de desejo provocada pela nudez de Amber já naufragara na visão da bunda rosada de Chub, que subia e descia. Um espetáculo deprimente, desesperado e ruidoso. Os suspiros e cheiros lembraram a Bode Gazzer a falta de higiene do parceiro e apagaram qualquer centelha de tentação de participar da farra.

"Fica quieta! Fica quieta!", bufava Chub.

Mas Amber, ágil, não ficava.

"Vai logo!", disse Bode, espiando por cima do ombro. Shiner, o careca, ia entrar em órbita se visse o que estava acontecendo.

"Não consigo meter! Puta merda, faça ela ficar quieta!" Chub usava o peso para segurar a moça. Tiras de mato amarelado grudavam em suas coxas.

"Use a arma, porra!", ele gritou ao comparsa.

"Merda." Bode ajoelhou-se e encostou o cano na cabeça de Amber. Ela parou de se debater. Por trás dos cabelos louros desalinhados, seus olhos se estreitaram, conformando-se. Não havia frieza nem ódio selvagem, como nos olhos daquela macaca em Grange.

É assim que as coisas devem ser, ponderou Bode. A gente vê a arma e pára de brigar. "Fica quieta", ele disse. "Vai ser rápido."

"Obedeça o cara." Chub agarrou os pulsos de Amber, afastando-os de seu peito. "E faça biquinho... ponha o beicinho para fora... bem tesuda, sabe, que nem a Kim Basinger faz."

Amber disse: "Tudo bem, com uma condição. Diga seu nome".

"Para quê?"

"Não posso fazer amor com um homem", ela disse, "a não ser que eu saiba seu nome. Não consigo, prefiro morrer."

Bode Gazzer disse a Chub: "Não banque o idiota".

Chub, mantendo as mãos de Amber estendidas, os braços abertos. "Gillespie", ele disse. "Onus Gillespie."

Bode ficou aliviado — era um nome tão estranho que o outro só poderia ter inventado.

Friamente, Amber disse: "Prazer em conhecê-lo, Otis".

"Não, é *Onus*. O-n-u-s."

"Tá. O meu é Amber." Ela piscou, inocente. "Amber Bernstein. É B-e-r-n-s-t-e-i-n."

Foi como se Bodean Gazzer tivesse levado um coice de mula no estômago.

"Sai daí!", gritou para Chub.

"Não senhor!"

"Você não ouviu? Ela... ela é judia!"

"Não me importa, pode ser até vietcongue. Vou meter o pau nela."

"Não! Saia de cima dela! É uma ordem!"

Chub fechou os olhos e tentou apagar a gritaria de Bode. *Hilton Head*, disse a si mesmo. *Você e a Loira estão em Hilton Head, metendo em plena praia. Não, melhor ainda, você e ela estão no terraço do apartamento novo!*

Mas os movimentos obstinados de Amber o irritavam; era como tentar foder uma enguia. Além disso, em seu torpor de drogado, Chub não conseguia manter uma ereção de primeira.

"Nenhum homem cristão e branco", disse Bode, debruçando-se sobre eles, sombrio como um agente funerário, "nenhum homem cristão e branco deve dar sua semente para gerar um filho infiel de Satã!"

Amber interrompeu sua tática de evasão para contar que o pai era rabino. Bode Gazzer emitiu um gemido desolado. Chub ergueu os olhos para ele. "Você que tome conta de sua própria semente. Agora dá o fora que eu quero plantar a minha."

"Negativo! Na condição de oficial comandante dos Clarins Arianos Brancos..."

Chub ajoelhou-se e, com a mão sem garra de caranguejo, arrancou a arma da mão do Coronel. Encostou-a na garganta de Amber e mandou que ela abrisse as pernas.

Bode lembrou-se da Beretta do colombiano em sua cinta. Cogitou sacar a pistola, não tanto pelo bem de Amber quanto para impor sua condição de oficial superior. Sem um impulso decisivo na disciplina, concluiu Bode, a promissora milícia iria debandar rapidamente.

Sua consternação aumentou com a inesperada chegada de Shiner, o jovem chantagista em pessoa, cambaleando por entre as árvores. Seu rosto estava inchado e as calças molhadas. Os punhos estavam estranhos nas extremidades, ele mais parecia um espantalho. Ao ver o major Chub pelado em cima de Amber, Shiner soltou um rugido e partiu para o ataque.

Bodean Gazzer preparava-se para dominar o careca maluco quando ouviu uma explosão atrás dele. Chub foi arrancado de cima de Amber como se tivesse molas na bunda. Depois Bode ouviu um baque pesado, assustador, que depois descobriu ser a coronha da Remington atingindo seu crânio duro.

Quando recobrou a consciência, Bode se deu conta de que estava sendo amarrado. Um sujeito branco que ele não conhecia o prendia com o cabo da poita a um toco de plátano. Chub continuava deitado no chão, praguejando, chafurdando no próprio sangue. Shiner estava sentado na popa da lancha roubada, desolado. Seu olhar melancólico contemplava a cicatriz inflamada e confusa da tatuagem. Amber estava enrolada no encerado. Irritada, removia folhas e gravetos do cabelo.

Todas as armas da milícia haviam sido empilhadas no chão. Uma jovem negra musculosa inspecionava o arsenal capturado. Ela tinha unhas verde-néon e uma espingarda Remington nas mãos. Bode Gazzer a reconheceu imediatamente.

"Você não!" Foi só o que ele conseguiu dizer.

"Isso mesmo, cara. Chegou a Maré Negra."

O céu e a terra e o universo começaram a girar alucinadamente para Bode Gazzer, conforme seu destino se estampava com uma clareza espantosa. O homem branco terminou de amarrá-lo e afastou-se da árvore. A mulher negra aproximou-se, carregando a arma com tanta naturalidade que provocou um espasmo no frágil esfíncter de Bode.

"O que você quer?", ele perguntou.

JoLayne Lucks enfiou o cano entre os lábios dele.

"Vamos começar pela sua carteira", ela disse.

25

O caso *LaGort contra Save King Enterprises, Allied-Cagle Casualty e outros* terminou com um acordo no fórum depois de uma reunião, antes do julgamento, que durou menos de duas horas. Os advogados da seguradora do supermercado, tendo percebido no juiz Arthur Battenkill Jr. uma insuperável e inexplicável parcialidade, preferiram pagar a Emil LaGort a soma indigesta, porém aceitável, de quinhentos mil dólares. O objetivo foi evitar um julgamento no qual a defesa não contaria com a menor boa vontade do juiz, que já anunciara a disposição de proibir qualquer testemunho que atacasse a honestidade pregressa do reclamante, o que incluía, mas não se limitava, a longa lista de processos por perdas e danos decorrentes de negligência. Emil LaGort compareceu à reunião numa barulhenta cadeira de rodas motorizada com braços castanhos salpicados de pontinhos brilhantes, usando em volta do pescoço um imobilizador cervical do tamanho de um pneu. O aparelho era um dos nove modelos disponíveis no closet de Emil LaGort, local onde guardava todos os equipamentos adquiridos para as falsas convalescenças dos diversos acidentes encenados.

Após o fechamento do acordo, os papéis foram assinados, os advogados carrancudos da seguradora desceram pelo elevador, Emil LaGort seguiu pela James Street até um bar *topless* para comemorar e seu advogado apanhou discretamente com o juiz Arthur Battenkill Jr. o número de uma conta recém-aberta num banco de Nassau, para a qual duzentos e cinqüenta mil dólares seriam transferidos secretamente dentro de quatro semanas.

Não era exatamente um régio resgate, pensou Arthur Battenkill, mas dava para recomeçar a vida com conforto.

A mulher do juiz, contudo, não estava fazendo as malas para se mudar para os trópicos. Enquanto Arthur Battenkill cuidava dos detalhes do suborno do caso Save King, Katie achava-se de joelhos na igreja. Orava por orientação divina, ou pelo menos por alguma clareza de pensamento. Naquela manhã, lera no *Register* que a inconsolável esposa de Tom Krome chegara à cidade para receber um prêmio jornalístico em nome do "falecido" marido. Independentemente dos sentimentos negativos de Tommy em relação à insubmissa Mary Andrea Finley, Katie Battenkill percebeu que era possível que a moça estivesse chorando uma perda imaginária; talvez, de alguma forma, ela ainda amasse Tom Krome.

Alguém não deveria lhe dizer que ele não estava morto? Se fosse eu, pensou Katie, com certeza gostaria de saber.

Mas Katie jurara a Tommy não dizer uma palavra. Quebrar a promessa seria mentir, e mentir era pecado, e Katie estava disposta a abrir mão do pecado. Por outro lado, não suportava a idéia de que a sra. Krome (por maiores que fossem seus erros) sofresse desnecessariamente as dores de uma viuvez.

Saber que Tom continuava vivo era um peso insuportável na consciência já sobrecarregada de Katie. Havia, porém, um segundo segredo igualmente penoso, que constava de outro parágrafo do *Register*: os supostos restos mortais de Tom Krome haviam sido enviados a um laboratório do FBI para "análises mais sofisticadas". Isso queria dizer teste de DNA e, portanto, não tardaria que o morto fosse corretamente identificado como Champ Powell, oficial de justiça do juiz Arthur Battenkill Jr.

O demoníaco bundão com quem Katie estava a ponto de fugir do país para sempre.

"O que devo fazer?", sussurrou, angustiada. Com a cabeça baixa, ela se ajoelhou sozinha na primeira fila. Rezou e esperou, rezou mais um pouco e esperou.

Quando finalmente surgiu a resposta divina, ela mostrou-se tipicamente clara na orientação e nebulosa nos detalhes. Katie Battenkill não forçou a barra; já estava grata por qualquer coisa.

Enquanto saía da igreja, ela removeu o pingente de diamante e o depositou na caixa de coleta de carvalho, onde ele foi cair com o mesmo som de uma moedinha. Relâmpagos não rasgaram os céus, trovões não ribombaram pelos ares. Anjos não cantaram nos afrescos do teto.

Talvez isso ocorra no final, pensou Katie.

Depois que os últimos romeiros se foram, a mãe de Shiner aproximou-se de Sinclair, que brincava animado com as tartarugas no fosso, envolto no manto de lençol. Ela disse: "Ajude-me, homem das tartarugas, estou numa encruzilhada espiritual".

O queixo sem barbear de Sinclair apontou para o céu: "*Kiiikkkeeeaaay ka-koooo katttkin.*"

A visitante não conseguiu decifrar o grito (QUEM QUER CONHECER KATHLEEN? — título de um perfil da atriz Kathleen Turner).

"Que tal me dar uma dica mais clara?", reclamou a mãe de Shiner.

Sinclair a chamou para ir ao fosso. Ela tirou o sapato de noiva e entrou. Com um gesto, Sinclair ordenou-lhe que sentasse. Com as mãos em concha ele pegou várias tartaruguinhas e as colocou nas dobras do vestido branco.

A mãe de Shiner pegou uma, para examinar de perto. "Você mesmo pintou esses retratos?"

Sinclair riu, paciente. "Eles não são pintados. São a marca de Deus."

"Sério mesmo? Este aqui é Lucas, Mateus ou qual deles?"

"Deite-se aqui comigo."

"Eles pavimentaram meu Jesus esta manhã, já soube? O departamento de obras."

"Deite-se", ordenou Sinclair.

Ele se aproximou, pegando-a pelo ombro para afundá-la na água, como num batismo. A mãe de Shiner fechou os olhos e sentiu a frieza da água suja na nuca e a coceira das patinhas das tartarugas na pele.

"Elas não mordem?"

"Não", disse Sinclair, apoiando-a.

Em pouco tempo a mãe de Shiner foi tomada por uma sensação sobrenatural de paz e confiança, e possivelmente de algo mais. O último homem que a tocara com tamanha sensibilidade fora o dentista, e ela se apaixonara perdidamente por ele.

"Ah, homem das tartarugas, perdi meu filho e meu santuário. Não sei mais o que fazer."

"*Kiiikkkeeeaaay ka-koooo*", murmurou Sinclair.

"Está bem", disse a mãe de Shiner. "*Kiki-kakeeee-kooo*. O que é isso? A Bíblia em japonês?"

Sem ser visto pelos místicos da vala, Demencio tinha as mãos apoiadas no parapeito da janela. Ele disse a Trish: "Acredita nisso? Ela entrou lá na vala das tartarugas".

"Querido, ela teve um dia péssimo. O departamento de obras pavimentou a mancha da pista."

"Ela tem de sair da minha propriedade imediatamente."

"Qual é o problema? Já está escurecendo."

Trish estava na cozinha assando um frango para o jantar. Demencio havia preparado um pouco de água perfumada e enchia novamente o reservatório de lágrimas da Madona que chorava.

"Se aquela mulher maluca não for embora até a hora do jantar", ele disse, "vou expulsá-la. E contar todas as tartarugas, para ver se não roubou nenhuma."

Trish disse: "Seja bonzinho".

"Não confio naquela mulher."

"Você não confia em ninguém."

"Não posso evitar. É esse ramo em que me meti", disse Demencio. "Temos corante vermelho para comida?"

"Por quê?"

"Andei pensando... e se ela começasse a chorar sangue? A Virgem Maria."

"Sangue perfumado?", perguntou a mulher.

"Não zombe de mim. Foi uma idéia, só isso. Estou pensando alto. Para quando não tivermos mais as tartarugas."

"Vou ver." Trish abriu o guarda-comida.

Em circunstâncias menos estressantes, Bernard Squires poderia ter apreciado o estilo rústico interiorano da pensão da sra. Hendricks, mas nem a carícia de uma colcha de retalhos artesanal poderia reduzir sua ansiedade. Por isso, saiu para dar uma caminhada à noite — sozinho, de terno risca de giz — pela cidadezinha chamada Grange.

Bernard Squires passara boa parte da tensa tarde falando ao telefone com associados de Richard "The Icepick" Tarbone e, por alguns minutos, até com o próprio Tarbone. Squires considerava-se um homem objetivo, mas encontrou muita dificuldade em fazer The Icepick entender por que o bosque Simmons não poderia ser adquirido antes que a oferta concorrente fosse analisada e rejeitada.

"Ela *será* recusada", disse Bernard Squires, "pois vamos cobrir a oferta dos desgraçados."

Mas o senhor Tarbone havia ficado mais furioso do que Squires jamais vira, deixando claro que o fechamento do negócio era indispensável não só para a manutenção do emprego de Squires no futuro como também de sua boa saúde. Squires assegurou ao chefão que o atraso era algo inevitável e transitório e que até o final da semana o bosque Simmons estaria garantido como um bem do Sindicato Internacional dos Gesseiros, Rebocadores e Alveneiros do Meio-Oeste Central. Squires recebeu ordem de não voltar para Chicago sem o contrato assinado.

Enquanto caminhava e desfrutava a brisa fresca do crepúsculo, Bernard Squires procurava adivinhar por que os Tarbone estavam tão ansiosos para fechar negócio com o terreno. A explicação mais provável era a desesperada necessidade de dinheiro de origem desconhecida, o que exigia um novo e disfarçado ataque ao fundo de pensão do sindicato. Talvez a família pretendesse usar o bosque Simmons como garantia num empréstimo de construção e preferisse assinar tudo antes que as taxas de juros disparassem.

Ou talvez eles *realmente* desejassem construir um shopping center estilo mediterrâneo em Grange, na Flórida. Por mais ridícula que fosse essa possibilidade, Bernard Squires não podia descartá-la. Talvez The Icepick estivesse cansado da vida de crimes e quisesse se tornar um cidadão respeitável.

De qualquer forma, a razão para a súbita pressa de Richard Tarbone não importava. Para Bernard Squires, o que importava era adquirir o quanto antes os duzentos mil metros quadrados. Squires acostumara-se a levar sempre a melhor nas transações difíceis e dispunha de numerosos métodos extralegais de persuasão. Se houvesse mesmo outro interessado no bosque Simmons, como afirmava Clara Markham, Squires confiava em sua capacidade para vencê-los com uma proposta maior, passar a perna nos sujeitos ou simplesmente intimidá-los para que desistissem.

Squires estava tão confiante que provavelmente teria tirado uma longa soneca naquela tarde, satisfeito da vida, se Tarbone não tivesse proferido ao telefone uma frase que lhe soou como séria ameaça:

"Você vai resolver isso, diabo! Vai resolver isso, se não quiser acabar como Millstep, porra!"

À menção do nome de Jimmy Millstep, Bernard Squires sentira o suor umedecer sua camisa de seda. Millstep trabalhara como advogado para a família Tarbone até uma sexta-feira em que chegou vinte minutos atrasado na audiência de fiança de Gene, o sobrinho homofóbico de Richard Tarbone, o qual, em conseqüência da falha de Millstep, precisou passar um fim de semana inteiro numa cela de três por três em companhia de um travesti bem-comportado porém exuberante. O advogado Millstep culpou uma amante insaciável e um taxista incompetente pelo seu atraso na audiência, mas não conseguiu despertar a piedade de Richard Tarbone. Não foi apenas despedido; mandaram matá-lo. Uma semana depois, o corpo de Jimmy Millstep, todo furado de balas, foi jogado na porta da Associação de Advogados de Illinois. Um bilhete preso à lapela dizia: "Este é um de vocês?".

Portanto, não era de estranhar o nervosismo de Bernard Squires, condição esta agravada ainda mais pelo súbito aparecimento de um estranho malvestido com furos sangrentos na palma das mãos.

"Pare, pecador!", disse o homem, ao avançar para ele mancando. Irritado, Bernard Squires desviou do sujeito.

"Pare, romeiro", implorou o homem, agitando um maço de folhetos cor-de-rosa.

Squires apanhou um e se pôs fora do alcance. O sujeito resmungou uma bênção e sumiu manquitolando no lusco-fusco. Squires parou debaixo de um poste para ler o papel:

ESPANTOSOS ESTIGMAS DE CRISTO!

Venha conheçer o encrível Dominick Amador
Umilde carpintero que acordou um dia
com ferimentos ezatamente igual ao de
Jesus Cristo, Filho de Deus, na cruz!
Sangramento diariamente das 9 as 16 horas.
Sábados do meio-dia as 15 horas (palmas apenas).
Visitassão aberta ao público. Donativos bem-vindo!
4834 Haydon Burns Lane
(Procure a Cruz na frente da casa!)

E, em letras miúdas, na parte inferior da folha:

Vinculado ao programa de televisão Sinais do céu, *do reverendo Pat Robertson.*

Bernard Squires amassou o folheto e o jogou fora. Doidos, pensou, aonde quer que a gente vá. Doidos que nem sabem escrever direito. Squires parou no Grab N'Go, onde seu pedido de um exemplar do *New York Times* provocou um olhar vazio de incompreensão. Contentou-se com o *USA Today* e com uma xícara de café descafeinado antes de retornar à pensão. Em algum ponto do caminho, entrou numa rua errada e, quando percebeu, estava num lugar desconhecido — a cantoria serviu-lhe de pista.

Squires a ouviu a um quarteirão de distância: um homem e uma mulher entoando frases numa língua misteriosa, desafinadamente. Os sons trêmulos atraíram Squires a uma casa iluminada. Era uma construção térrea, de concreto e estuque, típica dos conjuntos habitacionais da Flórida nos anos 60 e 70. Squires ficou fora da vista, atrás de um velho carvalho, observando.

Via três figuras — quatro, contando a estátua da Virgem Maria, que um sujeito de cabelo escuro e avental colocou e ajeitou numa plataforma pequena e iluminada. As outras duas pessoas — os cantores — estavam sentadas de pernas abertas numa vala curva e cheia de água cavada no gramado. O sujeito na vala usava um manto de lençol encardido e a mulher um vestido branco com ombreiras bordadas. Os dois, de idade indeterminada, tinham pele clara e cabelo molhado. Bernard Squires notou em alguns pontos na água ondinhas em V. Animais de algum tipo nadando...

Tartarugas?

Squires aproximou-se. Logo percebeu que testemunhava um excêntrico ritual religioso. O casal na vala continuava dando-se os braços e entoando frases ininteligíveis, enquanto dúzias de répteis minúsculos com cabeça do tamanho de azeitonas nadavam em torno deles. (Squires lembrou-se de um documentário na tevê a cabo sobre o culto da serpente em Kentucky — talvez aquela fosse uma dissidência adoradora de tartarugas!) Curiosamente, o sujeito de cabelo escuro e avental não tomava parte na cerimônia de cantoria na vala. Em vez disso, de tempos em tempos interrompia o serviço na estátua da Madona para lançar ostensivos olhares de desaprovação aos dois cantores.

"*Kiiikkkeeeaaay ka-koooo katttkin*", uivou o casal, provocando um arrepio tão gelado na espinha de Squires que ele atravessou a rua e fugiu dali correndo. Não era um sujeito religioso e certamente não acreditava em profecias, mas os adoradores de tartaruga e o homem com sangue na palma das mãos o tinham perturbado. Grange, que inicialmente parecera a Squires uma típica cidade sulista de parada para refeições de caminhoneiros e turistas, agora se tornara apavorante e misteriosa. Vapores de loucura maculavam o cenário interiorano de casamentos sólidos, fé conservadora e da cega veneração ao progresso — qualquer progresso — que permitia a sujeitos ardilosos como Bernard Squires chegar e tomar conta de tudo. Ele foi direto para a pensão, deu boa-noite à sra. Hendricks (recusando o lombo assado com abóbora, feijão e torta de pecã), trancou a porta por dentro (discretamente, para não ofender sua hospedeira) e entrou debaixo das cobertas com a inapelável, vazia e irracional sensação de que o bosque Simmons estava perdido.

O *Reel Luv* cheirava a urina, sal e caranguejo podre. Poderia ser diferente?

Shiner ia debruçado sobre o leme. Seguiam a baixa velocidade para economizar combustível. A carta náutica de Bode Gazzer estava aberta no colo de Amber. O caminho para o rio Jewfish fora marcado para eles, com caneta esferográfica, pela prestativa moça da Maré Negra.

O mar de Florida Bay tinha poucas ondas, nada capaz de fazer com que os passageiros enjoassem. Mesmo assim, as faces de Shiner exibiam um tom esverdeado e sob os olhos havia círculos escuros.

"Você está bem?", perguntou Amber.

Ele fez que sim, sem convicção. Os braços e a barriga doíam a cada onda. Pilotava com cuidado. A moça da Maré Negra recolocara seus polegares no lugar, mas eles continuavam inchados e doloridos.

"Pare a lancha", disse Amber.

"Estou bem."

"Pare. Agora mesmo." Ela estendeu a mão até o painel e deteve o acelerador. Shiner não discutiu, porque ela tinha a arma, o Colt Python de Chub. A ponta do cano aparecia sob a carta náutica.

Assim que a lancha parou de se mexer, Shiner debruçou-se na amurada e vomitou seis das oito salsichas tipo Viena que devorara no café da manhã em Pearl Key.

"Desculpe." Ele limpou a boca. "Normalmente, não enjôo. Juro."

Amber disse: "Talvez não esteja enjoado, mas apenas morto de medo".

"Não estou com medo!"

"Então é um grande tolo."

"Medo de quê?"

"De ser preso com um barco roubado", ela disse. "Ou de levar uma surra federal do meu namorado ciumento, quando voltar para Miami. Ou então está com medo da polícia."

Shiner disse: "Que polícia?".

"Vou chamar a polícia assim que encontrarmos um telefone. Para dizer que fui seqüestrada por você e quase estuprada por seus amigos nazistas."

"Ai, meu Deus." Ruidosamente, Shiner expeliu o restante do café da manhã.

Em seguida, ele ligou os motores e eles seguiram em frente. O casco do *Reel Luv* batia nas ondas como um tambor. Amber ainda tentava entender o que havia acontecido na ilha. Shiner não ajudara muito; quanto mais ele tentava explicar tudo, mais maluca a história parecia.

De uma coisa ela sabia com certeza: a mulher da espingarda era a mesma que os matutos haviam atacado para roubar o bilhete da loteria.

"Como ela descobriu vocês aqui?", perguntou Amber, e Shiner imediatamente lançou uma teoria fantástica que envolvia liberais, cubanos, democratas, comunistas e militantes negros armados. Aproveitou para incluir helicópteros com equipamento para visão noturna e batalhões de soldados estrangeiros escondidos nas Bahamas. Sabiamente, Shiner evitou mencionar os judeus, embora não resistisse a perguntar (em voz bem baixa) se o sobrenome de Amber era realmente Bernstein, como Chub declarara.

"Ou você inventou isso?"

"Faz alguma diferença?", ela disse.

"Não sei. Acho que não."

"Você se casaria comigo mesmo assim, não é? Em dez segundos." Amber riu da piada, o que fez Shiner corar e dar-lhe as costas.

Depois que Chub levou o tiro e que o Coronel apagou, Amber se arrumara e vestira uma roupa. Em seguida, a mulher negra e o rapaz branco recolheram as armas da milícia — AR-15, TEC-9, Cobray, Beretta e até o Marlin .22 de Shiner — e jogaram uma após a outra na água. A única coisa que não jogaram fora foi uma lata de pimenta em spray, que a mulher negra guardou na bolsa.

Depois disso, ela ordenara a Shiner e a Amber que voltassem para o continente na lancha roubada. A mulher negra (o nome dela era JoLayne) havia marcado o caminho na carta náutica, além de lhes ter dado água mineral e refrigerantes para a viagem. Em seguida, o rapaz branco pegou Shiner e o levou para o mato. Quando voltaram, Shiner estava branco de medo. O sujeito entregou o Colt Python de Chub a Amber, com instruções para atirar naquele "moleque idiota se ele tentar alguma gracinha".

Amber não depositava muita fé naquele revólver enorme, visto que já falhara uma vez, mas não comentou nada com Shiner. Além disso, ele parecia enjoado e apavorado demais para tentar algo.

E estava mesmo. O homem branco, amigo de JoLayne, não encostara um dedo nele no meio do manguezal. Apenas encarou o rapaz no fundo dos olhos e disse: "Meu caro, se Amber não chegar em casa sã e salva, vou direto a Grange e conto à sua mãe tudo que você aprontou. Depois ponho seu nome e sua careca horrenda na primeira página do jornal, e você vai ficar famoso da pior maneira possível".

Em seguida, ele calmamente escoltara Shiner de volta ao barco e até ajudara o rapaz a subir a bordo. JoLayne Lucks os aguardava com a espingarda na mão, vigiando Bodean Gazzer e Chub. O homem branco entrara na água e levara a popa até um trecho mais fundo, para que Shiner e Amber pudessem baixar os motores sem bater na lama.

"Façam boa viagem!", desejou a mulher negra. "E cuidado com os manatins."

Uma hora mais tarde, Shiner finalmente ouviu o que temia — um helicóptero. No entanto, era cor de laranja, vistoso, e não preto. Não era da Otan, e sim da Guarda Costeira dos Estados Unidos. Realizava a busca de uma mulher desaparecida num pequeno barco de aluguel; uma mulher que alegara querer ir a Cotton Key.

Shiner não tinha como saber disso. Estava convencido de que o helicóptero fora enviado para detê-lo. Ele se abaixou no convés, puxando Amber consigo.

"Cuidado! Cuidado!", gritou.

"Quer fazer o favor de se conter!"

"Mas são eles!"

O helicóptero sobrevoou o barco. A equipe de resgate viu um casal rolando no convés e, como estavam acostumados a tais interlúdios amorosos, seguiu em frente. Obviamente, não era a embarcação que procuravam.

Assim que o helicóptero desapareceu, Shiner se ajeitou, vexado. Amber enfiou a carta debaixo do queixo dele e mandou que ele parasse de bancar o medroso. Uma hora mais tarde, eles avistaram a ponte levadiça do rio Jewfish. Conduziram o *Reel Luv* ao ponto mais distante do cais principal (o dono ficaria surpreso ao encontrar o barco lá e atribuiria seu furto a adolescentes). Em conseqüência da dor nos polegares, Shiner encontrou dificuldade para atar o cabo da popa. Por via das dúvidas,

Amber procurava a patrulha marítima. Sentiu alívio ao ver seu carro, intacto, no estacionamento.

Shiner acenou desajeitado e disse: "A gente se vê".

"Para onde você vai?"

"Para a rodovia. Pegar uma carona."

Amber disse: "Deixo você em Homestead".

"Não precisa, tudo bem." Ele tinha medo do tal namorado ciumento, Tony. Talvez ela quisesse atraí-lo para uma emboscada. Temia apanhar.

"Como quiser", ela disse.

Shiner pensou: Puxa vida, ela é tão bonita. Que se dane. E aceitou: "Acho que vou pegar uma carona então".

"Assim é que eu gosto. Você dirige."

Estavam a meio caminho de Florida City, pela Highway One, quando Amber pegou novamente a pistola de Chub, levando Shiner a pensar que se enganara quanto às intenções da moça.

"Você vai me matar, é?"

"Claro", disse Amber. "Vou atirar em você em plena luz do dia, no meio do trânsito, embora tenha tido a manhã inteira no meio do mar para arrancar sua cabeça e jogar seu corpo para os peixes. Vou fazer isso para mostrar que sou uma loura burra. Continue dirigindo, tá bom?"

Shiner sentia-se tão mal que um tiro na barriga não doeria tanto quanto o sarcasmo dela. Concentrou a atenção na estrada e tentou imaginar uma história para contar à mãe ao voltar para Grange. Quando olhou novamente para Amber, ela estava abrindo o Colt. Depois, girou o cilindro e olhou as câmaras, fechando um olho.

"Ei", ela disse.

"O que foi?"

"Pare o carro."

"Tudo bem", disse Shiner. Cuidadosamente, ele conduziu o imenso Ford até uma parte coberta de grama, depois do acostamento, afugentando um bando de garças.

A arma estava aberta no colo de Amber. Ela desenrolou um pedacinho de papel que caíra de uma das câmaras.

Shiner disse: "Deixa eu ver".

“Ouça: Vinte e quatro... dezenove... vinte e sete... setenta e dois... trinta... dezessete.”

Shiner disse: “Meu Deus, não me diga que esse é o bilhete da Lotto!”.

“Sim. Os bundões o guardaram no revólver.”

“Puxa vida. Puxa vida. E agora... o que vamos fazer?”

Amber fechou o revólver e guardou o bilhete de loteria no bolso do agasalho, fechando o zíper.

“Quer que eu continue dirigindo?”, perguntou Shiner.

“Acho que sim.”

Eles não falaram mais até chegar a Florida City, onde pararam num McDonald's *drive-thru*. Eram o quinto carro da fila.

Amber disse: “Precisamos tomar uma decisão, não é mesmo?”.

“Eu sempre peço um Quarterão.”

“Estou falando do bilhete da Lotto.”

“Ah”, disse Shiner.

“Catorze milhões de dólares.”

“Eu sei.”

“Às vezes existe uma diferença”, disse Amber, “entre o que é certo e o que é apenas questão de bom senso.”

“Certo.”

“Só estou dizendo que precisamos analisar o caso por todos os ângulos. Trata-se de uma decisão importante. Peça uma salada para mim, tá? E uma Coca Diet.”

Shiner perguntou: “Quer rachar uma batata frita?”.

“Claro.”

Mais tarde, presos no trânsito perto do acesso da via expressa, Shiner ouviu Amber dizer: “O que acha que eles fizeram com seus amigos? Lá na ilha, quero dizer. O que acha que aconteceu depois que fomos embora?”.

Shiner disse: “Não sei, mas imagino”. Melancólico, ele examinou a tatuagem mutilada da milícia no braço.

“O sinal abriu”, disse Amber. “Vamos.”

26

Bodean Gazzer viu a macaca revistar sua carteira até achar o pacote de camisinha. Como ela conseguiu descobrir?

Outro mistério, pensou Bode, arrasado. Outro mistério que não vai fazer a menor diferença no final das contas.

Com a mesma frieza de uma enfermeira, a mulher desenrolou a camisinha e tirou o bilhete de loteria, que guardou num bolso da calça.

"Isso não pertence a você", falou Bode Gazzer.

"Não entendi...", disse a macaca, sorrindo. "O que você falou, cara?"

"Esse aí não é o seu."

"Sério? E de quem poderia ser?"

"Deixa pra lá." Bode não gostava do jeito que os olhos dela sempre se voltavam para a espingarda, a qual entregara ao sujeito branco enquanto revistava a carteira.

"Gozado", ela disse, "conferi os números do bilhete. E são os meus números."

"Já falei pra deixar pra lá."

Chub começou a gemer e a tremer. O branco disse: "Ele está perdendo muito sangue".

"Sim, eu sei", disse a mulher.

Bode perguntou: "Ele vai morrer?".

"Com quase toda a certeza."

O branco disse à mulher: "Sua vez".

"Acho que sim."

Ela se afastou rapidamente da vista de Bode. Ao voltar, trazia uma caixa branca com uma cruzinha vermelha pintada em cima. Ajoelhou-se ao lado de Chub e abriu a tampa.

Bode ouviu-a dizer: "Gostaria de ficar aqui vendo você morrer, mas não consigo. Durante toda a minha vida fui incapaz de ver um ser vivo morrer. Nem mesmo uma barata. Nem mesmo um filho da puta desprezível como você...".

As palavras renovaram as esperanças de sobrevivência de Bode. Disfarçadamente ele começou a mover os pulsos para trás e para a frente, para afrouxar a corda que o prendia à árvore.

O disparo da espingarda havia arrancado do ombro de Chub um naco de carne e osso do tamanho de uma bola de beisebol. Ele não teve a felicidade de desmaiar de dor na hora. O toque daquela mulher provocou uma enxurrada de obscenidades.

Com firmeza, ela ordenou que ficasse quieto.

"Fique longe de mim, negra! Fora daqui!", gritava Chub, arregalando os olhos.

"Você ouviu o que ele disse." Era o branco, apontando a Remington. "Ele quer sangrar até morrer. Deixe-o, JoLayne."

Outra voz agitada. Parecia ser de Bode Gazzer. "Pelo amor de Deus, Chub, cala essa boca! Ela só está tentando salvar sua vida, seu estúpido!"

Sim, sem dúvida, o Coronel.

Chub sacudiu o corpo como um cão, escarrando sangue e terra. O remendo de pneu se soltara, portanto ele tinha agora dois olhos para ficar ligado na negra; ou melhor, um e meio, pois a meia pálpebra cortada caía sobre um deles como uma cortina entreaberta.

"O que vai fazer comigo, posso saber?"

"Tentar limpar o ferimento e estancar o sangue."

"Por quê?"

"Boa pergunta", disse a mulher.

Virando a cabeça, Chub viu que estava preso a um corpo despido e coberto de areia que não podia ser o seu. O pinto, por exemplo, encolhera até ficar do tamanho de uma framboesa. Definitivamente, não era o pau de um milionário.

Só podia ser um pesadelo, uma piração causada pela cola náutica. Por isso essa negra parecia igualzinha àquela outra que eles roubaram, a que arranhou a gente feito louca, com unhas brilhantes que pareciam carregadas de eletricidade.

"Você não é médica", disse Chub.

"Não, mas trabalho numa clínica. Ajudo o veterinário..."

"Meu Deus do céu!"

"... e você é a criatura mais fedorenta e estúpida que já vi na face da Terra", ela disse, sem qualquer emoção.

Chub estava fraco demais para agredi-la. Nem tinha cem por cento de certeza de haver escutado direito. O delírio afetava sua percepção.

"O que você vai fazer com o dinheiro da loteria, negrinha?"

"Bem, pensei em comprar um ou dois Cadillacs", disse JoLayne, "e também uma tevê colorida de tela grande."

"Não venha com gozação pra cima de mim."

"E talvez uma plantação de melancia!"

"Vai me matar, moça?", perguntou Chub.

"É uma tentação."

"Por que não responde às coisas direito?"

O rosto do branco surgiu por cima do ombro da mulher. Ele assobiou e disse: "Ei, meu chapa, o que aconteceu com seu olho?".

Chub o olhou, com um esgar que lhe custou muito esforço. "Você deve ser o amiguinho do crioléu."

"Estou tentando", disse o branco.

A última coisa que Chub ouviu antes de apagar foi Bodean Gazzer gritando: "Ei, mudei de idéia! Podem deixar ele morrer! Isso mesmo, deixem esse idiota morrer!".

JoLayne Lucks não poderia fazer isso.

Não poderia, embora a fetidez do assaltante tivesse trazido tudo de volta, a bile na garganta, o ardor nos olhos. Tudo que acontecera naquela noite em sua casa — as palavras horríveis que eles tinham usado, o modo natural como a espancaram, os lugares de seu corpo onde enfiaram as mãos.

Ela ainda podia sentir em sua língua o gosto do cano do revólver do sujeito, oleoso e frio. Mesmo assim, não podia deixar que morresse.

JoLayne esforçou-se para pensar em Chub como um animal — um animal doente e confuso, parecido com o racum que ela havia tratado na noite anterior. Era o único modo de sufocar a raiva e de se concentrar na cratera sangrenta no ombro do sujeito. Limpou o ferimento o melhor que pôde, espremendo por cima o tubo inteiro de antibiótico e fechando a ferida com gaze fina.

O maldito finalmente desmaiou, o que facilitou as coisas. Não precisava mais ouvir o sujeito chamá-la de negra. Isso ajudava, sem dúvida.

A certa altura, ao mover o corpo para passar o esparadrapo, JoLayne acabou com a cabeça dele em seu colo. Em vez de sentir repulsa, foi tomada por uma curiosidade antropológica. Estudou o rosto relaxado e inconsciente de Chub em busca de sinais de intoxicação por maldade. Seria o ódio discernível pelos olhos fundos? Os vincos na testa queimada um sinal de fúria? O queixo por barbear indicaria infelicidade e estupidez? Se havia uma marca distintiva, uma característica congênita capaz de identificar o sujeito como um psicopata cruel, JoLayne Lucks não conseguiu encontrá-la. Seu rosto não era diferente do de milhares de homens brancos que conhecera e que levavam uma vida dura e equivocada. E nem por isso todos eram racistas radicais.

"Tudo bem?" Tom Krome surgiu a seu lado.

"Tudo bem. As lembranças dos dias traumáticos voltaram."

"Como ele está?"

"Parou de sangrar por enquanto. Não posso fazer mais nada."

"Quer conversar com o outro?"

"Sem dúvida", disse JoLayne.

Quando Krome se aproximou do toco de plátano, percebeu algo diferente. Deveria ter parado imediatamente para identificar o que era, mas não fez isso. Acelerou o passo e correu em direção a Bodean Gazzer.

Quando Krome viu a corda solta e notou que as pernas do prisioneiro estavam debaixo do traseiro dele — e os dois calcanhares apoiados no tronco —, era tarde demais. Com um grito marcial o bandido nanico saltou do chão, atingindo Krome no peito. Ele cambaleou e caiu, respirando fundo enquanto se mantinha firmemente agarrado à espingarda. Deitado de costas na areia molhada, ergueu a cabeça e viu Bode Gazzer fugindo para o manguezal.

Ele corria para o outro lado de Pearl Key, onde Tom e JoLayne haviam escondido o outro barco.

Que, naquela altura, era o único meio de transporte de que dispunham para sair da ilha.

Krome não batia em ninguém havia anos. Sua última briga ocorrera no estádio de Meadowlands, onde ele e Mary Andrea assistiam a um jogo entre os Giants e os Cowboys. A temperatura beirava o zero grau e o céu de New Jersey parecia lama batida. Havia dois homens imensos sentados bem atrás de Tom Krome e Mary Andrea, tipos ruidosos vindos de Queens. Estivadores, deduziu a mulher de Krome com uma careta de desprezo, embora mais tarde eles se identificassem como corretores da Bolsa. Os sujeitos bebiam alternadamente *screwdrivers* de vodca e cerveja e tinham comemorado um ponto dos Giants tirando o casaco e a camisa e beliscando os mamilos um do outro até saírem lágrimas dos olhos. No segundo quarto do jogo, Krome já examinava as arquibancadas em busca de outro lugar para sentar, enquanto Mary Andrea se preparava para ir embora para casa. Um dos nova-iorquinos tinha uma buzina pneumática de barco que emitia sons agudos insuportáveis a quinze ou a vinte centímetros da base do crânio de Krome. Furiosa, Mary Andrea se virou e deu uma bronca nos dois homens, levando um deles — o que exibia um enorme bigode de espuma de cerveja, Krome se recordava — a fazer um comentário jocoso sobre as dimensões modestas dos seios de Mary Andrea, um tema que todos sabiam ser muito difícil para ela.

O colóquio rapidamente degenerou (apesar de uma jogada magistral do time de Dallas), até que um dos homens apontou a buzina para o nariz impecável de Mary Andrea e a tocou. Krome não viu outra saída senão socar o gordo até ele cair. O amigão, claro, tentou desferir um largo golpe contra a cabeça de Krome, que teve tempo de sobra para se abaixar (Mary Andrea estava bem na frente dele) e desferir um gancho na região pélvica do sujeito. O nocaute dos dois mal-educados arrancou vivas da torcida, pois os torcedores pensaram ver naquilo um ato de cavalheirismo do marido. Na verdade, Krome explodira de pura raiva egoísta, como ficou provado quando ele pegou a buzina de barco e a encostou na orelha do sujeito caído com bigode de cerveja e a disparou até o fim da pressão. A sirene aguda deu lugar a uma seqüência de soluços cômicos, e foi o fim da história.

A polícia chegou, anotou o nome de todos, mas não levou ninguém. Krome fraturou dois dedos na briga, porém não se arrependeu. Mary Andrea reclamou de seu descontrole, mas ligou para todas as amigas para se gabar. Um mês depois Krome foi contatado pelo advogado de um dos corretores, que alegava estar sofrendo de enxaqueca crônica, surdez e uma miríade de problemas psicológicos em conseqüência da surra. Outro processo seria aberto pelo companheiro, que dizia necessitar de uma delicada cirurgia para reposicionar o testículo esquerdo deslocado. O advogado de Tom Krome sugeriu que ele evitasse o julgamento e propôs um acordo. Tom acabou concordando em arranjar entradas para os jogos dos Giants daquela temporada para os dois corretores e também (graças à amizade com um cronista esportivo) bolas de futebol oficiais da NFL autografadas pessoalmente por Lawrence Taylor.

Krome não esperava reclamações judiciais por parte de Bodean Gazzer e pretendia tomar as providências necessárias para evitar que o ladrão fugisse de Pearl Key, deixando Tom e JoLayne para trás sem barco. Para não se arriscar a acertar um tiro no próprio pé, Krome prudentemente deixou a espingarda de lado antes de iniciar a corrida. O matuto racista tinha cinqüenta metros de vantagem, mas não foi difícil encontrar sua pista, pois corria por entre as árvores como um rinoceronte enfurecido. Qualquer despiste que Gazzer obtinha com a camuflagem era anulado pela movimentação escandalosa. Krome, graças às pernas mais compridas, ganhou terreno rapidamente e em nenhum momento confundiu o ladrão fugitivo com uma árvore.

Alcançou Gazzer numa clareira e o derrubou. O bandido libertou uma das pernas curtas e habilmente deu um chute na cara de Tom Krome. Gazzer levantou-se num salto e retomou a corrida. Chegou ao baleeiro e tentava embarcar quando Krome o derrubou pela segunda vez. Caíram dentro d'água com estardalhaço. O camuflado agitava os braços no ar, desesperado.

Krome sentiu toda uma vida de distanciamento emocional e indiferença dissolver-se num monte de bolhas e abrir caminho para a uma fúria incontrolável. Foi o primeiro impulso puramente assassino de sua vida, e por uma fração de segundo ele viu com perversa clareza todos os assassinatos que descrevera nos jornais. Krome sabia que deveria sentir medo, mas sentia apenas uma raiva primitiva. Prendeu Bodean Gazzer com uma chave mortífera e o manteve debaixo d'água com a pior das intenções. Quando a cotovelada violenta o atingiu na garganta, Krome se deu conta de que, aos trinta e cinco anos de idade, participava pela primeira vez de um combate de vida ou morte.

Teria preferido uma luta mais coreografada, como o confronto no estádio dos Giants, mas aquilo fora excepcional. Krome, por força de sua atividade, comparecera a muitos cenários de crimes e aprendera que a violência raramente era cinematográfica. Em geral era desajeitada, descuidada, caótica, uma tremenda bagunça.

Exatamente como isso aqui, pensou. Se não conseguir ficar com a cabeça para fora por alguns segundos, vou me afogar.

Pouco mais de um metro de profundidade, e morrerei afogado.

Eles tinham revolvido tanto o fundo que Krome não conseguia ver mais nada, exceto uma suspensão de partículas esverdeadas. Largou o pescoço de Gazzer, mas eles continuaram presos um ao outro — ele e o bandido, não mais lutando um contra o outro, mas lutando por ar.

Quando a escuridão mortal começou a descer, as palavras surgiram na mente de Tom Krome.

CORPO DE REPÓRTER ENCONTRADO...

CORPO DE REPÓRTER TIDO COMO MORTO...

CORPO DE REPÓRTER TIDO COMO MORTO ENCONTRADO EM ILHA MISTERIOSA...

Krome pensando: Títulos!

Ele os via vividamente, como se estivessem na primeira página, logo abaixo da dobra. Teve a visão de uma tesoura reluzente, da reportagem sobre sua morte sendo meticulosamente recortada por alguém sem rosto — seu pai, Katie, JoLayne, até mesmo Mary Andrea (estritamente por motivos securitários).

Tom Krome viu sua vida inteira estampada num título de reportagem de sintaxe duvidosa. A perspectiva era pior que a própria morte.

Valendo-se de suas últimas forças, ele se libertou de Bodean Gazzer e subiu à superfície. Ofegante, quase sufocado, Krome se recuperou um pouco e viu que a escuridão agora se espalhava pela água e não mais por sua mente. Uma nuvem vermelho-escura, brilhante, ondulava em volta de suas pernas.

Sangue.

Krome pensou: Meu Deus, faça com que não seja o meu.

No momento em que Bode Gazzer já acreditava ter alcançado o barco, foi puxado para dentro d'água. O sujeito, naturalmente, corria mais que ele; a maldição das pernas curtas e dos pulmões revestidos de alcatrão. Obrigado, papai e mamãe. Obrigado, Philip Morris.

A quem mais poderia acusar?

Chub, por ser um drogado, um tarado e um incompetente.

O governo, por permitir que macacos terroristas comprassem bilhetes da Lotto.

E sua própria má sorte, por inadvertidamente ter atacado e roubado um membro de carteirinha da temida Maré Negra; uma mulher que, com toda certeza, se utilizara dos recursos da Otan para localizar os Clarins Arianos Brancos na mais remota das ilhas e dizimar os soldados um a um, como filhotes indefesos de focas.

Eu, não, jurou Bode, submergindo devido à pressão do cúmplice branco da macaca. Nada disso, ninguém vai me deixar aqui para morrer de fome junto com aquele cretino do Chub.

Major uma ova. Um grande de um panaca, isso sim.

Bode lutava sem estilo, mas com muita determinação. As botas de campanha, pesadas, eram um problema. Encheram-se rapidamente de água salgada e agora ele sentia como se tivesse blocos de concreto nos pés. O traje camuflado também não era ideal para nadar, mas Bode fez o que pôde. Já tendo sido afogado duas ou três vezes antes, em brigas de cadeia, ele reconheceu os efeitos da privação de oxigênio.

O branco era mais forte do que Bode Gazzer esperava, e por isso Bode adotou a estratégia de espernear, arranhar e chutar desesperadamente. O efeito foi agitar a tal ponto o fundo lodoso que Bode não viu a arraia estendida como uma bandeja de coquetel.

Como a maioria dos criminosos que se mudaram para o sul da Flórida, Bodean Gazzer dedicara pouquíssimo tempo à familiaridade com a fauna local. Sabia bem que lagostas tinham uma queda por armadilhas para lagostas, mas seu conhecimento do restante da fauna marinha era superficial. Um mínimo de interesse — uma visita ao Seaquarium, por exemplo — teria dado a ele duas informações vitais sobre aquela comum arraia-amarela do Atlântico.

Primeira: ela não pica. O ferrão destacável no final da cauda, embora coberto de muco infeccioso, é usado defensivamente, como uma lança.

Segunda: se alguém topar com uma arraia descansando em águas rasas, a pior coisa a fazer é chutá-la.

E foi exatamente o que Bodean Gazzer fez, ao confundi-la com um enorme linguado. A agonia que ele experimentou foi resultado da penetração profunda do ferrão em sua carne. O sangue na água esguichava da artéria femural.

Assim que Bode subiu para respirar, viu o branco nadando tenazmente em direção ao barco, à deriva. Bode retornou a terra firme, percebendo, porém, que não conseguia nem ficar em pé, quanto mais andar. Sentiu um arrepio na espinha e uma repentina tontura.

E agora?, pensou. E caiu de lado, desmaiado.

“Acorde”, disse JoLayne ao racista que gemia.

“Acho que é tarde demais”, disse Tom Krome a ela.

“Não, ainda não.”

Bodean Gazzer abriu os olhos. “Vão se foder.”

"Não disse?", falou JoLayne.

"Vão embora!"

"Não, tenho uma pergunta. E quero uma resposta honesta, senhor Gazzer, antes que morra. Por que me pegaram? Com tanta gente no mundo, por que eu? Porque sou negra, porque sou mulher..."

Tom disse: "Ele apagou".

"Uma ova", resmungou o matuto.

"Então responda, por favor", disse JoLayne.

"Não foi por nenhum desses motivos. Escolhemos você porque ganhou na porra da Lotto. Acabou dando tudo certo, porque você era negra — mas a gente não sabia disso." Bode Gazzer riu debilmente. "E foi melhor assim."

"Tornou tudo mais fácil, não é? Eu ser negra."

"Acreditamos na supremacia da raça branca, se é o que está querendo dizer. Acreditamos que a Bíblia prega a pureza genética."

Eles o arrastaram para longe da margem e tiraram seu traje camuflado. Quando viram o ferimento na perna, esguichando sangue, perceberam que era tarde para salvá-lo.

O assaltante falou: "Vocês estão dizendo que vou morrer — acham que sou otário para cair numa dessas?". E fechou os olhos. JoLayne segurou seu rosto e encorajou-o a continuar acordado.

"Por favor", ela disse. "Estou tentando entender a origem do seu ódio. Vamos esclarecer isso."

"Ah, entendi. Vocês não vão me dar um tiro; vão me matar de tédio com esse papo-furado."

"O que lhe fiz, afinal?", ela perguntou. "O que os negros fizeram a você?"

Bodean Gazzer grunhiu. "Na cadeia, uma vez, um macaco roubou as revistas que estavam debaixo da minha cama. E uns adesivos do RNA."

Tom disse: "Ele está em estado de choque".

JoLayne balançou a cabeça, desapontada. "Gostaria de entender — não há razão para tudo isso. O sujeito nem me conhece, entra na minha casa e faz o que ele fez..."

"Uma vez, eles levaram o som do meu carro", disse Bode, com voz sumida. "Foi em Tampa. Ou eles ou os cubanos, com certeza..."

Tom disse: "Não vai demorar muito. Vamos embora, Jo".

Ela se levantou. "Que Deus tenha piedade da sua alma", disse ao moribundo. "Não há nada que eu possa fazer por você."

"Merda nenhuma mesmo", disse o bandido. "Nada que você possa fazer. Estou na lista negra de Deus, essa é a história da minha vida. Número um na lista negra de Deus."

"Adeus, senhor Gazzer."

"Não vai atirar em mim? Depois disso tudo?"

"Não", disse JoLayne.

"Então eu não entendo mais nada."

Tom Krome disse: "Vai ver hoje é o seu dia de sorte".

O helicóptero resolveu dar mais uma volta antes de encerrar a busca. O passageiro concordou, compreensivo. A Guarda Costeira mantinha-se com uma verba precária, como todo mundo.

As condições de busca eram ideais: céu sem nuvens, quilômetros de visibilidade e mar tranqüilo. Se um barco estivesse perdido em qualquer parte de Florida Bay, naquela altura eles provavelmente já o teriam encontrado. O piloto estava certo de uma coisa: não havia nenhum baleeiro de dezesseis pés nas proximidades de Cotton Key. Ou a mulher que o alugara se perdera por causa do tempo ruim do fim de semana, ou mentira ao encarregado do aluguel de barcos na marina.

Voando a quinhentos pés de altitude, o piloto levou o helicóptero por uma rota sinuosa, passando por Cowpens e Cross Bank, no sentido de Captain Key, Calusa, Buttonwoods e Roscoe. Depois descreveu um arco por Whipray Basin, rumo a Corinne Key, Spy e Panhandle. Passava rapidamente por Gophers, quando ouviu o encarregado de busca dizer: "Ei, tem alguma coisa ali".

Era uma baleeira aberta, navegando num canal demarcado em Twin Key Bank. O piloto da Guarda Costeira desceu um pouco e manteve a aeronave parada no ar.

"Baleeira, dezesseis pés?"

"Positivo", respondeu o colega. "Dois a bordo."

"Dois? Tem certeza?"

"Positivo."

O passageiro não comentou nada.

"Eles estão bem?", perguntou o piloto.

"Parece que sim. Seguem para Islamorada, acho."

O piloto virou-se para o passageiro. "O que o senhor acha?"

O passageiro tinha levado seu próprio binóculo, um Tascos à prova d'água. "Chegue mais perto, se possível", pediu, enquanto espiava.

Empoleirado na porta do helicóptero, o vigia relatou que via um homem e uma mulher. "Ela está acenando. Fez sinal de positivo."

O piloto da Guarda Costeira disse: "E então, senhor Moffitt?".

"É ela. Com certeza."

"Muito bem. Quer que os acompanhemos?"

"Não é necessário", respondeu o agente. "Ela está numa boa."

27

Shiner nem cogitou roubar o bilhete da Lotto de Amber e receber o prêmio sozinho. Estava encantado demais. Haviam passado muito tempo juntos, já considerava que praticamente formavam um casal. Ademais, ele gostava, por natureza, do papel de cúmplice ou de adepto. Sem alguém para lhe dar ordens, Shiner ficava à deriva. Como a mãe costumava dizer, ele era um jovem que precisava de pulso firme. Nunca teria a coragem de ir sozinho a Tallahassee tentar receber o prêmio acumulado. A idéia o paralisava. Shiner sabia que passava uma impressão inicial desfavorável, que era um mentiroso incompetente e desastrado. A tatuagem infame até poderia ser escondida, mas como explicar os polegares deslocados e a careca de *skinhead*? Ou a cicatriz do motor na cabeça? Shiner não imaginava uma situação em que o Estado da Flórida se dispusesse a botar catorze milhões em suas mãos.

Amber, por sua vez, seria capaz de qualquer coisa. Era esperta e confiava em si, valendo-se da aparência estupenda para conseguir o que desejava. Quem poderia negar algo a um rosto e a um corpo daqueles? Shiner decidiu que a melhor coisa a fazer era se concentrar no volante (algo que ele fazia bem) e deixar Amber cuidar dos detalhes referentes ao recebimento do prêmio da Lotto. Sem dúvida, sobraria alguma coisa para ele — provavelmente menos do que cinqüenta por cento (por causa do seqüestro e do que ocorrera na ilha com Chub), mas no mínimo quatro ou cinco milhões. Amber precisava dele, afinal de contas. Seria loucura aparecer com o bilhete da loteria sem antes destruir a fita de vídeo do Grab N'Go, e só Shiner poderia levá-la ao local do esconderijo. Ele resolveu mostrar que era o melhor chofer que ela já tinha visto.

"Onde fica o tal trailer?", ela perguntou.

"Estamos quase lá."

"O que é aquilo? Milho?"

"O Coronel disse que é milho, tomate e vagem, creio. Você cresceu numa fazenda?"

"Nunca cheguei nem perto."

Shiner pensou que ela parecia meio chateada. Para animá-la, cantou alguns versos de "Nut-Cutting Bitch", batucando no painel e esperando que ela cantasse também. Desistiu quando chegou ao fim da parte da letra que havia aprendido.

Amber olhava para os campos cultivados, impassível. "Fale-me a respeito da moça negra", ela disse. "JoLayne."

"Falar o quê?"

"O que ela faz?"

Shiner deu de ombros. "Trabalha na clínica veterinária. Sabe, cuidando dos animais."

"Tem filhos?"

"Acho que não."

"Namorado? Marido?" Amber mordeu o lábio inferior.

"Não que eu saiba. Não passa de uma mulher sozinha que mora na minha cidade. Não sei da sua vida."

"As pessoas gostam dela?"

"Minha mãe diz que sim."

"Shiner, há muitos negros onde você mora?"

"Em Grange? Alguns. Quanto é muitos? Quero dizer, tem alguns." Aí ocorreu a ele que ela poderia estar considerando os riscos, e acrescentou: "Não muitos. E ficam na deles".

Uma demonstração de bom senso, pensou Amber.

"Está tudo bem?"

"Falta muito?"

"É logo adiante", disse Shiner. "Estamos quase chegando."

Shiner ficou aliviado ao ver seu Impala ao lado do trailer, onde o estacionara, embora tivesse deixado o porta-malas aberto. Burro!

Amber disse: "Linda cor".

"Eu mesmo lixei. Quando acabar, vai ser vermelho-maçã do amor."

"Me aguardem."

Ela saiu do carro e esticou as pernas. Notou um gambá no teto do trailer, o bicho mais esquálido que já vira. Ele piscou com seus olhinhos miúdos e ergueu o focinho rosa e peludo no ar. Quando Shiner bateu palmas, foi calmamente para o mato. Amber preferia que tivesse corrido.

Ela disse: "Não acredito que alguém possa viver num chiqueiro assim".

"Chub é macho. O cara mais durão que já conheci."

"Sim. E veja aonde chegou — no fundo do poço." Amber pretendia afastar qualquer pretensão que Shiner tivesse de convidá-la para entrar lá. "Então, cadê a fita?", perguntou, impaciente.

Ele foi até o Impala e abriu a porta do passageiro. O porta-luvas estava aberto e vazio.

"Merda."

"O que foi?" Amber inclinou-se para ver.

"Não acredito, porra." Shiner levou as mãos à cabeça. Alguém tinha entrado no carro!

A fita de vídeo havia sumido. E também o adesivo para estacionar nas vagas de deficientes que Shiner colara no vidro de trás. Faltava ainda o volante do Impala, e sem ele o carro não servia para nada.

"Foram eles de novo! A maldita Maré Negra!", gaguejou Shiner, assustado.

Amber, surpreendentemente, parecia se divertir com tudo aquilo. Ele perguntou qual era a graça.

"Não há graça nenhuma. Mas isso tudo de certo modo é perfeito."

"Ainda bem que você pensa assim. Meu Deus, e o bilhete da Lotto? E o meu carro? Espero que você tenha um plano B."

Amber disse: "Vamos embora". Quando ele quis discutir, ela abaixou a voz: "Depressa, antes que eles voltem".

Ela fez Shiner dirigir, para mantê-lo ocupado. Ele falou um pouco, coisas desconexas, e acabou se acalmando. Em Homestead, ela mandou que parasse perto de um canal de drenagem. Esperou que o caminhão de lixo passasse e jogou o Colt Python de Chub na água. Depois disso, Shiner permaneceu em silêncio por vários quilômetros. Amber sabia que ele estava pensando no dinheiro. Ela também.

"Não era para ser nosso", ela disse. "De jeito nenhum."

"É, mas catorze milhões de dólares..."

"Sabe por que não estou chateada? Porque escapamos numa boa. Agora não precisamos tomar uma decisão a respeito. Alguém já decidiu por nós."

"Mas você ainda tem o bilhete."

Amber balançou a cabeça. "Não por muito tempo. A pessoa que pegou a fita sabe quem realmente ganhou o prêmio. *Eles* sabem, entendeu?"

"Sim." Shiner ficou emburrado.

Ela disse: "Nunca fui presa antes. E você?".

Ele não disse nada.

"Você mencionou sua mãe... Sabe, eu estava pensando no meu pai", disse Amber. "No que meu pai faria se ligasse a televisão uma noite e visse sua princesinha loura algemada, presa por ter tentado receber um prêmio da Lotto com um bilhete roubado. Meu pai morreria de desgosto."

"O rabino?"

Ela riu, pensativa. "Ele mesmo."

Shiner não sabia direito como voltar para Coconut Grove, então Amber (que precisava fazer a mala para a viagem, falar com Tony e pedir a sua amiga Gloria que a substituísse no Hooters) ordenou que ele seguisse pela US 1, embora houvesse um zilhão de sinalizações. Shiner não reclamou. Eles estavam parados num cruzamento da Bird Road, quando um cubano idoso aproximou-se do carro vendendo rosas de cabo longo. Impulsivamente Shiner puxou uma nota de cinco dólares de seu traje camuflado. O sujeito sorriu, caloroso. Shiner comprou três rosas e as deu a Amber, que respondeu atirando-lhe um beijo rápido. Era a primeira vez que dava flores a uma mulher e também seu primeiro contato com um genuíno cubano de Miami.

Que dia, ele pensou. E ainda nem acabou.

A fita de vídeo deu dor de cabeça a Moffitt. Equipamento típico de loja de conveniência: vagabundo, preto-e-branco, baixa velocidade. As imagens desfocadas pulavam feito Claymation. Na margem inferior havia uma indicação de hora/dia/mês. Impaciente, Moffitt avançou pela série borrada de caminhoneiros, caixeiros-viajantes, turistas exaustos e adolescentes insaciáveis, cujas dietas desequilibradas e vício em nicotina tornavam o Grab N'Go uma mina de ouro para a multinacional holandesa que controlava a rede.

Finalmente, Moffitt chegou a JoLayne Lucks, que entrava pela porta de vaivém. Usava jeans, camiseta folgada e óculos escuros redondos enormes, provavelmente aqueles cor de pêssego. O relógio da câmera indicava 5:15 p.m. Um minuto depois ela parou no balcão. Moffitt riu quando viu o tubo de Certs; hortelã, na certa. JoLayne enfiou a mão na bolsa e deu o dinheiro para o caixa adolescente gorducho. Ele devolveu algumas moedas de troco e entregou o bilhete da Lotto. Ela disse algo ao rapaz, sorriu e saiu pela porta, para a tarde ensolarada.

Moffitt voltou a fita para rever o sorriso. Era lindo de doer.

Deixara Porto Rico no dia anterior, depois que os primos La Hoya sabiamente haviam abandonado a justificativa inicial para as trezentas metralhadoras chinesas encontradas na casa de praia que possuíam em Rincón (disseram que inocentemente haviam alugado a casa para um bando de guerrilheiros esquerdistas que se faziam passar por surfistas americanos). Os advogados dos La Hoya perceberam que seus clientes estavam em maus lençóis quando os jurados riram ostensivamente (um deles teve de reprimir a gargalhada) ao ser apresentado o álibi dos surfistas na fase inicial. Após uma rápida conferência, os La Hoya decidiram aceitar a oferta governamental de um acordo, poupando a Moffitt e a mais meia dúzia de agentes do Ataf um cansativo testemunho. Caso resolvido, os companheiros de Moffitt seguiram direto para San Juan, em busca de aventuras eróticas tropicais, enquanto Moffitt pegava um avião de volta para ajudar JoLayne.

Que, naturalmente, havia desaparecido.

Moffitt sabia que ela não seguiria seu conselho, que jamais esperaria quieta num canto. Quanto a isso, nada poderia fazer. Ela era teimosa como uma mula. Sempre fora.

Encontrá-la, caso ainda estivesse viva, significava encontrar os ladrões da Lotto, que com toda a certeza ela perseguia. Moffitt voltou ao apartamento de Bodean James Gazzer em busca de pistas e viu que o local parecia ter sido abandonado pelos bandidos às pressas. A comida na cozinha começava a apodrecer e as mensagens escritas com ketchup nas paredes haviam secado, deixando uma pegajosa crosta marrom. Moffitt deu outra busca detalhada no local e encontrou uma notificação de despejo de um camping para trailers nos cafundós de Homestead. Rabiscados no verso do papel, estavam os seis números do bilhete de loteria roubado de JoLayne.

Moffitt estava saindo do apartamento quando o telefone tocou. Ele não resistiu. A ligação era de um policial da delegacia da comarca de Monroe, querendo saber a respeito de uma picape Dodge Ram 1996 encontrada perto do aterro sanitário de Indian Key, na Overseas Highway, completamente depenada. O policial disse que o veículo estava registrado no nome de Bodean J. Gazzer.

"É você?", perguntou o policial do outro lado da linha.

"Meu colega de apartamento", disse Moffitt.

"Bem, quando se encontrar com ele", pediu o policial, "diga para nos telefonar."

"Claro." Moffitt concluiu: Os bundões foram para Keys.

Imediatamente começou a telefonar para as marinas, de Key Largo ao sul, perguntando com sua mais persuasiva voz de agente da lei se os encarregados tinham lembrança de alguma locação inusitada ou de furtos de barcos. Foi assim que ele ficou sabendo sobre a baleeira desaparecida em Islamorada, alugada a uma "negra sem papas na língua", de acordo com o velhinho responsável pelo local. A Guarda Costeira já enviara um helicóptero, e bastou a Moffitt dar um telefonema para receber autorização para também participar da busca. Aguardou o helicóptero em Opa-Locka e subiu a bordo quando ele parou para reabastecer.

Noventa minutos depois, viu JoLayne com o novo amigo, Krome. Passeavam tranqüilamente no barco desaparecido.

Observando-a pelo binóculo, Moffitt ficou sem graça por ter se preocupado tanto com ela. No entanto, quem não o faria, em seu juízo perfeito?

Depois que o helicóptero pousou, ele seguiu de carro para Homestead, pois pretendia localizar o trailer do qual o sujeito conhecido pelo dono do camping como "Chub Smith" estava sendo despejado. Era um trailer estreito e todo amassado, estacionado no final de uma estrada que cortava campos cultivados. Em seu interior, Moffitt encontrou pilhas de revistas velhas sobre armas, caixas vazias de munição, uma camiseta com a inscrição BRANCOS NO PODER, outra com MATEM O. J., uma flâmula DEUS ABENÇOE MARGE SCHOTT e, no quarto, um equipamento para a falsificação de adesivos que autorizavam o estacionamento em vagas para deficientes — cuja qualidade, Moffitt notou, era excepcional.

A correspondência era rara e pouco reveladora: contas e folhetos de lojas de armamentos a "C. Smith", "C. Jones" ou simplesmente "Sr. Chub". Os papéis não ofereciam a menor pista sobre a verdadeira identidade do morador, mas Moffitt tinha certeza de que se tratava do companheiro de Bodean James Gazzer que usava rabo-de-cavalo. Um maço de fios compridos, no ralo do chuveiro, confirmava a teoria.

Havia um Chevrolet Impala velho estacionado perto do trailer. Moffitt anotou a placa antes de abrir o porta-malas, onde encontrou uma capa de rifle de lona e uma caixa de dois quilos e meio de carne-seca. Depois checou o piso (dois pregadores e uma revista *Oui* rasgada) e o porta-luvas (a fita de vídeo que analisava agora em seu aparelho).

Moffitt desligou o equipamento e abriu uma cerveja. Queria muito saber o que havia acontecido enquanto ele estava fora dos Estados Unidos. Para onde teriam ido os ladrões racistas? O que JoLayne Lucks e seu amigo Tom andaram aprontando?

Telefonou para a casa dela em Grange e deixou um recado na secretária eletrônica: "Já voltei. Telefone para mim assim que puder".

Depois foi dormir, imaginando o quanto deveria perguntar e o quanto ele realmente precisava saber.

Mary Andrea Finley Krome brilhava como uma estrela de cinema.

Era o que todos diziam no *Register*. Até o editor-chefe admitiu que ela era espetacular.

Ela havia feito reflexo no cabelo curto e pintado as unhas. Pusera dois brinquinhos de ouro de argola, batom rosa bem clarinho, meias transparentes e uma saia curtinha, estonteante. O golpe de misericórdia foi dado pelo terço de contas que sensualmente pendia da ponta dos dedos de Mary Andrea.

Quando ela entrou na redação, o repórter policial virou-se para o editor-chefe: "Tom foi um louco por ter abandonado uma gostosa dessas".

Talvez sim, pensou o editor-chefe. Talvez não.

A elegante viúva aproximou-se dele e disse: "Então, onde estão eles?".

"No saguão."

"Acabei de passar pelo saguão. Não vi as câmeras."

"Ainda temos dez minutos", disse o editor-chefe. "Eles estarão lá, não se preocupe."

Mary Andrea perguntou: "Posso ficar sozinha em algum lugar?".

O editor-chefe olhou desolado para a redação, que oferecia tanta privacidade quanto um ponto de ônibus.

"Minha sala", ofereceu sem entusiasmo, e desceu para comer um folhado. Ao voltar, foi interceptado pelo editor-assistente de cidades.

"Adivinhe o que a senhora Krome está fazendo lá?"

"Chorando inconsolável?"

"Não, ela..."

"Desmaiou de dor?"

"Falo sério."

"Mexendo nos meus papéis. Aposto."

"Não, ela está ensaiando", contou o editor-assistente de cidades. "Repassando suas falas."

"Perfeito", disse o editor-chefe.

Quando chegaram ao saguão, equipes de três emissoras locais de televisão já estavam aguardando, inclusive a ansiada filiada da Fox. Um fotógrafo do *Register* chegou (revoltado com a tarefa), aumentando para quatro veículos o contingente de mídia.

"Não chega a ser uma multidão", reclamou Mary Andrea.

O editor-chefe sorriu com frieza. "Claro que é, para os nossos modestos padrões."

Em pouco tempo a sala se encheu de outros editores, repórteres e funcionários que em sua maioria não conheciam Tom Krome direito, mas que tinham sido intimados a comparecer pelas respectivas chefias. Havia até um pessoal de Circulação e Veiculação, fáceis de identificar porque se vestiam muito melhor que a turma da redação. Também faziam parte da platéia curiosos que tinham ido ao *Register* fazer um anúncio classificado, ou deixar cartas iradas ao editor, ou cancelar a assinatura do jornal por causa de sua inclinação direitista ou esquerdista.

Uma pessoa ausente da cerimônia de premiação era o editor responsável, que não se abalara profundamente com a notícia da suposta incineração de Tom Krome. Certa vez, Krome havia escrito um artigo venenoso a respeito de um seleto *country club* do qual o editor responsável e seus quatro filhos golfistas eram sócios. Depois da publicação da matéria, os sócios do clube decidiram poupar os filhos da expulsão, mas proibiram a entrada do editor responsável, por ele não ter despedido Tom Krome nem pedido publicamente desculpas aos membros expostos à execração e ao ridículo (Krome descrevera o clube como "imaculadamente branco e protestante, com exceção dos serviçais").

O editor-chefe teria adorado usar a frase (e uma dúzia de outras pérolas) em seu tributo a Krome, mas achou melhor não. Precisava pensar na aposentadoria e nas ações da empresa que receberia. Por isso, quando os refletores das tevês foram acesos, ele se limitou a uns tantos comentários inócuos, procurando atribuir ao Amelia algum significado e até prestígio. O editor-chefe invocou o nome da sra. Lloyd, patrona do prêmio, notando, com indisfarçável ironia, que sua vida também fora ceifada no auge da carreira durante o cumprimento do dever. Vários repórteres trocaram olhares céticos neste momento, pois as fofocas diziam que Tom Krome não morrera por causa de nenhuma reportagem, e sim em conseqüência de seus imprudentes hábitos extraconjugais. Para reforçar o ceticismo, citavam a ausência inexplicável do editor de Krome, Sinclair, que normalmente não deixava passar a oportunidade de receber os louros pelo bom trabalho de seus repórteres. Obviamente aquilo cheirava mal; ou então Sinclair estaria no saguão, aguardando, ansioso, a chance de discursar e de assim tirar proveito da morte do subordinado.

O editor-chefe ouvira os rumores sobre a morte de Tom, mas resolvera não dar crédito aos mexericos. Um motivo era sua forte crença de que faltava às autoridades locais um mínimo de competência para esclarecer os fatos (fossem quais fossem) referentes ao incêndio fatal na casa de Krome. E, na ausência de outra explicação, o editor-chefe estava disposto a considerar o primeiro Amelia do jornal uma homenagem póstuma a seu astro ausente. Se até a primavera o tênue martírio de Krome ainda não tivesse sido atingido pela avalanche de revelações pessoais embaraçosas, o editor-chefe bem que poderia submeter o caso ao comitê do prêmio Pulitzer e tentar uma indicação. Por que não?

"Lamento — todos nós lamentamos —", ele disse na conclusão, "que Tom não possa estar aqui para celebrar este momento. Contudo, todos nós do *Register* lembraremos seu nome, hoje e sempre, com orgulho e admiração. Sua dedicação, seu espírito, seu compromisso com o jornalismo sobrevivem aqui, nesta redação..."

Involuntariamente, o editor-chefe se encolheu ao falar, pois as palavras saíram falsas, forçadas. Era uma platéia difícil, e ele temia ouvir um riso abafado ou um assobio. Rapidamente, passou para o evento principal.

"Agora, gostaria de apresentar alguém muito especial — a esposa de Tom, Mary Andrea, que veio de muito longe para estar conosco neste momento e compartilhar essas lembranças."

Os aplausos foram respeitosos e provavelmente sinceros. Como grupo mais entusiasmado (por reflexo profissional), destacou-se o pessoal da publicidade, de camisas engomadinhas. A turma da redação foi mais discreta, embora o editor-chefe tenha virado a cabeça ao ouvir um assobio cruel carregado de insinuações eróticas — um dos repórteres esportivos, soube-se depois. Mais tarde, quando interrogado, o rapaz alegou desconhecer que se tratava de um momento solene. Chegara naquele instante com um furo sobre a contratação de um jogador de hóquei e passava correndo pelo saguão do *Register*, a caminho do elevador, quando viu Mary Andrea Finley Krome no pódio e se entusiasmou com sua boa aparência.

Quando ela se aproximou do microfone, o editor-chefe presenteou-a com a tradicional peça de pinho laqueada, enfeitada com uma placa de metal banhada a ouro. Um retrato da falecida Amelia J. Lloyd, gorducha e contente, sobressaía na placa do prêmio, que Mary Andrea segurou como se fosse um Renoir.

"Meu marido...", ela disse, fazendo uma pausa perfeita.

"... Meu marido ficaria tão orgulhoso."

Uma segunda onda de aplausos irrompeu no saguão. Mary Andrea agradeceu abraçando o Amelia.

"Meu Tom", ela disse, "não era um homem fácil de conhecer. Durante os últimos anos, ele se entregou ao trabalho com tanta dedicação que, lamento dizer, nos afastamos um pouco..."

Na hora em que Mary Andrea chegou ao imaginário encontro deles nos bastidores do teatro em Grand Rapids (que, decidiu no último momento, soava mais romântico que Lansing), muita gente fungava. As câmeras de tevê continuavam gravando; duas equipes chegaram a trocar a bateria. Mary Andrea sentia que triunfava.

Vinte segundos uma ova, ela pensou, enxugando uma lágrima furtiva com o lenço oferecido pelo editor-chefe.

Grande surpresa: as lágrimas de Mary Andrea que haviam começado como um choro de palco altamente profissional se transformaram em lágrimas verdadeiras. Falar sobre Tom na frente de tanta gente fez com que ela, pela primeira vez desde que lera a notícia do incêndio, sentisse dor por sua perda. Mesmo conferindo ao relacionamento um caráter amplamente fictício — inventou casos, intimidades e confidências —, a situação acabou por comover Mary Andrea. Afinal de contas, Tom era legal. Confuso, como todos os homens, mas no fundo um sujeito decente. Uma pena que não tivesse sido mais flexível. Uma grande pena, pensou, com o coração partido, piscando para afugentar as lágrimas.

Uma pessoa que permaneceu impassível durante toda a cerimônia foi o editor-chefe do *Register*. A outra, o advogado de Tom Krome, Dick Turnquist, que educadamente esperou Mary Andrea terminar seu discurso para abrir caminho entre os puxa-sacos e lhe entregar a intimação para a audiência.

"Finalmente nos encontramos", ele disse.

Mary Andrea, ainda deliciada com a própria performance, calculou que ele fosse um fã do teatro em busca de um autógrafo.

"Você é tão gentil", ela disse. "Mas não tenho caneta."

"Não precisa de caneta. Precisa de um advogado."

"Como é?" Mary Andrea olhou atônita e desolada para o documento em suas mãos. "Isso é algum tipo de brincadeira de mau gosto? Meu marido está morto!"

"Não está, não. Nem um pouco. Faço questão de transmitir a ele as palavras gentis com as quais você o homenageou hoje. Ele vai adorar." Turnquist deu meia-volta e saiu caminhando.

O editor-chefe gelou ao ouvir o diálogo. Houve uma comoção entre os presentes e depois o baque causado pela placa de madeira atingindo o piso de granilito. O editor-chefe virou-se a tempo de ver seu precioso Amelia tombar no chão do saguão, atirado pela ex-viúva. Poucos centímetros adiante, jazia um terço jogado fora, enrolado como um filhote de cascavel.

O último ato consciente de Bodean Gazzer na vida foi escovar os dentes com WD-40.

Em seu aprendizado de sobrevivência, ele havia lido certa vez a respeito da versatilidade do popular lubrificante em spray, e agora (enquanto sangrava) sentiu uma necessidade irracional de incrementar o sorriso. Chub revirou as tralhas e encontrou a familiar lata azul e amarela, que levou até Bode, juntamente com uma escovinha destinada a limpar pistolas. Chub ajoelhou-se na areia ensopada de sangue e colocou uma colcha camuflada enrolada sob a nuca do companheiro.

"Nos molares, tá?" Grogue, Bode Gazzer abriu a boca e apontou.

"Meu Deus", disse Chub, mas criou coragem, voltou o bico para os dentes manchados de marrom de Bode e esguichou o produto. Que se foda, pensou. O cara está morrendo mesmo.

Bode escovou distraída e mecanicamente. Falou, pelo canto livre da boca: "Acredita nisso, cara? Acabamos de perder vinte e oito milhões de dólares para uma terrorista macaca e para uma garçonete de merda! Eles nos pegaram, irmão. A Otan e os macacos da Trilateral e os comunistas... Dá para acreditar?".

Chub também sofria, com o ombro enfaixado ardendo como fogo. "Sabe... sabe no que eu não acredito?", ele disse. "Não acredito que você não consiga chamá-la de negra depois de tudo o que ela fez conosco. Puta merda, Bode, às vezes tenho dúvidas sobre você."

"Tudo bem." As pálpebras de Bode Gazzer fecharam-se um pouco. Uma das mãos fez um gesto de quem pede desculpas e desabou na poça de sangue. Seu rosto estava pálido como um filé de peixe.

"Ela atirou em você. Ela *atirou* em você, cara." Chub debruçou-se sobre ele. "Quero ouvir você chamá-la de negra. Antes de apagar de vez, quero que você aja como um membro superior da raça branca, temente a Deus, e diga pelo menos uma vez o que ela é. Pode dizer a palavra para mim? Pelos Clarins Arianos Brancos?" Chub riu alucinado, apesar da dor.

"Vamos lá, seu desgraçado teimoso. Diga n-e-g-r-a."

Mas Bodean James Gazzer não podia mais falar. Morrera com a escova de limpar arma na boca. Seu suspiro final foi um suave exalar de vapor de WD-40.

Chub ficou meio alto com o bafo do amigo, ou imaginou isso. Pegou a lata, levantou-se com dificuldade e, cambaleando foi para o manguezal lamentar a perda.

28

Os romeiros estavam inquietos. Eles queriam o Homem das Tartarugas.

Sinclair recusava-se a sair se não chegassem a um acordo. A mãe de Shiner estava sentada a seu lado, no sofá. De mãos dadas, tensos, os dois comportavam-se como se estivessem num avião durante uma turbulência.

O prefeito, Jerry Wicks, fora correndo para a casa de Demencio ao saber do problema. Trish preparou café e espremeu laranja na hora para fazer suco. A mãe de Shiner recusou as panquecas e preferiu uma omelete.

Demencio não mostrava a menor disposição para negociar, mas os malucos o pegaram de jeito. Alguma coisa dera errado na fórmula do sangue com corante alimentício, e a Madona de fibra de vidro começara a chorar lágrimas marrons como óleo. Depressa ele havia recolhido a estátua e encerrado a visitação. Agora mais de quarenta turistas cristãos aguardavam no quintal, tirando fotos das tartarugas na vala, desanimados. As vendas de "água benta" praticamente haviam cessado.

"Vamos deixar uma coisa bem claro", disse Demencio, andando de um lado para o outro na sala. "Vocês querem trinta por cento da coleta diária e mais trinta por cento do lucro das vendas? Pois assim não dá. Podem esquecer."

Sinclair, ainda tonto e alterado pelas revelações dele, seguia as instruções da mãe de Shiner. Ela descansou o rosto sujo em seu ombro.

"Já explicamos", ela disse a Demencio, "que aceitamos vinte por cento dos lucros."

"Que história é essa de 'nós'?"

"Mas só se você arranjar um lugar para Marva", interferiu Sinclair. Marva era o nome da mãe de Shiner. "Um novo santuário", prosseguiu Sinclair, removendo um pedacinho de alface da testa, "para substituir o que foi recapeado."

Ele mal reconhecia a própria voz, distante um trilhão de anos-luz de sua vida anterior. A redação e suas tarefas irrelevantes de antes pareciam estar em Plutão.

Demencio afundou em sua poltrona favorita de ver tevê. "Vocês são uns tremendos descarados. Aqui é o *meu* negócio. Trish e eu construímos tudo, pouco a pouco, durante muitos anos. Agora vocês entram aqui e tentam tomar conta de tudo..."

A mãe de Shiner lembrou que o movimento de romeiros de Demencio havia triplicado graças aos encantos místicos de Sinclair e das tartarugas. "Além disso, tenho minha própria clientela, muito fiel", ela disse. "Eles virão para cá, eu garanto, como garanto que o sol brilha, para comprar camisetas e refrigerantes e pão-de-ló. Vocês dois podem se encher de dinheiro se tiverem cérebro suficiente para aceitar a proposta."

Trish ia dizer alguma coisa, mas Demencio a interrompeu. "Não preciso de vocês. Vocês é que precisam de mim."

"Acha mesmo?" A mãe de Shiner sorriu. "Você tem uma Virgem Maria que chora lágrimas achocolatadas. Quem precisa de quem? Eu bem que gostaria de saber."

Demencio disse: "Vá para o inferno". Mas a bruxa maluca tinha alguma razão.

Mesmo em seu abençoado estado de alheamento, Sinclair não se atrapalhava com números. E conhecia um pouco do mundo dos negócios — seu pai possuía uma loja de queijos finos em Boston, e Sinclair tivera inúmeras oportunidades de barganhar com os teimosos atacadistas de Wisconsin.

"Posso sugerir uma coisa?" O prefeito Jerry Wicks bancava o mediador. O gerente do Holiday Inn, temendo uma queda no movimento dos ônibus de romaria, implorara sua intervenção. "Tive uma idéia", disse o prefeito. "E se... Marva, diga-me uma coisa: de que instalações você precisa?"

"Para quê?"

"Para outra manifestação."

A mãe de Shiner franziu a testa. "Minha nossa, não sei. Está querendo dizer outro Jesus?"

"Algo desse tipo, sim", falou o prefeito. "Demencio já tem o milagre da Virgem Maria. O Homem das Tartarugas — posso chamá-lo assim? — tem seus apóstolos. Existe uma imensa lacuna para o Menino Jesus."

A mãe de Shiner ergueu um dedo ossudo. "Não, o Menino Jesus não. Prefiro o adulto."

"Como quiser", disse o prefeito. "O fato é que este lugar dá um excelente santuário, não é mesmo? Aqui poderíamos cobrir todos os ângulos!" Virou-se para Demencio. "Vamos lá, você precisa admitir isso."

Demencio sentiu a mão de Trish no ombro. Sabia o que ela estava pensando: *Isso pode ser estupendo.* Se trabalhassem direito, se transformariam na principal atração para todas as peregrinações de ônibus a Grange.

Mesmo assim, Demencio resolveu fazer uma exigência: "Não quero manchas na entrada. Nem na calçada".

"Acho justo."

"E não vou abrir mão de mais de quinze por cento da coleta."

Sinclair olhou para a mãe de Shiner, que balançou a cabeça e sorriu em sinal de aprovação. "Podemos viver com isso", ela disse.

Eles se reuniram na mesa de jantar para arquitetar uma nova aparição de Cristo. "Onde Ele aparecer, é onde deve ser", explicou a mãe de Shiner, erguendo as palmas das mãos. "E talvez Ele nem apareça, depois do que ocorreu na rodovia — os ateus do departamento de obras."

Sempre otimista, o prefeito Jerry Wicks disse: "Aposto que você vai conseguir, se sair e rezar com bastante fé... Sei lá, tenho um pressentimento".

A mãe de Shiner apertou o braço de Sinclair. "Talvez seja o melhor a fazer. Cair de joelhos e orar".

"Não na minha entrada", insistiu Demencio.

"Já ouvi da primeira vez, tá bom? Puxa vida..."

Trish disse: "Alguém quer mais café?".

De onde estava, Demencio tinha uma visão clara da entrada. A multidão diminuíra, os romeiros restantes mostravam-se entediados. Aquilo era ruim. O prefeito também notou. Ele e

Demencio trocaram olhares apreensivos. Desnecessário dizer que a precária economia de Grange dependia do turismo religioso sazonal. A cidade não poderia se dar ao luxo de uma queda no movimento, de perder alguma atração importante. Em toda a Flórida aumentava a competição pelo dinheiro dos romeiros, com a inauguração de atrações de alta tecnologia inspiradas na Disney. Era raro transcorrer uma semana sem que a tevê mostrasse uma nova visão religiosa ou cura milagrosa. Recentemente, uma imagem da Virgem Maria com três andares de altura surgira na parede de uma empresa de financiamento de imóveis em Clearwater — não passava de uma mancha de umidade, mas trezentas mil pessoas tinham ido lá para ver. Elas cantaram hinos e deixaram donativos embrulhados em lenços e fraldas.

Donativos, numa empresa de hipotecas!

Demencio não precisava que Jerry Wicks lhe dissesse que a hora não era propícia para vacilar. Demencio conhecia a situação lá fora, sabia que era vital manter-se em sintonia com o mercado.

"Espere e verá", ele disse ao prefeito. "Vou fazer a Virgem chorar sangue. Me aguarde."

O telefone tocou. Demencio foi atender no quarto, pois era mais sossegado. Voltou com uma expressão de sofrimento. A mãe de Shiner perguntou qual era o problema.

"Você disse que ia rezar? Então vá." Demencio fez um gesto com o braço. "Reze feito louca, Marva, porque precisamos de um novo milagre, e logo. Um novo Jesus seria ótimo."

Jerry Wicks inclinou-se, apoiando os cotovelos na mesa. "O que foi?"

"JoLayne telefonou. Está voltando para casa", contou Demencio, desanimado. "Vai voltar e querer pegar as tartarugas."

Sinclair ficou pálido. A mãe de Shiner acariciou-lhe a testa e disse a ele que não se preocupasse, que tudo ia dar certo.

Eles compraram roupas novas e foram ao melhor restaurante de Tallahassee. Tom Krome pediu filés, uma garrafa de champanhe e uma dúzia de ostras de Apalachicola. Disse a JoLayne Lucks que ela estava fantástica, o que era verdade. Usava um vestido comprido justo, verde-floresta, com alças finas.

Ele preferiu calça esporte cinza-escura, blazer azul e camisa oxford branca, sem gravata.

O cheque da loteria estava na bolsa de JoLayne: quinhentos e sessenta mil dólares, depois de descontada a parte do Tio Sam. Era o primeiro dos vinte pagamentos anuais pela parte de JoLayne no prêmio acumulado.

Tom debruçou-se sobre a mesa e a beijou. Com o canto do olho viu em outra mesa um casal idoso e formal olhando para eles de cara feia. Por isso a beijou de novo, desta vez por mais tempo. Em seguida, ergueu a taça: "Um brinde ao bosque Simmons".

"Ao bosque Simmons", disse JoLayne, sem muito entusiasmo.

"O que foi?"

"Tom, não vai dar. Fiz as contas."

"Como sabe?"

"A outra oferta é de três milhões, com vinte por cento de entrada. Prometi a Clara Markham que daria um lance maior, mas não posso. Vinte por cento de três milhões é seiscentos mil dólares — ainda falta dinheiro, Tom."

Ele falou para ela não se preocupar. "Se é essa a questão, peça um empréstimo para completar a diferença. Qualquer banco da Flórida adoraria fazer negócio com você."

"Parece fácil, mas não é."

"JoLayne, você acabou de ganhar catorze milhões de dólares!"

"Mesmo assim sou negra, senhor Krome. Isso faz muita diferença."

Porém, depois de refletir um pouco sobre o assunto, ela concluiu que talvez Tom tivesse razão quanto ao empréstimo. Preta, branca ou listada, ela era milionária, e os bancos adoravam milionários. Poderia obter um financiamento e oferecer uma entrada substancial, uma contra-oferta irrecusável. A família Simmons nadaria em *foie gras* e o pessoal do sindicato de Chicago teria de procurar outro terreno para construir o tal shopping center de mau gosto.

JoLayne atacou a salada Caesar e disse a Tom Krome: "Tem razão. Serei otimista".

"Ainda bem, pois estamos numa boa."

"Não posso negar."

Eles haviam devolvido o barco sem maiores problemas, amenizando a ira do encarregado rabugento com a desistência do valor do depósito. Depois de pegar um táxi até a rampa para barcos, eles subiram no Honda de Tom e seguiram direto para o Aeroporto Internacional de Miami, onde deram a sorte de conseguir um vôo direto para Tallahassee. Quando chegaram, porém, o escritório da loteria estadual já havia encerrado o expediente. Foram ao Sheraton, alugaram uma suíte, tomaram uma ducha e apagaram de exaustão na cama *king-size.* Jantaram biscoitos cream cracker e pingos de chocolate Hershey do frigobar. Os dois estavam cansados demais para fazer amor e dormiram rindo disso e evitando pensar em Pearl Key.

Quando o escritório da Lotto abriu na manhã seguinte, JoLayne e Tom já estavam na porta esperando com o bilhete. Um funcionário pensou que ela estivesse brincando quando distraidamente contou que ele estava guardado dentro de uma camisinha não lubrificada. A burocracia para o recebimento demorou cerca de uma hora e depois um fotógrafo do departamento de divulgação tirou fotos de JoLayne segurando um enorme fac-símile do cheque enfeitado com o flamingo. Tom ficou contente por terem conseguido evitar a cobertura da tevê e dos jornais, que haviam chegado de repente. Quando o *press-release* foi distribuído, eles já estavam de volta a Grange.

"Vai dar tudo certo", ele assegurou a JoLayne, servindo o champanhe. "Prometo."

"E quanto a nós dois?"

"Não tenho a menor dúvida."

JoLayne o estudou. "Não tem a menor dúvida, Tom?"

"Ih, pronto. Lá vem." Tom baixou a taça.

Ela disse: "Acho que você merece uma parte do dinheiro".

"Por quê?"

"Por tudo. Por largar o emprego para ficar comigo. Arriscar seu pescoço. Impedir que eu cometesse alguma loucura lá."

"Algo mais?"

"Eu me sentiria melhor", ela disse, "se lhe desse alguma coisa."

Tom tamborilava com o garfo na toalha. "Nossa, a culpa é uma coisa terrível. Mas eu entendo."

"Está equivocado."

"Não senhora. Se eu não aceitar o dinheiro, será muito mais difícil para você me dispensar mais tarde. Vai se sentir horrível, adiar ao máximo, me aturar por meses a fio..."

"Coma a salada", disse JoLayne.

"Mas se eu pegar uma parte, aí você não se sentirá mal em me dar um pontapé. Poderá dizer a si mesma que não me usou, que não tirou proveito de um idiota incorrigível e confuso para depois dispensá-lo. Poderá se consolar dizendo que foi justa, decente até."

"Já acabou?" JoLayne sofria, porque as palavras dele eram verdadeiras. Ela realmente procurava um jeito de escapar, caso o namoro não desse certo. Procurava um modo de viver em paz com sua consciência se algum dia precisasse romper com ele depois de tudo que Tom havia feito.

Tom disse: "Não quero seu precioso dinheiro. Entendeu bem? Nada, nem um tostão".

"Acredito em você."

"Já era hora."

"Mas quero deixar bem claro que não pretendo dar nenhum pontapé em você." JoLayne tirou o sapato e colocou o pé descalço no colo de Tom, sob a mesa.

Os olhos de Tom se arregalaram. "Ei, isso é golpe baixo."

"Tive péssimas experiências com os homens. Acho que aprendi a esperar sempre o pior."

"Compreendo", ele disse. "E, se quer saber, quero que me ature até não poder mais. Adie ao máximo a separação, porque vou ficar ao seu lado enquanto puder e mais um pouco."

"Você é um especialista em matéria de culpa."

"Sou profissional", disse Tom. "Dos melhores. Minha proposta é a seguinte: vamos ficar juntos seis meses. Se você não estiver feliz, vou-me embora sem dizer nada. Sem queixas, sem recriminações. A única coisa que vai lhe custar é uma passagem de avião para o Alasca."

JoLayne ergueu as mãos. "Sei. Imagino que você vai exigir passagem de primeira classe."

"Pode apostar. Bem na frente, com direito a sorvete e toalhinhas perfumadas. Fechado?"

"OK. Negócio fechado."

Eles trocaram um aperto de mãos. O garçom chegou com a carne, enormes bistecas malpassadas. Tom esperou até que JoLayne desse a primeira mordida.

"Delicioso", ela disse.

"Uau."

"Acabei de pensar uma coisa. E se *você* me der um pontapé?"

Tom Krome riu. "Você pensou o quê?"

"Engraçadinho", ela disse, e o tocou com o dedão numa área sensível. Eles devoraram os filés, dispensaram a sobremesa e correram de volta para o hotel para fazer amor.

O juiz Arthur Battenkill Jr. encontrou a casa vazia ao voltar do trabalho. Katie provavelmente estava no supermercado ou no cabeleireiro. O juiz ligou a televisão e sentou-se para saborear um martíni, em comemoração à sua aposentadoria. Assistiu ao noticiário, sem prestar muita atenção. Concentrou-se, em vez disso, no desafio de escolher um guarda-roupa adequado para o Caribe. Nassau seria a escolha lógica para fazer compras — Bay Street, onde certa vez comprara para Willow uma blusa de linho pintada à mão e um biquíni fio-dental néon, que arrancou de seu corpo a dentadas quando voltaram ao chalé.

Arthur Battenkill tentou imaginar-se de bermuda azul e de sandália de praia; ele, com seus pés peludos e pernas finas feito uma ave pernalta. Decidira fazer o que fosse necessário para desfrutar um exílio respeitável, para desaparecer na multidão. Queria adaptar-se ao modo de vida da ilha.

O nome Tom Krome arrancou-o do devaneio. Fora pronunciado na televisão.

O juiz agarrou o controle remoto e aumentou o volume. Enquanto assistia à reportagem, mexia a bebida com o dedo mínimo manicurado. Era uma espécie de entrevista coletiva, no *Register*. Uma mulher bonita, de roupa preta curta. A mulher de Krome, segundo a apresentadora do noticiário, recebendo um prêmio jornalístico em nome do marido morto. Depois, o caos.

Arthur Battenkill inclinou-se para a frente, segurando o martíni com as duas mãos. Meu Deus, agora era oficial — Krome estava mesmo vivo!

O advogado do sujeito apareceu na televisão confirmando. Acabara de entregar a uma atônita e envergonhada sra. Krome a intimação para a audiência do divórcio.

Normalmente, o juiz teria sorrido de admiração com a frieza do advogado na emboscada, mas Arthur Battenkill não estava apreciando nada naquele momento. Estava, isso sim, subindo a escada de três em três degraus, imaginando o que encontraria ao entrar no quarto, preparando-se para a catastrófica confirmação de que Katie não fora às compras nem ao salão de beleza. Ela tinha ido embora.

As gavetas e a cômoda vazias; seu lado do armário do banheiro limpo. Faltava uma mala, a maior de todas, marrom com rodinhas. Um bilhete em papel lavanda, escrito com a caligrafia rebuscada de Katie, estava pregado na cabeceira da cama do casal, e por algum tempo deixou o juiz paralisado:

Honestidade, Arthur. Lembra-se?

Significava, claro, que sua esposa, Katherine Battenkill, tinha ido à polícia.

O juiz fez as malas como um fugitivo frenético, o que ele se tornara. A primeira página do jornal do dia seguinte ressuscitaria Tom Krome e, mais importante, reviveria o mistério do cadáver encontrado na casa incendiada. Os investigadores da polícia, que normalmente teriam atribuído as acusações de Katie a delírios de mulher ciumenta (sem titubear, graças à longa amizade no fórum com o juiz Arthur Battenkill), se veriam forçados pela mídia a levar as palavras dela a sério.

Isso significava que logo começariam as buscas por Champ Powell, o oficial de justiça desaparecido.

Posso me meter numa encrenca, pensou Arthur Battenkill. Numa puta encrenca.

Ele encheu a segunda mala, uma Samsonite metálica, com roupas de baixo, artigos de toalete, todas as camisas de manga curta que possuía, calças jeans e cáqui, casaco de náilon, protetor solar sem PABA, calção de banho, um talão de cheques de viagem (adquirido no banco naquela manhã) e alguns itens de valor sentimental (abotoaduras com suas iniciais gravadas, martelinho de marfim e duas caixas de Titleists personalizados). Escondeu cinco mil em dinheiro (sacados na mesma ida ao banco) dentro de um par de meias de náilon. Levou um terno azul (sem o colete) e uma veste de juiz, caso precisasse impressionar algum funcionário mais implicante da imigração das Bahamas.

Uma coisa de que Arthur Battenkill deu falta na cômoda do casal foi seu passaporte, que Katie sem dúvida roubara para impedir sua fuga.

Moça esperta, disse o juiz a si mesmo.

O que sua mulher não sabia (e que Arthur Battenkill sabia muito bem, por causa de suas viagens ilícitas com Willow e Dana) era que cidadãos americanos não necessitavam de passaporte para entrar na Commonwealth das Bahamas. Bastava a certidão de nascimento, que o juiz levava na carteira.

Ele fechou a mala e a arrastou até a sala de estar, de onde ligou para uma pequena empresa de táxi aéreo de Satellite Beach. Os proprietários lhe deviam um favor, pois certa vez poupara a eles uma fortuna, ao reverter uma catastrófica decisão do júri. O caso envolvia uma passageira de cento e sessenta quilos, machucada por um engradado de galos que tombou durante um vôo para Andros. Os jurados consideraram a companhia aérea culpada de negligência e deram à passageira uma indenização de cem mil dólares para cada dedo do pé fraturado — quatro, exatamente. Contudo, sob o ponto de vista de Arthur Battenkill, com base no testemunho de um especialista, a culpa cabia em boa parte à própria mulher, pois sua exorbitante presença na parte traseira da aeronave é que provocara o súbito deslocamento da carga no momento da decolagem. O juiz cortou setenta e cinco por cento do valor estipulado pelos jurados, decisão mantida na apelação e comemorada alegremente pela empresa.

Os proprietários agora asseguravam a Arthur Battenkill Jr. não haver o menor problema em levá-lo de avião até Marsh Harbour, imagine, isso não era nada.

Enquanto tomava banho e fazia a barba pela última vez na condição de cidadão americano, o juiz imaginava sua nova vida nas ilhas. Seria melhor com Katie, pois um homem solteiro de meia-idade chamaria a atenção, podendo até despertar suspeitas. Mesmo assim, ele se via levando uma vida tranqüila como um cavalheiro recém-chegado, divorciado — melhor ainda, viúvo. Educado, culto, respeitador dos costumes nativos. Compraria uma pequena casa à beira-mar e viveria modestamente de investimentos. De modo discreto, faria saber que ocupara uma posição de destaque nos Estados Unidos. Poderia oferecer, depois de algum tempo, um serviço de consultoria e aconselhar advogados locais que tivessem causas nos tribunais da Flórida. Aprenderia a mergulhar com *snorkel*, compraria livros para saber distinguir os peixes dos recifes. Andaria descalço e ficaria bronzeado. Teria tempo também para pintar (o que não fazia desde os tempos da faculdade) aquarelas de veleiros e palmeiras ao vento, cenas tropicais luminosas, que venderia a bom preço aos turistas em Nassau ou Freeport.

Com a testa apoiada nos azulejos do banheiro enquanto tomava uma ducha quente, o meretíssimo juiz Arthur Battenkill Jr. vislumbrava seu futuro inteiro. O que ele não via era o automóvel azul-escuro estacionando na entrada de sua casa. Dentro dele havia três homens: um agente do FBI e dois policiais locais. Eles estavam ali para interrogar o juiz a respeito do oficial de justiça cujo nome fora fornecido pela mulher e pelas secretárias do juiz. Seus restos mortais esturricados tinham sido identificados por uma série de testes de DNA havia menos de uma hora. Se, como afirmava a sra. Battenkill, o juiz encomendara ao falecido Champ Powell o incêndio no qual perecera, então o magistrado seria acusado de assassinato.

O assunto entraria em pauta logo a seguir, depois que Arthur Battenkill se enxugasse, se vestisse, apanhasse a mala e — assobiando animado a canção "Yellow bird" — saísse pela porta da frente de casa, onde os três homens o aguardavam.

"O que acontecerá a seu marido?"

Katie Battenkill disse: "Cadeia, calculo".

"Meu Deus." Mary Andrea Finley Krome pensou: Essa aí é mais dura do que parece.

"Tem um Denny's na próxima saída. Você está com fome?"

Mary Andrea disse: "Diga novamente para onde estamos indo. O nome da cidade".

"Grange."

"Tem certeza de que Tom está lá?"

"Claro que está. Tenho certeza", respondeu Katie.

"Como foi que você o conheceu? Ou já me contou isso?"

Mary Andrea não estava acostumada a viajar na companhia de estranhos, mas aquela mulher parecia digna de confiança. Mary Andrea estava histérica, fora atacada pelo advogado de Tom e tratada com rudeza pelos repórteres, que gritaram com ela. Jamais se esqueceria do calor dos refletores na nuca, enquanto fugia, nem do terror sentido ao abrir caminho na multidão aglomerada no saguão do jornal. Pensou em fingir outro colapso, mas abandonou a idéia. A coreografia se perderia no meio daquele tumulto.

De repente, uma mão agarrou seu ombro e ela girou até dar de cara com aquela mulher — uma loura-avermelhada bonita, que a levou para fora e disse: "Vamos nos afastar desta loucura".

Atônita com a derrota, enfraquecida pela humilhação, Mary Andrea acompanhara a solícita estranha porque era a melhor coisa que podia fazer com exceção de correr, seu impulso mais forte no momento. A mulher levou Mary Andrea rapidamente para um carro e se apresentou como Katie de tal.

"Tentei chegar antes", ela disse. "Queria contar que seu marido ainda estava vivo — você tinha o direito de saber. Mas o depoimento na delegacia demorou muito."

Inicialmente, Mary Andrea deixou passar o comentário da mulher, mas trouxe o assunto à baila mais tarde, para puxar conversa, quando estavam na estrada. Sem rodeios, Katie declarou que seu marido era juiz e cometera um crime terrível. A consciência e as crenças religiosas de Katie a tinham obrigado a denunciá-lo à polícia. A história atiçou a curiosidade de Mary Andrea, mas sua maior vontade era conduzir a conversa de volta ao tema de seu próprio ardiloso e malvado marido. Não tinha palavras para descrever um sujeito tão impiedoso, capaz de incendiar a própria casa para atrair a esposa — mesmo separada — a uma armadilha e expô-la às câmeras de televisão e ao ridículo público.

"Você está enganada. Não foi nada disso", disse Katie Battenkill.

"Você não conhece o Tom."

"Claro que conheço. Sabe, eu fui amante dele." Katie aderira de todo o coração à nova doutrina da sinceridade absoluta.

"Durante duas semanas. Olhe na minha bolsa, há uma lista das vezes em que fizemos amor. Está dobrada, dentro de um bloco cor de lavanda."

Mary Andrea disse: "Está falando sério?".

"Veja você mesma."

"Não, obrigada."

"A verdade é a coisa mais importante do mundo. Pode perguntar, direi qualquer coisa que você queira saber."

"E muito mais", resmungou Mary Andrea para si mesma. Pensou em representar a esposa ciumenta, para desencorajar a mulher.

Mas Katie pegou-a desprevenida ao indagar: "Você não está contente de saber que ele está vivo? Não me parece lá muito animada".

"Acho que... ainda estou chocada."

Katie não engoliu a explicação.

Mary Andrea disse: "Se não estivesse tão furiosa com ele, estaria contente". Provavelmente era verdade. Mary Andrea sabia que seu mau humor não combinava com as circunstâncias, e Katie não sabia como era o casamento dos Krome, ou o que ele se tornara. Por melhor atriz que fosse, Mary Andrea não sabia direito como uma ex-viúva deveria se comportar. Nunca tinha visto uma.

Katie disse: "Não fique brava. Tom não preparou nenhuma armadilha para você. Foi tudo culpa do meu marido — e minha também, por dormir com Tom. Sabe, Arthur mandou pôr fogo na casa dele..."

"Hein? Quem é Arthur?"

"Meu marido. Já lhe falei dele. Foi horrível, eu sei", disse Katie, "mas você precisa entender que Tommy não armou nada. Ele não fazia a menor idéia. Quando o incêndio aconteceu, estava fora da cidade, trabalhando numa reportagem para o jornal. Art mandou um homem até a casa dele..."

"Espere um pouco! Tempo..." Mary Andrea fez um T com as mãos. "É por isso que seu marido está indo para a cadeia?"

"Exatamente."

"Meu Deus."

"Fico aliviada em ver que você acredita em mim."

"Ah, eu acredito, sem dúvida", disse Mary Andrea. "Mas é uma história e tanto, Katie. E, se você foi capaz de inventar tudo isso, deveria seguir a carreira teatral. Sério mesmo."

Estavam a trinta minutos de Grange, quando Katherine Battenkill falou outra vez.

"Aprendi a crer que tudo acontece por uma razão, senhora Krome. Não existe coincidência, acaso ou sorte. As coisas acontecem porque precisam acontecer, para nos guiar. Por exemplo: Tom. Se eu não tivesse feito amor treze vezes com Tom, nunca veria Arthur como ele realmente é. Da mesma forma, ele jamais teria mandado queimar a casa e você não estaria comigo agora, a caminho de Grange para ver seu marido."

Pela primeira vez Mary Andrea não conseguiu se controlar. "Treze vezes em duas semanas?!"

Pensou: Quebraram o nosso antigo recorde.

"Bem, estou contando também as relações orais", disse Katie, tentando suavizar o impacto. Ela abaixou o vidro da janela. O ar frio entrou no carro. "Não sei se você está com fome, mas eu estou doida por um cheeseburger."

"E eu estou doida para conversar com o senhor Tom Krome."

"Não vai demorar", disse Katie, lépida. "Mas precisamos fazer umas coisas antes. Parar para pôr gasolina, por exemplo."

"E o que mais?"

"Uma coisa especial. Você vai ver."

29

Na manhã de 6 de dezembro, Clara Markham foi de carro até a imobiliária para realizar a venda da propriedade conhecida como bosque Simmons. No estacionamento, encontrou Bernard Squires, consultor de investimentos do Sindicato Internacional dos Gesseiros, Rebocadores e Alveneiros do Meio-Oeste Central. Assim que Clara Markham destravou a porta do carro, JoLayne Lucks chegou — de calça jeans, camiseta, óculos escuros cor de pêssego e boné de beisebol. Pintara as unhas de laranja-metálico.

Squires, em sua sóbria elegância, ficou desconcertado; passou a maleta de couro de enguia de uma mão para a outra. Clara Markham fez as apresentações e ligou a cafeteira.

Ela disse: "Como foi a viagem, Jo? Para onde você foi?".

"Acampar."

"Com este tempo!"

"Ora, querida, nesta época não tem mosquito." JoLayne mudou de assunto rapidamente. "E meu amigo Kenny, vai bem? Tem seguido a dieta?"

"Ele perdeu um quilo! Passou para ração seca, como você sugeriu", contou Clara Markham, orgulhosa. Serviu café a Bernard Squires, que agradeceu discretamente.

A corretora imobiliária explicou: "Kenny é meu gato persa. Jo trabalha na clínica veterinária".

"Ah. Minha irmã tem um siamês", disse Squires, por pura polidez.

JoLayne Lucks tirou os óculos escuros e o encarou com um sorriso. Ele mal conseguia disfarçar sua contrariedade. *Aquilo* era o seu competidor numa propriedade comercial de três milhões — uma negra de unhas cor de laranja que trabalhava numa clínica veterinária!

Clara Markham sentou-se à mesa imaculada e desimpedida. JoLayne Lucks e Bernard Squires acomodaram-se em cadeiras de encosto reto, quase lado a lado. Deixaram as xícaras de café em descansos de cortiça.

"Podemos começar?", disse Clara.

Sem preâmbulos, Squires abriu a valise no colo e entregou à corretora uma pilha de documentos. Clara virou a primeira página.

Para JoLayne, disse: "O sindicato oferece três milhões, com vinte e cinco por cento de entrada. O senhor Squires já deu um substancial sinal em dinheiro, que está depositado em custódia".

Eles aumentaram a oferta, pensou JoLayne, chateada. Desgraçados.

"Jo?"

"Posso oferecer três e cem", ela disse, "com trinta por cento de entrada." Estivera no banco primeiro. Tom Krome estava certo — um jovem vice-presidente metido em suspensórios de grife lhe oferecera, entusiasmado, uma linha de crédito ilimitada para cobrir qualquer valor adicional necessário para dar como entrada na aquisição do bosque Simmons.

Squires disse: "Senhorita Markham, não estou habituado a esta... informalidade. Propostas de compra de terrenos desse porte normalmente são apresentadas por escrito".

"Moramos numa cidade pequena, Bernard. E quem tem pressa aqui é você", disse Clara, com um sorriso de sacarina.

"A pressa é de meus clientes."

"Certamente."

JoLayne Lucks estava decidida a não se intimidar. "Clara sabe o quanto vale minha palavra, senhor Squires. Não acha que poderemos resolver tudo mais depressa assim, nós três juntos?"

O desprezo perpassou pelo rosto do investidor. "Tudo bem, que seja. Oferecemos três, duzentos e cinqüenta."

Clara Markham ajeitou-se na poltrona. "Precisa consultar seu pessoal em Chicago?"

"Não é preciso", respondeu Squires com satisfação glacial.

"Três e trezentos", disse JoLayne.

Squires fechou a maleta silenciosamente. "Podemos continuar com isso até onde desejar, senhorita Lucks. O fundo de pensão me deu carta branca."

"Três e quatrocentos." JoLayne passou de preocupada para apavorada. O sujeito era um tubarão, nadando à vontade.

"Três e quinhentos", disparou Bernard Squires. Era a sua vez de sorrir.

A moça estava se assustando depressa. Por que então estou tão preocupado?, ele pensou. Acho que é esta cidadezinha mal-assombrada. Ela me dá nos nervos.

Ele disse: "O sindicato costuma confiar na minha capacidade de julgamento nesses casos. Transações imobiliárias e coisas do gênero. Deixam a negociação por minha conta. E o valor de um terreno desse tipo é definido pelo mercado do dia. Pelo jeito ele hoje está, para ser bem franco, em alta acentuada".

JoLayne olhou de esguelha para a amiga Clara, que mantinha uma calma admirável para alguém que via sua comissão subir mais e mais, graças ao leilão. Os olhos cor de avelã de Clara transmitiam solidariedade e compreensão.

Desolada, JoLayne pensou: Se ao menos a loteria pagasse o prêmio inteiro de uma vez, eu poderia comprar o bosque Simmons. Poderia acompanhar os lances de Squires dólar por dólar, até ver o suor escorrer por suas bochechas cor-de-rosa.

"Com licença, Clara, posso..."

"Três e setecentos!", disse Bernard Squires, por puro reflexo.

"... usar seu telefone?"

Clara Markham fingiu não ter ouvido a oferta de Squires. No instante em que estendia o telefone para JoLayne, ele tocou. Clara levantou o fone do gancho e simultaneamente girou a poltrona, para que não observassem seu rosto. E a voz se reduziu a um murmúrio.

JoLayne olhou disfarçadamente para Bernard Squires, que limpava uma poeira imaginária em sua valise. Os dois olharam para Clara, curiosos, quando ela falou: "Sem problemas. Ele pode entrar".

Ela desligou e virou-se para encará-los. "Creio que é muito importante", disse.

Bernard Squires fechou a cara. "Vai me dizer que é outro interessado?"

"Ah, não, não." A corretora riu.

A porta se abriu e ela chamou o recém-chegado com um gesto. Era um homem negro, forte, usando óculos redondos e um terno escuro com caimento ainda mais perfeito que o de Squires.

"Minha nossa", disse JoLayne Lucks. "Eu devia ter imaginado."

Moffitt beijou-a no alto da cabeça. "Estou contente em vê-la novamente, Jo." E depois, afável, para Squires: "Não se levante".

"Quem é você?"

Moffitt mostrou a carteirinha. A reação de Bernard, relataria Clara Markham a seus colegas mais tarde, foi tão impagável que quase valeu a perda da extraordinária comissão.

Sem notícias de JoLayne, Moffitt pegou o carro, foi para Grange, entrou pelos fundos da casa e, durante uma busca minuciosa porém discreta, escutou os recados na secretária eletrônica. Foi assim que ficou sabendo da existência de Clara Markham, que, ao contrário de muitos corretores de imóveis da Flórida, acreditava sinceramente na necessidade de cooperar com as autoridades legalmente constituídas. Clara informou a Moffitt que JoLayne se interessava pelo bosque Simmons e o convidou a aparecer para acelerar a negociação. Ele ficou com a pulga atrás da orelha ao saber que o outro interessado era o representante do Sindicato Internacional dos Gesseiros, Rebocadores e Alveneiros do Meio-Oeste Central. Moffitt passara o início da manhã conversando com pessoas de seu meio que conversavam com computadores. Elas foram excepcionalmente úteis.

Clara Markham o convidou a sentar. Moffitt recusou-se. Sua formidável presença deixou Bernard Squires ansioso, o que era algo desejável para os objetivos de Moffitt.

Squires examinou o documento do agente. "Álcool, Tabaco e Armas de Fogo? Não entendo." E acrescentou, cordial: "Espero que não tenha vindo até aqui por conta do governo, senhor Moffitt, pois eu não bebo, não fumo e não porto armas".

O agente riu. "Isso, na Flórida, o enquadra numa minoria absoluta."

Bernard Squires sentiu-se na obrigação de rir também — de modo seco e inconvincente. Já sentia a camiseta grudar nas costas.

Moffitt disse: "Conhece um sujeito chamado Richard Tarbone?".

"Sei quem ele é", disse Squires — a mesma resposta que dera em três diferentes inquéritos.

"Costuma chamá-lo de Richard ou de Icepick?"

"Sei quem ele é", respondeu Squires, cauteloso. "Sei que seu nome é Richard Tarbone. Ele é um empresário respeitado na região de Chicago."

JoLayne Lucks cobriu a boca para disfarçar a risada. Clara Markham fingiu que lia a oferta de compra do sindicato. Quando Moffitt pediu para conversar com o sr. Squires em particular, as duas mulheres não se opuseram. JoLayne se ofereceu para buscar *donuts*.

Assim que ele e Squires ficaram sozinhos no escritório, Moffitt disse: "Você não quer comprar esse terreno. Vá por mim".

"O fundo de pensão está muito interessado."

"O fundo de pensão, como nós dois sabemos, não passa de uma fachada para a família Tarbone. Deixa de cascata, Bernie."

Squires mexeu o maxilar como se estivesse mastigando um pacote inteiro de balas tofe. Ouviu a porta sendo trancada. O agente se posicionou atrás dele.

"Isso é calúnia, senhor Moffitt, a não ser que possa provar o que disse. Pode?"

Esperou por uma resposta: nada.

"Qual é o seu interesse nisso?", insistiu Squires. Não conseguia entender por que o Ataf se metera num negócio imobiliário legítimo, sem vínculos com armas ilegais ou bebida. Gângsteres compravam e vendiam imóveis diariamente na Flórida. Nas raras ocasiões em que o governo se interessava, as investigações eram conduzidas pelo FBI ou pelo Imposto de Renda.

"Meu interesse no caso", disse Moffitt, "é puramente pessoal."

O agente sentou-se, aproximando-se ainda mais de Bernard Squires. "Contudo", ele disse, "você deve estar ciente de que no dia 10 de maio de 1993 um certo Stephen Eugene Tarbone, vulgo Stevie 'Boy' Wonder, foi detido nas imediações de Gainesville por transporte interestadual ilegal de silenciadores, peças de metralhadora e armas de fogo irregulares. Tudo isso foi encontrado no porta-malas de um Lincoln Mark IV durante uma revista de rotina, numa barreira policial. Stephen Tarbone dirigia o carro. Estava acompanhado de uma prostituta ex-presidiária e de outro respeitável cidadão chamado Charles 'The Gerbil' Hindeman. O fato de o inquérito contra Stephen ter sido arquivado não diminui meu interesse pelas atividades de tráfico de armas do rapaz, ou de seu pai, Richard. Portanto, oficialmente, esse é o meu interesse, se eu precisar dele, entendeu?"

Um gosto metálico subiu à boca de Squires, vindo das profundezas de seu organismo. Mesmo assim, conseguiu manter a compostura na frente do agente do Ataf.

"Nada do que você disse me interessa ou tem qualquer relevância nesta transação."

Moffitt juntou as mãos jovialmente e as bateu com força uma vez, fazendo barulho. Squires pulou.

"Transação? Cara, vou lhe mostrar a transação", disse o agente, com um sorriso maldoso. "Se você não pegar essa sua maleta de lagartixa e seu rico dinheirinho e não voltar para Chicago, seu amigo Richard 'The Icepick' vai sair na primeira página do jornal: SUPOSTO GÂNGSTER ENVOLVIDO EM AQUISIÇÃO DE TERRENO PARA SHOPPING. Não sou jornalista, senhor Squires, mas será algo do gênero. Um artigo minucioso no que diz respeito ao senhor Tarbone e a seus negócios familiares, bem como ao envolvimento com o sindicato. Na verdade, aposto que o senhor Tarbone ficará intrigado com a riqueza de detalhes da história. Eu pretendo passar todos os dados pessoalmente."

Bernard Squires lutou para manter a pose fria e distanciada. "Blefar é perda de tempo", disse.

"Concordo plenamente." Do bolso do paletó Moffitt tirou um cartão de visita e o entregou a Squires. "Esse é o repórter que vai fazer a reportagem. Ele o procurará dentro de alguns dias, aposto."

A mão de Squires tremia. Por isso, pôs o cartão em cima da mesa. Dizia:

Thomas P. Krome
Repórter
The Register

"Um pé no saco, esse cara", acrescentou Moffitt. "Você vai adorá-lo."

Bernard Squires pegou o cartão do repórter e o rasgou ao meio. O gesto buscou transmitir desprezo, mas o agente do Ataf parecia muito divertido.

"Quer dizer então que o senhor Tarbone não se importa em ler notícias a seu respeito no jornal? Isso é ótimo. Caras como ele precisam mesmo ter um sistema de defesa bem desenvolvido." Moffitt levantou-se. "Mas acho melhor você o prevenir sobre Grange, Bernie."

"O que tem aqui?"

"Lugarejo danado de conservador, este. O pessoal leva muito a sério a religião. A gente sai por aí e vê um santuário atrás do outro, apregoando a presença de relíquias sagradas, coisa e tal. Vai dizer que não notou?"

Desolado, Squires pensou no doido com furos sagrados nas mãos e no casal pirado cantando entre as tartarugas.

"As pessoas daqui", prosseguiu Moffitt, "não gostam do pecado. Nem um pouquinho. Isso quer dizer que não vão estender o tapete vermelho para um gângster, Bernie. Seja ele de Chicago ou de qualquer outro lugar. Quando a história sair no jornal, não espere um desfile de boas-vindas para Richard 'The Icepick'. Assim como você não deve esperar das autoridades de Grange alvarás para construção, aprovação da rede de esgoto, coisas assim. Entende o que quero dizer?"

Bernard Squires manteve-se rígido, comprimindo os dois cotovelos contra o encosto da cadeira. Sentiu que atrás dele o agente se movia de um lado para o outro. Depois, escutou o ruído da maçaneta da porta.

"Alguma pergunta?", soou a voz de Moffitt.

"Nenhuma."

"Excelente. Vou falar com as moças. Foi legal conversar com você, Bernie."

"Vá para o inferno", disse Squires.

Ele ouviu a porta se abrir e a risada de Moffitt ecoando no corredor.

Sem se levantar, Demencio disse: "Chegou cedo. Cadê a moça de sorte?".

"Ela teve um compromisso", disse Tom Krome.

"Trouxe o dinheiro?"

"Claro que sim."

Trish o convidou a entrar. A cena na pia da cozinha era curiosa: ela e o marido, usando luvas de látex, esfregando o casco das tartarugas de JoLayne.

Krome pegou uma das tartaruguinhas e viu o rosto pintado nas costas do animal.

"Não pergunte nada", disse Demencio.

"Quem é a figura?"

"Um dos apóstolos, talvez algum santo. No fundo, não importa." Embora contrariado, Demencio polia uma carapaça até obter um brilho perfeito.

Trish acrescentou: "A tinta sai com água e Windex. Não vai fazer mal a elas".

Tom Krome colocou a tartaruga no aquário cuidadosamente, junto com as outras. "Querem ajuda?"

Trish disse não, obrigada, eles já estavam quase acabando. Comentou que acabaram se apegando muito às tartarugas. "Elas comem na nossa mão."

"Que bacana."

"Alface e até hambúrguer cru."

"O que minha mulher está tentando dizer", interrompeu Demencio, "é que gostaríamos de fazer uma oferta a JoLayne. Gostaríamos de ter a oportunidade."

"Como assim?"

"Comprar todas elas. As quarenta e cinco", ele disse. "Que tal dois mil pelo lote?"

O sujeito não brincava. Queria mesmo ficar com as tartarugas.

Trish contribuiu: "Elas têm um lar carinhoso aqui, senhor Krome".

"Claro que sim. Mas não posso vendê-las. JoLayne já decidiu a respeito."

O casal ficou ali parado, claramente desapontado. Krome tirou a carteira. "Não será difícil pegar algumas. Os lagos estão cheios delas."

Demencio disse: "Claro, claro". Terminando de limpar a última tartaruga, lavou as mãos. "Bem que eu falei", disse à mulher.

Tom Krome pagou o combinado para cuidar das tartarugas com notas de cem dólares. Demencio pegou o dinheiro sem contar; serviço para Trish.

"Quer um pouco de bolo de café?", ofereceu ela.

Krome disse que sim, claro. Calculou que JoLayne ficaria retida na imobiliária por um bom tempo. Além disso, sentiu necessidade de tratar o casal com cortesia, depois de arruinar o esquema das tartarugas.

Para animar Demencio, disse: "Gostei do que fez com a Madona. As lágrimas vermelhas".

"É? Acha que parecem reais?"

"Cem por cento sanguíneas."

"Corante alimentício", confidenciou Trish. Ela pôs dois pedaços de bolo de café com nozes e canela na frente de Krome. "Levamos dois dias para conseguir a mistura adequada", acrescentou. "Mas deu certo. Ninguém mais na Flórida tem uma santa que chora lágrimas de sangue. Sangue perfumado! Manteiga ou margarina?"

"Manteiga, por favor."

Demencio disse que o primeiro ônibus lotado de romeiros daquela manhã chegaria logo. "Da Carolina do Sul — isso significa fogo do inferno e cheiro de enxofre. Uma turma dura na queda", cismou. "Se eles gostarem, então saberemos que deu certo."

"Ah, vai dar certo", disse Trish, leal.

Krome passou manteiga no bolo de café e Demencio perguntou: "Você viu o jornal? Disseram que estava morto. Queimado num incêndio".

"Ouvi falar. Mas não sabia."

"O que houve, afinal? Como uma coisa assim pode acontecer?" Ele parecia desconfiado.

Tom Krome disse: "Outro sujeito morreu na minha casa. Foi um caso de troca de identidade".

Trish espantou-se. "Como no cinema!"

"Isso", disse Krome rapidamente.

Meio cético, Demencio perguntou sobre a marca no rosto de Krome — o último chute de Bodean Gazzer neste mundo. Trish disse que devia doer pra burro.

"Caí do barco. Não foi nada", disse Krome, levantando-se. "Obrigado pelo bolo. Acho melhor ir andando — JoLayne está esperando as tartarugas."

"Não quer contá-las?"

Krome, é claro, já havia feito isso. "Não, confio em vocês", disse a Demencio.

Ele pegou o aquário pelos cantos e o ergueu. Trish segurou a porta da frente aberta. Krome não descera nem o primeiro degrau quando ouviu o grito estremecido, inumano. O som transmitia sofrimento, como se alguém estivesse sendo torturado.

Krome parou na entrada.

Trish passou por ele. "Ai, minha nossa. Pensei que ele estivesse dormindo."

Uma figura magra vestida de branco atravessou a sala, aproximando-se deles. Demencio agiu depressa, ameaçando o sujeito com um arpão comprido.

"*Nyyahh froohhmmmm! Hoodey nyyaahh!*", uivou a frágil figura.

Demencio disse, severo: "Acho que já chega".

Incrédulo, Tom Krome retornou para dentro da casa: "Sinclair?".

A perspectiva de perder as tartarugas o abalara emocionalmente. Trish havia lhe preparado um chá quente e depois o conduzira ao quarto de hóspedes, para que ele não os visse limpando os rostos sagrados dos cascos das tartarugas. Isso faria com que o pobre coitado pirasse de vez, ela alertara Demencio.

Para garantir o sono de Sinclair, Trish temperara a camomila com uma dose cavalar de NyQuil. Não foi o suficiente. Ele se arrastou cambaleante até a sala no pior momento possível, bem na hora que as tartaruguinhas estavam indo embora. O primeiro ataque de Sinclair foi repelido por Demencio, armado com o arpão. A segunda carga fracassou quando o lençol imundo que Sinclair usava como manto enroscou no saco de golfe de Demencio. O homem das tartarugas caiu com força no chão, onde se debateu até que os outros o subjugaram. Depois o instalaram na poltrona La-Z-Boy de Demencio, ajustada ao máximo na posição reclinada.

Quando os olhos de Sinclair se abriram, pesados, ele exclamou para o rosto que o fitava: "Mas você está morto!".

"De jeito nenhum", disse Tom Krome.

"Então é um milagre divino!"

"Na verdade, foi só uma barriga do jornal."

"Que Deus seja louvado!"

"Eles deviam ter esperado o resultado do teste de DNA", disse Krome, ignorando a recente conversão espiritual de seu ex-editor.

"Obrigado, Jesus! Obrigado, Senhor!", disse Sinclair, balançando o corpo enquanto entoava as palavras.

Krome disse: "Sem querer ofender, você por acaso ficou maluco?".

Demencio e a mulher o puxaram de lado para explicar o que havia acontecido. Contaram como Sinclair chegara a Grange procurando por Tom e acabara envolvido com as tartarugas apostólicas.

"Ele se tornou uma pessoa inteiramente diferente", cochichou Trish.

"Ainda bem", disse Krome. "Bem que ele estava precisando."

"Você devia ver: ele se deita na água com elas. Fala de modo incompreensível. Ele... como é mesmo a palavra, querido?"

Demencio disse: "Exala".

A mulher balançou a cabeça, excitada. "Ele exala serenidade."

"Além de atrair um monte de dinheiro", acrescentou Demencio. "Os romeiros o adoram — tornou-se conhecido como o Homem das Tartarugas. Até mandamos fazer algumas camisetas."

"Camisetas?", perguntou Krome, como se estivessem numa conversa corriqueira.

"Isso mesmo. Um cara que faz *silk-screen* em Cocoa Beach — estampas para surfistas, de modo geral; por isso entusiasmou-se com a novidade." Demencio suspirou. "Foi tudo pelo ralo agora, já que sua namorada não quer nos vender as tartarugas. Que diabo vou fazer com as camisetas?"

Trish, com verdadeiro espírito cristão: "Querido, a culpa não é de JoLayne".

"Eu sei, eu sei", disse o marido.

Krome olhou para o sujeito enrolado no lençol, reclinado na poltrona. Sinclair cobrira a cabeça e se aninhara em posição fetal.

Homem das Tartarugas? Era comovente de certa forma. Sinclair espiou por baixo do lençol e, com um dedo pálido, gesticulou chamando Krome. Quando ele se aproximou, disse: "Tom, estou implorando".

"Mas elas não me pertencem."

"Você não entende — essas criaturinhas são milagrosas. Você estava morto e agora está aqui, vivo. Tudo porque eu orei."

Krome disse: "Eu não estava morto, eu...".

"Tudo por causa dessas tartarugas. Tom, por favor. Você me deve isso. Deve a *elas*." A mão de Sinclair projetou-se para fora e agarrou Tom pelo pulso. "A paz interior que eu sinto, flutuando naquela vala, rodeado por essas delicadas e perfeitas criaturas, criaturas de Deus... Nunca senti tamanha paz em toda a minha vida, Tom. É como... uma epifania."

Demencio piscou maroto para Trish e disse: "Anote isso. Epifania".

Krome disse a Sinclair: "Quer dizer que pretende ficar aqui para sempre?".

"Mas é claro. Roddy e Joan alugaram um quarto para mim."

"E nunca mais vai voltar para o jornal?"

"De jeito nenhum." Sinclair fez uma careta de desprezo.

"Você promete?"

"Sobre uma pilha de Bíblias, irmão."

"Então, tudo bem. Vamos fazer o seguinte." Krome soltou-se e foi até o aquário. Voltou com uma única tartaruguinha, de barriga amarela, que depositou na mão espalmada do ex-editor.

"Essa é para você", disse Krome a ele. "Se quiser mais, vá buscar no lago."

"Deus o abençoe, Tom!" Sinclair fechou a mão sobre a tartaruga como se fosse uma pedra preciosa. "Olhem, é Bartolomeu!"

Obviamente, não havia nenhum rosto pintado no casco da tartaruga; Demencio limpara todas elas.

Tom Krome afastou-se de Sinclair e ergueu o aquário do chão. Quando saía da casa, Trish disse: "Senhor Krome, sua atitude foi muito caridosa. Não foi, querido?".

"Sim, claro", concordou Demencio. Uma tartaruga já era melhor que nada. "JoLayne não vai ficar zangada?"

"Não, aposto que ela compreenderá perfeitamente."

Tom Krome despediu-se do casal e desceu a escada carregando o pesado aquário.

As duas mulheres chegaram a Grange na terça-feira à noite, tarde demais para o passeio de Katie Battenkill. Elas alugaram um quarto na pensão e jantaram um nutritivo ensopado e salada Caesar. Na hora da sobremesa (torta de pecã com sorvete de baunilha), tentaram puxar conversa com o único hóspede além delas, um executivo bem vestido de Chicago. Ele era taciturno e estava tão preocupado que nem passou uma cantada em nenhuma delas. As mulheres ficaram surpresas, mas não desapontadas.

Pela manhã, Katie perguntou à sra. Hendricks o endereço do santuário. Mary Andrea Finley Krome fingiu contrariedade ao inusitado programa, mas no fundo ficou contente. Precisava de mais tempo para ensaiar o que dizer a seu cruel marido, caso o encontrassem. Katie confiava que isso ocorreria.

"Você não se arrependerá do passeio."

"Devo levar alguma coisa?", perguntou Mary Andrea.

"Não, apenas abrir seu coração."

O santuário situava-se a poucas quadras da pensão. Katie estacionou atrás de um ônibus prateado que descarregava fiéis ansiosos. Eles carregavam livros de orações, crucifixos e sombrinhas (por causa do sol), além, obviamente, de máquinas fotográficas de vários tipos. Alguns homens usavam bermudas folgadas e algumas mulheres chapéus de sol. Seus rostos eram honestos e amigáveis, livres de preocupações. Mary Andrea pensou que eles eram as pessoas mais felizes que já vira. Mais felizes até que a platéia de *Cats*.

Katie disse: "Vamos pegar a fila".

O santuário da Virgem Maria localizava-se no gramado de uma casa suburbana comum. A estátua de um metro e meio de altura ficava num altar improvisado, atrás de uma vala cheia de água. Uma mulher cordial, com saia florida, circulava entre os romeiros oferecendo refrigerantes, lanches e protetor solar. Mary

Andrea comprou um Snapple e um tubo de Hawaiian Tropic fator 30. Katie pediu uma Coca Diet.

Correu pela fila que a Madona que chorava não estava chorando. O turista na frente de Katie voltou-se para elas e disse: "Meu Deus, espero que não seja outro dia seco".

"O que quer dizer?"

"Aconteceu na última vez que estive aqui, na primavera — ela não chorou nem uma vez, não vi uma só lágrima. Na manhã seguinte, depois que fomos embora, pronto. Alguns amigos nossos nos enviaram fotos. Foi uma choradeira daquelas."

Mary Andrea distraiu-se com uma mulher de pele crestada pelo sol e vestido de noiva. Acomodada num banquinho atrás da árvores, ela falava em voz baixa e gesticulava de modo teatral. Meia dúzia de turistas do ônibus a rodeavam, sem porém chegar muito perto. Como atriz, Mary Andrea sempre sentira atração por figuras curiosas. Pediu que Katie Battenkill guardasse seu lugar na fila.

A mãe de Shiner entrou em alerta ao ouvir o matraquear de saltos altos, pois o romeiro padrão não usava essas coisas. A saia curta da moça também punha sob suspeita sua vocação religiosa, mas a mãe de Shiner não queria fazer julgamentos precipitados. Afinal, quem disse que ruivas ricas não podiam encontrar Jesus? E quem as impedia de fazer uma doação generosa, ainda mais sendo pecadoras?

"Oi. Meu nome é Mary Andrea."

"Bem-vinda a Grange. Meu nome é Marva", disse a mãe de Shiner, de cima da banqueta.

"Adorei seu vestido. Você mesma o fez?"

"Estou casada com a palavra do Senhor."

"O que você tem aí", perguntou Mary Andrea, "nesse prato?"

Os demais turistas começaram a se mover em direção à estátua da Madona, onde parecia haver agora alguma atividade. Com os dois braços a mãe de Shiner ergueu seu objeto de reverência. Era uma vasilha Tupperware para torta, verde-mar opaco.

"Eis o Filho de Deus!", ela proclamou.

"Está brincando? Posso ver?"

"A face de Jesus Cristo!"

"Sim, sim." Mary Andrea abriu a bolsa e tirou três notas de um dólar, que dobrou e enfiou na abertura da caixa de coleta da mulher.

"Somos gratas, minha filha." A mãe de Shiner colocou o Tupperware no colo e, com um resmungo, abriu a tampa.

"Vejam!"

"Mas isso aí não é uma omelete?" Mary Andrea esticou o pescoço.

"Você não vê o rosto Dele?"

"Não, Marva, não vejo."

"Está aqui... olhe." A mãe de Shiner girou a vasilha meia-volta. Didaticamente, começou a mostrar as partes. "Este é o cabelo de Jesus... e as sobrancelhas..."

"Os pimentões?"

"Não, o presunto... Olhe, eis a coroa de espinhos."

"Os tomates picados?"

"Exatamente. Deus seja louvado!"

"Marva", disse Mary Andrea, "nunca testemunhei nada parecido com isso. Nunca!" Desde a última vez em que jantei no Denny's, ela pensou.

A omelete nada tinha de especial, era igualzinha a qualquer omelete. A mulher ou era uma doida ou uma vigarista, mas e daí?

"Deus a abençoe, minha filha." A mãe de Shiner fechou a tampa do Tupperware e a apertou com força. Dessa maneira, anunciou que a romeira de salto alto já fizera por merecer seus três dólares de revelações.

Mary Andrea disse: "Vou chamar minha amiga para ver. Posso?". Acenando alegremente para Katie, pensou: Pelo menos isso é melhor que ficar sentada sozinha no HoJo.

"Katie, venha ver!"

Mas Katie Battenkill estava ocupadíssima. A fila para a Madona transformara-se numa aglomeração desorganizada e agitada em volta da vala.

A mãe de Shiner deu de ombros. "Hora das lágrimas. Acho melhor você correr."

Mary Andrea se deu conta de que sentia pena da maluca de vestido de noiva. Não era fácil competir com uma Virgem que chorava, quando a pessoa tinha apenas um prato de ovos com Tabasco. Mary Andrea deu mais cinco dólares para a coitada.

"Quer ver Jesus novamente?" A mãe de Shiner exultava.

"Vamos deixar para outra vez."

Mary Andrea começou a caminhar em direção à casa. Andava na ponta dos pés, tentando ver Katie no meio dos romeiros. Mesmo fervorosos, mantinham-se ordeiros e gentis. Mary Andrea se impressionou. Em Nova York haveria uma corrida alucinada até a estátua, gente pisoteada, como num show de Springsteen.

De repente, Mary Andrea percebeu que a calçada estava bloqueada. Um sujeito alto carregando, imagine, um aquário cheio de tartarugas.

Nossa, ela pensou, essa cidade é um pára-raio de malucos!

Mary Andrea deu um passo para o lado e deixou o sujeito passar. Ele levava o aquário no alto, na altura dos olhos, para protegê-lo dos trancos dos turistas. Pedia desculpas conforme avançava.

Através do vidro sujo de algas do aquário, Mary Andrea reconheceu o rosto do homem.

"Thomas!"

Curioso, ele espiou por cima do vidro do aquário. Seu marido.

"Mas que merda", ele disse.

Mary Andrea Finley Krome gritou: "É, tem razão! Que merda está acontecendo com você?".

Furiosa, ela abriu a bolsa e procurou algo lá dentro. Por um instante, Thomas Paine Krome imaginou que a ironia poderia ser algo sublime e que ele estivesse a ponto de ser assassinado de verdade carregando nos braços inexplicáveis filhotes de tartaruga.

30

Leander Simmons e Janine Simmons Robinson ofenderam-se ao saber que Bernard Squires retirara a oferta de compra da propriedade que pertencera ao pai deles. Numa conferência telefônica com Clara Markham, os irmãos disseram que não gostaram de ser enrolados por um fanfarrão lá do Norte. Suas esperanças haviam subido ao espaço com a possibilidade de um leilão das terras, e agora eles estavam reduzidos a um único interessado e uma única oferta.

"Isso é mais do que tinham há duas semanas", lembrou Clara.

Ela não contou que JoLayne Lucks estava sentada em sua sala, ouvindo a conversa pelo viva-voz.

Leander Simmons votou pela recusa da oferta de três milhões, pois o terreno do velho, obviamente, poderia alcançar muito mais. Só precisavam ter um pouco de paciência. A irmã defendeu enfaticamente a venda, era contra esperar, uma vez que sua parte já estava comprometida na construção de uma quadra de tênis de saibro e nos novos chalés para hóspedes na casa de veraneio das Bermudas.

Eles discutiram durante trinta minutos. A troca de farpas só era ocasionalmente interrompida por uma pergunta ou outra de Clara Markham. Enquanto isso, JoLayne se divertia escutando a conversa. Coitado do Lighthorse, pensou. Com filhos assim, não admirava que ele preferisse passar a maior parte do tempo metido no meio do mato.

Janine e Leander acabaram concordando com um valor mínimo de três milhões, cento e setenta e cinco mil dólares, o qual JoLayne aceitou silenciosamente (fazendo um sinal de OK para Clara). A corretora disse aos irmãos que levaria a cifra ao interessado e que entraria em contato novamente mais tarde. Na hora do almoço, o negócio foi fechado, por três milhões e cem mil. A nova dona do bosque Simmons entrou na conversa e apresentou-se a Leander e Janine, que imediatamente se tornaram as duas pessoas mais doces da face da Terra.

"E o que você tem em mente para o lugar?", perguntou a irmã, cordial. "Apartamentos? Prédios de escritórios?"

"Ah, não, vou deixá-lo exatamente como está", respondeu JoLayne Lucks.

"Decisão inteligente. Madeira é um investimento de longo prazo imbatível." O irmão adorava exibir sua esperteza.

"Na verdade", disse JoLayne, "vou deixar o local exatamente como é... *para sempre.*"

O espanto emudeceu os dois irmãos.

Clara Markham entrou na conversa, animada: "Foi um enorme prazer negociar com vocês. Manteremos contato em breve".

Moffitt aguardava do lado de fora. Ofereceu uma carona a JoLayne e, no caminho, desculpou-se por ter revistado a casa dela.

"Fiquei preocupado, só isso. E procurei não fazer muita bagunça."

"Está perdoado, seu arrombador de segunda. Agora, me diga uma coisa, o que aconteceu entre você e Bernie — como conseguiu pôr tanto medo nele?"

Moffitt contou. Com um sorriso, JoLayne disse: "Você não presta. Espere até eu contar ao Tom".

"Pois é. O poder da imprensa." Moffitt estacionou o Chevy na porta da casa dela.

"Quer almoçar?"

"Obrigado, mas estou com pressa."

Ela o beijou no rosto e disse que ainda o considerava seu herói favorito; sempre fazia essa brincadeira.

Moffitt disse: "É, mas eu preferia estar no lugar do Tom".

JoLayne fez uma pausa melancólica. Às vezes desejava ser apaixonada por Moffitt, como ele era por ela. Ali estava um dos melhores sujeitos que já conhecera.

"Tenha paciência", ela disse. "Um dia, você vai conhecer a mulher certa."

Ele atirou a cabeça para trás, rindo. "Ouviu o que disse? Minha nossa, você falou igualzinho à minha tia."

"Puxa, tem razão. Não sei o que deu em mim." Ela desceu do carro. "Moffitt, você foi sensacional, como sempre. Obrigada por tudo."

Ele a saudou, zombeteiro. "Ligue quando precisar. Principalmente se o senhor Thomas Krome for outro filho da puta."

"Duvido."

"Tome cuidado, Jo. Agora você é uma garota rica."

JoLayne franziu o cenho. "Merda. E não é que sou mesmo?"

Ela ficou acenando até o carro de Moffitt desaparecer na curva. Depois correu da calçada para a varanda e pegou toda a correspondência acumulada na porta da frente. JoLayne destrancou a casa e entrou com a pilha de cartas.

A geladeira estava um desastre — dez dias de comida azeda e estragada. Um *croissant* florescera como uma planta *chia*. O único item aparentemente próprio para consumo era uma lata de *ginger ale*, que JoLayne abriu enquanto examinava as cartas e as contas. Um envelope chamou sua atenção, pois era azul-claro e nele não havia seu endereço; apenas seu nome.

Dizia *D. Jo Lane Lucks*, escrito errado e a caneta esferográfica.

Dentro do envelope ela encontrou um cartão-postal com uma vistosa aquarela de Georgia O'Keeffe e, dentro do cartão, um pedaço de papel que fez JoLayne exclamar: "Meu Deus!".

E só podia mesmo ser coisa d'Ele, pensou sincera e devotadamente.

Amber manteve o motor ligado.

"Sente-se bem a respeito? Diga a verdade."

Shiner disse: "Sim, eu me sinto muito bem".

"Eu não avisei?"

"Quer entrar? Acho que ela não está em casa." Todas as luzes estavam apagadas, inclusive as do andar de cima.

Amber disse: "Não posso, benzinho. Preciso voltar a Miami e ver se ainda tenho emprego. Além disso, perdi muitas aulas".

Shiner não queria dizer adeus. Acreditava ter encontrado o verdadeiro amor. Eles haviam passado duas noites juntos — uma delas numa área de descanso da via expressa, perto de Fort Drum, e a outra estacionados no meio do mato, na periferia de Grange. Não houve relação sexual (Amber dormiu no banco de trás do Crown Victoria, Shiner no banco da frente), mas ele não se importava. Era um êxtase passar tanto tempo ao lado de uma mulher. Aprendera a conhecer na intimidade o perfume de seu cabelo, o ritmo de sua respiração e mil outras coisas, todas exoticamente femininas.

Ela disse: "Fizemos a coisa certa".

"Isso mesmo."

"Mesmo assim, fico pensando em quem estava no outro carro."

Não sei, pensou Shiner, mas acho que devo uma a ele. Só assim pude passar mais algumas horas com o meu amor.

Na primeira vez que passaram em frente da casa de JoLayne, outro carro estava estacionado diante da casa dela: um Chevrolet sedã cinza-ardósia. A antena longa indicava ser da polícia. Shiner soltou uma praga e pisou fundo no acelerador.

Tentaram novamente, mais tarde, com Amber ao volante. Desta vez o sujeito estava parado na esquina, ao lado da banca de jornais. Shiner pôde vê-lo bem — um negro elegante de óculos.

"Não pare! Siga em frente!", gritou Shiner para Amber.

Estava apavorado demais para voltar para casa. Temia que a Maré Negra (quem mais poderia ser, vigiando a casa de JoLayne?) fosse saquear sua casa, raptar a mãe e levá-la para as Bahamas. Amber também ficou tensa. Para ela, o sujeito no carro cinza parecia um policial de elite — e só poderia estar procurando uma coisa.

Por isso ela seguiu em frente, indo para além dos limites de Grange até uma área de mata rala, próxima à rodovia. Avistou um buraco na cerca de arame farpado e entrou. Passaram a noite fria entre os pinheiros e as palmeiras; moleza, depois de Pearl Key. Através da neblina matinal, eles viram um grupo de cervos de rabo branco e uma raposa-vermelha.

Ainda era cedo quando chegaram à residência de JoLayne. O carro cinza da polícia havia sumido. Deram três voltas no quarteirão para ter certeza. Amber parou o Ford na frente da casa, pronta para fugir correndo, e disse: "Quer que eu vá lá?".

Shiner disse que não, ele preferia fazer isso.

Pela maneira como ela o olhou, puxa vida, sentiu-se o próprio paladino da justiça. Tudo que ele queria era fazer alguma coisa direito outra vez.

Ela entregou-lhe o envelope azul e ele seguiu até a entrada da casa de JoLayne — Amber o vigiava pelo retrovisor, para evitar que ele tivesse alguma idéia idiota. Depois foram tomar café da manhã e agora estavam em frente à sua casa. Shiner desejava que aquilo durasse para sempre.

Amber o chamou para mais perto com um gesto. "Erga a manga. Quero ver uma coisa."

O bíceps era um painel de contusões, a tatuagem coberta por cascas de feridas, ilegível.

"Não foi a melhor que já fiz", comentou Amber, franzindo a testa.

"Tudo bem. Pelo menos, tenho a águia."

"Claro. Ela é uma beleza." Com a ponta dos dedos, acariciou as asas da ave. Shiner ficou louco de desejo. Fechou os olhos e sentiu o sangue pulsar nos ouvidos.

"Uau", disse Amber.

Um desconhecido os observava pelo pára-brisa — um velho com meias sujas nas mãos.

"Ei, é Dominick", disse Shiner, empertigando-se. E baixou o vidro da janela. "Tudo bem, Dom?"

"Você voltou!"

"Pois é, voltei."

"Quem é a sua amiga? Nossa, o que houve com seus dedos?"

"Essa é Amber. Amber, esse é Dominick Amador."

O homem dos estigmas estendeu a mão para dentro do carro. Amber a apertou, educada, embora seu rosto registrasse o susto com a meleca que vazava da luva do sujeito.

Shiner disse a ela para não se preocupar. "É apenas Crisco."

"Era o que eu imaginava", ela disse, limpando a mão na camisa de Shiner.

Dominick Amador não se ofendeu. "Está procurando sua mãe, Shiner?", perguntou. "Ela está no santuário de Demencio. Parece que eles fizeram um acordo de cooperação mútua."

"Para quê?"

"O governo recapeou a mancha na pista. Você não sabia?"

"Não!"

"Pois é. Agora ela está lá, com o Homem das Tartarugas."

"Quem?"

"Sabe, fui eu que dei a idéia das tartarugas a Demencio — uma jogada tipo Arca de Noé. Agora, você devia ver o que eles fizeram com os bichinhos da JoLayne! É uma verdadeira mina de ouro!"

Amber já ouvira o bastante. Enfática, sussurrou a Shiner que precisava ir embora. Ele aceitou, balançando a cabeça lugubremente.

"Acho que vou acabar assim também", resmungou Dominick, "trabalhando para Demencio. Ele tem um ótimo ponto, além de estacionamento na rua para os ônibus dos romeiros. Eu e ele temos uma reunião marcada para amanhã. Estamos quase fechando negócio."

Amber estava a ponto de interromper com mais veemência, quando o sujeito se atirou no chão e ergueu os dois pés no ar. Orgulhosamente, mostrou as solas descalças. "Olhe! Finalmente, consegui furá-los."

"Ficou lindo." Shiner deu um sorriso forçado.

Amber desviou a vista dos pés furados do sujeito. Aquilo tudo devia ter uma explicação — contaminação radioativa na maternidade, envenenamento do suprimento de água da cidade.

Dominick levantou-se e entregou a cada um deles um folheto rosado com a propaganda de seu santuário. Depois foi embora, mancando.

Shiner foi empurrado para fora do carro. De ombros caídos, foi até o lado do motorista e apoiou os cotovelos na janela.

Disse a Amber: "Então, acho que é isso".

"Espero que você se entenda direito com sua mãe."

"Eu também." Ele se animou ao ver as três rosas no banco de trás. Estavam murchas e escuras, mas Amber não as jogara no lixo. Shiner atribuiu ao fato um significado enorme.

Amber disse: "Se não der certo, lembre-se do que eu lhe falei".

"Mas eu nunca trabalhei como garçom."

"Ora, acho que você dá conta", ela disse.

Sem dúvida, era algo a considerar. Miami assustava Shiner, e muito, mas um trabalho no Hooters seria a resposta para vários problemas seus, ou até para todos.

"Elas são iguais a você?", ele perguntou. "As outras garçonetes, quero dizer. Seria legal se todas fossem iguais a você."

Amber aproximou-se e tocou de leve o rosto dele. "Elas são idênticas a mim. Todas as garçonetes", disse.

Depois de um aceno, ela foi embora.

A mãe de Shiner comentaria depois que o filho havia amadurecido após a misteriosa ausência de Grange. Passara a se portar com responsabilidade, maturidade, mostrando ter objetivos firmes. Ela confessou estar feliz por ele ter deixado a vida de pecado e o estimulou a lutar por seus sonhos, aonde quer que eles o levassem, mesmo que fosse à comarca de Dade.

Para não prejudicar o carinho com que sua mãe agora o tratava, Shiner preferiu não contar a história do bilhete da Lotto de catorze milhões e como foi obrigado a devolvê-lo.

Senão ela lhe teria dado uma surra.

Não havia uma arma carregada na bolsa de Mary Andrea, apenas a intimação para a audiência.

"Seu advogado", ela disse, agitando o papel acusadoramente, "é um sujeito pernicioso, maldoso."

Tom Krome disse: "Você está ótima". Era verdade.

"Não mude de assunto."

"Tudo bem. Quer dizer então que o Dick Vigarista finalmente conseguiu pegar você."

"No prédio daquele maldito jornal", disse Mary Andrea. "Bem no saguão, Tom."

"Lugar estranho para você estar."

Ela contou o que tinha ido fazer lá. "Como todos acreditavam que você tinha morrido — inclusive a idiota aqui —, eles me pediram para pegar um avião, ir até lá e receber o maldito prêmio em seu nome. E veja o que aconteceu: fui emboscada por um advogado!"

"Que prêmio?", perguntou Tom.

"Não finja que não sabe!"

"Não estou fingindo, Mary Andrea. Que prêmio?"

"O Emilio", ela disse, irritada. "Ou algo assim."

"Amelia?"

"Isso, isso mesmo."

Ele olhou com ódio para a casa onde Sinclair estava escondido. Filho da mãe!, pensou Tom. O Amelia era o prêmio mais vergonhoso do jornalismo. Ficou surpreso por Sinclair tê-lo inscrito e furioso por não ter sido consultado. Krome lutou contra o impulso de voltar correndo para dentro e tomar a tartaruga do editor, só para vê-lo choramingar e tremer.

"Vamos." Tom levou a mulher para longe do tumultuado santuário, até o quintal. Pôs o enorme aquário no sol, para aquecer as tartarugas.

Mary Andrea disse: "Suponho que tenha visto tudo pela televisão. A grande jogada de Turnquist. Provavelmente morreu de rir".

"Passou na tevê?"

"Tom, você preparou uma armadilha para mim? Seja sincero."

Ele disse: "Bem que eu gostaria de ter feito isso. Sério mesmo".

Mary Andrea bufou, o que Tom reconheceu como um sinal de exasperação. "Acho melhor nem perguntar o que você está fazendo com essas tartarugas", ela disse.

"É uma longa história. Aliás, gostei do seu cabelo. Fica bem assim, curto."

"Pare com isso, está ouvindo?" Ela quase admitiu ter começado a pintá-lo para esconder os fios brancos, embora nenhum fosse por culpa dele.

Tom apontou para a intimação, com a qual Mary Andrea se abanava sofregamente. Tinha de rir. Quinze graus e ela agia como se estivesse no Saara.

"Então, quando será seu grande dia no tribunal?"

"Daqui a duas semanas", ela disse. "Congratulações."

"Já encomendei uma grande festa."

"O que aconteceu com seu rosto?"

"Um sujeito me deu um chute. Mas ele está morto agora."

"Mentira!" Mas ela percebeu que ele não estava brincando. "Meu Deus, Tom, você o matou?"

"Vamos dizer que fui um dos fatores decisivos." Seria o máximo que contaria a Mary Andrea; ela que elaborasse sua própria versão. "Bem", ele disse, "como vai ser? Vai continuar criando problemas por causa disso?"

"Ah, fique tranqüilo."

"Vai fugir de novo? Mudar de nome e fazer outras bobagens?"

"Se quer mesmo saber a verdade", disse Mary Andrea, "cansei de fugir. E estou farta de excursionar com peças de segunda categoria e de ganhar tão pouco. Preciso voltar para o Leste e dar um impulso à minha carreira como atriz."

"Talvez uma peça off-Broadway."

"Exatamente. Meu Deus, fui parar no sertão de Montana."

"Sério?" Krome pensou: Nenhum shopping center num raio de quilômetros.

"Eu, no meio dos caubóis! Dá para imaginar?"

"Tudo isso porque você não aceitava o divórcio."

"Seria a primeira mulher da família Finley a se divorciar em cinco séculos."

"E a mais sadia", disse Tom.

Mary Andrea o olhou com falso desprezo. "Guardei seu bilhete de despedida. Com o verso que você copiou de Zevon."

"Se eu soubesse escrever letras de sucesso", ele disse, "não estaria metido com cretinos como o Sinclair."

"E quanto ao seu romance?", ela perguntou.

Ele ficou paralisado.

"Sua namorada me contou tudo. *O estranhamento.* Título interessante."

O tom de Mary Andrea era calmo de matar. Tom ergueu a cabeça para o céu, protegendo os olhos. Fingia observar uma revoada de patos. Ganhar tempo. Tentar imaginar onde, quando e em que improváveis circunstâncias JoLayne Lucks e Mary Andrea Finley Krome haviam se conhecido.

"Então, já está pronto?"

"Como?", perguntou Tom, distraidamente.

"Seu livro", provocou Mary Andrea.

"Ah. Só consegui fazer um esboço inicial."

"Sei."

O sorriso de quem sabia de tudo era uma de suas especialidades, e o que usava naquele momento era mortífero. Quando

Tom chegou perto de se render e perguntar a respeito de JoLayne, Katie Battenkill apareceu, cantarolando satisfeita. Aí ele entendeu.

"Ex-namorada", sussurrou a Mary Andrea.

"Que seja."

Katie aproximou-se e o abraçou descaradamente. "Viemos juntas", ela disse. "Sua mulher e eu."

"Já soube."

A informação provocou-lhe um efeito paralisante, embora não de todo desagradável. Tom nunca estivera ladeado por duas mulheres com quem dormira. Embora constrangedor, o momento lhe permitiu compreender perfeitamente por que fora atraído por cada uma delas e também por que não poderia viver com nenhuma das duas.

"Diga que ela está linda", disse Mary Andrea a Tom, marota. "Todos nós estamos ótimos."

"Bem, você está mesmo."

Katie disse: "Acho que vocês precisam ficar a sós".

Tom a segurou pela cintura, antes que pudesse se retirar. "Tudo bem, pode ficar. Mary Andrea e eu já terminamos a parte séria da conversa."

A esposa perguntou: "O que é isso na sua mão, Katie? Você se cortou?".

"Não. Trata-se de uma legítima lágrima da mundialmente famosa Madona que chora." Katie mostrou com entusiasmo o dedo anular manchado. "Aposto que é água da torneira, corante alimentício e perfume. Charlie, pelo cheiro."

Depois de uma discreta cheiradinha, Mary Andrea concordou.

Krome disse a Katie: "Espero que não tenha se decepcionado".

"Por não ser real? Nossa, Tommy, você deve me achar uma completa idiota. O santuário é bárbaro, isso é o que interessa. As lágrimas servem apenas para dar um toque."

Mary Andrea estava quase se divertindo. "O livro", ela voltou-se para Katie, confidencialmente, "está ainda no começo."

"Ihhhh." Katie cobriu o rosto, embaraçada. Sabia que não devia ter contado à mulher de Tom que o romance era sobre o divórcio.

"O que mais contou a ela?", ele perguntou. "Ou seria tolice perguntar?"

Os olhos verdes de Katie se arregalaram. Mary Andrea respondeu negando rapidamente com a cabeça.

Krome compreendeu tudo e resmungou: "Sensacional". Katie e seu escore carnal. "Você deveria trabalhar no caderno de esportes", ele disse.

Ela forçou um sorriso. "Talvez eu precise mesmo."

Com um gesto maternal, Mary Andrea tocou o braço da nova amiga e sugeriu que fossem embora, pois já estava na hora. "Temos um longo caminho pela frente, e você precisa voltar para casa."

"É Art", ela revelou a Tom. "Ele foi preso — ouvimos a notícia no rádio."

Krome não pôde emitir sequer um murmúrio de solidariedade. Sua casa fora incendiada por ordem de Arthur Battenkill, queimada até as cinzas, com um homem lá dentro. O juiz merecia prisão perpétua.

"A polícia quer me interrogar de novo", explicou Katie.

"Ainda bem que você resolveu cooperar."

"Claro, Tommy. Seria a única atitude honesta. Olhe as tartaruguinhas. Elas são uma graça."

Carregando o aquário das tartarugas, Tom Krome acompanhou as duas mulheres por entre os entusiasmados romeiros, passou pela Virgem que chorava sangue e pela Omelete de Jesus. Chegaram à rua.

Katie Battenkill emocionou-se ao saber o destino dos pequenos répteis. "Isso é adorável!", comentou, beijando Tom na ponta do nariz. Com elegância conduziu as longas pernas para dentro do carro e disse que o veria no julgamento de Arthur. Tom despediu-se com um aceno.

Mary Andrea ficou ali parada, parecendo se divertir. Saboreava a visão de seu marido perdido há tanto tempo, tentando equilibrar-se entre seus sentimentos contraditórios e toda aquela carga de exotismo. A única explicação possível para o projeto das tartarugas seria uma mulher, mas Mary Andrea preferiu não se intrometer. Não queria saber de nada, para não enfraquecer a história depois, quando a contasse.

"Bem", disse Tom, "e nós ... acho que nos encontraremos numa outra audiência, não é?"

"Não. Eu não tenho tempo."

Ela parecia sincera, mas Tom continuou desconfiado. Mary Andrea era muito esperta. "Está falando sério?", ele disse. "Finalmente vamos resolver isso de uma vez por todas?"

"Sim, *Tommy*. Mas só se eu ganhar um exemplar da primeira edição de *O estranhamento*. Autografado pelo autor."

"Puxa, Mary Andrea. Não existe livro nenhum. Eu só queria impressionar."

"Ótimo", ela disse ao futuro ex-marido. "Então, negócio fechado. Agora ponha esse aquário no chão para que eu possa abraçá-lo direito."

Bernard Squires quase não bebia, mas depois do jantar aceitou um copo de xerez da sra. Hendricks, na pensão; depois mais um, e mais outro. Normalmente não teria bebido tanto na frente dos outros hóspedes, principalmente havendo duas mulheres atraentes por ali, desde a noite anterior. Mas como elas já tinham ido embora, Squires sentiu que o comportamento impecável deixara de ser prioridade.

Que o pobre coitado estava sofrendo, até a sra. Hendricks notou. Contou a ela que o negócio havia furado... o único motivo para sua vinda a Grange, desde Chicago, em Illinois!

Tudo acabado! Morto!

A sra. Hendricks ficou com pena — "Ah, meu caro, essas coisas acontecem" — e tentou desviar a conversa para assuntos mais agradáveis, como o índice Dow Jones, mas o sr. Squires se fechou em copas. Recostado numa espreguiçadeira, ele olhava desconsolado para o sapato. Depois de um tempo a sra. Hendricks desistiu e subiu, deixando a garrafa de xerez com ele.

Quando terminou de esvaziar a garrafa, ele pegou a maleta e saiu sem rumo. Levava no bolso três recados telefônicos amassados, anotados com a caligrafia impecável da sra. Hendricks. Todos os recados eram do sr. Richard Tarbone, num tom cada vez mais impaciente. Bernard Squires não teve coragem de ligar para o gângster intempestivo e contar o que estava acontecendo.

Nem mesmo Squires tinha muita certeza. Não sabia quem era aquela moça negra, nem onde conseguira tanto dinheiro. Não fazia a menor idéia de como o agente do Ataf se envolvera no caso, nem o motivo do envolvimento. Mas de uma coisa Bernard Squires tinha absoluta certeza: nem o fundo de pensão nem a família Tarbone poderiam correr o risco de uma nova reportagem de primeira página, e isso significava que a compra do bosque Simmons estava descartada.

E nada disso era culpa sua. De modo algum.

O que não fazia a menor diferença, pois Richard "The Icepick" não acreditava em explicações. Acreditava em matar o portador de más notícias.

A cada minuto reduziam-se as chances de Bernard Squires sobreviver até o final da semana. Sabia muito bem disso, sóbrio ou embriagado.

Em sua carreira no ramo da lavagem de dinheiro, raramente Squires se defrontara com uma situação impossível de ser resolvida com um quarto de milhão de dólares em dinheiro vivo. Trouxera a quantia a Grange, para dar de sinal e garantir o bosque Simmons. Depois que a compra havia ido oficialmente para o espaço, Clara Markham foi ao banco para sacar o dinheiro e devolvê-lo a Squires. Até o ajudara a contar e a ajeitar os maços na maleta.

E agora ele carregava tranqüilamente aquela fortuna enquanto caminhava pelas ruas sonolentas de Grange. Era uma noite calma de outono, muito diferente de tudo que tinha imaginado encontrar na Flórida. O ar frio cheirava a terra, adocicado. Ele desviou de um gato alaranjado que dormia debaixo da luz de um poste e que mal abriu os olhos à sua passagem. Ocasionalmente, um cão ou outro ladrava num quintal. Através das janelas das casas, ele via o tranqüilizante tremular violeta da televisão.

Squires esperava que a caminhada servisse para desanuviar sua mente confusa. Acabaria descobrindo um modo de resolver o problema — ele sempre dava um jeito. E foi andando, distraído. Logo se deu conta de que estava na mesma rua em que passara duas noites antes, debaixo do mesmo carvalho, na frente da mesma casa térrea comum. Ouviu uma conversa animada por trás da cortina fechada. Havia vários carros estacionados no acesso.

No santuário da Virgem Maria, porém, Bernard Squires estava sozinho. Ninguém vigiava a estátua de fibra de vidro iluminada, que num gesto congelado de mãos a todos abençoava. De longe, era impossível a Squires ver se os olhos da santa lacrimejavam ou não.

Ao se aproximar, percebeu uma figura na vala: o homem enrolado no lençol. Os joelhos tocavam-lhe o peito.

Squires não escutou cantoria e se aventurou um pouco mais.

"Saudações, romeiro", disse o homem, como se estivesse a observá-lo desde sua chegada. O rosto permanecia oculto nas sombras.

Squires disse: "Estou interrompendo alguma coisa?".

"Não, tudo bem."

"Você gosta de ficar aí?"

"Não poderia estar melhor." O sujeito esticou as pernas e lentamente deitou-se na água. Conforme abriu os braços, o lençol branco flutuou em torno dele, num angélico efeito especial.

"Não está meio frio?", perguntou Squires.

"*Sah-kaman-slamasoon-no-slah*", foi a resposta, mais música do que letra.

SEM-CASA ASSASSINA SOGRA CEGA — outro título legendário de Sinclair. Não conseguia evitar; eles se sucediam em sua mente como macarrão aos domingos.

Bernard Squires perguntou: "Que língua é essa?".

"Entre na água, irmão."

Sinclair gostava de companhia. Dentro de casa realizava-se uma ruidosa reunião — Demencio e a esposa, Joan e Roddy, a sexy Marva, o prefeito e o homem dos estigmas. Falavam de dinheiro. Discutiam comissões, margens de lucro e porcentagens, assuntos seculares que não atraíam Sinclair.

"Vamos entrando", insistiu com o visitante, e o sujeito, obedientemente, entrou na vala rasa. Não tirou o terno caro nem enrolou a calça ou protegeu a maleta.

Quando Bernard Squires se aproximou, percebeu, graças ao holofote, um pequeno objeto na testa do homem flutuante. No início, pensou que fosse uma pedra ou uma concha, mas depois notou que se movia devagar.

O objeto estava vivo.

"O que é isso?", perguntou, com voz abafada.

"Uma tartaruga sagrada, irmão."

A cabecinha minúscula apontou de dentro do casco, lisa como cetim e curiosamente listada.

"Posso pegá-la?"

"Tome cuidado. Só sobrou esta."

"Posso?"

No dia seguinte, no avião para o Rio de Janeiro, Bernard Squires descreveu a tartaruguinha em detalhe à executiva esguia da Reebok que viajou a seu lado na classe executiva. Relatou que teve uma experiência mística, sentiu a alma pacificada, uma revelação que lhe tirou o peso dos ombros, uma expiação. Instantaneamente, soube o que deveria fazer o resto da vida.

Foi como se uma janela cósmica se abrisse, deixando entrar a luz da "flamejante lucidez" — assim Bernard Squires descreveu a experiência enquanto saboreava o xerez servido a bordo. Contou à jovem executiva tudo a respeito da surrealista cidadezinha — a Madona que chorava, o Homem das Tartarugas, o empreendedor carpinteiro com feridas abertas nas mãos e nos pés, a excêntrica milionária negra que trabalhava numa clínica veterinária.

Depois disso tudo, contou à moça alguns detalhes pessoais: onde nasceu, onde estudou, *hobbies* e preferências musicais, e até mesmo seu ramo de atuação (em linhas bem gerais). Contudo, por nada deste mundo revelaria a ela o conteúdo da maleta de couro de enguia que estava no bagageiro, acima de sua cabeça.

EPIFANIA

Tom Krome carregou o aquário das tartarugas até a varanda e lentamente cruzou a porta de entrada. A casa estava quente e perfumada pelo cheiro da comida: espaguete com almôndegas.

JoLayne experimentava o molho quando ele entrou. Descalça, vestia jeans azul e uma folgada camisa xadrez amarrada na altura do umbigo.

"Onde você se meteu?", ela perguntou, cantarolando. "Estou a própria Martha Stewart! Apresse-se ou vai perder tudo." Ela virou a cabeça para olhar as tartarugas.

"Falta uma", disse Tom. E contou a ela a história dos "apóstolos" de Demencio e das maluquices de Sinclair. "Lamentei tanto por ele", disse Tom. "Deixei-lhe uma tartaruga de presente. Ele crê que seja Bartolomeu."

JoLayne, consternada: "O que ele faz com elas exatamente? Por favor, não me diga que..."

"Ele apenas as toca. E canta como se entoasse salmos — demoniacamente, claro."

Ela disse: "Você deve ter caído de amores por esta cidade".

As quarenta e quatro remanescentes pareciam bem saudáveis, mas o aquário precisava de uma boa limpeza. JoLayne falou com as tartarugas: "Não se preocupem, meninas. Agora falta pouco".

Ela sentiu os braços de Tom em volta da sua cintura. "Vamos ouvir as notícias — você agora é a baronesa ou continua sendo a camponesa?"

Com a colher de pau, JoLayne o consagrou cavaleiro. Ele a agarrou e a girou no ar. "Cuidado com as meninas. Cuidado!", ela disse, rindo convulsivamente.

"É fantástico, Jo! Você derrotou os desgraçados! Conseguiu comprar o bosque Simmons!"

Eles se sentaram, mal podendo respirar. JoLayne aproximou-se. "Moffitt ajudou muito", disse.

Tom ergueu uma sobrancelha.

"Ele disse ao sujeito que você ia escrever uma matéria denunciando a transação do shopping center", disse JoLayne. "Falou que sairia na primeira página — A máfia invade Grange!"

"Que precioso..."

"Bem, mas funcionou. Squires caiu fora. Mas, Tom, e se eles acreditarem? E se vierem atrás de você? Moffitt disse que jamais teriam coragem, mas..."

"Ele tem razão. Atualmente a máfia não mata mais repórteres. Desperdício de munição, pega mal para os negócios." Krome foi forçado a admitir a esperteza do agente. "Um belo blefe. Pena que..."

"Que o quê?"

"Pena que eu mesmo não tenha pensado nisso."

JoLayne deu-lhe um beijo à marinara e seguiu para a cozinha. "Vamos, Woodward, ajude a pôr a comida na mesa."

Durante o jantar, ela explicou os termos da venda das terras. Tom fez os cálculos e disse: "Já percebeu que, mesmo depois do pagamento dos impostos e das parcelas do empréstimo, você terá uma renda muito boa? Ou nem se importa?".

"Muito boa quanto?"

"Cerca de trezentos mil dólares por ano."

"Essa será uma novidade interessante."

Bem, pensou JoLayne, hora do teste. Vamos ver agora se o sr. Krome é realmente diferente de Rick, o mecânico, ou de Lawrence, o advogado, ou de qualquer outro espertinho com quem me envolvi na vida.

Tom disse: "Você pode até comprar um carro".

"É? E o que mais?", perguntou JoLayne, espetando uma almôndega.

"Pode mandar consertar o piano. E afiná-lo."

"Claro. Continue."

"Caixas acústicas decentes para seu equipamento de som", ele disse. "Isso é prioritário. Talvez um aparelho de CD também, se estiver disposta a gastar de verdade."

"Certo."

"E não se esqueça de uma espingarda nova, para substituir a que jogamos no mar."

"E o que mais?"

"Acho que é tudo. Sei lá, não tenho mais nenhuma idéia", disse Tom.

"Tem certeza?"

JoLayne torcia, de todo o coração, para que não surgisse nenhum brilho ladino nos olhos dele anunciando coisas como as que foram ditas pelos outros. Colavito, o corretor, por exemplo, tinha se oferecido para investir suas economias em ações de empresas de biotecnologia e depois ficou assistindo seu valor de mercado despencar. O policial Robert a aconselhara a depositar tudo na cooperativa de crédito da polícia, e assim pôde sacar boa parte do dinheiro em segredo e gastar tudo com as namoradas.

Mas Tom Krome não tinha nenhum esquema armado, nenhuma mina de ouro para lhe oferecer, nenhuma sociedade a propor. "Realmente, sou a pessoa errada para dar conselhos do gênero", ele disse. "Quem ganha salário de repórter não costuma ter muita experiência em matéria de investimentos financeiros."

Era isso. Ele não pediria um tostão sequer.

E JoLayne sabia que não deveria oferecer, senão ele pensaria que ela tinha planos para dispensá-lo. E nada mais distante de sua mente, naquele momento, que fazer algo assim.

Conclusão: desde o primeiro dia o sujeito manteve sua palavra. O primeiro que já conheci capaz disso, ela pensou. Talvez minha sorte tenha realmente mudado.

Tom disse: "Vamos lá. Você deve ter sua própria lista de desejos".

"O doutor Crawford precisa de um novo aparelho de raios X para os animais."

"Pense alto, Jo. Compre uma MRI logo de uma vez." Ele ajeitou o nó da camisa dela. "Você só vai ganhar na loteria uma vez."

Ela torceu para que o sorriso não revelasse o segredo.

"Tom, quem mais sabe que você está morando aqui comigo?"

"Estou?"

"Não banque o engraçadinho. Quem mais?"

"Ninguém. Por quê?"

"Veja em cima do piano", ela disse. "Há um envelope branco. Estava no meio da correspondência, quando voltei para casa."

Ele o examinou, curioso. Seu nome estava escrito em letra de forma. Só podia ser alguém da cidade — Demencio, talvez. Ou a irmã de Sinclair, pedindo ajuda.

"Não vai abrir?" JoLayne tentou disfarçar a ansiedade.

"Claro." Tom levou o envelope até a mesa e levantou a aba com o garfo de servir salada. O bilhete da Lotto caiu, pousando sobre o parmesão ralado.

"O que é isso?" Ele o levantou pela pontinha, como se fosse uma prova judicial.

JoLayne observava tudo com ar inocente.

"Seus números. Quais eram mesmo?" Tom ficou constrangido, pois suas mãos tremiam. "Não me lembro, Jo, os seis números que você acertou."

"Eu me lembro." Ela começou a recitar: "Dezessete...".

Krome pensou: Não é possível.

" ... dezenove, vinte e dois..."

É uma brincadeira, disse para si. Só pode ser.

"... vinte e quatro, vinte e sete..."

Moffitt, o filho da mãe! Só ele conseguiria fazer isso. Imprimir um bilhete falso, de farra.

"... e trinta", terminou JoLayne. "Esses foram os meus números."

Era real demais para ser falso: manchado de água, esgarçado, dobrado e desdobrado. Dava a impressão de que alguém o trouxera de muito longe e o carregara por muito tempo.

Então Krome se lembrou: tinha havido dois ganhadores naquela noite.

"Tom?"

"Não posso... isso é loucura." Ele mostrou o bilhete a ela. "Jo, acho que é verdadeiro."

"Tom!"

"Estava na sua caixa de correio?"

Ela disse: "Inacreditável, não é?".

"É a palavra adequada."

"Você e eu, as duas pessoas mais cínicas da face da Terra... É quase uma revelação, não acha?"

"Não faço idéia de que diabo é isto aqui."

Ele tentou se acalmar e pensar como repórter. Começou elaborando uma lista de perguntas: quem, em seu juízo perfeito, desistiria de um bilhete da Lotto premiado com catorze milhões? E por que mandar o bilhete para ele, com tanta gente no mundo? E como descobriram onde ele estava?

"Isso não faz o menor sentido."

"Não faz mesmo", concordou JoLayne. Por isso era tão maravilhoso. Ela repassara a história inúmeras vezes e não encontrara respostas razoáveis — aquilo era impossível. O que ocorrera era totalmente impossível. Ela não acreditava em milagres, mas começava a reconsiderar o conceito de mistérios divinos.

"A administração da loteria disse que o bilhete foi comprado em Florida City. A quinhentos quilômetros daqui."

"Sei disso, Tom."

"Como é possível..."

"Querido, melhor guardá-lo, por enquanto. Num lugar seguro."

"O que nós vamos fazer?", ele perguntou.

"Nós? Só vi seu nome no envelope, cara. Vamos logo. Daqui a pouco vai escurecer."

Horas depois, já de volta da missão e depois de JoLayne dormir, Tom Krome encontrou a resposta para uma das muitas questões.

A única resposta que obteria.

Ele havia saído da cama para assistir ao noticiário noturno da tevê, achando que os homens de Pearl Key haviam sido encontrados. Ele sabia que não precisava se preocupar — vivos ou mortos, os dois ladrões nada diriam. Se dissessem, iriam parar na cadeia.

Mesmo assim, Krome ligou a televisão. Como se precisasse de uma prova isolada, de uma confirmação de que os eventos dos últimos dez dias tinham sido reais, e não um sonho.

Mas não viu notícia nenhuma. Resolveu, então, surpreender JoLayne (e demonstrar suas habilidades domésticas) lavando a louça do jantar. Estava despejando na lata de lixo o macarrão que sobrara num prato, quando viu no fundo dela um envelope azul endereçado a "D. Jo Lane Lucks".

Ele o apanhou e pôs em cima do balcão.

O envelope fora aberto com cuidado, provavelmente com uma unha bem comprida. Dentro dele havia um cartão, uma bela obra de Georgia O'Keeffe.

Dentro do cartão... nada. Nem uma só palavra.

E Tom Krome entendeu: foi assim que entregaram o segundo bilhete da loteria. Enviaram o bilhete a JoLayne, não a ele.

Ele poderia ter gritado de felicidade. Ou chorado de raiva.

Mais uma vez, ela estava um passo à frente. Seria sempre assim. Melhor ir se acostumando.

Ela era demais.

Os urubus povoavam seus sonhos, e Chub culpava a preta.

Antes de subir no barco, ela o alertara para o detalhe apavorante dos urubus. O céu de Pearl Key estava cheio deles. "Eles virão por causa do seu amigo", ela disse, ajoelhando-se a seu lado, à beira-mar. "E você não poderá fazer nada a respeito."

As pessoas imaginam que o urubu procure comida com o olfato, ela disse, mas não é bem assim. Os abutres usam seu olfato apurado, mas urubus caçam apenas com os olhos. Sua visão é vinte ou trinta vezes mais poderosa que a visão humana, ela disse. Quando voam em círculos sobre alguma coisa, como agora — a preta apontou para o alto e, sem dúvida, lá estavam eles —, estão esperando a carniça.

"O que é isso?", perguntou Chub, esforçando-se por abrir a pálpebra rasgada para ver melhor as aves. Seu corpo inteiro ardia em febre. Sentia-se infectado dos pés à cabeça.

"Carniça", respondeu a mulher, "é carne morta."

"Meu Deus."

"O truque é não ficar parado, entendeu? Haja o que houver, não se deite nem durma", ela disse. "Senão, eles pensarão que você morreu. E aí descerão para pegá-lo. Quando começarem, meu Deus... Lembre-se do que eu disse. *Não fique para-*

do. Pernas, braços, mexa o que puder. Enquanto houver movimento, os urubus costumam se manter afastados."

"Mas eu preciso dormir."

"Só quando escurecer. Eles se alimentam durante o dia. À noite você estará seguro."

Foi então que ela colocou a lata de pimenta em spray na mão inchada da garra de caranguejo e disse: "Por via das dúvidas".

"Servirá para espantá-los?" Chub olhou desconfiado para a lata. Bode Gazzer a adquirira na feira de armas de Lauderdale.

"Foi feita para derrubar um urso-pardo", disse a mulher. "Dez por cento de concentração de resina oleosa de cápsico. São dois milhões de unidades Scoville de calor."

"E o que isso quer dizer, porra?"

"Quer dizer que é forte, cara. Boa sorte."

Momentos depois, o som de um motor de popa. Sem a menor dúvida, eles o tinham deixado ali. Ela e o branco o abandonaram naquela maldita ilha com um amigo morto e com o céu coalhado de urubus.

Eles haviam pousado para comer Bode durante a tarde, exatamente como a mulher prognosticara. Naquele momento, Chub estava sentado nas raízes do mangue, cheirando o que restava do WD-40. Não dava uma fração do barato da cola náutica, mas era melhor que nada.

Espiando por entre o mato, viu os urubus bicarem animados o corpo do amigo morto — seis, sete, até mais. Alguns saíam com pedaços de carne no bico, outros comiam o tecido camuflado. Em terra firme os bichos afiguravam-se enormes, principalmente por causa das cabeças calvas que pareciam de couro e das longas asas de ponta branca. Chub ficou surpreso. Quando corria, eles piavam e fugiam, porém não iam longe. No máximo voavam para um galho de árvore.

Na areia clara a seus pés, ele via as sombras temíveis dos outros que se aproximavam, voando em círculos cada vez menores. Foi quando Chub decidiu se afastar correndo do corpo de Bode e ir para um trecho mais seguro da ilha. Agarrado à lata de pimenta em spray, seguiu a meio galope pelo mangue. Finalmente, chegou a uma clareira segura e caiu de exaustão, bem em cima do ombro machucado.

Quase imediatamente o primeiro pesadelo começou: bicos invisíveis, bicando e comendo seu rosto. Ele se levantou num pulo, ensopado de suor. No sonho seguinte, logo depois, os carniceiros fedorentos o cercaram e abriram as asas, formando um círculo do qual não podia escapar. Novamente ele acordou tremendo.

Era tudo culpa dela, da mulher da Maré Negra — ela tinha enchido a cabeça dele com aquele papo de urubu. Eram apenas pássaros, caramba. Aves estúpidas e fedorentas.

Mesmo assim, Chub manteve o olho bom fixado em seu padrão de planagem, aproveitando as correntes ascendentes.

Ao entardecer, ele voltou ao acampamento abandonado, na esperança de encontrar o encerado seco e cerveja. Quando viu o saco de papel no mato, teve uma idéia para passar melhor a noite tenebrosa. Jogou fora o tubo retorcido de cola náutica, dando porém a última cheirada para não perder nada. Depois sacudiu a lata de pimenta em spray e pulverizou um pouco dentro do saco.

Pensou: Este negócio deve ser forte, se nocauteia um urso.

Chub nunca ouvira falar em unidade Scoville, mas presumiu que, em razão do nome impressionante, uma cheirada em dois milhões de unidades seria capaz de produzir um entorpecimento maravilhosamente ilícito — exatamente o que precisava para manter a mente afastada de urubus e de Bodean Gazzer. Chub presumiu ainda (também equivocadamente) que o spray de pimenta servia apenas para atrapalhar a visão do agressor e que os vapores podiam ser inalados sem problema, como acontecia com as tintas em spray comuns. Achou que se cobrisse os olhos enquanto aspirasse estaria livre dos efeitos corrosivos.

Foi o que fez, levando o saco ao rosto.

Os gritos duraram vinte minutos; as crises de vômito, o dobro.

Chub nunca sentira um sofrimento tão vulcânico como aquele — pele, garganta, olhos, pulmões, cabeça, lábios, tudo em chamas. Estapeou-se repetidamente, tentando expulsar o veneno, mas parecia que ele tinha entrado por todos os poros. Entorpecido pela dor, coçou o corpo até as pontas dos dedos sangrarem.

Quando toda a sua energia se esgotou, Chub deitou-se imóvel, analisando as opções. A mais óbvia era o suicídio, que garantidamente acabaria com a sua agonia, porém ainda não se sentia disposto a ir tão longe. Se tivesse a 357... Mas com certeza não teria coragem de se enforcar numa árvore ou de cortar os pulsos.

Uma escolha mais viável, percebeu Chub, seria dar uma paulada na cabeça e ficar inconsciente até que os penosos sintomas passassem. Mas ele não conseguia parar de pensar nos urubus e no que a preta havia lhe dito: mantenha-se em movimento! Assim que o sol surgisse, apagar seria perigoso. Quando mais aparentasse estar morto, mais depressa os famintos miseráveis desceriam para pegá-lo.

Por isso, Chub esforçou-se para continuar acordado. No final, o que mais desejava era ser salvo, resgatado daquela maldita ilha. E não se importava se o helicóptero de resgate fosse preto, vermelho ou amarelo-canário; nem se fosse pilotado por judeus, crioulos ou comunistas de carteirinha infiltrados. Pouco estava ligando também se o levassem para Miami ou direto para a penitenciária de Raiford, ou mesmo para a fortaleza secreta da Otan nas Bahamas.

O principal era cair fora daquele lugar medonho, assim que possível. Cair fora.

E se na manhã seguinte um helicóptero de resgate estivesse realizando buscas em Florida Bay? E se ele voasse baixo ao passar por Pearl Key e a tripulação notasse algo que os faria voltar e sobrevoar novamente o local?

Um homem pelado gesticulando, pedindo ajuda. Sozinho.

O observador do helicóptero veria, através do poderoso binóculo, que o sujeito usava um rabo-de-cavalo rançoso; que seu corpo estava coberto de sangue seco; que um ombro exibia um curativo enorme e que uma das mãos inchara até ficar do tamanho de uma luva de beisebol; que o rosto queimado de sol estava em carne viva, lanhado, e que um olho fora coberto por um remendo preto.

E a tripulação, assombrada, veria que o homem perdido, apesar das feridas e do óbvio sofrimento, construíra um sinal de aviso para aeronaves. A tripulação se admiraria de sua criatividade ao atar galhos de árvores para fazer um mastro comprido e prender na ponta um pedaço de tecido brilhante.

Mas a verdade é que não havia ninguém para ver o homem perdido. Nenhum helicóptero sobrevoou Pearl Key naquele dia, nem no dia seguinte, nem no outro, nem nos muitos dias que se seguiram.

Ninguém procurava por Onus Gillespie, o sujeito conhecido como Chub, pois ninguém sabia que ele estava perdido.

Todas as manhãs ele se dirigia ao ponto mais ensolarado da ilha e agitava a improvisada bandeira para os pontos brilhantes no firmamento — um 727 do aeroporto internacional de Miami, um F-16 de Boca Chica, Lear Jets de North Palm Beach, todos eles voando alto demais por Florida Bay para avistá-lo.

A cerveja acabou, a carne-seca acabou, e depois a água doce. Não tardou e Chub se deitou na areia grossa e parou de se mover. Os urubus chegaram, exatamente como aquela vaca tinha dito.

Nove meses depois, um pescador encontraria um crânio, dois fêmures, uma lata enferrujada de pimenta em spray e um encerado. E não deixaria de se intrigar com o mastro que o pobre coitado construíra e com sua curiosa bandeira presa na ponta: um shortinho cor de laranja, igual aos usados pelas garçonetes do Hooters.

A caminho do bosque Simmons, eles se revezaram na sintonia do rádio. Tom pegou uma música de Clapton, depois JoLayne achou Bonnie Raitt e Natalie Cole (argumentando que "Layla" era muito comprida e valia duas músicas). Iniciaram uma discussão a respeito de guitarristas, um assunto até então inexplorado no relacionamento dos dois. JoLayne adorou saber que Tom incluía Robert Cray em seu panteão pessoal, e como recompensa deixou que ele escolhesse as duas músicas seguintes. "Fortunate son" tocava no último volume quando chegaram.

JoLayne desceu do carro, correu até a placa VENDE-SE e a jogou no chão, triunfante. Tom pegou as tartaruguinhas do aquário, uma a uma, e as colocou numa fronha, amarrando cuidadosamente a ponta.

"Cuidado", pediu JoLayne.

Uma quietude de catedral os engolfou quando entraram na mata, e eles não se falaram até chegar ao riacho. JoLayne sentou-se no chão. Bateu no mato ralo e disse: "Ocupe seu lugar, senhor Krome".

O sol estava baixo e o pálido domo do céu tingiu-se suavemente de magenta. O ar estava fresco, vindo do norte. JoLayne apontou para um par de gansos mergulhões e depois para um racum que caçava na outra margem.

Tom inclinou-se para a frente para ver melhor. Seu rosto estava radiante. Parecia uma criança num imenso museu.

"No que está pensando?", ela perguntou.

"Estou pensando que tudo é possível. Qualquer coisa. É assim que eu me sinto quando estou aqui."

"E é assim mesmo que a gente deve se sentir."

"Afinal de contas, o que é um milagre? Tudo é tão relativo", ele disse. "Está tudo na cabeça da gente."

"Ou no coração. Ei, e como estão as minhas meninas?"

Tom olhou dentro da fronha. "Excitadas", informou. "Devem ter adivinhado o que vai acontecer."

"Bem, vamos esperar o senhor Racum ir embora."

JoLayne sorriu e abraçou os joelhos. Um bando de andorinhas mergulhou do alto das árvores, caçando mosquitos. Mais tarde, Tom teve a impressão de ouvir o relincho de um cavalo, mas era só uma coruja piando.

"Vou aprender", ele disse.

"Há outro terreno perto daqui. Certa vez encontrei rastros de urso por lá."

Ao cair da tarde, Tom mal conseguia distinguir a expressão dela.

"Um urso-preto", ela disse, "não pardo. Só mesmo no Alasca a gente encontra ursos-pardos."

"Qualquer urso serve."

Ela disse: "Também está à venda, o terreno em que eu vi os rastros. Não sei bem de quantos hectares".

"Clara deve saber."

"Sim, com certeza. Vamos, está na hora."

Ela o levou até o riacho. Caminharam ao longo da margem, parando aqui e ali para soltar as tartaruguinhas na água.

JoLayne dizia: "Sabe que elas vivem vinte, vinte e cinco anos? Li numa reportagem da *BioScience*...".

Ela apenas murmurava — Tom não sabia por quê, mas murmurar ali parecia ser o mais correto e natural.

"Imagine", ela disse. "Daqui a vinte anos poderemos nos sentar aqui e olhar os bichinhos tomando sol em cima dos troncos. Até lá, estarão do tamanho de capacetes do Exército, Tom, e cobertos de limo. Mal posso esperar."

Ele enfiou a mão no saco improvisado e pegou a última.

"É uma barriga-vermelha", ela disse. "Faça as honras da casa, senhor Krome."

Ele colocou a minúscula tartaruga sobre uma pedra chata. Sua cabeça surgiu do casco por um segundo. Depois saíram as perninhas tortas.

"Olhe só como ela corre", disse JoLayne. A tartaruga se movimentou comicamente, como um brinquedo de corda, e pulou dentro d'água.

"Até logo, querida. Tenha uma boa vida." Com as duas mãos, ela pegou as mãos de Tom. "Preciso perguntar uma coisa a você."

"Mande bala."

"Vai escrever uma matéria sobre tudo o que aconteceu?"

"Nunca", ele disse.

"Mas eu tinha razão, não é? Quando falei que daria uma reportagem e tanto."

"Sim. Tinha razão. Mas nunca vai ler sobre isso num jornal."

"Obrigada."

"Num livro, quem sabe", ele disse, puxando as mãos de brincadeira. "Mas não num jornal."

"Tom, eu mato você!" Ela ria enquanto corria atrás dele pela encosta, por entre os pinheiros.

ESTA OBRA FOI COMPOSTA PELA SPRESS EM GARAMOND
E IMPRESSA PELA GEOGRÁFICA EM OFF-SET SOBRE PAPEL PÓLEN SOFT
DA COMPANHIA SUZANO PARA A EDITORA SCHWARCZ EM JANEIRO DE 2001